河出文庫

アメリカの友人

P・ハイスミス
佐宗鈴夫 訳

河出書房新社

目次

主な登場人物

トム・リプリー　本編の主人公。パリ近郊の村ヴィルペルスの屋敷ベロンブルに住む
リーヴズ・マイノット　盗品故買人。ハンブルクのカジノ界にも手を染めている
エロイーズ・プリッソン　トムの妻。フランスの大富豪の娘
マダム・アネット　ベロンブルの家政婦
ピエール・ゴーティエ　フォンテーヌブローの画材商
ジョナサン・トレヴァニー　フォンテーヌブローの額縁商。イギリス人
シモーヌ・トレヴァニー　ジョナサンの妻
フリッツ　リーヴズのハンブルクでの仕事の手伝いをしている
サルヴァトーレ・ビアンカ　イタリアのマフィア、ディ・ステファノ・ファミリーの手下
ヴィトー・マルカンジェロ　イタリアのマフィア、ジェノッティ・ファミリーの幹部

アメリカの友人

1

「完全犯罪のようなものは絶対にない」トムはリーヴズに言った。「そんなのは書斎の遊戯さ、空想の産物にすぎないよ。もちろん未解決の殺人事件はたくさんある。だが、それは別の話だ」トムはうんざりしていた。大きな暖炉の前を行ったり来たりした。暖炉では、小さいけれども心地よい炎がパチパチ音をたてている。自分でも、しゃべり方が尊大でもったいぶっているような気がした。しかし問題は、リーヴズの力になってやれないことだ。それはもうすでに伝えてあった。

「たしかに、そうだ」リーヴズが言った。絹張りの黄色い肘《ひじ》掛け椅子《いす》に腰かけ、細みの身体《からだ》を前かがみにして、膝《ひざ》の間で両手を組んでいる。骨ばった顔、短い淡褐色の髪、冷たい灰色の目――感じのいい顔ではなかったが、傷痕さえなければむしろハンサムなほうだ。右のこめかみから口元まで十二センチにわたる頰《ほお》の傷痕はそこだけピンク色がいくらか目立ち、下手な縫い方をされたか、あるいは縫わなかったのかもしれない。傷のことを尋ねたことはないが、一度だけリーヴズのほうから話してくれたことがある。「女にやられたのさ、コンパクトでな。想像できるか？」（トムにはできなかった）リーヴズはちらっと悲しげに微笑《ほほえ》んだ。笑顔を見せることはめったにない。また別の機会には、「落馬したんだ——鐙《あぶみ》に引っかかったまま数メートル引きずられてね」と誰かを相手に言っていたが、トムもその場に居合わせた。どこかでひどい喧嘩《けんか》でもして鈍《なまく》らなナイフでやられたのだろうと彼は思っていた。

いまリーヴズは、ある仕事を引き受けてくれそうな人物を紹介してほしい、とトムに頼んでいた。仕事の内容は、「簡単な殺し」を一度か二度と、場合によっては、同じく安全で簡単な盗みも一度。リーヴズはこの話を持ちかけるためにハンブルクからヴィルペルスに来ていた。その夜は一泊して、翌日パリへ発《た》ち、この件で別の者と話しあってから、ハンブルクの自宅に帰る予定で、おそらく、うまく行かなかった場合はさらになんらかの手を打つのだろう。リーヴズはもともと盗品故買人だが、最近はハンブルクの違法なギャンブルの世界にも多少関わりを持ち、いまはその守りを引き受けていた。何から守るのか？侵入を目論むイタリア人のハイエナどもからだ。ハンブルクに留まるひとりのイタリア人は偵察役として送り込まれたマフィアの下っ端だろう、とリーヴズは睨《にら》んでいた。同様のイタリア人がもうひとりいて、こちらは別のファミリーから送り込まれた者のようだ。これら侵入者の一方あるいは両方を始末することで、マフィアにこれ以上の画策を思いとどまらせ、同時に、ハンブルク警察にマフィアの脅威へ注意を向けさせることがリーヴズの狙いだった。そうなればあとは警察が対処してくれる、つまり、マフィアを追放してくれるはずだ。「地元ハンブルクの仲間はきちんとした連中だ」先ほどまでリーヴズは熱のこもった口調で話していた。「やってることは違法かもしれん、会員制のカジノをふたつ経営しているんだ。だがクラブ自体に不正はないし、ぼろ儲《もう》けしてるわけじゃない。警官たちの目の前でマフィアがでたらめをやってるラスベガスとはちがう！」

トムは火かき棒を手にして火をまとめ、きちんと三分の一に切られた薪《まき》を一本くべた。間もなく午後六時。そろそろ一杯やる時間だ。もうかまわないだろう。「そろそろ――」

リプリー家の家政婦マダム・アネットがそのときキッチンの廊下から入ってきた。「失礼します。お飲みものはいかがです、ムッシュー・トム、お客さまにお茶もお出ししていませんので？」

「そうだ、ありがとう、マダム・アネット。そう思ってたところだ。それから、マダム・エロイーズに来るよう言ってくれないか？」エロイーズにこの場の雰囲気をすこし和《やわ》らげてもらいたかった。午後三時にオルリー空港へリーヴズを迎えにいく前に、エロイーズには、リーヴズは何か話があるらしいので、夕方まで庭でもぶらつくか二階にいてほしいと言ってあったのだ。

「あんた自身が」リーヴズは最後まで諦《あきら》めずに執拗に言った。「引き受けてくれる気はないか？　あんたは関わりがない。それが大切なことなんだ。安全だからな。なんといっても、報酬が悪くない。九万六千ドルだ」

トムは頭をふった。「きみとは関わりがあるさ――多少ね」まずいことに、リーヴズ・

マイノットのつまらぬ仕事を引き受けたことがあるのだ。細かい盗品についての情報提供や、リーヴズが練り歯磨きのチューブに隠したマイクロフィルムのようなちっぽけなものを何も知らない運び屋から回収する仕事だ。「そのスパイ仕事、本当にぼくの身は安全なのか？　世間の評判を落としたくないんでね」そんなものは一笑に付したかったが、やはり本音はちがう。心臓の鼓動が速くなっていた。申し分のないわが家、いまの安全な立場を意識して、すっくと立ち上がった。ダーワットの一件から丸六カ月がすぎていた。破局寸前までいきながら、多少疑われた程度で切り抜けたのだ。たしかに薄氷だったが、氷は割れなかった。トムはイギリスの警部補ウェブスターとふたりの鑑識課員に同行し、ザルツブルクの森まで行った。彼が画家のダーワットと思われる男の死体を焼いたあの場所だ。なぜ頭蓋骨《ずがいこつ》を潰したのか、と警察は疑問を口にした。そのことを思い出すと、いまでも身のすくむ思いがする。上歯をばらして隠そうと思ってやったことなのだ。下顎《したあご》は簡単にはずれ、すこし離れたところに埋めた。だが上歯は——何本かが鑑識課員に拾い集められたものの、ダーワットの歯の記録はロンドンの歯科医のどこにもなかった。それまでの六年間、彼はメキシコに住んでいた（と信じられている）。「火葬にして、灰にしようとでも考えたようですね」とトムは答えた。焼かれた死体はバーナードだった。たしかに、いまでも身ぶるいがする。黒焦げの頭蓋骨に岩を落とした自分の行為にもぞっとしたが、あの瞬間は危険だった。だがすくなくともバーナードを殺してはいない。バーナード・タフツは自殺したのだ。

トムは言った。「きっときみの知り合いのなかに、それを実行してくれる者が誰かいるだろう」

「いるにはいるが、あんた以上に関わりのある人間ということになる。おれの知り合いは多少とも顔が知られてるんだ」リーヴズの声には悲しい敗北感が滲《にじ》んでいた。「あんたはまともな人間をたくさん知ってるよ、トム、まったく前科のない人、非の打ちどころのない人をね」

トムは笑い声をあげた。「そんな人間をどうやって確保するんだ？　きみはどこかおかしいよ、リーヴズ」

「そんなことはない！　言いたいことはわかるはずだ。金のためにやる人間だよ、金のためならね。プロである必要はないんだ。手はずはこっちが整える。じつにお手軽な殺しだよ。怪しまれる奴だったら——こんなことは絶対にできない」

マダム・アネットがワゴンに酒の用意をして入ってきた。銀のアイスペイルが光っている。ワゴンがかすかに軋んだ。何週間も前から油をさそうと思っていたのだ。マダム・アネットは幸い英語ができないから、そのましゃべりつづけてもかまわなかったが、この話はもううんざりだった。中断してほっとしていた。六十すぎになる、ノルマンディー出身のマダム・アネットは、美しい顔立ちに頑健な身体の、すばらしい召使いだった。彼女がいなければベロンブルは立ちゆかないだろう。

やがて、エロイーズが庭からリビングに上がってきて、リーヴズが腰をあげた。エロイーズはベルボトムのオーバーオールをはいていた。ピンクと赤の縦縞《たてじま》で、ストライプに沿って全面にLEVIの文字がプリントされている。長く伸ばしたブロンドの髪が揺れ、暖炉の炎が照り映えていた。「われわれのしゃべっていた話と比べ、なんという清らかさだろう！」髪は黄金色《こがねいろ》に輝いていた。だが、トムはそれを見て、金《かね》のことを思った。たしかに金はこれ以上必要ない。歩合が入ってくるダーワットの絵の商売がたとえ近々終わりになっても。もう絵がないのだ。いまもダーワット商会から歩合《ぶあい》を得ていたし、今後も続くだろう。また、たいした金額ではないが、徐々に増えていくグリーンリーフの有価証券からの収入もある。トム自身が偽造した遺言書で相続したものだ。さらに、エロイーズは父親からたっぷり援助を受けている。欲をかくことはない。どうしても必要でない限り、殺しなんて忌《い》まわしいことだ。

「お話はおすみになりまして？」とエロイーズが英語で訊《き》き、優美な物腰で黄色いソファにもたれた。

「ええ、おかげさまで」とリーヴズが言った。

あとは、フランス語の会話になった。英語はエロイーズが苦手だった。リーヴズはあまりフランス語が得意ではないが、うまく話を合わせていた。たいした話題ではなかった。庭のこと、穏やかな冬の陽気のことだ。実際、もう春のような暖かさで、まだ三月初旬なのに、ラッパズイセンの花が咲いている。トムはワゴンの上から小壜《こびん》を一本とってエロイーズにシャンパンをついだ。

「ハンブルクはいかがです？」エロイーズはまた無理をして英語を使った。リーヴズは紋切り型のフランス語で返事をしようと悪戦苦闘している。彼女の目が笑っているのに、トムは気づいた。

ハンブルクもさほど寒くはないんです。さらに、リーヴズは自宅にも庭があるという話をした。彼の「小さな家《プテイット・メゾン》」はアルスター湖の湖岸にあった。つまり一種の入江で、並び建つ家々の庭は湖水に接し、その気になれば小型の自家用船を持つことができた。

エロイーズがリーヴズ・マイノットを嫌っていること、信用していないことは、トムも知っていた。付き合ってもらいたくないと思っている相手だった。そのリーヴズから持ちかけられた計画に手を貸すのを断わったのだ。今晩エロイーズに正直に話せると思い、ほっとした。父親に何か言われるんじゃないか、と彼女はいつも心配していた。父親のジャック・プリッソンは大富豪の製薬会社の社長で、ド・ゴール派であり、まさにフランスの名士である。ただ、トムには冷淡だった。「父だって、もう黙っていないわよ！」よくそう警告された。だが彼女にとって大事なのは、父親の資金援助にしがみつくことよりもトムの身の安全であることはトムも理解していた。どうやら父親から何度も援助を打ちきると言われているらしい。週に一度、たいていは金曜日に、彼女はシャンティイの実家で両親と一緒に食事をしている。父親からの援助が打ちきられたら、ベロンブルでの暮らしなどとても成り立たないだろう。トムにはわかっていた。

夕食のメニューは、メダイヨン・ド・ブフ（牛肉の輪切り）で、前菜にマダム・アネット自慢のソースが添えられたアーティチョークが出された。エロイーズは空色の簡素なドレスに着替えている。リーヴズのやってきた目的が達せられなかったことは、彼女にもすでに察しがついている、とトムは思った。食堂から引きあげる前に、リーヴズに訊いておかなくてはならないことをひと通り確かめた。コーヒーか紅茶を何時に部屋へ持っていけばいいのか。八時にコーヒーを、とリーヴズは言った。家の中央左側の客間がリーヴズのベッドルームで、バスもついていた。普段はエロイーズが使っていたが、すでにマダム・アネットが彼女の歯ブラシをトムの部屋の横にあるバスルームへ移していた。

「明日帰ってくれてよかったわ。彼って、どうしてあんなに堅苦しいの？」エロイーズが歯を磨きながら訊いた。

「いつもああなんだ」トムはシャワーを止めると、外に出、大きな黄色いタオルをばさっと身体に巻きつけた。「だから痩せてるんだろうな――たぶん」ふたりは英語でしゃべっていた。彼となら エロイーズは気楽に話せた。

「どこで知り合ったの？」

記憶になかった。いつだったたか？　たぶん五、六年前。ローマで？　誰の仲間だったか？　疲れがひどくて頭がうまく働かなかったし、どうでもよかった。そういった知り合いが五、六人いたが、どこで会ったか、ひとりひとりはっきりさせるのは難しかった。

「何を頼まれたの？」

トムはエロイーズの腰を抱き、だぶだぶのナイトガウンを相手の身体に押しつけた。冷たい頬にキスをする。「手に負えないことさ。断わった。察しはついてるだろうが。がっかりしてたよ」

その夜は、フクロウが来ていた。ベロンブルの裏手にある公有林の松林で、一羽さびしげに鳴いている。トムは左腕にエロイーズの首をのせて横になり、考えごとをしていた。彼女は眠っている。寝息がゆっくりと静かになっていた。トムはため息をつき、考えつづけた。しかし、論理的に、順序立てて考えごとをしていたわけではない。二杯目のコーヒーのせいで目が冴えていた。一カ月前、フォンテーヌブローで開かれたパーティへ行ったときのことを思いかえしていた。形式ばらないバースデイ・パーティだったが、マダム――誰の誕生日だったろう？　トムが思い出そうとしていたのは、夫の名前だった。イギリス人の名前で、喉まで出かかっている。ホスト役の夫は三十代前半で、夫妻には幼い子どもがひとりいた。フォンテーヌブローの住宅街にある家は縦長の三階建てで、裏に狭い庭があった。夫は額縁商だ。それで、グランド通りにある画材店のピエール・ゴーティエに連れていかれたのだ。トムはその店で絵の具や絵筆を買っていた。ゴーティエはこう言ったのだ。「一緒に行きましょう、ミスター・リプリー。奥さん同伴で！　大勢来てもらいたがってるんですよ。ちょっと意気消沈していてね……とにかく、額縁を作っているから、何か仕事をまわしてやってくれるとありがたいんですが」

トムは暗がりのなかでまばたきし、まつげがエロイーズの肩に触れないよう頭をわずかにのけぞらせた。背の高いブロンドのイギリス人を思い出しながら、どこか腹立たしさと嫌悪をおぼえた。キッチンで、リノリウムの床がすり減り、十九世紀の浅浮き彫り模様のあるブリキの天井が煙で汚れたあの陰気なキッチンで、あの男に不愉快なことを言われたのだ。トムが「トム・リプリーです。ヴィルペルスに住んでます」と挨拶《あいさつ》をしたら、あの男――トリュブリッジ、テュークスベリー？――はほとんど冷笑するように、「ああ、はい、お噂《うわさ》はかねがね」と言ってきたのである。フランス人を妻にもつイギリス人はたぶん、近くに住む同じ立場のアメリカ人と知り合いになりたいだろうと察して、フォンテーヌブローでの暮らしはどれくらいになるかを尋ねようと思っていたのに、トムの厚意に対して男は不作法な態度で応えた。トレヴァニー？　そんな名前だったか？　髪はまっすぐなブロンドで、むしろオランダ人風の顔立ちだった。とはいえ、イギリス人はよくオランダ人に間違えられるし、オランダ人はイギリス人に間違えられるのだ。

ところが、いま頭に浮かんでいるのは、あのあと、同じ日の晩にゴーティエが口にした言葉だった。「彼は意気消沈しているんだ。わざと無愛想な態度をとっているわけじゃない。何か血液の病気なんですよ――白血病らしい。だいぶ悪くてね。そのうえ、家を見ればわかるでしょうが、商売もあまりうまく行ってない」ゴーティエの片目は珍しい黄緑色の義眼で、あきらかに本物の目の色に合わせようとしながら、むしろ失敗していた。義眼は死んだ猫の目を連想させた。見まいとしても、催眠術にかかったようについ目がいってしまう。だから、ゴーティエの陰気な話は、義眼とともに、死神のような強烈な印象となって、トムの記憶に残った。

ああ、はい、お噂はかねがね。つまりトレヴァニーとかいう男は、バーナード・タフツの死も、その前のディッキー・グリーンリーフの死も、トムに責任があると考えているのだろうか？　それとも、病気のせいで誰に対しても不機嫌なだけのことか？　胃痛に悩まされている男のように、気むずかしいのか？　そのとき、トレヴァニーの妻のことが思い出された。美人ではないが、栗色の髪の心惹かれる女性だった。親しみやすく社交的で、パーティでは、狭いリビングルームでもキッチンでも奮闘していた。キッチンには数脚の椅子があったが、誰も座ってはいなかった。

　あの男なら、リーヴズが持ってきた仕事を引き受けるだろうか、とトムは考えていた。急にトレヴァニーに対し興味がわいた。条件が整っていれば、相手は誰でもかまわなかった。だが、この場合は、すでに条件が整っている。トレヴァニーは健康をひどく気にしていた。この思いつきはただの悪ふざけにすぎない、と彼は思った。悪意のある悪ふざけだ。しかし、あの男の態度にだって、悪意はあった。悪ふざけの効き目があるのはせいぜい一日かそこらで、トレヴァニーが医者に診《み》てもらえば終わりだろう。

　おもしろい考えだ。トムはエロイーズからそっと離れた。込みあがる笑いに身体が震えそうで、エロイーズを起こしかねないと思ったからだ。弱っていても、トレヴァニーがリーヴズの計画を兵士のように完璧にやってのけたら？　試す価値はあるだろうか？　ある。トムが失うものは何もない。トレヴァニーだってそうだ。むしろ彼には得るものがあるかもしれない。リーヴズにも得るものがある――リーヴズの話によれば。だが、それがなんであるかははっきりしない。リーヴズの腹のなかはよく摑《つか》めないのだ。マイクロフィルムの件もそうだ。あれはたぶん、国際的なスパイ活動と関わりがあるのだろう。政府当局はスパイたちの常軌を逸した馬鹿げた行動を知っているのか？　なかば頭のおかしい変人たちが拳銃やマイクロフィルムを携えてブカレストからモスクワやワシントンへ飛びまわっていることを知っているのか？——彼らは切手収集とか鉄道模型のシークレットアイテム獲得のための国際的な争奪戦にだって同じように熱中して精力を傾けただろう。

2

そんなわけで、十日ほど経った三月二十二日、フォンテーヌブローのサン・メリー通りに住むジョナサン・トレヴァニーのもとへ、親友のアラン・マクニアから奇妙な手紙が届いた。イギリスの電子機器の会社のパリ駐在員であるアランは、ビジネスでニューヨークへ発《た》つ直前に手紙を書いていた。奇妙なことに、フォンテーヌブローのトレヴァニー宅を訪問した翌日だった。ジョナサンとシモーヌは歓送会をしてあげたから、アランから礼状のようなものは来ると思っていた——むしろ手紙が来たのは意外だった。アランは簡単に感謝の言葉を述べていたが、次の箇所はジョナサンを当惑させた。

ジョン、血液の病気だという噂《うわさ》を聞いて、びっくりしています。いまでも、その噂が本当でないことを願っています。きみは知っていながら、友人には何も話していないのですね。きみはじつに立派です。しかし、友人とはいったいなんのためのものでしょうか？　われわれがきみを避けるなどと考える必要はありません。また、きみがひどくふさぎ込んでいるだろうから、われわれが会うのをいやがっていると考える必要もありません。きみの友人たちは（私も含めて）ここにいます——いつまでも。しかし、実際、手紙では、言いたいことがなにひとつ言えません。数カ月後には、休暇がとれます。今度会うときには、もっとうまく気持ちが伝えられるでしょう。ですから、的外れなこの言葉は忘れてください。

アランは何を言おうとしているのだろう？　医師のペリエ先生は友人たちには何かしゃべったのだろうか、彼には内緒にしている何かを？　もう長くは生きられないという話でも？　ペリエ先生はアランの歓送会には来ていなかった。しかし、ほかの誰かに何か話したのだろうか？　ペリエ先生はシモーヌにしゃべっているのか？　そして、シモーヌもまた、それを隠しているのだろうか？

ジョナサンはいろんなケースを考えながら、庭に佇《たたず》んでいた。午前八時半。セーターを着ていても、寒かった。指が泥だらけだった。今日は、ペリエ先生にはっきり訊《き》くつもりでいた。シモーヌ相手では、埒《らち》があかない。「あなた、それ、なんの話なの？」とでも言って芝居をされるかもしれない。それが芝居かどうか、ジョナサンには見抜く自信がなかった。

それに、ペリエ先生だって——信用できるだろうか？　先生はいつも楽観的に動きまわっている。たいした病気でなければ、それでも結構だ——病人は半分治った気になれるし、すっかり治ってしまうことさえある。だが、自分が軽い病気でないことはわかっていた。彼は骨髄性白血病で、骨髄中の芽球が増殖する疾患である。この五年間、毎年すくなくとも四回輸血を受けてきた。身体《からだ》の衰弱を感じるたびに、ペリエ先生かフォンテーヌブロー病院へ連絡し、輸血を受けることになっていた。ペリエ先生いわく（パリの専門医がそう言っている）、衰弱のスピードは速くなり、輸血の効果がなくなるときが来るという。病気についてはよく勉強していたから、自分でもわかっていた。現在のところ骨髄性白血病の治療法は発見されていない。平均して六年から八年、あるいは十二年で死亡するのだ。病気が発症して六年目だった。

ジョナサンは煉瓦《れんが》造りの建物に農業用フォークをしまった。以前は屋外トイレだったが、いまは道具小屋として使っている。それから、裏の階段へ歩いていった。一段目に片足をのせて立ちどまり、「あと何週間、こんな朝を楽しむことができるだろう？」と考えながら、朝の新鮮な空気を胸いっぱいに吸いこんだ。だが、たしか去年の春にも同じ感慨にふけった覚えがある。元気をだして、彼は独りごちた。三十五まで生きられないのは六年前からわかっていたことだ。ジョナサンはしっかりした足どりで鉄製の踏み段を八段のぼった。いま午前八時五十二分、九時か九時ちょっと過ぎには、店に着いていなければならない。頭のなかでは、すでにそのことを考えていた。

シモーヌはジョルジュを幼稚園へ連れていき、家には誰もいなかった。ジョナサンは流しで手を洗い、野菜ブラシを使った。シモーヌがいやな顔をするだろう。ブラシはきれいにしておいた。洗面台は二階のバスルームにしかなかった。自宅には電話がない。店からまず真っ先にペリエ先生に電話をするつもりだった。

ジョナサンはパロワス通りへ歩いていき、左へ曲がり、交差しているサブロン通りまでいった。店でペリエ先生の電話番号をまわした。番号は暗記していた。

看護師の話だと、予想どおり、先生は今日、まったく暇がないとのことだった。

「しかし、急用なんです。時間はとらせません。実は、ひとつだけ訊きたいことがあるんです。それも、お目にかかって」

「具合が悪いんですか、ムッシュー・トレヴァニー？」

「ええ、そうなんです」ジョナサンはすかさず言った。

正午に予約がとれた。時間がくれば、何かわかるだろう。

ジョナサンは額縁商だった。マットやガラスを切り、額縁を作り、優柔不断な顧客のために在庫のなかから額縁を選びだし、ごくまれには、オークションや屑物商《くずものしょう》から古い額縁を買ってきて、それにどうやらマッチする絵を手に入れ、きれいに仕上げて、ショーウィンドーに飾って売った。だが、儲《もう》かる商売ではない。かろうじて食べていた。七年前には仲間がいた。マンチェスター出身のイギリス人で、一緒にフォンテーヌブローでアンティークショップを開いたのだ。主に扱っていたのは廃物で、磨き直して、売っていた。ふたりでやるほど割りのいい商売ではなかった。ロイは見切りをつけ、パリの近くに自動車修理工の仕事を見つけた。そのすぐあと、ジョナサンはパリの医師からロンドンの医師と同じことを言われたのだ。「貧血ぎみですね。ちょくちょく検査をしたほうがいい。仕事で無理はしないほうがいいですよ」だから、衣装ダンスやソファを商っていたのを、もっと楽な仕事に切りかえ、額縁やガラスを扱うことにしたのだ。シモーヌには、結婚する前に、自分がこのさき六年しか生きられないことを打ち明けた。彼女とは、ちょうどそのころ出会ったのだ。周期的にやってくるこの身体の不調が骨髄性白血病によるものであることは、ふたりの医師によって確認されていた。

ジョナサンは淡々と、ごく淡々と仕事をはじめながら、自分が死ねば、シモーヌは再婚するだろうと考えていた。彼女は一週間に五日、午後二時半から六時半までフランクラン・ローズヴェルト通りの靴屋で働いている。自宅から歩いていける場所で、働きだして、わずか一年だった。ジョルジュが幼稚園に入ることのできる年齢になったのだ。生活のためには週に二百フランのシモーヌの稼ぎが必要だった。ところが、店長のブルザールはいささか女癖が悪く、女性従業員に粉をかけるのが趣味で、在庫品がしまわれている奥の部屋で誘惑しているにちがいなかった。それを考えると、うんざりだった。シモーヌが結婚していることは、ブルザールも知っていたから、どこまで図々しくなれるか限度はあるが、そこでおとなしくしている男ではない、とジョナサンは思っていた。シモーヌは尻《しり》の軽い女ではない——それどころか、妙に恥ずかしがり屋で、自分は男にもてないと思っているようだ。惹かれたのは彼女のそういうところだ。ジョナサンに言わせれば、強烈なセックスアピールがあった。もっとも、普通の男にはわからないかもしれない。シモーヌのまさに風変わりな魅力に、女たらしのブルザールが気づいているにちがいなく、それを多少でも物にしようとしていることが、とりわけジョナサンを苛立《いらだ》たせた。と言っても、シモーヌがブルザールのことをあれこれしゃべるわけではなかった。シモーヌ以外にふたりいる女性従業員にちょっかいをだしているという話を一度だけ聞いたことがある。その日の朝、ジョナサンは額縁におさめた水彩画を客に見せながら、シモーヌはしかるべき時間がたてば、あのいけ好かないブルザールの誘惑に負けて再婚してしまうかもしれない、という思いが頭をよぎった。相手はなんといっても独身で、経済的にはこっちよりも裕福なのだ。ばかばかしい、と彼は思った。シモーヌはあんな男は好みではない。

「まあ、いいわね！　すばらしいわ！」鮮紅色のコートを着た若い女が水彩画を持った手を伸ばして言った。

細面の生真面目な顔つきのジョナサンはおもむろに微笑した。彼の内心の小さな太陽が雲間から覗いて輝きはじめたかのようだった。この女性は心から喜んでくれている！　はじめて来た客だ。実際、彼女が手にしている絵を持ってきたのは年配の女性で、たぶん、彼女の母親だろう。当初の見積りより二十フランは高い額縁で額装していた。年配の女性の選んだ額が売り切れてしまったからだ（ジョナサンのところには在庫があまりなかった）。しかし、そのことはひとことも口にせず、当初の金額である八十フランを受けとった。

そのあと、箒《ほうき》で板の間をはき、小さなショーウィンドーに飾ってある三、四点の絵のほこりを羽ばたきで払った。ひどくみすぼらしい店だ、と彼はその日の朝思った。色彩がどこにもなかった。いろんなサイズの額縁がペンキを塗り直す必要のある壁に立てかけられ、額縁用に木のサンプルが天井から吊るされている。注文控え帳、定規、鉛筆の置かれているカウンター。店の奥には、長い木のテーブルがあり、そこでジョナサンは留めつぎ箱、鋸《のこぎり》、ガラス切りを使って、仕事をしていた。また、大きなテーブルの上には、傷がつかないよう大事に扱われているマット、包装紙の大きなロール、紐《ひも》のロール、針金、糊《のり》の容器、さまざまなサイズの釘の箱があり、その上の壁には、ナイフとハンマーの置き棚があった。そもそもジョナサンは十九世紀の雰囲気が好きだったから、営利本位の極端な派手さはなかった。いかにも腕のいい職人がやっているような店がまえにしたかったのだ。その点は成功していると思っていた。不当な値段をふっかけるようなことは決してなく、約束の日はきちんと守り、間に合わない場合には、葉書なり電話なりで知らせた。それが、たしかに客には評判がよかった。

十一時三十五分に、二点の小さな絵を額縁におさめ、所蔵者の名前をつけると、洗面台の冷水の蛇口で手と顔を洗い、髪をとかして、勢いよく立ち上がり、最悪の場合を考えて覚悟を決めた。ペリエ先生の診療室はグランド通りにあり、そんなに遠くはなかった。ドアの看板を裏返して二時半開店《ウヴエール》にし、入口に鍵をかけて出かけた。

ジョナサンはペリエ先生の玄関の間で待たされた。弱々しいくすんだ淡紅色の月桂樹が置かれていた。もう花は咲かなかったが、枯れてはいない。成長もせず、変化もしないのだ。ジョナサンは自分をその木になぞらえた。ほかのことを考えようとしたが、何度も古い木のほうへ視線がいった。楕円形《だえんけい》のテーブルに、「パリ・マッチ」が何冊かあった。古い号で、手垢《てあか》でひどく汚れている。月桂樹よりも陰気くさい感じだった。ペリエ先生はフォンテーヌブローの大病院でも診察にあたっているんだ、とジョナサンは自分に言い聞かせた。さもなければ、こんなみすぼらしい小さな場所で診療している医者に自分の命を任せて、生死に関わる診断を信じるなんてどうかしてると思えただろう。

看護師が現れて、手招きした。

「さあ、さあ、いかがかな？」先生は両手をこすりあわせ、片手をジョナサンのほうへ差し出して言った。

握手をする。「おかげさまで、身体の調子はとてもいいんです。しかし、いったいどういうことでしょうか。つまり、二カ月前の検査の件ですが。どうやらあまり思わしくなかったようですね」

先生は困った顔をしていた。ジョナサンはまじまじと見つめた。やがて、先生は黄色い歯を見せて、微笑した。ひげの手入れが行きとどいていなかった。

「思わしくないとは、どういう意味で？　あのとおりの結果だよ」

「でも――なにしろ専門家じゃないので、あるいはよくわかっていないかもしれません」

「しかし、あれについては説明したよ――で、どうかしたのかね？　また、身体でもだるくなったのかね？」

「いえ、そうじゃありません」医師が食事に行きたがっていることはわかっていたから、いそいで言った。「実は、友だちがどこからか聞いてきたんですよ、私の命はいずれ危ないって。たぶん、先が長くないんでしょう。当然、この情報は先生のところから出たものにちがいないと思いましてね」

ペリエ先生は首をふり、それから笑い声をあげ、小鳥のように身軽に動きまわり、ほっそりした両腕をそっとガラス張りの本棚の上にもたれさせた。「いいかね、まず第一に、それが真実なら、絶対に口外したりはしない。それは道義に反する。第二に、この間の検査で見る限り、それは正しくない。今日、もう一度検査を受けるかね？　午後遅く病院で、おそらく――」

「いえ、それは。とにかく本当にそうなのか、知りたいんです。私には黙っているつもりだったんじゃないですか？」ジョナサンは笑いながら言った。「気落ちさせないように？」

「ばかばかしい！　私をそんな医者だと思ってるのかね？」

そのとおり、とジョナサンは思い、ペリエ先生の目をまっすぐ見つめた。とんでもないことだが、たぶん、ときには、そんなこともするだろう。だが、嘘ではないという気がした。先生は事実を直視できる人間だった。ジョナサンは下唇を嚙んだ。パリの研究所へ行き、むりやり頼んでもう一度専門医のムッスーに会ってもいいと思った。また、今日のランチタイムにシモーヌから何か聞きだせるかもしれない。

　先生は彼の腕を軽く叩いた。「その友だちが誰であるか訊くつもりはないが！　思いちがいをしてるか、あまりいい友だちじゃないか、どっちかのようだね。ところで、いつ身体がだるくなるか、だるさを感じるかどうかの話なんだが、それは重要な……」

　二十分後、ジョナサンはリンゴタルトと大きなパンを持って、自宅正面の階段をのぼっていた。鍵を開けて、なかに入り、廊下を歩いて、キッチンへ行った。ジャガイモを揚げている匂いがする。美味《おい》しそうな匂いがするのは、きまって昼食時で、夕食時ではなかった。細長いフライだろう。イギリスのポテトフライみたいに短くて厚いやつではない。なぜイギリスのポテトフライが頭に浮かんだのだろう？

　シモーヌがガスレンジの前にいた。エプロンをかけ、長いフォークを使っている。

「あら、ジョン。遅かったわね」

　彼女の身体に腕をまわして頰《ほお》にキスすると、紙箱を上にあげ、ジョルジュに向けて振ってみせた。ジョルジュはテーブルに座って、ブロンドの頭を下に向け、コーンフレークの空き箱を切り抜いてモビールを作っていた。

「あっ、ケーキだ！　なんのケーキ？」とジョルジュが訊いた。

「リンゴだ」ジョナサンは箱をテーブルに置いた。

彼らはそれぞれ小さなステーキ、美味しいフライドポテト、野菜サラダを食べた。「ブルザールが棚卸しをはじめたのよ」とシモーヌが言った。「来週、夏ものが入荷するので。それで、金曜日と土曜日にセールをしたがってるの。今夜はすこし遅くなるかもしれないわ」

彼女は石綿の皿でリンゴタルトを温めた。ジョナサンは、ジョルジュが玩具《おもちゃ》の散らかっているリビングルームへ行くか、庭に出ていくのをじりじりしながら待っていた。やっといなくなると、彼は言った。

「今日、アランから妙な手紙が届いたんだ」

「アランから？　妙なって、どんな？」

「ニューヨークへ発つ直前に書いてるんだよ。噂が耳に入ったらしくてね――」手紙を見せるべきだろうか？　英語はまあまあ読めるのだ。先を続けることにした。「おれの病気が悪化していて、いずれ命が危ないとかなんとか、どこからか聞いたらしいんだ。きみは何か知ってるかい？」ジョナサンは彼女の目をじっと見つめた。

シモーヌは心から驚いているように見えた。「もちろん、知らないわ、ジョン。誰から聞くの――あなたから以外に？」

「いまペリエ先生と話してきた。それで、ちょっと遅くなったんだ。状態は何も変わっていない、と先生は言ってるが、きみは先生と懇意だろう！」ジョナサンは微笑し、まだ不安げにシモーヌを見つめていた。「実は、これがその手紙なんだ」尻ポケットから取りだしながら言った。そして、一節を訳した。

「まあ《モンデュー》！――いったいどこから聞いたのかしら？」

「そう、それが問題なんだ。手紙で訊いてみるつもりだよ。どうだろう？」ジョナサンはまた微笑した。今度は心からの微笑だった。間違いなく、シモーヌはこの件に関しては何も知らない。

ジョナサンは二杯目のコーヒーを狭い真四角のリビングルームへ持っていった。ジョルジュが床に切り抜きを広げている。ジョナサンは書き物机に腰をおろした。この机には、いつも大男になったような気分にさせられる。かなり華奢なフランス風の書き物机で、シモーヌの実家から贈られたものだ。彼は天板にあまり体重をかけないように注意して、航空郵便にニューヨーカー・ホテルのアラン・マクニアの宛名を書いた。最初からかなりすらすらと筆がはこび、二節目をしたためた。


きみを驚かした（私に関する）噂の件、手紙ではどういうことなのか、さっぱりわかりません。私はまったく元気です。しかし、私の掛かりつけの医師が何か話してくれていないことがあるのではないかと気になって、今朝《けさ》、医師と話をしてきましたが、症状の悪化している様子はなにひとつ認められないとのことでした。そんなわけで、アラン、どこでその話を聞いたのか関心があります。よろしければすぐに返事をもらえませんか？　何かの誤解のようです。私としては喜んで忘れるつもりですが、どこで聞いたかが気になる気持ちはわかっていただけると思います。

手紙は店へ行く途中で黄色いポストに投函《とうかん》した。たぶん一週間もすれば、アランから返事が来るだろう。

その日の午後、ジョナサンはレザーナイフを鋼《はがね》の物差しにあてて引いていたが、手つきはいつもどおりにしっかりしていた。手紙のことが頭に浮かんだ。オルリー空港に着くのはたぶん今日の夕方か、それとも明日の朝か。自分の歳が頭に浮かんだ。三十四歳、あと二カ月で死ぬとしたらなんと情けないほど自分は何も成し遂げられなかったことか。息子をひとりもうけた。それは意味あることだが、特別称賛に値する偉業とはとても言えない。シモーヌにも充分安定した暮らしを送っていくだけのものを遺してあげられない。むしろ、自分と一緒になったことで彼女の生活水準はすこしばかり下がっていた。彼女の父親は石炭の小売り商にすぎなかったが、なぜかこの数年、たとえば車や豪華な家具といった贅沢品をいくつか買いこんでいた。六月か七月には南仏に別荘を借りてヴァカンスを過ごしていて、去年はジョナサンとシモーヌがジョルジュを連れていけるように一カ月借りてくれた。ジョナサンは二歳年上の兄フィリップと比べても順調とはいえなかった。兄はひ弱な外見で、こつこつ努力するだけの冴えない男だったが、いまやブリストル大学の人類学の教授だ。才能があるようには思えないが、善良で堅実な兄は堅実な職に就き、妻とふたりの子どもを養っていた。ジョナサンの母親は未亡人となったが、母の弟夫婦とオックスフォードシャーで同居して、広い庭の手入れをしたり、買い物や料理をひとりでこなしたりしながら、幸せに暮らしていた。親兄弟と比べて自分は健康の面でも仕事の面でも落伍者《らくごしゃ》だ、とジョナサンは思っていた。最初は、俳優志望だった。十八歳で演劇学校に入り、二年間通った。俳優として悪くない顔だ。鼻と口が大きくそれほどハンサムではないが、恋愛ものを演じるには充分な二枚目で、同時に、やがては悪役をこなせるだけの重厚さもある、そう思っていた。なんと甘い夢を見ていたことか！　三年間、ロンドンとマンチェスターの劇場をうろつきながら端役を二度もらっただけだった——もちろん、ずっとアルバイトで食いつないできた。獣医の助手をしたこともある。ある演出家からは「図体ばかり大きくて、でくの坊だ」と言われた。それで、やはりアルバイトとして骨董屋で働いたとき、自分にはこの商売が向いているかもしれないと思った。店長のアンドルー・モットから学べるものはすべて学んだ。そのあと、親友のロイ・ジョンソンと一緒に、思いきってフランスへ渡った。ロイもまた、たいした知識は持っていなかったが、古道具を扱うアンティークショップを開きたいという意欲に燃えていた。たしかにあのころは、新しい国フランスでの栄光と冒険、自由、成功を夢見ていたのだ。ところが、成功は得られず、女性経験を積んで成長していくこともかなわず、ボヘミヤンあるいはフランス社交界の上流階級の人々との付き合いもままならなかった。社交界が存在するものとばかり思っていたが、たぶん、存在していないのだろう——何もかも思うにまかせず、俳優になろうとしてなんとか食いつないでいたときよりも、いっこうに暮らし向きはよくならなかった。

これまでの人生で唯一の成功は、シモーヌと結婚できたことだ、とジョナサンは思っていた。病気であることが判明した同じ月に、彼はシモーヌ・フサディエと出会ったのだ。なんとなく身体の調子がおかしくなり、恋をしているせいかもしれないとロマンチックに考えた。だが、すこし仕事を休んでも、回復しなかった。一度、ヌムールの町の通りで気が遠くなったことがある。それで、医者へ行った。フォンテーヌブローのペリエ先生で、血液の病気の疑いがあるらしく、パリのムッスー医師のところへ回された。専門医のムッスーは二日間にわたる検査のあと、骨髄性白血病と診断し、あと六年から八年、よくても十二年の命だと言った。脾臓《ひぞう》の腫大が見られるにちがいない。事実、知らない間に、それはすでにはじまっていたのだ。だから、シモーヌへのプロポーズは愛と死の宣言であった。どちらも打ち明けにくかった。それだけで、たいていの若い女は離れていくだろう。あるいは、考えさせてほしいと言うにちがいない。が、シモーヌはプロポーズを受けいれた。やはり愛していたのだ。「大切なのは愛です」と彼女は言った。フランス人、一般にラテン系は打算的だと思っていたが、それがまったくなかった。すでに家族にも話してあると言った。しかも、知り合って、わずか二週間後のことだ。ジョナサンは不意に、これまで経験したことのないような心の安らぎを感じた。ただのロマンチックなものとはちがう真の意味での愛、彼の力を超えた愛によって、奇跡的に救われたのだ。ある意味で、死にかけているところを助けてもらったという気がしたが、これはつまり、愛が死の恐怖をとりのぞいてくれたということだ。パリのムッスー先生から宣告されたように、六年後には死ぬのだ。たぶん。ジョナサンは何を信じていいかわからなかった。

もう一度パリのムッスー先生に診《み》てもらう必要があると思った。三年前、ジョナサンはパリ病院で、ムッスー先生の指示で交換輸血を受けた。その治療法はヴィンカインエスティネと呼ばれている。血液中の芽球と呼ばれる白血病細胞が増加しなくなる効果が期待された。だが約八カ月後に芽球の増加が再発した。

けれども、ムッスー先生と会う約束をするよりも、まずアラン・マクニアの手紙を待つことにした。すぐに手紙をくれるだろうと確信していたのだ。アランは信用できる。出かける前に、ジョナサンは店内に絶望的な一瞥《いちべつ》をなげた。ディケンズの小説にでも出てきそうな店だ。実際にはそこまで古びていないが、ただ壁のペンキは塗り直す必要がある。店をこぎれいにして、これからは多くの額縁商がしているように客に法外な値段をふっかけ、ラッカーを塗った真鍮《しんちゅう》の品物に大幅な利ざやをつけて売ることに励むべきだろうか？　ジョナサンは顔を曇らせた。自分にはとてもできない。

あれは水曜日だった。金曜日に、ジョナサンがなかなか抜けない丸環ネジの上に身をかがめていたとき、急にペンチを落とし、腰掛けを探さなければならなかった。ネジは百五十年間ぐらいオーク材の枠に差し込まれていたのだろう、ペンチにも屈しようとしなかった。腰掛けは木の箱で、壁に立てかけてあった。彼はほとんど同時に立ち上がり、できるだけ低く上半身をまげて、洗面台で顔を濡らした。五分かそこらで、気が遠くなっていくのはおさまったが、ランチタイムまでそのときのことは覚えていなかった。二カ月か三カ月ごとに、そんなことが起こった。幸いだったのは、路上で発作に襲われなかったことだ。アラン宛ての手紙を投函してから六日後の火曜日、ニューヨーカー・ホテルから手紙が届いた。

三月二十五日、土曜日

拝啓、ジョン様

医師と話して、問題ないとのこと、本当に嬉《うれ》しく思っています！　きみが重病だと言った人間は、頭のはげかかった小柄な男です。ひげを生やし、片目は義眼で、年齢はたぶん、四十代前半でしょう。ひどく心配しているようでした。ほかの誰かから聞いたにちがいありません。ですから、あまり悪く思うべきではないでしょう。

私はいまこの街で楽しく過ごしています。それにつけても、きみとシモーヌが一緒だったら、よかったんですが。経費は会社持ちなので……

アランが言っている男は、グランド通りにある画材店のピエール・ゴーティエだ。ジョナサンの友人ではなく、知り合いにすぎない。ゴーティエは絵を額装する客をよく紹介してくれた。アランの歓送会の夜、ゴーティエもいたことをジョナサンははっきり覚えている。あのときアランにしゃべったにちがいない。ゴーティエが悪口を言うなんて考えられなかった。血液疾患のことをゴーティエが知っていることにはさほど驚かなかったが、広く知れわたっていることがジョナサンにも実感された。自分がやるべきなのはゴーティエと話をし、どこから例の噂を聞いたかを問いただすことだと思った。

午前八時五十分。ジョナサンは昨日の朝と同様、郵便を待っていた。このまま直接ゴーティエの店へ行きたかったが、そんなことをすれば、みっともないほど心配しているように思われてしまう気がした。いつもどおりに店を開けて、今後のことをよく考えたほうがいいと思った。

客が三人か四人来て、午前十時二十五分まで休む暇がなかった。午前十一時にまた開店しますと書いた看板をドアに出した。

画材店へ入っていくと、女性客がふたりいた。ジョナサンは棚の絵筆をゆっくり見ているふりをしながら客がいなくなるのを待ってから、声をかけた。

「ムッシュー・ゴーティエ！　景気はどうだい？」ジョナサンは手を差し出した。

ゴーティエは両手でそれを握り、にっこりした。「そっちはどうだい？」

「まずまずだよ、おかげさまで……実はね、忙しいのに申し訳ないが――訊きたいことがあるんだ」

「ほう？　なんだい？」

ジョナサンは入口からもっと離れるように合図した。いつドアを開けられるかもしれない。狭い店内は立っていられる場所があまりない。「友だちから聞いたんだがね――アランだよ、覚えている？　イギリス人の。数週間前にわが家でやったパーティに来ていただろう」

「ああ！　イギリス人の友だち。アランね」ゴーティエは思い出し、注意深げな表情になった。

ジョナサンは義眼のほうに視線を向けるのを避けて、ゴーティエのもう一方の目ばかり注視していた。「その、おれが重病で、もう先が長くないらしいとアランに話したと思うのだが」

ゴーティエは柔和な顔を真面目くさった表情にして、うなずいた。「そうなんだ、ムッシュー。そんな話を聞いてね。何かの間違いならいいがと思っていたが。アランのことは覚えてるよ。親友だって紹介されたからね。だから、彼も知っているものと思って。何も言うべきじゃなかったよ。申し訳ない、気が利かなくて。きみは——イギリス人らしく——平然としたふりをしていると思ったんだよ」

「べつにどうってことはないんだ、ムッシュー・ゴーティエ。どう考えても、何かの間違いなんだ！　ちょうど医者とも話したばかりでね。しかし——」

「ああ、それはそれは！　間違いだったんだ！　ほっとしたよ、ムッシュー・トレヴァニー。ハッ、ハッ、ハッ！」ピエール・ゴーティエは弾けるような笑い声をあげた。まるで幽霊が退散して、ジョナサンばかりか自分自身の命まで助かったかのようだ。

「しかし、その話をどこで聞いたのか知りたいんだ。おれが病気だって誰が言ってたんだい？」

「ああ――そのこと！」ゴーティエは指を唇に押しあてて考えていた。「誰？　男性だったな。そうそう！」彼はわかっていながら、ためらっている。

ジョナサンは待った。

「だがその人は、よくわからないけどって言ってたな。そんな話を耳にしたって。血液の不治の病だと」

先週何度か経験したように、またジョナサンは不安にかられて身体が熱くなった。彼は唇を濡らした。「しかし誰が？　その人、そんな話をどこから聞いたんだろう？　言ってなかったかい？」

ゴーティエはまた躊躇《ちゅうちょ》した。「間違いだったんだから――もう忘れてしまおうよ」

「親しい人なのかい？」

「いや！　ほとんど知らないんだ、ほんとだよ」

「客ってわけだ」

「そう、そうなんだ。きちんとした人でね、紳士だよ。しかし、よくわからないと言っていたから――本当に恨むべきじゃない、ムッシュー。そんな話をされて腹が立つのはわかるが」

「そんな話をされたから気になっているんだよ、おれが重病だなんて、その紳士はどこで聞いたんだろうって」ジョナサンは続けたが、笑い声も交えた。

「わかるよ。まったくだ。だが問題は、その話が間違っていたってことだ。大事なのはその点じゃないか？」

ゴーティエの態度からはフランス人の礼儀正しさが見てとれた。客を身内としてかばい、さらに――礼儀にかなう態度として――死に関する話題に嫌悪を示している。「確かにね。大事なのはその点だ」ジョナサンはゴーティエと握手をした。ふたりとも微笑して、別れの挨拶《あいさつ》をした。

その日、昼食のときに、アランから手紙が来たかどうか、シモーヌに訊かれた。ジョナサンはうんと返事をした。

「アランにしゃべったのはゴーティエだったよ」

「ゴーティエ？　画材屋の？」

「そうだ」ジョナサンはコーヒーを置いて、煙草《たばこ》に火をつけた。ジョルジュは庭に出ていた。「今朝、ゴーティエのところへ行って、誰から聞いたかを尋ねたんだ。客からだと言っていたよ。男性だって。――おかしくはないか？　それが誰なのか、言おうとしないんだ。ただ、非難はできない。もちろん、何かの間違いだってことは、いまはゴーティエも気づいている」

「でも、びっくりしたわ」とシモーヌが言った。

ジョナサンは微笑した。シモーヌがたいしてびっくりしていないことはわかっている。ペリエ先生からかなりの朗報を聞かされたことを彼女には話してあるのだから。「英語の諺《ことわざ》で言えば、モグラ塚で山を作るな、ささいなことを大げさに言ってはいけないんだ」

翌週、ジョナサンはグランド通りでペリエ先生とばったり会った。医師はソシエテ・ジェネラル銀行に慌てて入ろうとしていた。十二時きっかりに閉まってしまうのだ。しかしその場でジョナサンに、体調はどうかと声をかけてきた。

「おかげさまで、上々です」とジョナサンは応えながらも、百メートル先の店でトイレで使うプランジャーを買うことに注意が向いていた。やはり正午に店が閉まってしまうのだ。

「ムッシュー・トレヴァニー――」銀行のドアの大きなノブに手をかけたまま立ちどまっていたペリエ先生は、ドアから離れ、ジョナサンに近寄ってきた。「この間話していた件なんだがね――医者にもはっきりしたことは言えないんだよ。きみのような症状はね。長年にわたる免疫力の維持、完全な健康状態を保証したとは考えないでほしい。ご自分の身体のことはわかっているだろうがね――」

「いえ、もちろんそんなことなど考えても！」ジョナサンがさえぎった。

「じゃあ、わかったね」ペリエ先生は微笑しながら、そそくさと銀行へ駆けこんでいった。

ジョナサンはプランジャーを買いに急ぎ足になった。詰まったのはトイレじゃなくて、キッチンの流しだったな、と思い出した。数カ月前にシモーヌがうちのプランジャーを隣家へ貸してしまったものだから――ジョナサンはペリエ先生から言われたことを考えていた。先生は何か知っているのか、この間の検査で思わしくない点があったのか、まだ不確かで話せない点が？

ドラッグストアの入口に、にこやかな顔をした黒髪の女がいて、外のドアハンドルを動かし、鍵を閉めていた。
「申し訳ありません。十二時五分すぎですので」

3

トムは三月末の一週間、黄色いサテンのソファに横たわっているエロイーズの全身画を描くのに没頭した。エロイーズはめったにポーズをとってくれなかった。しかし、ソファはじっとしてくれるから、トムはキャンバスにそれをじっくり描いた。すでに七、八枚、エロイーズのスケッチはしていた。左手で頭をささえ、右手を大きな美術書に載せているポーズだ。うまく描けた二枚だけを残し、あとは捨てた。

リーヴズ・マイノットが手紙をよこし、なんとかなるかどうか問い合わせてきていた。例の件だ。手紙が届いたのは、ゴーティエと話をした二日後だった。トムはいつもあの店で絵筆を買っていた。リーヴズには、こう返事をしておいたのだ。「考えておくが、その間、きみはきみで心当たりがあれば、自分の考えをおし進めていくべきだ」「考えておく」というのは単なる儀礼、偽りですらあった。人間関係の潤滑油として使われている多くの言い回しと同じだった。エミリー・ポスト（米国の作家。エチケットの権威）ならそう言うだろう。リーヴズのおかげでベロンブルが経済的に潤うことはめったになかった。事実、リーヴズのためにトムがときどき行なう仲介や盗品故買の報酬はドライクリーニングの請求書にも足りない程度だが、それが親しい関係を続けていくうえで支障になったことは一度もない。ダーワット産業を守る手助けのために偽造パスポートが必要になったときには、リーヴズはトムのためにそれを作り速やかにパリまで届けてくれた。ふたたびトムがリーヴズを必要とする機会もあるだろう。

しかしジョナサン・トレヴァニーとの件はトムにとってはゲームにすぎなかった。リーヴズのギャンブル関係者のためにやっているわけではない。トムはたまたまギャンブルが嫌いで、それで生活費を稼いでいる人間を軽蔑《けいべつ》していた。たとえ生活費の一部であっても。それは一種のポン引きだ。トムは好奇心からトレヴァニー相手にゲームをはじめたのだが、それは一度トレヴァニーに冷笑されたからだし――あてずっぽうで撃った弾が標的にあたるかどうか知りたかったからだ。あの気取って独善的なジョナサン・トレヴァニーをしばらく不安な気持ちにさせたかった。そこでリーヴズが餌《えさ》をあたえる。どうせ死が間近いのだからという点をもちろん突いていくのだ。トレヴァニーが餌に喰いつくかは怪しいものだが、間違いなくトレヴァニーは不安な日々をすごすことになるだろう。噂《うわさ》がいつになったらジョナサン・トレヴァニーの耳に届くかはあいにく見当もつかなかった。ゴーティエはかなりのゴシップ好きだが、二、三人にしゃべったとしても、トレヴァニー本人にあえてその話を切りだす者はいない可能性もある。

そんなわけでトムはあいかわらず絵を描いたり、春の種蒔《たねま》きをしたり、ドイツ文学やフランス文学（いまはシラーとモリエール）を読んだり、さらにベロンブルの裏の芝生の右側に温室をつくっている業者の職人三名を監督したりで忙しかったが、それでもやはり過ぎた日数を数えながら、三月中旬のあの日の午後、トレヴァニーの命が長くないらしいとゴーティエに話をしてから、何が起きているだろうかと思いをめぐらせた。トムが考えている以上にふたりが親密でない限り、ゴーティエがトレヴァニーに話すことはまずない。ほかの誰かにしゃべることのほうがありえるだろう。近いうちに誰かが死にそうだという話は誰にとってもおもしろい話題である。トムはこの事実（それが事実であることを彼は確信している）を当てにしていた。

トムは約二週間に一度、ヴィルペルスから二十キロほど離れたフォンテーヌブローへと出かける。フォンテーヌブローはモレよりも、買い物するにも、スエードのコートをクリーニングに出すのも、乾電池やマダム・アネットが料理に使いたがる珍しいものを手に入れるにも都合がよかった。ジョナサン・トレヴァニーが店に電話を持っていることは電話帳で確認済みだったが、どうやらサン・メリー通りの自宅には電話がないようだった。トムは番地を調べようとしたが、家を見れば、わかるだろうと思った。三月の末ごろ、またトレヴァニーの姿を見たくなった。もちろん遠くからだが。そこで、市の立つ金曜日の朝、素焼きの植木鉢を二個買いにフォンテーヌブローへ出かけ、その鉢をルノーのステーションワゴンの後部にしまったあと、トレヴァニーの店があるサブロン通りを歩いていった。正午近くだった。

トレヴァニーの店はペンキを塗り直す必要があり、老人の店のようにどことなく陰気な感じがした。トムはトレヴァニーの店を贔屓《ひいき》にしたことはなかった。トムの家から近いモレに、いい額縁屋があるからだ。コインランドリー、靴の修繕屋、小さな旅行代理店などの店が立ち並ぶなかに、入口の上の板に色褪せた赤い文字で「額縁」と書かれた小さな店があった。左側に入口、右側には正方形のショーウィンドーがあり、各種の額縁と、手書きの値札が付いた二、三点の絵が飾られていた。トムはさりげなく通りを横断し、店内を覗《のぞ》いた。五、六メートル離れたカウンターのなかにトレヴァニーの長身の北欧人的な姿が認められた。トレヴァニーは細長い額縁を男性客に見せ、それで手のひらを叩きながら、話をしている。トレヴァニーはショーウィンドーに目を向け、一瞬トムを見たが、表情を変えることなく客と話しつづけていた。

トムはさらにぶらぶらと歩いていく。どうやらトレヴァニーには気づかれなかったようだ。右に曲がって、フランス通りに入った。グランド通りの次に重要な通りだ。歩きつづけてサン・メリー通りまで来ると、右に折れた。トレヴァニーの家は左だったか？　いや、右だ。

そう、これだ。狭くて窮屈そうな灰色の家、まちがいない。正面の階段には華奢な黒い手すりがついている。階段の両側のわずかばかりの場所はセメント敷きで、花の鉢ひとつなく殺風景そのものだ。でも裏庭があったな、とトムは思い出した。窓はぴかぴかに磨かれていたが、そこから見えるカーテンはかなりくたびれていた。そう、ここが二月のあの晩、ゴーティエに誘われて行った家だ。左側には狭い廊下があって、そのまま裏庭に通じているはずだ。庭の入口の鉄門には南京錠《なんきんじょう》がかかっていて、その正面に緑のプラスチックのゴミ箱が置かれている。いつもトレヴァニーはキッチンの裏口から庭に出るのだろう。あのキッチンだ。

トムは通りの反対側をゆっくり歩いていたが、うろついていると見られないよう気をつけた。トレヴァニーの妻か誰かが、いま窓から外を眺めていないともかぎらない。

何かほかに買うものがあっただろうか？　亜鉛白だ。ちょうど切れかけている。それを買いにゴーティエの画材屋へ行こう。トムは喜んで足を速めた。亜鉛白は本当に必要だったから、口実の必要なくゴーティエの店に行ける。ついでに、好奇心が満たせるかもしれない。

店内はゴーティエひとりだった。

「ボンジュール、ムッシュー・ゴーティエ！」トムが声をかけた。

「ボンジュール、ムッシュー・リプリー！」ゴーティエはにっこりして答えた。「お元気ですか？」

「ああ、ありがとう、そちらは？——亜鉛白がなくなりそうでね」

「亜鉛白は」ゴーティエは壁際の棚から平たい引き出しを引っぱりだした。「ここにありますよ。そう言えば、レンブラント製がお好きでしたね」

そうだった。亜鉛白もほかの色の絵の具も、ダーワット製を使うことはできたが、どういうわけかチューブに手を伸ばすたびに、下に傾いた字でラベルに太く黒々と書かれているダーワットのサインを見ながら、自宅で絵を描きたくはなかった。金を払うと、ゴーティエがつり銭と亜鉛白の入った小さな袋を渡しながら言った。

「そうそう、ムッシュー・リプリー、サン・メリー通りの額縁屋のムッシュー・トレヴァニーを覚えてますか？」

「ああ、もちろん」とトムは言った。トレヴァニーの話をどうやって持ちだそうかとさっきから考えていたのだ。

「あなたの聞いた噂、彼はもう先が長くないという話、まったくのでたらめですよ」ゴーティエは微笑した。

「でたらめ？　それはよかった！　喜ばしいことだよ」

「そうなんです、ムッシュー・トレヴァニーは医者にも診《み》てもらいにいったんです。いさか狼狽《ろうばい》していたらしくて。狼狽しない人などいるわけがありませんがね。ハッハ！――たしか、人から聞いたということでしたね、ムッシュー・リプリー？」

「ああ。パーティに来ていた男だった――二月の。マダム・トレヴァニーの誕生パーティだね。だから、その話は本当で、みんな知っているものと思いこんでしまったんだ」

　ゴーティエは物思いに沈んでいるようだった。

「ムッシュー・トレヴァニーにしゃべったのかい？」

「いえ――とんでもない。ただ、彼の親友には、いつの夜だったか、しゃべりましたよ。あの夜じゃなかったが、今月、トレヴァニーの家でね。どうやら、その親友がトレヴァニーにしゃべったようです。こういうことって、たちまち広まるんですよ！」

「彼の親友？」トムはなにげなく訊《き》いた。

「イギリス人です。アランなんとかいう。翌日、アメリカへ発《た》ちましたがね。しかし、いったい誰から聞いたんです、ムッシュー・リプリー？」

トムはおもむろに頭をふった。「名前も、どんな顔をしてたかも、覚えてない。あの夜は、大勢人がいたからね」

「実はですね――」その場に人がいるかのように、ゴーティエは背中をまるめ、顔を近づけてきて、囁《ささや》いた。「しゃべっていたのは誰かって、トレヴァニーから訊かれたんですよ。もちろん、あなただってことは黙ってましたが。こうしたことは誤解のもとです。トラブルに巻きこみたくなかったわけですよ。ハッハ！」光っている義眼は笑っていなかったが、無遠慮に凝視し、頭脳から外を見ていた。目の裏側に、ゴーティエのものとは別の頭脳があるかのようだった。相手がプログラムを組みこむと、即座に何もかもわかってしまうコンピューター並みの頭脳が。

「そいつはありがとう。健康のことでいい加減な噂をたてるのはよくないだろう？」今度はにっこり笑って、トムは別れの挨拶《あいさつ》をしかけたが、さらに付けくわえた。「しかし、ムッシュー・トレヴァニーは血液の病気じゃなかったのかい？」

「それは確かです。白血病のようです。でも、命にかかわるようなものじゃない。あと数年の命だって、以前は言ってたんですがね」

トムはうなずいた。「とにかく、命に別状なくて、よかったよ。じゃあ、また、ムッシュー・ゴーティエ。どうもありがとう」

トムは車のほうへ歩いていった。トレヴァニーが受けた衝撃は、医者に診てもらうまでのほんの数時間だけのものだったかもしれないが、すくなくとも、彼の自信には多少のひび割れを生じさせたにちがいない。あとせいぜい数週間の命だと、何人かは信じたのだ。たぶん、トレヴァニー自身だって信じただろう。それというのも、あの病気にかかっている者にはありえないことではないからだ。残念なことに、トレヴァニーはいまほっとしているが、リーヴズに必要だったのは、まさにそのわずかなひび割れだったにちがいない。ゲームはこれで、第二段階に入ることができる。トレヴァニーはたぶん、リーヴズにノーと言うだろう。そうなれば、ゲームは終わってしまう。ところが、リーヴズは、もちろん相手が余命いくばくもない男であるかのように話を持ちかけるだろう。トレヴァニーが弱気になれば、面白いことになる。その日、トムはエロイーズと泊まりがけでやってきた彼女のパリの友人ノエルと昼食をともにしたあと、女性たちをそこに残し、リーヴズ宛ての手紙をタイプで打った。

一九××年三月二十八日

拝啓、リーヴズ様

まだ探しているものが見つかっていなければ、私にひとつ心当たりがあります。名前はジョナサン・トレヴァニーといって、三十代はじめのイギリス人です。額縁商で、フランス人女性と結婚し、幼い息子がいます。［ここで、トムはトレヴァニーの自宅と店の住所と電話番号を書いた］金にはかなり困っているようです。希望どおりのタイプではないが、じつにきちんとした人物で、前科はいっさいありません。さらに好都合なことに、あとわずか数カ月ないし数週間の命しかないのです。それは確かです。かなり白血病にかかっているのです。それに、悪い知らせを聞かされたばかりです。かなりの金になれば、喜んで危険な仕事を引き受けるでしょう。

トレヴァニーとは個人的な付き合いはありません。この点は強調しておかねばならないが、彼とは知り合いになりたいと思わないし、私の名前も出さないでいただきたい。相手の気持ちを打診するためにフォンテーヌブローへ来る気があれば、レーグル・ノワールという感じのいいホテルに二日間泊まって、彼の店に電話をかけ、会う約束をしたうえで、じっくり話し合うといいでしょう。それから、当然、名乗るのは本名でなく、偽名でしょうね？

トムは急に計画について楽観的な気持ちになった。聖人みたいに正直な感じのトレヴァニーの前で、リーヴズがおずおずと心配そうに相手の機嫌をとるような態度で――いかにも誠実そうに――そんな計画をしゃべっている様子を想像すると、おかしかった。リーヴズがトレヴァニーと会うとき、レーグル・ノワール・ホテルの食堂かバーの、別のテーブルにずうずうしく陣どっていられるだろうか？　いや、とても無理だろう。そんなことを考えていると、もうひとつ大事なことを思いついて、手紙に書きそえた。

フォンテーヌブローに来たら、どんなことがあろうと、電話はかけないでほしいし、手紙もいっさいよこさないでください。これはどうかその場で破り捨てていただきたい。

早々
トム

4

三月三十一日、金曜日の午後、店の電話が鳴った。ジョナサンは大きな絵の裏に茶色い紙を接着剤で貼《は》りつけていたところで、適当な重し——ロンドンと書かれた古い砂岩か、接着剤の容器か、木槌《きづち》か——を探してから受話器をとった。

「もしもし？」

「ボンジュール、ムッシュー。ムッシュー・トレヴァニー？……英語で話していいですね。私はスティーヴン・ウィスターという者です。W－i－s－t－e－rです。二日間の予定でフォンテーヌブローに来ています。すこしお時間をいただけませんか、話したいことがありまして――きっと興味のある話だと思います」

男にはアメリカ英語の訛《なま》りがあった。「絵なら買いませんよ」とジョナサンは言った。

「こちらは額縁屋です」

「そちらのお仕事に関係あることでお会いしたいわけじゃありません。電話では説明できないもので――レーグル・ノワールに泊まっています」

「はあ」

「今晩、すこしお時間をいただけませんか？　お店を閉めたあと、七時か、六時半ごろにでも？　酒かコーヒーでもご一緒できれば」

「しかし――ご用件をうかがいたい」店内に女性客が来ていて――マダム・ティソだ、ティソーだったか？――絵を手にとっている。ジョナサンは申し訳なさそうに客に向かって微笑《ほほえ》んだ。

「お会いしてご説明したいんです」穏やかで、真剣な声だった。「ほんの十分で結構です。今日、七時にどうですか？」

ジョナサンは気を変えた。「六時半で大丈夫です」

「ロビーで会いましょう。グレーの格子《こうし》縞《じま》のスーツを着ています。ボーイには話しておきます。すぐわかります」

普段、ジョナサンは午後六時半ごろに店を閉める。六時十五分、給湯設備のない洗面台の前に立って、手を洗った。暖かい日なので、ポロネックのセーターにベージュのコーデユロイのジャケットを着た。レーグル・ノワールにふさわしい格調ではなく、おまけに彼の二番目にいいレインコートがよけいまずかった。が、かまうことはない。相手は何か売りつけようという魂胆だ。ほかの用件であるわけがない。

ホテルは店から歩いてわずか五分のところにある。高い鉄の門に閉ざされた小さな前庭があり、階段を数段のぼると正面入口だ。すらりとした角刈りの頭の男が緊張した面持ちで、心もち自信なさげにこちらにやってきたので、ジョナサンは声をかけた。

「ミスター・ウィスター？」

「そうです」リーヴズはひきつるように微笑し、手を差し出した。「ここのバーにしますか、それとも、どこか別の場所がよろしいですか？」

ここは感じがよくて静かなバーだ。ジョナサンは肩をすくめた。「お任せしますよ」ウィスターの頰《ほお》に酷い傷痕があることに気づいた。

ふたりはホテルのバーの大きなドアの前まで行った。店内は小さなテーブルにひと組の男女がいるだけだった。ウィスターは静かなのが気に入らないかのように踵をかえして言った。

「ほかにしましょう」

ホテルを出て、右に曲がった。ジョナサンはいちばん近いバーを知っていた。カフェ・デュ・スポールとかいうバーで、この時間は店内が喧騒《けんそう》をきわめていて、若者たちはピンボール機に興じ、労働者たちはカウンターにいた。思いがけなく戦闘中の戦場にでも来てしまったかのようにウィスターは入口で立ちどまった。

「ホテルの部屋でかまわないかな?」と言って、ウィスターは引き返した。「静かだし、何か部屋に取り寄せてもいい」

ホテルに戻り、階段で二階に上がって、スペイン風のすばらしい部屋に入った——黒い鉄細工、ラズベリー色のベッドカバー、淡い緑の絨毯《じゅうたん》。スーツケースがひとつ棚にあり、それ以外にこの部屋が使用中であることを示すものはない。入るときウィスターは鍵を使っていなかった。

「何にします?」ウィスターは電話のほうへ行った。「スコッチ?」

「それで結構です」

男はたどたどしいフランス語で注文した。ボトルで持ってきてほしい、それに氷をたくさん、と頼んでいた。

そして部屋は静まりかえった。なぜこの男はそわそわしているんだろう、とジョナサンは思った。ジョナサンは窓辺に立って外を眺めていた。どうやらウィスターは飲みものが運ばれてくるまで何も話さないつもりだ。ドアを控えめにノックする音がした。

白いジャケットのボーイが愛想のいい笑みを浮かべてトレイを持ってきた。スティーヴン・ウィスターはふたつのグラスにたっぷり酒を注いだ。

「金儲《かねもう》けに興味はありませんか?」

ジョナサンは微笑した。座り心地のいい肘掛《ひじか》け椅子《いす》に腰をおろして、大きな氷入りのスコッチを手にしている。「興味のない人がいますか?」

「いま私は危ない仕事——そう、大切な仕事を計画しています。報酬はたっぷりはずむつもりです」

麻薬だな、とジョナサンは思った。たぶん、運ぶか預かるかしてほしいのだろう。「どんなお仕事をされてるのですか?」ジョナサンは丁寧に訊《き》いた。

「いくつかしてましてね。いま手掛けているのはいわゆる——ギャンブルです。——ギャンブルはやりますか?」

「いや」ジョナサンは微笑した。

「私もやりません。それは問題じゃありません」男はベッドの端から腰をあげ、部屋のなかをゆっくり歩きだした。「住まいはハンブルクなんです」

「ほお?」

「市内でのギャンブルは違法ですが、会員制クラブでは行なわれています。しかし、合法か違法かは、問題じゃありません。人をひとり始末する必要があるんです。もしくは、ふたり。ひょっとすると、盗みもやらなければならない。話というのは、このことなんです」彼は期待をこめた真剣な面持ちでジョナサンを見つめた。

つまり、殺しの話だ。ジョナサンはぎょっとしたが、微笑を浮かべて首をふった。

「私の名前をどこで聞きつけたんです!」

スティーヴン・ウィスターはにこりともしなかった。「どうでもいいことです」グラスに、また視線をそらした。「九万六千ドルに興味はありませんか？　四万ポンド、約四十八万フランです。人をたったひとり撃つだけで。もしくはふたり、その点は成り行きを見極める必要がありますが。あなたにとって安全で絶対確実なよう手配します」

ジョナサンはまた頭をふった。「どこで私が――殺し屋だと聞いたのかわかりませんが、人ちがいですよ」

「いや。そうではない」

男にじっと見つめられて、ジョナサンの顔から微笑が消えた。「何かの間違いです……どうして私に電話をかけてきたか、話してもらえませんか？」

「そう、あなたは――」ウィスターはこれまで以上に言うのが苦痛であるような顔をした。「あなたはあと数週間しか生きられない。それはご存じでしょう。奥さんと幼い息子さんがいますね？　死ぬとき、何かを残してあげたくはありませんか？」

ジョナサンは顔から血の気がひいた。どうしてウィスターはこんなにいろいろ知っているのだろう？　そのとき、みんな関係があるんだと気づいた。自分のことを余命いくばくもないとゴーティエにしゃべった者はこの男と知り合いだし、どうやら自分とも関係があるらしい。ゴーティエの話を持ちだす気はなかった。ゴーティエは正直者であり、ウィスターは詐欺師だ。不意に、スコッチがあまりうまくなくなった。「とんでもない噂《うわさ》が立ちましてね、最近――」

今度はウィスターが頭をふった。「とんでもない噂なんかじゃない。おそらく医師が本当のことを言っていないのです」

「医者よりもよくわかってるんですか？　先生は嘘なんか言いません。たしかに私は血液の病気にかかっている。だが――いま悪化はしていない――」ジョナサンは急に話をやめた。「とにかく、残念ながらお役には立てません、ミスター・ウィスター」

ウィスターが下唇を噛むと、縦長の傷痕が生きている虫のように気味悪く動いた。

ジョナサンは顔をそむけた。ペリエ先生はやはり嘘をついているのだろうか？　明日の朝、パリの病院に電話をしていくつか質問してみるか、直接パリに行ってもう一度説明してもらおうと思った。

「ミスター・トレヴァニー、申し訳ないが、どうやら知らされてないのはあなただけのようですね。あなたの言う噂は、すくなくともすでにお耳に入っている。だから、私は悪い知らせを持ってきた使者ではありません。ご自分で好きなように選べばいい。ただ、事情が事情であるだけに、このような多額の金はむしろ喜んでもらえると思っていましたがね。仕事なんかやめて、楽しめるんですよ――そう、たとえば、家族で世界一周の船旅をしても、まだ奥さんに金を残してあげられるんです……」

ジョナサンは軽いめまいを覚えて、立ち上がり、深呼吸をした。めまいは治まったが、そのまま立っていた。ウィスターはしゃべりつづけている。ジョナサンはほとんど聞いていなかった。

「……というのが私の考えです。ハンブルクには出資者が数名いましてね、九万六千ドルを負担してくれるんですよ。始末してほしい男はマフィアのメンバーです」

ジョナサンはまだ半分落ち着きをとりもどしただけだった。「ありがたいが、殺し屋じゃないので。もうこの話はやめたほうがいいでしょう」

ウィスターは先を続けた。「しかし、われわれが探しているのは、われわれとは一切の関わりをもたない人物で、ハンブルクとも無関係の者です。とはいえ、ひとり目の男、これはただの下っ端ですが、ハンブルクで射殺しなければならない。それというのも、警察には二組のマフィアがハンブルクで抗争しているものと思わせたいからなんです。じつは、われわれとしては、警察に介入してもらいたい」彼は俯きかげんに歩きつづけている。「ひとり目は人込みのなかで射殺するのがいいと思っています。U《ウー》バーンの。ああ、ドイツ語で地下鉄の意味です。イギリスではアンダーグラウンドでしたね。拳銃をその場に捨て――暗殺者は群衆にまぎれ、姿を消す。拳銃はイタリア製、指紋は残さない。手がかりなしです」指揮者が指揮を終えたように両手をおろした。

ジョナサンは椅子まで戻った。しばらくは立っていられなかった。「悪いが、お断わりする」体力が戻り次第、出ていくつもりだった。

「明日は一日ここにいます。たぶん日曜日の午後遅くまでは。よく考えてもらいたい――スコッチのお代わりでも？　飲まれたほうがよさそうだが」

「いや、結構」ジョナサンは身体《からだ》を引き上げた。「じゃあ、これで」

ウィスターはがっかりした様子でうなずいた。

「ごちそうさまです」

「いやいや」ウィスターはドアを開けてくれた。

ジョナサンは部屋を出た。名刺をむりやり握らされるだろうと思っていた。が、そうされなかったので、ほっとした。

フランス通りに、街灯がともっている。午後七時二十二分。シモーヌに買い物を頼まれていただろうか？　たしか、パンだ。パン屋に入り、バゲットを買った。いつもの雑用をしていると気がまぎれた。

夕食は、野菜スープに残りもののヘッドチーズを二切れ、それにトマトとタマネギのサラダだった。シモーヌは勤め先の近くの店でやっている壁紙のセールの話をしていた。百フランで、ベッドルームの壁紙が買えるのだ。彼女はきれいな藤色と緑色の柄の、明るいアールヌーボー風のものを見つけていた。

「窓がひとつしかないから、あのベッドルーム、とっても暗いでしょ、ジョン」

「いいね」ジョナサンは言った。「セールなら、なおさらだ」

「セールなのよ。うちのケチな店長がする五パーセント引きのような馬鹿馬鹿しいセールじゃないわ」彼女はパンの皮でサラダ・オイルを拭《ぬぐ》いとると、口のなかにぽいと放りこんだ。「何か心配ごとでもあるの？　今日、何かあったのね？」

ジョナサンの顔に、急に笑みが浮かんだ。心配ごとなど何もなかった。すこし帰りが遅くなり、酒もけっこう飲んでいた。シモーヌがそのことに触れないので、ほっとしたのだ。

「いいや。何もないよ。週末のせいさ。もう週末みたいなものだからね」

「疲れているの？」

医者に問診されているようだった。口癖になっていた。「疲れてはいない……今夜八時から九時までの間に、お客さんに電話をかけねばならないんだ」いま、時間は八時三十七分だった。「さあ、電話をしにいかないと。ついでに、コーヒーを飲んでくるよ」

「ぼくも一緒に行っていい？」ジョルジュがフォークを置いて訊いた。椅子からすぐに飛びだせるよう身を起こしている。

「今夜は駄目だ、いい子だね。急いでるんだよ。ピンボール機で遊びたいんだろう、わかってるんだ」

「ハリウッド・チューインガム！」ジョルジュはフランス風の発音で「オリヴー・シュヴァン・ゴンム！」と叫んだ。

ジョナサンはたじたじとなり、廊下の洋服かけからジャケットをとった。ハリウッド・チューインガムはフランスの子どもたちになぜか人気があった。緑と白の包み紙が側溝やときには自宅の庭にも捨てられている。「ああ、わかったよ《ウィ・ムッシュー》」ジョナサンはそう言って、玄関を出た。

ペリエ先生の自宅の電話番号は電話帳に載っていた。今晩、家にいてくれるといいんだがと思った。自分の店よりも近いところに、電話のある煙草屋《たばこや》があった。恐怖にとらわれていて、足早になっている。通りを二本こえた先に、「煙草」という明かりのついている斜めになった赤い円筒があった。是が非でも真実を聞かせてもらうつもりだった。カウンターのなかにいるいくらか顔見知りの若者に会釈し、電話のほうへ向かった。そっちに棚もあって、電話帳が置かれている。「フォンテーヌブロー！」とジョナサンは大声で叫んだ。店内は騒々しく、おまけにジュークボックスもかかっている。電話番号を探し、ダイヤルをまわした。

ペリエ先生が出て、声でジョナサンだとわかってくれた。

「もう一度ぜひ検査していただきたいんです。今夜にでも。いま、サンプルをとることができれば」

「今夜？」

「すぐうかがいます。五分後に」

「具合が悪いのかね？」

「明日、検査がパリへ送られると思って――」ペリエ先生がいつも土曜日の朝に、さまざまなサンプルをパリに送っていることは知っていた。「今夜か、明朝に、サンプルをとってもらえたら――」

「明朝は、診療室にいないんだよ。出かけるところがあってね。そんなに心配なら、いまいらっしゃい」

電話代を払い、外へ出ようとしたとき、ジョナサンはハリウッド・チューインガムのことを思い出し、ふた箱買って、ジャケットのポケットに入れた。ペリエ先生ははるか向こうのマジノ通りに住んでいた。十分近くはかかるだろう。ジョナサンは小走りになったり、歩いたりした。医師の自宅へ行くのははじめてだった。

陰気な感じの大きな建物だった。管理人は動作の緩慢な痩せこけた老婆で、造花だらけの狭いガラス張りの部屋でテレビを観ていた。がたのきているエレベーター室にエレベーターボックスが下りてくるのを待っていると、管理人が廊下にそっと出てきて、怪訝そうに訊いた。

「赤ちゃんが生まれそうなんですか、ムッシュー？」

「いえ、ちがいます」ジョナサンは微笑して言った。ペリエ先生が一般医であることを思い出した。

彼はエレベーターで上がっていった。

「いったいどうしたんだね？」ペリエ先生はダイニングルームから手招きしながら言った。

「こっちへどうぞ」

家のなかは薄暗かった。どこかでテレビの音がしている。彼らが入っていった部屋は小さな診療室のようで、本棚には医学書があり、医者の黒い鞄《かばん》の置かれた机が一脚あった。

「やれやれ、いますぐにも駄目になりそうな感じだったよ。どうやら走ってきたようだね。モンデイユー《モンデイユー》」

赤い顔をしている。また命があぶないなんて噂が立ってるとは言わせないよ！」

ジョナサンはつとめて冷静な口調で話した。「もちろん、自分でも大丈夫だって思いいたいですよ。ただ、実を言うと、そんなに調子がよくないんです。この間の検査から二カ月しか経っていないことはわかっています。しかし、次の検査は四月末の予定だから、何も差し支えは――」肩をすくめて、急に話をやめた。「骨髄を採取するのは簡単ですし、明日早く送られるので――」ジョナサンはそのとき、骨髄《モワール》という言葉を意識し、フランス語がぎごちなくなっていることに気づいた。とくに、骨髄が異常に黄色いとわかったときから、いやな気分にさせられる言葉になっていたのだ。ペリエ先生の態度が患者を適当にあしらおうとしているものに感じられた。

「じゃあ、サンプルをとろう。結果はこの間と変わりないだろうがね。医者の言うことがどうしても信用できないわけだ、ムッシュー・トレヴァニー……」先生はなおも話しつづけた。ジョナサンはセーターを脱ぎ、ペリエ先生に促されて、古い革のソファに横になった。先生は麻酔針をずぶりと突き刺した。「しかし、心配するのも無理はないと思うがね」ペリエ先生はしばらくするとそう言い、筒を押したり、軽く叩いたりしていた。それはジョナサンの胸骨のなかに入っていった。

骨を砕いて刺しこまれるときの音はたまらなかったが、痛みはわずかで、楽に耐えられた。今度は、たぶん、何かはっきりするだろう。ジョナサンは帰る前に、こう言わずにはいられなかった。「どうしても真実を知りたいんです、ペリエ先生。まさか研究所が正しい結果を教えてくれないなんてことはないでしょうね？　こっちは研究所の数字を間違いないとすぐに信じてしまうので――」

「この結果は患者には送られないんだよ！」

そのあと、歩いて家に帰った。ペリエ先生のところへ行ったこと、また不安にかられていることをシモーヌに話そうと思ったが、できなかった。彼女にはもう何もかも話してあった。話しても、どうなるものでもないのだ。同じように、またよけいな心配をかけるだけだろう。

ジョルジュはもう二階のベッドに入っていた。シモーヌが漫画を読んであげている。また『アステリックス』だ。ジョルジュは枕《まくら》にもたれ、シモーヌは明かりの下にある低いスツールに腰かけていた。家庭生活を描いた活人画のようで、シモーヌのスラックスがなければ時代は一八八〇年だ、とジョナサンは思った。ジョルジュの髪が明かりを受けてトウモロコシの毛のように黄色い。

「チューインガムは？」ジョルジュがにっこり笑って訊いた。

ジョナサンは微笑し、ひと箱とりだした。もうひと箱はまたの機会にとっておいた。

「遅かったのね」とシモーヌが言った。

「カフェでビールを飲んでたんだ」とジョナサンが言った。

翌日の午後、ペリエ先生から言われたように、四時半から五時までの間に、ヌイイのエベルル・ヴァラン研究所に電話をかけた。名前と綴《つづ》りを言い、フォンテーヌブローのペリエ先生の患者だと名乗った。それから、担当の課につながれるのを待った。電話は一分ごとに料金が増える信号音を送ってきた。ペンと紙の用意はしてある。お名前の綴りをもう一度お願いできますか？　それから、女性の声で結果が読みあげられはじめた。ジョナサンはすばやく数字を書きとめた。白血球増加、一九〇〇〇〇個。これは前回よりも悪化しているのだろうか？

「もちろん、ペリエ医師にも書面で結果が報告されます。火曜日までには届くはずです」

「これは前よりも悪くなってますね？」

「手元に前回の結果がありませんので、ムッシュー」

「いまお医者さんはいらっしゃるんですか？　先生と話をさせていただけませんか？」

「わたしが医者ですけど、ムッシュー」

「そうですか。ではこの結果は――手元に前のがあろうとなかろうと、よくないんでしょうね？」

彼女は教科書どおりのように答えた。「抵抗力の低下も伴い、潜在的には危険な状態です……」

ジョナサンは店から電話をかけていた。看板を「閉店」のほうへひっくりかえし、カーテンも閉めておいた。もっとも、彼の姿はショーウィンドー越しに見えた。看板をはずしにいくと、ドアに鍵をかけてなかったことに気づいた。午後は、もう絵を取りにくる客はいなかったから、店を閉めても差し支えないと思った。午後四時五十五分だった。

ペリエ先生の診療室へ行った。場合によっては、一時間以上待つつもりだった。土曜日は込んでいた。ほとんどの人は仕事が休みなので、いつでも診察に来ることができるのだ。

ジョナサンの前に三人来ていた。しかし、看護師が声をかけてきて、長くかかりそうですかと訊いた。いいえ、とジョナサンは答えた。看護師は次の番の患者に詫びを言って、彼を先にした。ペリエ先生が看護師に前もって話しておいたのだろうかと思った。

ジョナサンの走り書きのメモを見ると、ペリエ先生は黒い眉をあげて言った。「だが、これは不完全なものだ」

「それはそうですが、何かわかるでしょう？　すこしは悪くなってますね？」

「まるで悪くなりたがっているようだ！」ペリエ先生はいつものように明るく言ったが、もうジョナサンは信用していなかった。「はっきり言って、たしかに、悪くはなっているが、ほんのわずかだよ。重大なものじゃない」

「パーセントで言うと、十パーセント悪化しているってところですか？」

「ムッシュー・トレヴァニー、きみは車じゃないんだよ！　火曜日に正式な報告を受けとるまで、意見を述べるのは適当ではない」

ジョナサンはむしろゆっくりした足どりで、自宅に向かった。店の前で客が待っているかもしれないので、サブロン通りを通った。誰もいなかった。コインランドリーだけが賑《にぎ》わい、洗濯物の包みを持った客同士が入口でぶつかり合っている。そろそろ午後六時だった。シモーヌは靴屋から帰るのがいつもより遅く、七時すぎになるだろう。店長のブルザールが、日曜日と月曜日にはできるだけ売り上げをあげてから店を閉めたがっていたからだ。ウィスターはまだレーグル・ノワール・ホテルにいる。彼が待っているのはジョナサ

ンだけだろうか、気が変わって承知するのを待っているのか？　ペリエ先生がスティーヴ
ン・ウィスターと共謀しているというのは、考えられないことだろうか？　ふたりでエベ
ルル・ヴァラン研究所を買収し、悪い結果を知らせたとしたら？　ゴーティエも、この悪
い知らせを彼の耳に入れるのに一枚噛んでいたとしたら？　夢を見ている者に対して、な
んとも不思議なものが束になって立ち向かってくる悪夢のようだった。しかし、夢でない
ことはわかっていた。ペリエ先生がスティーヴン・ウィスターに雇われていないことは確
かだった。エベルル・ヴァラン研究所だって、そうだ。身体の調子は悪くなっていて、死
は思っていた以上に少しずつ間近に迫っている、これは一日を生
きながらえた者すべてに当てはまることだ、とジョナサンは思った。死も、老化の過程
も衰えであり、文字どおり下り坂の小道だという気がした。たいていの人は死をゆっくり
経験することができる。五十五歳かあるいは勢いがなくなったころに始まり、七十歳かあ
るいは寿命がつきるまで下っていくのだ。が、自分の死は間違いなく崖から落ちるような
ものになるだろう。「覚悟」を決めようとしたが、心が定まらず、適当にごまかした。彼
の気持ち、彼の精神はまだ三十四歳だった。生きていたかった。
　トレヴァニーの細長い家は明かりがまったく灯っていなかった。夕闇のなかでブルーグ
レーの色をしている。どちらかと言えば、陰気な感じの家だった。五年前に購入したとき
には、ジョナサンやシモーヌには、それがおもしろそうに思えたのだ。フォンテーヌブロ
ーのほかの家と比較しながら、この家のことでふたりが議論するとき、ジョナサンは「シ

ャーロック・ホームズ・ハウス」と呼ぶのが常だった。「いまでもシャーロック・ホームズ・ハウスが気に入ってるよ」かつてそう言ったことを覚えている。ガス灯とピカピカの手すりがいかにも似合いそうな、一八九〇年代風の家だったが、引っ越してみると、家のなかでピカピカに磨かれている木部など、どこにもなかった。しかしながら、世紀末的な魅力を持った家に造りかえることができそうな感じだった。部屋はやや狭かったが、間取りがよかった。庭に長方形に区切られた一画があり、バラが一面伸びほうだいに伸びていた。とにかく、バラの茂みは以前からそこにあったのだ。まずは、きれいに庭を手入れする必要があった。裏の階段にあるスカラップ型のガラスのポーチコが、ヴュイヤールとボナール（ともに印象派の影響を受けた仏のアンティミスムの画家）の絵を思わせた。ポーチが同じ小さなガラスで囲われていた。しかし、五年間住んでも、その陰気くさい感じはどうにもできなかったという気がする。壁紙を貼りかえれば、たしかにベッドルームは明るくなるだろう。だが、明るくなるのは、その部屋だけでしかない。家のローンがまだ残っていた。あと三年、家は抵当に入っているのだ。結婚した年に手に入れたフォンテーヌブローのアパルトマンのほうが、金はかからないだろう。だが、シモーヌはすこしでも庭のある家に住みなれていた。ヌムールで暮らしているときはずっと庭つきの家だった。イギリス人なので、ジョナサンもやはりすこしでも庭のあるほうがよかった。収入の相当部分を家のために割いているが、一度も後悔したことはなかった。

　正面の階段をのぼりながら、ジョナサンが考えていたのは、残っているローンのことではなく、自分はこの家で死ぬだろうということだった。たぶん、別の、もっと明るい家にシモーヌと住むことはないだろう。シャーロック・ホームズ・ハウスは彼が生まれる何十年も前に建てられたものだ。自分が死んだあとも、何十年も長持ちするだろう。この家に住む運命だったという気がする。いずれ彼はこの家で倒れて運びだされるときが来て、そうなれば二度と家には戻れないだろう。

驚いたことに、シモーヌはキッチンのテーブルでジョルジュとトランプをしていた。彼女は顔をあげるとにっこりしたので、忘れていないことがわかった。今日の午後、彼はパリの研究所に電話をすると言ってあったのだ。しかし、彼女はジョルジュの前でそのことは口にしなかった。

「あのいやな店長がね、今日は早く店を閉めたの」シモーヌが言った。「暇だったから」

「へえ!」ジョナサンは明るい声を出した。「この賭場《とば》はどうなってるんだい?」

「ぼくが勝ってるんだよ」ジョルジュがフランス語で言った。

シモーヌは立ち上がり、ジョナサンのあとについて廊下に出た。彼はレインコートをかけた。彼女が問いかけるようにじっと見つめている。

「心配することは何もない」ジョナサンが言った。が、彼女は廊下のもっと先のリビングルームへ行くよう促した。「多少は悪くなっているらしいが、自分じゃそうは感じないんだ。だから、どうってことはないさ。もううんざりだ。さあ、チンザノで一杯やろう」

「あの噂のせいで、心配だったんでしょ、ジョン?」

「それはそうだよ」

「誰が言いだしたのか、知りたいわ」彼女は顔をしかめた。「悪質な噂ね。ゴーティエは誰から聞いたか言わないの？」

「うん。ゴーティエの話だと、どこかで何かが間違ったらしい。話が膨《ふく》らんだんだろうね」ジョナサンは以前にシモーヌに言ったことを繰りかえした。しかし、間違いではない、まったく意図的に流された噂話であることはわかっていた。

5

ジョナサンは一階のベッドルームの窓辺に立って、シモーヌが庭の物干し綱に洗濯物を干しているのを眺めていた。枕《まくら》カバー、ジョルジュのパジャマ、ジョルジュとジョナサンの何足ものソックス、二着の白いガウン、ブラジャー、ジョナサンのベージュの作業用ズボン――あらゆるものが干されていたがシーツは例外で、シモーヌにとってはシーツはきちんとアイロンがかかっていることが大切だったから、クリーニングに出すのだ。シモーヌはツイードのスラックスに、身体《からだ》にぴっちりの薄手の赤いセーターを着ている。大きな楕円形《だえんけい》の籠《かご》の上に身をかがめたときの背中はたくましくて、しなやかだった。布巾を洗濯ばさみでとめていた。雲ひとつない晴天で、風に夏の気配があった。

シモーヌの両親フサディティエ夫妻と昼食を共にするためにヌムールへ行くのを、ジョナサンはなんとかかんとか言って断わったのだ。一週間おきの日曜日にはいつもシモーヌと出かけていた。兄のジェラールが迎えにきてくれないときは、ヌムール行きのバスに乗った。フサディエ家で、ジェラール夫婦やふたりの子どもたちとご馳走を食べるのだ。ジェラール一家もヌムールに住んでいた。シモーヌの両親はいつでもジョルジュをちやほやし、かならずプレゼントをくれた。午後三時ごろになると、シモーヌの父親ジャン＝ノエルはテレビをつける。ジョナサンはよく退屈したが、シモーヌと一緒に出かけることにしている。そうするのが当たり前だったし、フランス人家族の仲のよさを大切だとも思っていた。

「もうすっかり元気なんでしょ？」ジョナサンがその日の同行を断わったとき、シモーヌからそう訊《き》かれた。

「うん。ただね、今日は気乗りがしないんだ。それに、トマトを植える畑をつくりたい。だから、ジョルジュとふたりでどうだい？」

そんなわけで、シモーヌとジョルジュは正午のバスで出かけた。シモーヌがブルゴーニュ風牛肉の赤ワイン煮の残りをガスレンジの上の小さな赤いキャセロールに入れておいてくれたので、腹がへったら温めるだけでよかった。

ひとりになりたかったのだ。怪しげなスティーヴン・ウィスターと彼が持ちかけてきた話について考えていた。とは言っても、今日レーグル・ノワールに電話をかけるつもりはなかった。ただ、三百メートルと離れていないホテルに、ウィスターはまだいるのだ。それが気になって仕方がなかった。想像は妙に興奮させるし、不安にもさせるけれど、ウィスターに連絡をとる気はなかった。青天の霹靂《へきれき》であり、波瀾《はらん》のない生活におけるわずかな彩りだった。ジョナサンはじっくり観察したかった。ある意味では、それを楽しみたかった。また、シモーヌには、こっちの考えていることが読まれてしまいそうだし、何か心配ごとでもあれば、すくなくとも感づかれてしまいそうな気がした（実際、そういうことがよくあったのだ）。あの日曜日にはぼんやりしているように見えたとしても、シモーヌにそれを指摘され、どうしたのかと訊かれたくなかった。だからせっせと庭仕事をして、空想にふけっていたのだ。考えていたのは四万ポンドのことだった。家のローンをすべて返済し、室内を塗る必要があったので分割払いで塗ってもらったペンキ代も、クレジットで買ったテレビの支払いもすませ、ジョルジュの大学の学費も貯えて、シモーヌと自分に何着か洋服が買える額だった。本当に気持ちが楽になる！　不安がまったくなくなるのだ！　マフィアの男の姿が目に浮かんだ。ことによると、ふたりかもしれない。がっしりした体格の、黒髪のギャングたちが撃たれ、腕を振りまわして倒れる。鋤《すき》を庭の土のなかに突き入れていきながら、ジョナサンに想像できなかったのは、たぶん、相手の背中に拳銃を向けて、引き金をひく自分の姿だっただろう。さらに興味深くて、不可思議で、物騒なのはウィスターがどうやって彼の名前を知ったかということだった。フォンテーヌブローで彼を標的にして陰謀がたくらまれ、それがなぜかハンブルクへと送られた。ウィスターが人ちがいをするなんてありえない。病気のこと、女房や幼い息子のことまで知っていたのだ。こっちは友だちのつもり、すくなくとも親しい知人のつもりでいた何者かがすこしも好意的ではなかったわけだ。

ウィスターはたぶん、今日の午後五時ごろフォンテーヌブローを出発するだろう、とジョナサンは思った。昼食を食べ終え、午後三時までリビングルームの真ん中にある円テーブルの引き出しに放りこまれている書類や古い領収書を整理した。まったく疲れを感じていないことに気づいて、ほっとした。それから、箒《ほうき》と塵取《ちりと》りを持って、ファーネスの外側の管やまわりの床をきれいにした。

五時ちょっとすぎに、キッチンの流しで手の煤《すす》をごしごし洗っていると、シモーヌがジョルジュを連れて帰宅した。兄のジェラール、妻のイヴォンヌも一緒だった。みんなキッチンで一杯飲んだ。ジョルジュは祖父母から丸い箱に入ったイースター・キャンディのプレゼントをもらっていた。箱のなかには、金箔にくるまれた卵、チョコレートの兎、色のついたガムドロップが入っていて、まだ開けられないまま黄色いセロハンがかぶさっている。シモーヌが開けさせなかったのだ。ヌムールでキャンディを食べていたからだ。ジョルジュはフサディエの子どもたちと庭に出ていた。

「土のやわらかいところに入っちゃいけないよ、ジョルジュ！」ジョナサンが叫んだ。土を掘り起こし、平坦にならしておいたが、ジョルジュが拾えるよう小石は残しておいた。たぶん、ふたりの仲良しに手伝ってもらい、赤い荷車をいっぱいにするだろう。小石を荷車にいっぱい拾うと――いっぱいには程遠くても、底が隠れるだけあれば、五十サンチームやった。

雨が降りだしていた。洗濯物は、ジョナサンがすこし前に取りこんでおいた。「庭の眺めがすばらしいわ！」とシモーヌが言った。「ほら、ジェラール！」彼女は裏の小さなポーチを見るよう兄を促した。

いまごろ、ウィスターはたぶん、フォンテーヌブローからパリ行きの列車に乗っているか、フォンテーヌブローからオルリーへタクシーを飛ばしているだろう、とジョナサンは思った。金は持っていそうだった。ひょっとすると、すでに機上の人となって、ハンブルクに向かっている途中かもしれない。シモーヌが帰宅し、ジェラールやイヴォンヌと話していると、ウィスターはもうレーグル・ノワール・ホテルからいなくなってしまったような気がした。いずれにしても、ウィスターのことはほとんどきまぐれな想像にまかせてしまったように見えた。ウィスターには電話をしなかったのだ。ジョナサンは電話をしなかったことで、ある種の誘惑に首尾よく打ち克ったかのように、同時に軽い勝利の喜びも感じていた。

電気技師のジェラール・フサディエはきちんとした真面目な男で、シモーヌよりはすこし年上だった。髪は彼女よりもきれいなブロンドで、褐色のひげが入念に手入れされていた。趣味は海軍史で、十九世紀と十八世紀のフリゲート艦の模型を作り、艦内にミニチュアの電灯をとりつけて、リビングルームのスイッチで全部ないし部分的に明かりをつけることができた。ジェラール自身、フリゲート艦に電灯をつけるという時代錯誤を笑っていたが、室内の明かりをすべて消したときの効果はすばらしかった。八隻か十隻の船がリビングルームの暗い海をあちこち航行しているようだった。

「シモーヌの話だと、身体のほうがちょっと思わしくなかったらしいね、ジョン」ジェラールが真剣な口調で言った。「失礼だが」

「べつにたいしたことじゃないんですよ。もう一度検査してもらっただけです」とジョナサンは言った。「結果はほとんど変わりませんよ」ジョナサンはこういう決まり文句に慣れていた。身体の具合はどうかと訊かれて、「おかげさまで、元気です」と返事をするようなものだ。ジョナサンの言葉に、ジェラールは満足した様子だった。どうやらシモーヌはそれほどしゃべっていないのだろう。

イヴォンヌとシモーヌがリノリウムの話をしていた。キッチンのガスレンジと流しの前のリノリウムがすり減っていた。家を購入したとき、新品ではなかったのだ。

「本当に身体のほうは大丈夫なの、あなた?」フサディエ夫妻が帰ると、シモーヌが訊いた。

「もちろんさ。ボイラー室も掃除しておいたよ。煤をね」ジョナサンは微笑した。

「どうかしてるわ――今夜は、とにかくきちんと食事をしないと。ママに持っていくようにって言われて、昼食に出たポーピエットを三つもらってきたの。美味《おい》しいわよ!」

そのあと、十一時近くになって、ベッドへ行きかけたとき、ジョナサンは急にふさぎの虫にとりつかれた。脚も、全身も、何かねばねばしたもののなかにはまり込んだ感じ、尻《しり》まで泥につかって歩いている感じだ。ただの疲れだろうか? だが、肉体的な疲れというより精神的な疲れのような気がした。明かりを消して、シモーヌと抱きあうと、ほっとし、満ち足りた気分になった。眠るときは、いつもそうしているのだ。いまごろ東に向かって飛んでいるスティーヴン・ウィスター（本名だろうか？）のこと、座席に座って手足を伸ばしているあの痩せた身体を想像した。ピンク色の傷痕がある、途方に暮れたような、緊張した顔が思い浮かんだが、ウィスターのほうはもうジョナサン・トレヴァニーのことなど考えてもいないだろう。頭のなかにあるのは、別の誰かのことにちがいない。まだほかに二、三人当てがあるはずだ、とジョナサンは思った。

寒い朝で、霧がかかっていた。午前八時すぎ、シモーヌはジョルジュを幼稚園へ連れていき、ジョナサンはキッチンに佇《たたず》んで、二杯目のカフェオレで手を温めていた。暖房が十分ではなかった。冬の間はかなり辛かった。春になったいまでも、朝は冷えこむのだ。家を買ったとき、ファーネスは以前からのものがあり、階下の五台のラジエーターはそれで十分だったが、なんとかなると思って、階上に取りつけた別の五台がきかなかった。無理だと言われたことは、ジョナサンもはっきり覚えている。しかし、もっと大型のファーネスは、三千フランはするだろう。金がなかった。

正面玄関の郵便受けに手紙が三通投げこまれていた。一通は電気料金請求書だった。ジョナサンは正方形の白い封筒を裏返した。裏にレーグル・ノワール・ホテルとある。開封した。名刺が出てきて落ちた。それを拾いあげて読む。「スティーヴン・ウィスター」その下に、こう書かれていた。

ハンブルク市
ヴィンターフーデ（アルスター）
アグネス通り一五九番地
リーヴズ・マイノット方
電話（五六）六二九－六七五七

手紙も同封されていた。

一九××年四月一日

拝啓、トレヴァニー様
今日は、午前中も、午後になっても、ご連絡いただけなくて残念です。しかし、お気持ちが変わるかもしれませんので、ハンブルクの住所が書いてある名刺を同封します。私の提案について考えが変わりましたら、いつでも結構です、コレクトコールで電話をください。あるいは、ハンブルクへ直接話しにきてください。ご連絡があり次第、往復の旅費を電報為替で送ります。
実際、ハンブルクの専門医に診察してもらって、ちがった意見を聞くというのも、いい考えではありませんか？　そうすれば、もっと安心できるかもしれません。

私は日曜日の夜、ハンブルクに帰ります。

敬具
スティーヴン・ウィスター

ジョナサンは驚きと、おかしさと、苛立《いらだ》たしさを同時に感じた。「もっと安心」とはおかしなことを言う。ウィスターはこっちの寿命があまり長くないことを確信しているのだから。ハンブルクの専門医から「ああ、たしかに、あと一、二カ月の命ですね」と言われても、もっと安心できるのか？　ジョナサンは手紙と名刺をズボンの尻ポケットに押しこんだ。ハンブルクへの無料往復旅行。ウィスターはあらゆる餌《えさ》を考えていた。おもしろいことに、日曜日にジョナサンからいつ電話があるかもわからないのに、月曜日の早朝に届くよう、手紙は土曜日の午後に出されていた。日曜日は郵便物のポストからの回収が行なわれないからな。

八時五十二分。ジョナサンはやっておかねばならないことを考えた。ムランの会社からもっと台紙を取り寄せる必要がある。すくなくとも、葉書を出さねばならない客がふたりいる。一週間以上前に品物はできあがっていた。普段、月曜日は店へ行き、雑用をして時間を過ごす。店は開けなかった。一週間に六日開店すると、フランスの法律に触れるからだ。

ジョナサンは九時十五分に店に着き、入口の緑のブラインドを引いて、ふたたびドアに鍵をかけ、閉店《フェルメ》の看板を出しておいた。ぶらぶらしながら、あいかわらずハンブルクのことを考えていた。ドイツの専門医の診断を受けることは悪くないかもしれない。二年前、ロンドンで専門医に診《み》てもらったことがある。結果はフランス人医師と同じだった。診断が間違っていなくて、ほっとした。ドイツ人はもうすこし完璧ではないだろうか、あるいは先端を行ってはいないだろうか？　ウィスターの往復旅行の申し出を受けいれたら？（ジョナサンは葉書に宛名を書いているところだった）しかし、そうなると、ウィスターに借りをつくることになる。自分はふざけ半分でウィスターのために殺人を犯そうと考えている——いや、ウィスターのためではなく、金のためだ、とジョナサンは思った。マフィアのメンバー。連中はみんな犯罪者ではないか？　もちろん、往復の旅費を出してもらっても、いつだって金は返せると思った。問題は、いま銀行から金を引きだせないことだ。貯えが十分ではなかった。本当に健康状態を確かめたければ、ドイツ人は（スイス人も）はっきり告知してくれるだろう。向こうには、やはり世界的な名医がいるのではないか？ジョナサンは明日電話をするのを忘れないよう、電話機のそばにムランの紙問屋の名刺を置いた。紙問屋も、今日は休みだった。スティーヴン・ウィスターの持ちかけてきた話が実行不可能だとは限らないのだ。一瞬、彼はドイツの警官の一斉射撃で蜂の巣のようにされる自分の姿を思い描いた。イタリア人に発砲した直後に、警官たちに逮捕されるかもしれない。自分が死んだとしても、四万ポンドの金がシモーヌとジョルジュの手に入るのだ。ジョナサンは我にかえった。人を殺すつもりはなかった。だが、ハンブルクへ行くことは、たとえ何か悪い診断が下されるとしても、楽しいことだし、チャンスだという気がした。とにかく、事実が明らかになるのだ。いまはウィスターに金を出してもらっても、切り詰めて、服も買わず、カフェでビールも飲まなければ、ほぼ三カ月で返すことができるだろう。もちろん、もうひとりの医師、たぶん名医に診てもらうわけだから、シモーヌは承知してくれるだろうが、どっちかと言えば彼女には話したくなかった。倹約はジョナサンがするしかないだろう。

十一時ごろ、ハンブルクのウィスターに直通電話を申し込んだ。コレクトコールではなかった。三、四分後に、電話が鳴った。相手の声がはっきり聞こえる。普段、パリにかけるよりも状態はずっとよかった。

「……はい、ウィスターですが」明るい緊張した声だった。

「今朝《けさ》、手紙が届きました」ジョナサンは切りだした。「ハンブルクへ行こうと思ってるんですが――」

「そうですか。どうぞどうぞ」ウィスターはさりげなく言った。

「つまり、専門医に診てもらおうと思いましてね――」

「すぐに旅費を電報為替で送りますよ。フォンテーヌブロー郵便局で受けとることができます。二時間後には、着くでしょう」

「それは、ご親切に。そっちに行けば、すぐに――」

「今日来るんですか？　今夜？　泊まる部屋はここにありますよ」

「今日はわかりません」でも、今日行くべきだった。

「航空券がとれたら、また電話をください。到着時間を知りたいので。一日じゅう、家にいますから」

電話を切ると、心臓の鼓動がいくらか速くなっていた。

ランチタイムに家に戻り、二階のベッドルームへ行って、スーツケースが使えるかどうか調べた。一年ほど前に休暇をとってアルルへ旅行して以来、洋服ダンスの上にほったらかしにしておいたのだ。

彼はシモーヌに言った。「どうも心配なんだ。ハンブルクへ行って、専門医に診てもらうことにしたよ」

「専門医に？　ペリエ先生がそう言ったの？」

「実は、そうじゃないんだが。自分で考えたんだよ。ドイツ人医師の診断を聞くのも悪くない。もちろん、金はかかる」

「まあ、ジョン、相当かかるわよ！　今朝、何かわかったの？　でも、検査結果が届くのは、明日じゃなかった？」

「そうだよ。あそこの診断はいつもおんなじだ。別の意見が聞きたいんだ」

「いつ出かけるの？」

「近いうちに。今週にでも」

五時ちょっと前だった。ジョナサンはフォンテーヌブロー郵便局に電話をした。金は着いていた。身分証明書を提示して、六百フラン受けとった。郵便局から通りを二本離れただけのフランクラン・ローズヴェルト広場にある観光協会へ行き、オルリー空港を夜九時二十五分に出発するハンブルク行きの往復航空券を買いもとめた。急ぐべきだと思った。それが性に合っていた。考えこむことも、迷うこともないからだ。店に行き、ハンブルクへ電話を入れた。今度はコレクトコールだった。

またウィスターが出た。「ああ、それはよかった。十一時五十五分ですね、わかりました。シティ・ターミナル行きの空港バスに乗ってください、よろしいですね？　そこで会いましょう」

それから、大切な絵をとりにきてもらうよう客のひとりに電話をし、「家庭の事情」というありきたりの言い訳をして、火曜日と水曜日は店を休むと伝えた。そういう意味の看板を二日間ドアにかけておかねばならないだろう。べつにどうってことはない、とジョナサンは思った。街の商店主たちはなんのかのと口実をもうけて、よく何日か店を休むからだった。「二日酔いのため休業」という看板をいつか見たことがあった。

店を閉め、帰宅して、荷物をまとめた。ハンブルク病院かどこかの病院で、検査のためにどうしても滞在を延ばしてほしいとでも言われない限り、向こうにいるのはせいぜい二日間だろうと思った。パリ行きの列車は調べてあった。午後七時ごろに一本あり、これで行けば、なんとかなりそうだった。パリに着いてから、アンヴァリッドへ行って、オルリー空港行きのバスに乗らねばならない。シモーヌがジョルジュを連れて帰ってきたときには、スーツケースは階下にあった。

「今夜なの？」とシモーヌが言った。

「早ければ早いほどいい。急にその気になってね。水曜日には帰るよ。明日の夜って場合もあるかもしれない」

「でも、連絡はどこへ？　ホテルは予約してあるの？」

「してない。電報を打つよ。心配することはない」

「病院はすべて手配したの？　先生は誰なの？」

「まだわからないんだ。聞いているのは病院のことだけでね」パスポートをジャケットの内ポケットにしまおうとして、とり落とした。

「どうかしてるわ、あなた」シモーヌが言った。

ジョナサンは微笑《ほほえ》みかけた。「とにかく、大丈夫だ、もう駄目ってわけじゃない！」

シモーヌはフォンテーヌブロー・アヴォン駅まで送っていき、バスで帰ると言ったが、ジョナサンは来ないでくれと頼んだ。

「すぐに電報を打つよ」とジョナサンは言った。

「ハンブルクって、どこなの？」ジョルジュが訊いた。二度目だった。

「アルマーニュ！　ドイツだよ！」ジョナサンが言った。

運よく、フランス通りでタクシーが拾えた。フォンテーヌブロー・アヴォン駅に着くと、ちょうど列車が入ってきた。切符を買って飛び乗り、やっと間に合った。リヨン駅からアンヴァリッドまではタクシーだった。六百フランあった金がまだいくらか残っていた。しばらくは、金のことを考えなくてもよかった。

機内では、雑誌を膝《ひざ》に置いて、半分眠っていた。自分が別人になったような気がしていた。飛んでいる飛行機が、この新しい男をサン・メリー通りのダークグレーの家に置いてきた男からどんどん引き離していくようだった。きっともうひとりのジョナサンはいまごろシモーヌの皿洗いを手伝い、たとえばキッチンの床のリノリウムの値段のような下らない話をしているだろう。

飛行機が着陸した。外気は肌を刺すようで、ひどく寒かった。明かりのつけられたアウトバーンが長々と続き、それから、市内の道路に入った。夜空に、巨大なビルがぼんやりと現れる。街灯は、フランスのものと色も形もちがっていた。

ウィスターがにこにこしながら、こっちにやってきて右手を差し出した。「ようこそ、ミスター・トレヴァニー！　いい旅でしたか？……車が外に停めてあります。ターミナルまで来ていただいて申し訳ない。運転手が——私の運転手ではなくて、ときどき使ってる男ですが、ついさっきまで手が空かなくて」

彼らは道路の縁まで大股で歩いていった。ウィスターはアメリカ風のアクセントでものうげに話している。傷痕以外に、なにひとつ暴力を暗示するものはなかった。だが、あまりにも落ち着きはらっている、とジョナサンは思った。精神医学から見れば、この落ち着きぶりは不気味であるかもしれない。それとも、ただ潰瘍《かいよう》でもわずらっているだけなのか？　ウィスターはピカピカに磨かれた黒塗りのベンツのそばで足を止めた。無帽の年配の男がジョナサンの中型スーツケースをあずかり、ドアを開けてくれた。

「これはカールです」ウィスターが言った。

「こんばんは」ジョナサンが言った。

カールはにっこりして、ドイツ語で何やら呟《つぶや》いた。

かなり長いこと車は走っていた。ウィスターは市庁舎を指さして、「ヨーロッパでもっとも古いものです。爆撃を受けなかったんでね」大きな教会か大聖堂も教えてもらったが、その名前をジョナサンは聞きとれなかった。彼はウィスターと後部座席に座っていた。まわりはいちだんと鄙《ひな》びた感じになり、さらに橋をひとつ渡ると、道はいっそう暗い。

「さあ、着きました」ウィスターが言った。「ここです」

車はカーブして、私設車道の坂道へ入っていき、大きな建物のそばで停まった。明かりのついている窓はほとんどなかったが、入口は明るく、手入れが行き届いていた。

「古い建物だが、四つフラットがありましてね。そのうちのひとつがわが家です」ウィスターが説明した。「ハンブルクには、こういうフラット式の建物が多いんですよ。一軒家を改装したものでね。ここからはアルスター湖の眺めがすばらしい。大きいほうの、外アルスター湖です。明日になったらよく見えますよ」

モダンなエレベーターに乗って上がっていった。スーツケースはカールが持ってくれている。カールが呼び鈴を押すと、黒い服に白いエプロン姿の中年の婦人がドアを開けて、にっこり笑った。

「ガービーです」ウィスターが紹介した。「パートタイムの家政婦です。この建物内の別の家でも働いていて、そこの住み込みですが、今夜は何か食べものが必要かもしれないと話しておいたんです。ガービー、フランスからおいでのトレヴァニーさん《ヘア・トレヴァニー・アウス・フランクライヒ》だ」

婦人は愛想よく挨拶《あいさつ》し、ジョナサンのコートを受けとった。丸いプディングのような顔で、ひどく世話好きのようだ。

「よかったら、ここで身体を洗うといい」ウィスターがバスルームを指し示しながら言った。すでに電気がついていた。「スコッチを持ってこよう。腹がすいてるでしょう?」

バスルームから出ると、正方形の広いリビングルームに明かりがついていた。照明が四カ所にあった。ウィスターが緑色のソファに座り、葉巻をくゆらしている。コーヒーテーブルに、スコッチのグラスがふたつ置かれていた。ガービーがトレイにサンドイッチと丸いレモン色のチーズを載せて、すぐに部屋へ入ってきた。

「ああ、ありがとう、ガービー」ウィスターがジョナサンに言った。「ガービーにはもう時間が遅いんですがね。お客さんが来ると話したら、サンドイッチを出すまではいると言ってくれて」ウィスターは機嫌よくしゃべっていたが、笑顔は見せなかった。それどころか、ガービーが皿と銀器を並べている間、きりっとした眉根を心配そうに寄せていた。彼女が出ていくと、ウィスターが切りだした。「身体の調子はいいんですか? 今回の大事な――専門医に診てもらう話ですがね、いい先生がいるんですよ。ハインリヒ・ヴェンツエル先生という血液の専門医で、エッペンドルファー病院の先生です。ここはこの近くの大病院で、世界的にも名が知られている。明日の二時に予約しておきました、それでよければだが」

「もちろんです。ありがとう」ジョナサンは言った。

「これでぐっすり眠れますよ。こんな急にやってきて、奥さんはあまり心配しなかったでしょうな？……とにかく、厄介《やっかい》な病気の場合は、複数の医者に診てもらうのが、結局は利口です……」

ジョナサンは半分しか聞いていなかった。ぼうっとして、部屋の様子にいくらか目を奪われてもいた。何もかもがいかにもドイツ的だという気がした。ドイツに来たのははじめてだった。備えつけの家具はまさに伝統的なもので、アンティークというよりモダンだった。立派なビーダーマイヤー様式の机が向かいの壁際にある。四面の壁にはずらりと低い本棚が並び、窓には長い緑のカーテン、四隅にある電気スタンドがこころよい光を投げかけている。ガラスのコーヒーテーブルの上には蓋《ふた》の開けられた紫色の箱が置かれ、仕切られたなかに各種の葉巻と煙草《たばこ》が覗いている。白い暖炉には真鍮《しんちゅう》の装飾があったが、火は燃やされていない。暖炉の上には、かなり良い絵が飾られている。ダーワットのようだ。リーヴズ・マイノットはどこだ？　ウィスターがマイノットなのか。これから打ち明けるつもりなのか、ジョナサンにはもう気づかれていると思っているのか？　わが家も家全体を白く塗るか白い壁紙を貼《は》ったほうがいいだろう、ふとそんな考えが浮かんだ。ベッドルームにアールヌーボー風の壁紙を貼るのはやめるべきだ。部屋を明るくしたければ、当然白がいい――

「……別の話のほうも多少考えていただけたでしょうな」ウィスターは穏やかな声で言った。「フォンテーヌブローで話した計画のことですが」

「残念ながら、あれについては考えは変わっていません」とジョナサンは言った。「ですから、もちろん、六百フランはお借りしたということになります」ジョナサンは無理に笑顔をつくった。すでにスコッチがきいてきていた。それに気づくと、苛立たしげにグラスに口をつけて、すこし飲んだ。「三カ月以内に返します。いまは、専門医に診てもらうのが先決です。――それをあと回しにはできない」

「もちろん」ウィスターが言った。「ご返済など結構です。ばかばかしい」

押し問答をする気はなかったが、ジョナサンはなんとなく恥ずかしさを感じた。とにかく、夢でも見ているか、どこか自分が自分でないような奇妙な感じがする。ただ異国のものに囲まれているだけじゃないか、とジョナサンは思った。

「われわれが始末したいと思っている例のイタリア人ですがね」後頭部で手を組み、天井を見あげて、ウィスターが言った。「定職を持っているんです。――まったく！　おかしな話だ。ただ定時の仕事のように見せかけているだけです。いつもレーパーバーン通りからはずれた場所にある何軒かのクラブをうろついている。ギャンブル好きのふりをして、ワイン醸造技術者として働いているふりをしてるんです。イタリア語でなんというのか知りませんが——ワイン工場にはきっと仲間がいるんですよ。毎日、午後はワイン工場へ出勤するが、夜になるとどこかの会員制クラブに顔を出し、テーブルについてはギャンブルをすこしだけ楽しんで、どんな客が来ているか調べている。ひと晩じゅう起きているから、午前は寝てるんです。さて、ここが重要な点なんですが」ウィスターは姿勢を正して言った。「奴は毎日夕方に地下鉄で帰宅するんです。自宅は賃貸のフラットでね。半年前に借りて、ワイン工場で実際に半年間働き、まともな人間に見せかけている。——サンドイッチをどうぞ！」サンドイッチが出されていることにやっと気づいたかのように、ウィスターは皿をすすめた。

ジョナサンはタン・サンドイッチをとった。コールスローとディル・ピクルスもあった。「重要な点は、奴が毎日六時十五分ごろシュタイン通り駅で地下鉄をひとりで降りることです。仕事帰りのビジネスマンのように。このときに、奴を殺《や》りたいんですよ」ウィスターは骨ばった両手を手のひらを下に向けて広げた。「背中の真ん中に当たれば、撃つのは一発。まず二発になるだろうが。拳銃はその場で捨てる。それで、イギリス人の言うボブズ・ユア・アンクル、大丈夫ってことです。そうじゃないですか？」

たしかに、ずっと昔に生まれた、よく知られた言葉だ。「そんなに簡単なら、なぜおれが必要なんです？」ジョナサンはかろうじて愛想のいい微笑を浮かべた。「控えめに言っても、素人です。やり損なうに決まっている」

ウィスターは聞いていないようだ。「地下鉄の乗降客が集まってくるでしょう。全員ではないにしても。何人くらいか？　たぶん、三、四十人はいる。警官がかなり早く駆けつけてきたとしても。大きな駅、主要なターミナル駅です。警察は乗降客を調べるかもしれない。あなたが調べられたら、どうなるか？」ウィスターは肩をすくめた。「拳銃は捨てている。発砲時には手に薄いストッキングをはめていて、直後にそれは捨てている。硝煙反応はない、指紋も拳銃にない。死んだ男とも無関係だ。ま、実際にはそこまで調べられませんよ。フランスの身分証明書を見せて、ヴェンツェル医師に予約してある事実があれば、疑いは晴れます。私としては、われわれとしては、われわれとしてもクラブとも無関係の人間が必要なんですよ……」

ジョナサンは聞いていたが、ひとことも意見を述べなかった。発砲当日はホテルに泊まっていなければならないだろう。万一、宿泊先を警官に尋ねられるといけないから、ウィスターの家に泊っているわけにはいかない、そう考えていた。カールと家政婦はどうだろう？　彼らはこの件で何か知っているのだろうか？　信用できるのか？　すべてが馬鹿馬鹿しく思えた。笑いたかったが、顔は笑っていなかった。

「お疲れでしょう」とウィスターが言った。「部屋を見てみますか？　ガービーがすでにスーツケースを運んでおきました」

十五分後、ジョナサンは熱いシャワーを浴びて、パジャマに着替えていた。建物の正面の側にふたつ窓があったリビングルームと同様、同じ方向に窓がひとつある。ジョナサンは湖面を眺めた。岸辺の近くに明かりが点々とある。係留されている船の赤と緑のライトだ。湖は暗く静かで、しかも広々としているように見えた。サーチライトの光が警戒するように空をさっと掃照する。ベッドは幅が通常の四分の三で、上掛けの角がきちんと折りかえされていた。ベッド・テーブルの上にグラスがあったが、なかは水のようだ。彼がいつも吸っているジタンの黄色い紙巻き煙草の箱、それから灰皿とマッチがある。グラスのなかのものを一口飲んでみたが、たしかに水だった。

6

ジョナサンはベッドの縁に腰かけて、ガービーが持ってきてくれたコーヒーを飲んでいた。生クリームをちょっぴり垂らした濃いコーヒーで、彼の好みだった。午前七時に目が覚めたあと、十時半にウィスターがドアをノックするまでまた眠ってしまっていた。「謝ることはない。よく眠れたようで、よかったです」とウィスターが言った。「ガービーにコーヒーを持ってこさせます。それとも紅茶のほうが?」

ウィスターはジョナサンにホテルを予約したことも言いそえた――英語で言うとヴィクトリアという名のホテルで、とにかく、昼食前にそこへ行くことになった。ジョナサンは礼を言った。ホテルの話はそれで終わった。だが、昨夜考えたように、これがはじまりだと思った。もしジョナサンがウィスターの計画を実行するのであれば、この家に泊まるわけにはいかない。しかしながら、二時間後にはウィスターの家から出られる。気分的にはほっとした。

ウィスターの友人か知人であるルドルフなんとかという男が正午にやってきた。すらりとした若者で、髪は黒いストレート、神経質だが礼儀正しかった。ウィスターの話では、医学生だという。英語は話せないようだ。彼を見てジョナサンはフランツ・カフカの写真を思い出した。全員で車に乗り、カールの運転でホテルに向かった。フランスと比べて何もかもが真新しく見えた。そういえば、ハンブルクは空襲で焼かれていたのだ。車は商業施設と思しき建物の並ぶ通りで停まった。ホテル・ヴィクトリアだ。

「従業員は全員、英語が話せます」とウィスターが言った。「われわれはここで待ってます」

ジョナサンはなかへ入った。入口でベルボーイがスーツケースを持ってくれた。英国パスポートを見て番号を確認しながら、宿泊簿に記載した。ウィスターに言われたとおり、部屋にスーツケースを運んでくれるよう頼んだ。見ためには中規模のホテルだ。

それから昼食にレストランへと移動したが、カールは同席しなかった。食前にみなでワインを一本あけ、ルドルフがほろ酔い機嫌になっていた。ルドルフはドイツ語で冗談をいくつか言い、ウィスターが通訳してくれた。ジョナサンは時間を気にしていた。病院の予約は午後二時だった。

「リーヴズ――」ルドルフがウィスターに言った。

ルドルフはさっきも一度その名前を口にしたはずで、今度は間違いない。ウィスター

――リーヴズ・マイノット――は落ち着きはらっていた。それはジョナサンも同じだった。

「貧血？」ルドルフがジョナサンに言った。

「悪くなってます」ジョナサンは微笑した。

「シュリマー」とリーヴズ・マイノットが訳し、ルドルフにドイツ語で話しつづけた。そのドイツ語はフランス語同様たどたどしく思えたが、やはりこの程度で充分に通用するのだろう。

料理は美味《おい》しくて、すごい量だった。リーヴズが葉巻を持ってきていた。しかし、みんなが吸い終わらないうちに、病院へ行く時間になった。

病院は敷地が広くて、建物が何棟かあった。木々に囲まれ、小道の脇《わき》には花が植えられている。車はふたたびカールが運転した。ジョナサンが訪ねる病棟は未来の研究所を彷彿させた。ホテルのように廊下の両側に病室があった。ただし、それらの部屋には、クロムメッキの椅子《いす》やベッドがあり、蛍光灯やさまざまな色の電球がつけられていた。消毒剤ではなく、何か不気味なガスのような臭いがしている。放射線療法を受けたとき嗅いだ臭いにいくぶん似ていた。五年前のことで、白血病に効果はなかった。ここは素人が博識の専門家集団に何もかも任せる場所だ、とジョナサンは思った。同時に、気絶しそうなほどに脱力感をおぼえた。彼はそのとき、果てしなく続くかに思える通路の防音性の床をルドルフと一緒に歩いていた。ルドルフはもしものときの通訳だ。リーヴズとカールは車に残ったが、そのままジョナサンたちを待っているかはわからなかった。検査の時間がどれくらいかかるかもよくわからない。

ヴェンツェル医師は大柄で、髪には白いものが混じり、せいうちひげを生やしていた。英語がすこし話せたが、長いセンテンスは組み立てようとしなかった。「どれくらいか？」六年。ジョナサンは体重をはかられ、最近体重が減ったか訊《き》かれ、上半身裸にされ、脾臓を触診された。その間ずっと、医者はドイツ語で看護師に小声で何やら言い、看護師がそれをメモしていた。血圧をはかられ、まぶたを調べられ、尿と血液のサンプルをとられ、最後に穴あけ器のような器具で胸骨の骨髄液を採取された。ペリエ先生よりも手際がよくて痛くなかった。結果は翌朝出ると言われた。検査時間はたったの四十五分だった。

ジョナサンとルドルフは外に出た。数メートル先の駐車場には数台の車のなかにリーヴズの車もまだ停めてあった。

「どうでした？……結果はいつわかるんです？」とリーヴズが訊いた。「わたしの家に戻りますか、それともホテルに？」

「ホテルへ行きます、ありがとう」ジョナサンはほっとしてシートの隅に身を沈めた。

ルドルフはリーヴズにヴェンツェル医師のことを称賛している様子だった。車がホテルに着いた。

「夕食のとき、また迎えにきます」リーヴズが元気よく言った。「七時に」

ジョナサンは鍵を受けとり、部屋に行った。ジャケットを脱ぎ、ベッドにうつ伏せに倒れこんだ。が、二、三分すると、身を起こして書き物机まで行った。引き出しに便箋《びんせん》がある。腰をおろして、手紙を書いた。

一九××年四月四日

拝啓、シモーヌ様

つい先ほど検査を受けました。明朝、結果が出ます。とても立派な病院で、フランツ・ヨーゼフ皇帝に似た先生は、世界最高の血液学者だそうです！　明日の結果がどうであろうと、はっきりすれば精神的にもっと楽になるでしょう。明日は、うまくいけば、手紙より先に帰宅しているかもしれません。ヴェンツェル先生がさらに何か検査をしない限りは。

これから、電報を打ちます。ただ、元気であることを知らせるだけですが。きみがいないのは淋《さび》しいものです。きみとあの子のことを思っています。

ではまた、さようなら

ジョン

いちばんいいダークブルーのジャケットをハンガーにかけ、あとはスーツケースにしまい込んで、手紙を出しに階下へ下りた。昨夜、空港で、三、四年前のトラベラーズ・チェックのなかから十ポンドを現金に換えていた。自分が元気であること、手紙を出したことを知らせるシモーヌ宛ての短い電文を書いた。それから、外に出て、通りの名前と周囲の様子に留意して——巨大なビールの広告がいやでも目についた——散歩に出かけた。

舗道は買い物客や歩行者、鎖につながれたダックスフント、街角の果物の行商人や新聞売りなどで賑《にぎ》わっていた。ジョナサンはきれいなセーターでいっぱいのショーウィンドーを覗いた。豪華な青いシルクのガウンもあり、乳白色の羊皮を背景に目を惹いた。彼は値段をフランに換算して諦《あきら》めた。もともと買う気もなかった。路面電車もバスも走る繁華な大通りを横断し、運河に出た。歩道橋が架かっていたが、渡らないことにした。コーヒー、か。ジョナサンは感じのいいカフェバーに近づいた。ウィンドーにパイやタルトが並び、店内にはカウンターと小さなテーブルがある。だが入る気になれず、はたと気づいた。自分は明朝の検査結果を恐れていたのだ。突然、虚無を感じた。ティッシュペーパーになったかのような薄っぺらな感覚、生命そのものが蒸発していくかのような額の冷たさ、いまやおなじみの感覚だった。

もうひとつ気づいていたことがある。明朝は偽の検査結果を渡されるはずだ。すくなくともその可能性を疑っていた。ルドルフの同行は怪しい。医学生。彼の同行はなんの意味もなかった。必要なかったのだ。医師の看護師が英語を話せたのだ。ルドルフは今夜、偽の検査結果を書き上げるのではないか？　ともかくその偽物を使う気ではないか？　今日の午後、ルドルフが病院の記入書類を盗んでいる姿さえ想像された。あるいはおれが正気を失っているのかもしれない、ジョナサンは自分を戒めた。

彼は向きを変えてホテルに引き返すことにした。できるだけ近道を辿ってヴィクトリアに着くと、鍵を受けとり、部屋に入った。それから靴を脱ぎ、バスルームに行くとタオルを濡らし、横になってそのタオルで額から目を覆った。眠くはなかった。ただ、どうも妙だった。リーヴズ・マイノットは変わった男だ。赤の他人に六百フランの金を前払いし、常軌を逸した話を持ちかけて、四万ポンド以上の報酬を約束しているのだ。ありえない話だ。約束を果たすつもりなどないのだろう。リーヴズ・マイノットは空想の世界に生きているようだ。ひょっとすると詐欺師でさえなくて、ちょっと頭のおかしい、誇大妄想と全能感に生きている男にすぎないのかもしれない。

電話で起こされた。男の声が英語で言った。

「階下にお客さまがお見えです」

腕時計を見ると、午後七時を一、二分すぎていた。「二分後に行くと伝えてもらえますか？」

ジョナサンは顔を洗い、ポロネックのセーターとジャケットを着て、スプリングコートもはおった。

カールがひとり車で来ていた。「午後は楽しめましたか？」彼は英語で言った。すこし話しただけで、カールが英語に堪能であることがわかった。カールはリーヴズ・マイノットのためにこれまで見知らぬ客を何人くらい連れまわしたのだろう。リーヴズがどんな仕事をしていると思っているのだろう？　カールにはべつにどうでもいいことなのかもしれない。いったいリーヴズはどんな仕事をしているというのだろう？

カールは私設車道の坂道に車を停めた。今度はジョナサンひとりでエレベーターに乗り、二階へ上がった。

リーヴズ・マイノットはグレーのフランネルのズボンにセーター姿で玄関に出てきて、挨拶《あいさつ》した。「どうぞ！――午後はのんびりできましたか？」

ふたりはスコッチを飲んだ。テーブルの準備はふたり分なので、今夜はふたりだけなのだろう。

「例の男の写真を見てもらいたいんです」リーヴズはそう言って、痩せた身体《からだ》をソファから引きあげ、ビーダーマイヤー様式の机に行き、引き出しから何やら取りだした。手にしていたのは二枚の写真で、一枚は正面の顔、もう一枚は横顔で数人と一緒にテーブルの上に身を乗りだしている。

テーブルはルーレット・テーブルだ。ジョナサンは正面の顔の写真を見た。パスポート写真のように鮮明だ。男は四十歳ほどで、イタリア人に多い角張った肉づきのいい顔をしていた。すでに皺が小鼻から厚い唇のあたりまで曲線を描いている。黒い目は用心深く、ほとんど驚きの色さえ湛えながら、それでいて薄笑いを浮かべて、「だからどうしたんだ、えっ？」と凄んでいるようにも見える。サルヴァトーレ・ビアンカ、リーヴズが男の名前を告げた。

「この写真は」、リーヴズが言いながら、数人と写る写真を指さして、「一週間前にハンブルクで撮ったものです。奴はギャンブルをしてるんじゃなくて、ただ偵察しているだけでね。これは珍しくルーレットのホイールを見ているところです……ビアンカはおそらく五、六人は人を殺している。さもないと下級幹部にもなれないんですよ。だが奴はマフィアとしては大物ではありません。消耗品ですよ。事を起こすきっかけを作るだけのね……」リーヴズは話を続けた。ジョナサンがグラスを干すと、もう一杯作ってくれた。「ビアンカは四六時中、帽子をかぶっています——外出するときですがね——ホンブルク帽を。ツイードのコートをいつも着てます……」

蓄音機があった。ジョナサンは音楽でも聴きたかったが、頼むのは不作法な気がした。ひとこと頼めばリーヴズはすぐさま蓄音機に行って彼の聴きたい曲をかけてくれるとは思ったのだが。ジョナサンがようやく口をはさんだ。「普通の見ための男で、ホンブルク帽を目深にかぶり、コートの衿を立てている——それをこの二枚の写真を見ただけで人込みのなかから探せってことですか?」

「私の友人が市庁舎駅で同じ地下鉄に乗ることになっています。ビアンカはいつもこの駅でメスベルク方面に乗ります。メスベルクは次の駅で、その次がシュタイン通り駅です。ほら!」

リーヴズがまたしゃべりはじめ、ジョナサンにハンブルクの街路図を見せた。アコーディオンのように折りたためる地図で、地下鉄の路線が青い点で示されていた。

「あなたはフリッツと一緒に市庁舎駅から乗ります。夕食のあとで、そのフリッツが来ることになっている」

期待にそえなくて申し訳ない、そうジョナサンは言いたかった。が、ここまでリーヴズを騙《だま》してきたことに罪の意識を感じた。それとも、騙されたのは自分か？　ちがう。リーヴズは途方もない賭《か》けをしたのだ。たぶん、こうしたことには慣れているにちがいない。リージョナサンはリーヴズが最初に近づいた相手ではないだろう。最初の相手かどうか確かめたい誘惑にかられたが、リーヴズは低い声でしゃべりつづけていた。

「ふたり目がある可能性はたしかにある。あなたを騙すようなことはしたくない……」

いいことずくめでないことが、ジョナサンには嬉《うれ》しかった。バラ色の光につつまれた話ばかり聞かされてきたのだ。なんの危険もない発砲のあと、多額の金が懐《ふところ》に入り、フランスでもどこででも楽な暮らしができ、船で世界一周旅行をし、ジョルジュにはなんでも最高のことをしてやり（リーヴズは息子の名前を聞いていた）、シモーヌにはもっと安定した生活をさせてやれるというのだ。「彼女には、金のことをどう説明すればいいのか？」とジョナサンは思った。

「これがうなぎスープでしてね」リーヴズがスプーンを手にして言った。「ハンブルクの名物で、ガービーの得意料理ですよ」

うなぎスープはじつに美味しかった。冷えた上等のモーゼルワインが出されている。

「ハンブルクには、有名な動物園があります。シュテリンゲンのハーゲンベック動物園です。ここからだと、いいドライブコースだ。明日の朝行きましょう」リーヴズは不意に、困惑した顔つきになった。「なにごともなければだが。何か起こりそうな気がしてね。今夜か、明日早く、はっきりします」

たかが動物園とは思えない話しぶりだった。ジョナサンは言った。「明日の朝、病院の結果が出る。十一時に行くことになってるんですよ」午前十一時が命の尽きるときであるかのように、絶望的な気持ちになった。

「もちろん。動物園はたぶん、午後になります。動物が放し飼いにされていてね……」

ザウアーブラーテン（酢漬けの牛肉を表面だけ焼いて蒸し煮にしたもの）。赤キャベツ。呼び鈴が鳴った。リーヴズは腰をあげず、すぐにガービーが入ってきて、フリッツさんがお見えになりましたと告げた。

フリッツは帽子を手にし、かなりみすぼらしいコートを着ていた。五十歳ぐらいか。

「こちらはポール。イギリス人だ」ジョナサンを示しながら、リーヴズはフリッツに言った。「フリッツです」

「こんばんは」とジョナサンが言った。

フリッツは親しげに手をふった。たくましい男だが、笑顔は感じがいい、とジョナサンは思った。

「座りたまえ、フリッツ」リーヴズが言った。「ワインかね？　スコッチ？」ドイツ語でしゃべっている。「ポールはうってつけの方なんだ」彼はさらに英語でフリッツに言った。そして、脚の長い白ワイン用のグラスを渡した。

フリッツは会釈した。

おもしろいワイングラスだった。特大で、ワグナーのオペラにでも出てきそうだ。リーヴズは斜めを向く格好で椅子に座っていた。

「フリッツはタクシーの運転手でしてね」とリーヴズが言った。「ビアンカをひと晩に何度も家に乗せたことがあるんだろう、えっ、フリッツ？」

フリッツは微笑して、何やら呟《つぶや》いた。

「ひと晩に何度もじゃない。二度だそうです」リーヴズが言った。「もちろん、われわれは――」何語で話せばいいかわからない様子でためらっていたが、そのままジョナサンを相手に話を続けた。「ビアンカはたぶん、フリッツの顔を覚えていません。覚えていても、どうってことはないが。フリッツはメスベルク駅で降りるからです。要するに、あなたとフリッツは明日、地下鉄の市庁舎駅の外で落ち合い、フリッツがビアンカを示してくれます」

フリッツはうなずいた。明らかに何もかも心得ていた。

もう明日のことだ。ジョナサンは黙って聞いていた。

「さて、ふたりとも市庁舎駅で地下鉄に乗る。六時十五分ごろです。六時前にそこに行っていれば、間違いない。場合によっては、ビアンカが早く乗るかもしれないからです。いつも六時十五分と決まってますがね。カールが車で送っていきます、ポール。だから、何も心配することはない。どこにいても、あなたとフリッツはおたがい近くにいてはいけない。ただ、フリッツも、ビアンカやあなたと一緒に乗ることになるかもしれません。この男だとはっきりと示すために。いずれにしても、フリッツは次の駅のメスベルクで降ります」リーヴズはフリッツにドイツ語で何やら言って、手を差し出した。

　フリッツは内ポケットから黒い小型拳銃を取りだし、リーヴズに渡した。リーヴズはガービーが入ってこないかと心配するかのようにドアを見たが、さほど気にしている様子ではなかった。銃は手のひらに収まるほどの大きさだった。ぎごちない手つきでちょっといじくっていたが、やがて弾倉を開いて、なかを覗いた。

「弾は装塡《そうてん》されている。安全装置もある。さあこれを。拳銃のことは多少知っているね、ポール？」

　それほど心得があるわけではなかった。リーヴズはフリッツに助けられながら使い方を指導した。安全装置、こいつが重要です。はずし方をよくマスターしておかないと。これはイタリア製の拳銃です。

　フリッツは帰らなければならなかった。ジョナサンに会釈し、別れの挨拶をした。

「また明日《ビス・モルゲン》！　六時に《ウム・ゼクス》！」

　リーヴズは玄関まで送っていった。それから、茶色っぽいツイードのスプリングコートを手にして、廊下から戻ってきた。新しいコートではない。「ひどくだぶだぶですが」と彼は言った。「着てみてもらいたい」

　気は進まなかったが、立ち上がってコートを着た。袖《そで》が長めだった。ポケットに手を入れると、右のポケットに穴があいていて、リーヴズがちょうどその説明をしていた。ジャケットのポケットに銃をしのばせておき、コートのポケットから取り出す、なるべく一発だけ撃ち、銃はそのまま捨てること。

「きっと混雑してます」とリーヴズが言った。「二、三百人ぐらいの乗客で。銃声にたじろぐほかの乗客たちと一緒に後退りするんです」リーヴズは身体を後ろに反らせて後退しながら説明した。

ふたりともコーヒーにシュタインヘーガーを入れて飲んだ。リーヴズは家庭生活のこと、シモーヌやジョルジュのことを尋ねた。ジョルジュは英語がしゃべれるんですか、それともフランス語だけ？

「英語をすこし教えてるんですが」とジョナサンは言った。「あんまり相手をしてやれないので、駄目なんですよ」

7

翌朝、九時を回るとすぐ、リーヴズからホテルのジョナサンに電話がかかってきた。カールが午前十時四十分に車で迎えにきて病院へ連れていってくれるという。ルドルフも一緒なのだろう。ジョナサンにはわかっていた。

「幸運を祈ってますよ」とリーヴズが言った。「じゃあ、またあとで」

ジョナサンはロビーに下り、「タイムズ」紙に目を通していると、二、三分早くルドルルフがやってきた。はにかんだような内気な笑いを浮かべ、ますますカフカに似ている。

「おはよう、ヘア・トレヴァニー！」と彼は言った。

ルドルフとジョナサンは大型車の後部座席に乗りこんだ。

「きっといい結果ですよ！」ルドルフは愛想よく言った。

「医者にも話を聞くつもりです」ジョナサンもやはり愛想よく言った。

わかっているにちがいないが、ルドルフはいくらか当惑した様子で、「やってみましょう《ヴィーア・ヴェールデン・フェアズーヘン》――」と言った。

検査報告書をもらいにいきながら、いま医者の手があいているかどうかも訊《き》いてくると言ったが、ジョナサンは一緒に病院へ入っていった。カールがうまく通訳してくれたので、言葉は完全にわかった。そればかりか、彼の態度には裏表がないという気がした。事実、そうだったにちがいない。ジョナサンが感じた雰囲気はしかし、奇妙だった。まるで誰もかれもが不正な行動をしているようなのだ。自分自身さえもが。ルドルフが玄関ロビーの受付で看護師に話しかけ、ヘア・トレヴァニーの検査報告書をいただきたいと言った。

すぐに看護師は様々なサイズの封をされた封筒の箱を覗いて、ジョナサンの名前が記されたビジネス・レター・サイズの一通を取りだした。

「それから、ヴェンツェル先生ですが？　会うことはできますか？」ジョナサンが看護師に訊いた。

「ヴェンツェル医師ですか？」彼女は勤務表を調べ、番号ボタンを押して、受話器をとった。ドイツ語ですこし話し、受話器を置くと、ジョナサンに英語で言った。「担当看護師が申すには、ヴェンツェル医師は今日一日忙しいとのことです。明日の朝、十時半のご予約ではいかがですか?」

「ええ、大丈夫です」とジョナサンは言った。

「では、予約を入れておきます。でも看護師の話では、検査報告書に――くわしく書いてあると」

ジョナサンとルドルフは車に戻った。ルドルフはがっかりしているだろうか、とジョナサンは思った。それとも、想像をめぐらしているだろうか。とにかく、分厚い封筒はこの手にある。本物の検査報告書だ。

車に乗りこむと、ルドルフに「失礼」と言って、ジョナサンは封筒を開けた。タイプで打たれた紙が三枚あった。多くの単語が見慣れたフランス語や英語のそれと同じであることが、ひと目でわかった。しかし、最後の一枚は長いふたつのドイツ語の文章だ。芽球を表わす同じ長い単語がある。白血球の数二一〇〇〇というのを目にして、心臓の鼓動がおかしくなった。この間のフランスでの検査結果よりも増えていて、これまでで最高の数値だった。最後の一枚を無理して読もうとはしなかった。用紙を折りたたんでいると、ルドルフが丁重な口調で何やら言い、手を差し出した。いやだったが、ルドルフに渡した。だが、ほかにどうすればいい? べつにどうってことはなかった。

ルドルフはカールに車を走らせるように言った。

　ジョナサンは窓の外を眺めた。ルドルフに何も説明してもらうつもりはなかった。辞書を引き引き苦労して読むか、リーヴズに尋ねたほうがましだった。耳鳴りがはじまり、彼はシートにもたれて、深呼吸をしようとした。それに気づいて、ルドルフがすぐにウィンドーを下ろした。

　カールが肩越しに言った。「みなさん、ヘア・マイノット《マイネ・ヘルン》はふたりで昼食に来てくださるものと思ってますよ。それから、動物園へ一緒に行かれると」

　ルドルフが声をあげて笑い、ドイツ語で答えた。

　ホテルに戻ってもらうよう頼もうと思った。だが、何をしに戻るのか？　気をもむためか？　検査結果はすべてわかったわけではないのだ。ルドルフがどこかで降ろしてほしいと言った。運河のそばで降ろした。ルドルフはジョナサンに手を差し出し、かたく握手をした。それから、リーヴズ・マイノットの家へ車を走らせた。陽光がアルスター湖の湖面できらめいている。停泊している小型船が上下に派手に揺れ、二、三隻があちこちで航行していた。真新しい玩具《おもちゃ》のようにすっきりしている汚れひとつない船だった。

　ガービーがドアを開けてくれた。リーヴズは電話中だったが、話はすぐに終わった。

「やあ、ジョナサン！　何か変化はありました？」

「あまりよくないんです」ジョナサンは言いながら目をしばたたいた。白い部屋で陽射《ひざ》しがまぶしい。

「検査結果は？　見せてもらえますか？　ご自分で全部読めますか？」

「いえ――全部は」リーヴズに封筒を渡した。

「医者とも会いました？」

「先生は忙しくて」

「どうぞ、座って。軽く飲んだほうがいい」リーヴズはボトルの置かれている本棚に行った。

ジョナサンはソファに腰をおろして、頭を後ろにもたせかけた。虚しく落胆していたが、すくなくともそのときは疲れを感じてはいなかった。

「フランスで診《み》てもらっていた結果よりも良くなかったのですか？」リーヴズはスコッチの水割り一杯を手にして戻ってきた。

「そのようです」とジョナサンが言った。

リーヴズは最後の一枚の文章を見た。「軽傷にも注意を払う必要がある。なるほどね」

いまさらだな、とジョナサンは思った。出血しやすいのだ。リーヴズの意見を、というかリーヴズが翻訳してくれるのを待った。

「ルドルフは訳してくれましたか？」

「いいえ。でもお願いもしませんでしたし」

「『……これが病状の悪化を示すかは、前回の診断書を見ていないので、判断できない……期間の長さ等の点から十分危険である』なんなら、最初から直訳しましょうか」とリーヴズが言った。「一、二語、辞書が必要ですが。複合語でね。ただ要点はわかりました」

「じゃあその要点を聞かせてください」

「まったく、英語で書いてくれたらよかったんですがね」リーヴズはそう言って、また紙面をじっと見ていた。「『……細胞の顆粒球とともにかなりの——芽球が見受けられる。放射線療法についてはこれまでに受けており、白血病細胞の抵抗性が強くなっているため、現時点で再開することは勧められない……』」

リーヴズはさらにしばらく続けた。余命の予測がされていないことにジョナサンは気づいた。死期についていっさい触れられていなかった。

「今日、ヴェンツェル先生に会えなかったのなら、明日、予約をとろうか?」リーヴズは本気で心配しているような口ぶりだった。

「ありがとう。でも明日の朝の予約をしてきたんですよ。十時半にね」

「それはよかった。あなたの話では、看護師が英語をしゃべれたそうだね。ルドルフは必要なかったわけだ。すこし横になったらどうですか?」リーヴズはソファの隅に枕《まくら》を引き寄せた。

ジョナサンは片足を床につけ、もう一方をソファの端からたらして、仰向けに寝た。身体《からだ》がだるくて眠かった。何時間だって眠れそうだ。リーヴズは動物園のことをしゃべりながら、日当たりのいい窓辺のほうへぶらぶら歩いていった。珍獣の話をしていた。聞いたとたんに、名前は忘れてしまったが、最近、南米から送られてきたばかりの動物だ。牡と牝。その動物はぜひ見ておくべきだね、とリーヴズが言った。ジョナサンは小石の荷車を引っぱっているジョルジュのことを想像した。庭の石ころ。ジョルジュがもっと年をとるまで自分は生きられないことはわかっていた。背が大きく伸びるのを目にすることも、声変わりした声を耳にすることも、絶対にできないのだ。ジョナサンは急にきちんと座り直し、歯をくいしばって、力を回復しようとした。

ガービーが大きなトレイを持って入ってきた。

「ガービーに昼食を頼んだんですよ。冷めるものじゃないから、好きなときに食べればいい」とリーヴズが言った。

彼らはマヨネーズをかけたコールド・サーモンを食べた。ジョナサンはあまり食が進まなかったが、黒パンもバターもワインも美味《おい》しかった。リーヴズはサルヴァトーレ・ビアンカを話題にし、マフィアと売春の関係について話していた。マフィアが仕切るカジノでは売春婦を雇うのが慣例だが、女たちが店で稼いだ金の九十パーセントをマフィアが得るという。「搾取だ」とリーヴズは言った。「マフィアは、金が目的――恐怖が手段、でしてね。ラスベガスを見るといい！　たとえば、地元ハンブルクのカジノでは売春なんかに手を出しませんよ」リーヴズは正義漢ぶって言った。「店に女はいるが、数は少なく、バーを手伝う程度です。たぶん彼女たちを買うことはできます。しかし店のなかでは無理です。絶対にね」ジョナサンはほとんど聞いていなかった。もちろん、リーヴズの話していることについて考えていたわけではない。食べものをつまみ、頰《ほお》に血の気がさすのを感じながら、沈黙したまま自問自答していた。彼はやるつもりだった。数日後か数週間後に死ぬと思ったからではなく、単にその金があれば役に立つからだ。その金をシモーヌとジョルジュにあげたかった。四万ポンド、つまり九万六千ドル——ジョナサンは考えた——ふたり目がなければ、あるいはひとり目を撃って捕まってしまったら、半額だけ。

「だが、やってくれますよね？」ぱりっとした白いナプキンで口を拭《ぬぐ》い、リーヴズが訊いた。今日の夕方、決行するという意味だった。

「おれの身に何かあったら」とジョナサンが言った。「女房に金が渡るように手配することはできますか？」

「しかし——」リーヴズは微笑し、顔の傷痕が引きつった。「何がありうると？　いいですよ、奥様にお金が渡るよう手配しましょう」

「だが、もし何かあって——もしやるのがひとりだけだったら——」

リーヴズは答えにくい様子で唇を固く結んだ。「そのときはお約束の半額です——が、正直言うと、ふたり目もありそうです。ふたり目のあとで全額をお支払いいたします——しかし申し分ない額です！」彼はにっこり笑った。彼の心からの微笑を見たのははじめてだった。「今夜には、本当に簡単なことだとわかりますよ。あとで祝杯をあげよう——あなたの気分次第だが」彼は頭の上で手を叩いた。喜んでいる仕草かと思ったが、ガービーへの合図だった。

ガービーがやってきて皿を下げた。

二万ポンド、とジョナサンは考えていた。それほど感動はなかったが、葬式代がかかる死人よりはましだった。

コーヒー。それから動物園。リーヴズが見せたがっていたのは、キャラメル色の熊に似た動物だった。檻の前はちょっとした人だかりで、よく見えなかった。また彼は興味もなかった。放し飼いのライオンが何頭か歩く姿ははっきり見ることができた。リーヴズはジョナサンが疲れないだろうかと心配していた。そろそろ午後四時だ。

リーヴズの家に戻ると、「軽い鎮静剤」だと言って、小さな白い錠剤をむりやり呑《の》ませようとした。

「でも、鎮静剤は必要ない」とジョナサンは言った。気持ちはまったく落ち着いていたし、それればかりか体調は上々だった。

「これがいちばんですよ。嘘じゃない」

ジョナサンは錠剤を呑んだ。リーヴズは客間ですこし横になるようにと言った。ジョナサンは眠れなかった。リーヴズは午後五時に部屋に入ってきて、間もなくカールがホテルへ送っていくと言った。スプリングコートがホテルに置いてあった。リーヴズは砂糖入りの紅茶を出した。味は申し分ない。間違いなく、紅茶以外に何も入っていなかった。リーヴズは拳銃を渡し、もう一度安全装置のかけ方を教えた。ジョナサンは拳銃をズボンのポケットにしまいこんだ。

「じゃあ、また今夜！」リーヴズは元気よく言った。

カールが車でホテルまで送り、待ってますと言った。五分か十分はあるだろう、とジョナサンは思った。石鹸《せっけん》で歯を磨き——練り歯磨きはシモーヌとジョルジュのために家に置いてきて、まだ買っていなかった——ジタンに火をつけ、立ったまま窓外を眺めたが、何も見ていなかったし、考えてもいなかった。それからクローゼットへ行き、大きめのコートを着た。古着だが、ボロではない。誰のものだったんだ？　おあつらえ向きだ、と思った。他人の服を着ていると、演技をしているつもりになれ、拳銃も芝居用のモデルガンのように思い込める。だが、何をしようとしているかは、はっきり自覚していた。これから殺す（きっとうまくいく）マフィアに対して、哀れみは感じなかった。自分を不憫だとも思わなかった。どうせ死ぬのだ。理由は異なるが、ビアンカもジョナサン自身も、もう生きる価値のない人間だ。ビアンカを殺すことで報酬がもらえる、それが唯一の関心事だった。ジョナサンはジャケットのポケットに拳銃をしのばせ、ナイロンのストッキングも一緒に入れた。ストッキングは片手ではめられることに気づいた。入念に、ストッキングをはめた指で拳銃の指紋を拭い見落としのないよう全体を磨いた。発砲するときは、コートをすこし開きぎみにしておかなければならないだろう。さもないと、コートに穴があく。帽子はなかった。リーヴズが帽子を用意しなかったのが不思議に思えた。いまさら気にしても、もう遅いが。

部屋を出ると、しっかりドアを閉めた。

カールが車のそばの舗道に佇んでいた。ドアを開けてくれる。カールはどの程度知っているのだろう、すべてを知っているのだろうか？　ジョナサンは後部座席から身を乗りだして、地下鉄の市庁舎駅へ行ってほしいと頼んだ。カールが肩越しに言った。

「市庁舎駅でフリッツと会う。そうですね?」

「ええ」ジョナサンはほっとして言った。シートの隅に身をもたせかけ、小型拳銃を軽く指でいじった。前に押して安全装置をはずす、と意識しながら、かけたり、はずしたりした。

「ここがヘア・マイノットの指示した場所です。通りの反対側に入口があります」カールはドアを開けてくれたが、車からは降りなかった。道が車と人で込みあっていたからだ。

「ヘア・マイノットからは、七時半にホテルへお迎えにいくよう言われています」とカールが言った。

「ありがとう」バタンとドアが閉まる音がし、ジョナサンは一瞬、途方に暮れた。周囲を見まわしてフリッツを探した。広い交差点で、ヨハネス通りと市庁舎通りの標識があった。大通りの交差点だから、ロンドンでいえばピカデリーのように、ここも地下鉄の入口がすくなくとも四カ所はあるだろう。周囲を見まわし、帽子をかぶった小柄なフリッツを探した。ラグビーチームがスプリングコートを着ているような男たちの一団が足早に地下鉄の階段口から駆け下りていくと、その階段口の金属柱のそばにフリッツがそっと立っている姿が目に入った。愛人と密会でもするように、心臓がドキドキした。フリッツが階段のほうを身ぶりで示し、ひとりで下りていった。

ふたりの間には十五人以上の人がいたが、ジョナサンはフリッツの帽子から視線をはなさなかった。フリッツは人込みの端のほうへ移動した。どうやらビアンカはまだ現れていない。待つしかなかった。あたりはドイツ語の喧騒《けんそう》に満ち、笑い声や、「さよなら《ヴィーダーゼーエン》、マックス」といった大声があがる。

フリッツは三、四メートル離れた壁にもたれていた。ジョナサンはそっちへゆっくり歩いていったが、慎重に一定の距離をとりつづけていた。壁のところまで行かないうちに、フリッツがうなずいて見せ、壁から斜めに離れていき、改札口へ向かった。ジョナサンは切符を買った。フリッツは人込みにまぎれている。ふたりとも改札を通った。フリッツがビアンカを見つけたことはわかっていたが、ジョナサンにはどれがビアンカかわからない。

電車が到着していた。フリッツがある車輛を目がけて走りだし、ジョナサンも走った。車内はそれほど混んでいなかった。フリッツは立ったままクロムメッキの支柱を摑《つか》んでいる。ポケットから新聞を取りだした。そして、ジョナサンには目を向けず、前方を顎《あご》で示した。

ジョナサンはその方向にいるイタリア人を見た。フリッツよりも自分に近い――浅黒い角ばった顔の男で、茶色い革ボタンのしゃれたグレーのスプリングコートにホンブルク帽、物思いにふけっているかのように腹立たしげにまっすぐ前方を凝視している。ジョナサンはもう一度フリッツに視線をやった。じっと新聞を読んでいるふりをしていたが、目と目が合うと、フリッツはうなずき、あいつだよと微笑した。

次の駅、メスベルクで、フリッツは降りた。ジョナサンはまたちらっとイタリア人の様子を窺《うかが》ったが、ちょっと見たぐらいでは、じっと虚空《こくう》を睨《にら》んでいるイタリア人に気づかれる恐れはなさそうだった。もしビアンカが次の駅で降りないで、どこまでも乗りつづけ、ほとんど降りる客がいない駅まで行ったとしたら？

だが電車がスピードを落とすと、ビアンカはドアのほうに向かった。シュタイン通り駅だ。ジョナサンは誰ともぶつからずに、ビアンカのすぐ後ろを付いていかねばならない。地上に出る階段があった。おそらく八十人から百人ほどが階段口へと寄り集まっていき、群衆の先頭はじわじわと登りはじめていた。ビアンカのグレーのスプリングコートがジョナサンの目の前にある。ふたりは階段まであと二メートルほどだ。ジョナサンには男のうなじの黒髪に混じる白髪と、癰《よう》の痕のようなぎざぎざの皮膚の窪みがはっきり見えた。

ジョナサンは右手で拳銃を握りしめ、ジャケットのポケットから出した。安全装置をはずす。コートを脇《わき》へ開き、男のスプリングコートの真ん中に狙いを定めた。

拳銃が「バーン！」と耳ざわりな音を立てた。

ジョナサンは拳銃を捨てた。群衆から「うわぁ――あぁ！」という声が一斉にあがるなか、立ち止まっていたジョナサンは後方に下がり、左によけた。ジョナサン以外のほとんどの人が叫び声をあげていた。

ビアンカはくずおれるように倒れていた。

その周囲に不揃いな空間の輪ができた。

「……拳銃《ピストーレ》……」

「……射ち殺されてる《エアショーセン》……！」

拳銃はコンクリートの上に落ちていた。拾おうとした者がいたが、手に触れる前に、すくなくとも三人に制止された。多くの人はあまり関心を示さないか、急いでいる様子で、階段を上がっていく。ジョナサンはやや左へ寄って、ビアンカを取り囲む人垣を迂回した。そして階段口まで来た。男が「警察を《ポリッアイ》！」と叫んでいる。ジョナサンはきびきび歩いたが、地上へ向かうほかの人々と歩調を合わせた。

通りに出ると、そのまままっすぐ歩きつづけた。どこを歩いているかは、どうでもよかった。歩調は普通だった。どこへ行くかわかっているようだったが、実際はわかっていなかった。右手に大きな鉄道の駅がある。リーヴズが言っていた駅だ。背後に足音はなく、追いかけてくる気配もない。右手の指をくねらせて、ストッキングをはずした。しかし地下鉄駅のすぐ近くで捨てる気にはなれなかった。

「タクシー！」駅へ向かう空車があったのだ。車は停まり、ジョナサンは乗りこみ、ホテルがある通りの名前を言った。

シートにもたれたが、ついタクシーの窓から左右を窺っていた。まるで警官が合図をし、タクシーを指さして、運転手に停止を命ずるのを予期しているかのようだ。ありえない！危険は完全に脱していた。

それにもかかわらず、ホテル・ヴィクトリアに入りながら、また同じような気持ちに襲われた――警察がなぜか居所を突きとめていて、ロビーに張り込んでいるのではないか。

だが、警官はいなかった。ジョナサンは静かに部屋へ入り、ドアを閉めた。ポケットのなか、ジャケットのポケットのなかを探り、ストッキングを取り出そうとした。ない。どこかに落としたのだ。

午後七時二十分、ジョナサンはスプリングコートを脱いで、布張りの椅子《いす》の上に放りだし、煙草《たばこ》をとりにいった。持っていくのを忘れていたのだ。彼はジタンの煙を吸いこんでひと息ついた。バスルームの洗面台の端に吸いさしを置き、顔と手を洗い、それから上半身裸になって、タオルとお湯で身体を拭《ふ》いた。

セーターを着ていると、電話が鳴った。

「ヘア・カールが階下でお待ちです」

ジョナサンは下りていった。スプリングコートは腕にかけて持っている。リーヴズに返したかった、返して見納めにしたかった。

「こんばんは！」ニュースでも聞いて、うまく行ったことを知っているかのように、カールはにこにこしながら言った。

車のなかで、ジョナサンはまた煙草に火をつけた。水曜日の夕方だった。シモーヌには今夜帰るかもしれないと知らせてあったが、たぶん明日まで、手紙は届かないだろう。フォンテーヌブローの教会そばにある公立図書館に本を二冊、土曜日までに返さねばならないことを思い出した。

ジョナサンはふたたびリーヴズの快適な家にいた。スプリングコートはガービーではなく、リーヴズに渡した。彼は落ち着かなかった。

「調子はどうです、ジョナサン？」とリーヴズが訊いた。緊張していて、心配そうな様子だった。「首尾はどうでした？」

ガービーが出ていった。ジョナサンとリーヴズはリビングルームにいた。

「うまく行ったと思います」とジョナサンは言った。

リーヴズはかすかに微笑《ほほえ》んだ――かすかであっても、表情は晴れやかに見えた。「それはよかった。結構、結構！　まだ聞いてなかったんでね――シャンパンを出そうか？　それともスコッチ？　さあ座って！」

「スコッチを」

リーヴズはボトルの上に身をかがめた。そして、穏やかな声で尋ねた。「何発――何発撃ちました、ジョナサン？」

「一発です」もし男がまだ生きていたら？とジョナサンは不意に思った。その可能性はまったくないだろうか？　彼はリーヴズからスコッチを受けとった。

リーヴズはシャンパンを注いだ脚つきグラスを手にし、ジョナサンに向けて高くかかげ、ぐいと飲んだ。「面倒はなかったですか？　フリッツはうまくやってくれましたか？」

ジョナサンはうなずいて、ドアのほうを見た。ガービーが戻ってくれば、そこから姿を現すだろう。「死んでいればいいんですがね。ふっと思ったんですよ――死んでいないかもしれないって」

「死んでなくとも、大丈夫。倒れたのは見たんですね？」

「ええ、それは」ジョナサンは吐息をつき、しばらく息をし忘れていたことに気づいた。

「ミラノにはもう知らせが行ってるかもしれない」リーヴズは上機嫌で言った。「イタリア製の弾です。マフィアはかならずしもイタリア製の拳銃を使うわけではないが、ちょっとした工夫だったと思いますよ。奴はディ・ステファノ・ファミリーの者です。ここハンブルクには現在、ジェノッティ・ファミリーの者がふたりいます。マフィア同士が抗争をはじめてくれるといいんですがね」

　リーヴズは前にもそう言っていた。ジョナサンはソファに腰をおろした。リーヴズは満足そうに歩きまわっていた。

「なんなら、今夜はここでくつろいでいってください」とリーヴズが言った。「電話がかかってきても、ガービーが出て、私は留守であると言ってもらうことになっている」

「カールやガービーは——どの程度知ってるんです？」

「ガービーは——何も知らない。カールは、知っていてもどうってことはない。まったく無関心です。彼は私以外とも仕事をしていて、報酬はたっぷりやっている。あなたが私と一緒にいても、何も詮索《せんさく》しないことが、彼には利益になるんですよ」

　ジョナサンは納得した。だが、そう言われても、すこしも安心できなかった。「ところで——明日、フランスへ帰国したいと思ってます」これはふたつのことを意味していた。今夜、金を支払ってほしい、あるいは支払う手はずを整えてほしいという意味であり、ほかの仕事についても今夜中に話し合うべきだという意味だ。金に関する取り決めがどうなっていようと、ほかの仕事はいっさい断わるつもりだった。ただ、やったことには二万ポンド受けとる資格があると思っていた。

「帰りたければ、結構です」とリーヴズは言った。「でも、明日の朝、病院に予約がしてある」

しかし、ジョナサンはもう二度とヴェンツェル先生には会いたくなかった。彼は唇を湿した。検査結果は悪かったし、体調も悪くなっている。ほかにも理由はある。せいうちひげを生やしたヴェンツェル先生はどこか「権威」の象徴だった。またヴェンツェル先生と向かい合えば、自分が破れかぶれになりそうな気がした。論理的な考えでないことはわかっていたが、そんな気がしたのだ。「もう一度会う理由は実際何もない——これ以上、ハンブルクにとどまるわけではないので。明日早々に予約をキャンセルしますよ。請求書を送りつける私のフォンテーヌブローの住所は知らせてあります」

「フランスからフランを送金することはできない」リーヴズは微笑しながら言った。「請求書を受けとったら、ここへ送ってください。金の心配はいらない」

ジョナサンは黙って聞いていた。しかし、もちろん、リーヴズの振り出した小切手をヴェンツェルに渡したくはなかった。さあ、ここで切りだすんだ、と彼は思った。報酬の件を。けれどもジョナサンはソファに深く座り直し、むしろ愛想よく訊いた。「ここでは何をされてるんですか——つまり、仕事のことだが？」

「仕事は——」口ごもったが、質問に動揺した様子はまったく見られなかった。「いろいろとね。たとえば、ニューヨークの画商に画家を紹介したりね。そこにある本は全部——」本棚のいちばん下に並ぶ本を指さした。「美術関係の本です。主にドイツの美術で、画家たちの名前と住所が記載されている。ニューヨークでは、ドイツの画家は売れるんです。そんなわけで、もちろん、ここの若い画家たちのなかから目ぼしいのを選び、アメリカの画廊やバイヤーに推薦してます。テキサスでたくさん買ってくれますよ。意外に思われるかもしれないが」

ジョナサンは驚いた。リーヴズ・マイノットは——話が本当なら——ガイガーカウンターのような冷たさで絵画を鑑定するにちがいない。ひょっとすると、リーヴズは目利きなのか？　暖炉の上にかかっているあのピンク色がかった絵、ベッドに横たわる死体と思しき老人——男か女か——を描いた作品は、本物のダーワットだ。相当高価なものにちがいない、とジョナサンは思った。どうやらリーヴズの所蔵品らしい。

「最近手に入れたものです」ジョナサンが絵を眺めているので、リーヴズが言った。「もらい物でね——友人からのいわゆる謝礼ですよ」もっとしゃべろうとしたのを思いとどまったようだ。

食事の最中に、もう一度金の話を持ちだそうとしたが、できなかった。リーヴズが話題を変えたのだ。冬のアルスター湖ではアイススケートが行なわれ、氷上ヨットが風のように走り、ときどき衝突していた。一時間ほどすぎ、コーヒーを飲みながらソファに座っていると、リーヴズが言った。「今晩は、五千フラン程度しか払えないんですよ。話にも何もなりませんがね。これじゃせいぜいポケットマネーだ」リーヴズは机に行き、引き出しを開けた。「ただ、とにかく、フランはフランなんです」紙幣を手にして戻ってきた。「マルクなら、やはり今夜は同じ額だけ払えます」

マルクはほしくなかった。フランスでフランに換えなければならないのだ。それは避けたかった。百フラン紙幣が十枚ずつピンで束ねられている。フランスの銀行が金の支払い時に行なう方法だ。リーヴズはコーヒーテーブルに束を五つ積んだが、ジョナサンは手を触れなかった。

「残りの出資者から受けとるまでは、これ以上都合がつかなくてね。あと四、五人いるんだが」とリーヴズが言った。「でもマルクならなんとかなります」

事が行なわれてしまったいまとなっては、ほかの仲間に金を強く要求しにくいのだろう、とジョナサンは考えていた。交渉人の世界とは無縁のジョナサンとしては漠然とそう思っただけだが。リーヴズの仲間はまず、ともかくも金を、すくなくとももっと多額の金を預けておくべきではなかったか？「マルクは、結構です」とジョナサンは言った。

「もちろん、そうでしょう。わかりました。話は変わりますが、報酬はスイスの秘密口座に預けたほうがいい、どうですか？フランスのご自分の口座に預けるのも、フランス人のようにソックスにしまっておくのも、いやでしょう」

「まあね――半額分の都合がつくのはいつですか?」そのときが来ることを確信しているかのように、ジョナサンは訊いた。

「一週間以内には。もうひとつ仕事があるかもしれないことを忘れないでもらいたい――それで最初の仕事の評価が決まる。それを見きわめないと」

ジョナサンはうんざりしていたが、顔には出さないようにした。「いつはっきりするんですか?」

「やはり一週間以内には。ひょっとすると、四日後にも。連絡しますよ」

「しかし――率直に言って――この程度の金額ではとても妥当とは思えない、そうじゃないですか? つまりですね」ジョナサンは顔が火照るのを感じた。

「同感です。だから、謝ってるんです、こんなはした金で申し訳ないと。まあ、聞いてもらいたい。できるだけのことを精一杯やります。今度は、私から――私を通して――いいニュースを知らせますよ。スイス銀行のあなた名義の口座とその口座明細書のことで」

悪くない話だ。「いつですか?」とジョナサンは訊いた。

「一週間以内に。約束する」

「それは――半額ですか?」ジョナサンが言った。

「事前に半額の調達ができるかはっきりしないんですよ――さっき説明したように、ジョナサン、これはあいまいな取り決めでね。この種の金を払う男たちには、なんらかの成果を見せないと」リーヴズは彼をまじまじと見つめた。

もう一度殺しをやるかどうか、言外に問われていることはわかっていた。やらないのであれば、この場ではっきり断わればいい。「わかりました」とジョナサンは言った。三分の一を多少でも上回れば、悪くはないという気がした。約一万四千ポンドだ。仕事のわりには、まずまずの額だ。じっくり構えて、今夜の議論は打ち切ることにした。

翌日、彼は正午の便でパリに帰った。ヴェンツェル先生の予約は、キャンセルしておいてくれると言ったので、リーヴズに任せた。また、あさっての土曜日に店へ電話をかけるとも言った。そして、ジョナサンを空港まで送ってきて、地下鉄のホームに倒れているビアンカの写真が掲載されている朝刊を見せてくれた。口には出さなかったが、リーヴズは得意げだった。イタリア製の拳銃以外、手がかりは何もないのだ。マフィアの殺し屋に疑いがかけられていた。ビアンカはマフィアの下っ端とみなされていた。その日の朝、ジョナサンは煙草を買いに出たとき、売店で新聞の第一面を見たが、買う気にはなれなかった。機内でも、にっこり笑みを浮かべたスチュワーデスから新聞を渡された。彼は折りたたまれた新聞をそのまま膝《ひざ》に置き、目をつぶった。

列車とタクシーを乗りつぎ、帰宅したのは午後七時近かった。ジョナサンは自分で鍵を開け、なかに入った。

「ジョン！」シモーヌが廊下に迎えに出てきた。

彼女の身体に腕をまわす。「ただいま！」

「帰ってくるころだと思ってたのよ！」そう言って、彼女は笑い声をあげた。「なぜか、ちょうどいま――何か変わったことは？　さあ、コートを脱いで。昨夜帰るかもしれないという手紙、今朝《けさ》届いたのよ。忘れてしまったの？」

ジョナサンはコートを洋服かけに乱暴にかけ、脚にぶつかってきたジョルジュを抱きあげた。「小さい厄介《やつかい》もののはどうだい？」ジョルジュの頰《ほお》にキスをする。お土産《みやげ》は玩具のダンプカーで、ウイスキーと一緒にビニール袋に入っていたが、そっちはあとまわしにして、酒を引っぱりだした。

「まあ、贅沢《ケル・リュックス》ね！」シモーヌが言った。「さっそく開けましょうか？」

「ぜひ！」ジョナサンが言った。

彼らはキッチンへ行った。シモーヌはオン・ザ・ロックが好きだったが、ジョナサンはなんでもよかった。

「先生はなんて言ったの、話して」シモーヌは製氷皿を流しへ持っていった。

「うん――ここの医者と同じことを言ってたよ。ただ、何かの薬を試してみたがっていた。連絡があるはずだ」シモーヌには、このことを話そうと機内で決めていた。こうしておけば、またドイツへ出かけることもできる。病気がいくらか悪化したこと、あるいは悪化したらしいことをしゃべっても、いったいどうなるのだ？　よけい心配させるだけで、彼女に何ができるだろうか？　機内で彼の楽天主義が頭をもたげたのだ。まずこれをうまく切り抜けたら、次もなんとかなるだろう。

「また行くってことなの？」彼女は訊いた。

「かもしれない」ジョナサンは彼女が二個のグラスにスコッチを気前よく注いでいるのを眺めていた。「費用は向こう持ちなんだ。連絡してくれることになってる」

「本当？」シモーヌが驚いて言った。

「それ、ウイスキーなの？　ぼくの飲みものは？」とジョルジュが英語で言った。みごとな発音だったので、ジョナサンは思わず笑い声をあげていた。

「すこし飲むかい？　ひとなめしてごらん」そう言って、グラスを差し出した。

シモーヌがその手を制止した。「オレンジジュースがあるわ、ジョルジー！」オレンジジュースを注いでやった。「何かの治療法を試そうとしているってこと？」

ジョナサンは顔をしかめたが、事はまだこっちの思いどおりに進んでいるという気がしていた。「治療法はないんだよ。先生たちは――新薬をいろいろ試そうとしてるんだろう。聞かされたのはそれだけさ。乾杯！」ジョナサンはわずかながら幸福感を味わっていた。ジャケットの内ポケットには、五千フランある。さしあたって、心配はない。一家水いらずで、彼は安心していた。すべてうまく行けば、リーヴズ・マイノットが言ったように、五千フランなどポケットマネーにすぎないのだ。

シモーヌはまっすぐな背もたれに寄りかかった。「費用は向こう持ちなの？　ということは、危険が伴うってこと？」

「そうじゃない。たぶん――こっちにも多少迷惑をかけるってことだろう。またドイツへ行くわけだからね。持ってくれると言っても、旅費だけだよ」考えもしなかったが、ペリエ先生に注射してもらい、薬を投与してもらうということだってできたのだ。だが、そのときはこれでいいと思っていた。

「つまり——たいへんな病気ってことなの？」

「そうだ。ある意味ではね。もちろん、おれはなんともないよ」彼はにっこりして言った。たしかに、なんともなかったし、シモーヌにも、それはわかっていた。「何かのテストをしたがっているだけさ。こっちにはまだわからないが」

「とにかく、見た目はぜんぜん心配ないようね。よかったわ」

「今夜は食事にいこう。そこの角のレストランへ。ジョルジュを連れて」彼女よりも大きな声だった。「さあ、行こう。金は大丈夫だ」

8

四千フランは封筒に入れて、店の奥の木製キャビネットの八つある引き出しのひとつにしまいこんだ。下から二番目の引き出しで、針金や紐《ひも》の切れはしや補強された穴のあいている数枚の付け札以外は何もなかった——こんなガラクタはつましい人間か変わり者しか取っておかないだろう、とジョナサンは思った。いちばん下（何が入っているか知らなかった）と同様、普段は開けたことがない引き出しだった。だから、シモーヌがたまに店を手伝ってくれるときでも、開けられることはないだろうと考えた。現金を入れておくのは、木のカウンターの右下にあるいちばん上の引き出しだった。残りの千フランは、金曜日の朝ソシエテ・ジェネラル銀行の共同預金口座に預けた。シモーヌが気づくには、二、三週間はかかるだろう。小切手帳から気づいても、あれこれ言わないかもしれない。もし言ったとしたら、何人かの客がたまたま残金を清算してくれたと言えばいいのだ。勘定を払うとき、ジョナサンはふつう小切手にサインする。銀行の通帳は、何かの支払いでどっちかが家から持ちださない限り、リビングルームの文具箱《エクリトワール》の引き出しにあった。持ちだすことなど、月に一度あるかないかだった。

金曜日の午後には、ちょっとした金の使い途を見つけた。フランス通りの店で、三百九十五フランの辛子色のツイードのスーツをシモーヌに買ってあげた。ハンブルクへ発《た》つ前にそのスーツを見て、シモーヌのことを考えたのだ——丸襟《まるえり》で、ダークイエローのツイード地に茶色の斑点、上着には四個の茶色いボタン——まさにシモーヌのためにあつらえたような服だった。ただ、目玉が飛び出るほどの値段で、とても手が届かないという気がした。それがいまや、ほとんどバーゲンのように思われた。丁寧に折りたたまれ、純白の薄葉紙の間におさめられている新しい服を、ジョナサンは嬉《うれ》しそうにじっと眺めた。シモーヌに喜んでもらえたこともまた、嬉しかった。彼女に新しい服、すてきな服を買ってやったのは、この二年間ではじめてだと思った。マーケットやプリジュニック（フランスのスーパーマーケット）の服は安物だった。

「でも、とっても高かったんでしょ、ジョン！」

「いや――そんなことはないよ。また行くかもしれないので、ハンブルクの医者たちが前金をくれたんだ。まったく気前がよくてね。金のことは考えなくていい」

シモーヌがにっこり笑った。金のことは考えたくないのだ。いまは。ジョナサンにはわかっていた。「これはわたしの誕生日のプレゼントにしておくわ」

ジョナサンも微笑した。誕生日はもう二カ月ほど前にすぎていた。

土曜日の朝、店の電話が鳴った。その日はすでに何回かかかってきたが、今度のベルの音は不規則で、遠距離電話だった。

「リーヴズだが……元気ですか?」

「ええ、ありがとう」ジョナサンは不意に、緊張した用心深い口調になった。店内には男の客がひとりいた。壁にかかっている額縁のサンプルの寸法をじろじろ見ている。しかし、こっちがしゃべっているのは英語だった。

リーヴズが言った。「明日、パリに行くので、会いたい。渡したいものがあるんでね――例のものだが」いつもと変わらぬ落ち着いた口調だった。

明日はヌムールの実家へ一緒に行ってほしいとシモーヌから言われていた。「では夕方――六時ごろにでも? 昼食に時間がかかるんで」

「ああ、結構、わかりました。フランス式の日曜日の昼食ですね! じゃあ、六時ごろに。泊まるのはホテル・ケイレ。ラスパイユ通りにある」

聞いたことがあるホテルだった。六時か七時までにはうかがう、と彼は言った。「日曜日は列車の本数がすくないんですよ」

気にしないように、とリーヴズは言った。「じゃあ、明日」

リーヴズは間違いなく、金を持ってくるのだ。ジョナサンは額縁を買いにきた客のほうに注意を向けた。

日曜日、シモーヌは新しいスーツを着たが、すばらしく似合っていた。フサディエ家へ出かける前に、ジョナサンはドイツ人の医者から金をもらっている件については黙っていてほしいと彼女に頼んだ。

「わかってるわ！」シモーヌはおかしいくらい呆気《あっけ》なく口裏合わせに同意してくれた。彼女は本当は両親よりも自分の味方なのだという気がした。その逆を感じたこともよくあったが。

「今日だって」とシモーヌはフサディエ家で言った。「ジョンはパリへ出かけねばならないの。ドイツ人の同業者と話があって」

日曜日の昼食は本当に楽しかった。ジョナサンとシモーヌはジョニー・ウォーカーを一本持参していた。

サン・ピエール・ヌムールからはちょうどいい列車がなかったので、ジョナサンはフォンテーヌブロー発午後四時四十九分の列車に乗り、五時半にパリに到着した。地下鉄に乗り換える。ホテルは地下鉄駅のすぐ近くだった。

部屋に上がってくるようにというジョナサンへのメッセージが置かれていた。リーヴズは上着を脱いで、ワイシャツ一枚になっていた。ベッドに寝ころんで新聞を読んでいたようだ。「やあ、ジョナサン！　元気ですか？……どうぞ座って——その辺に。見せたいものがあるんですよ」彼はスーツケースのほうへ行った。「手はじめに——これを」リーヴズは白い封筒を手にして、タイプで打たれた手紙を抜きだし、ジョナサンに渡した。

英文の手紙で、宛先はスイス銀行、エルンスト・ヒルデスハイムのサインがあった。ジョナサン・トレヴァニー名義の口座の開設を依頼し、フォンテーヌブローの店の住所と、八万マルクの小切手を同封する旨が書きそえられていた。カーボン紙だったが、サインがされている。

「ヒルデスハイムというのは、誰ですか？」ジョナサンはそう訊《き》きながら、一方で、ドイツマルクは約一・六フランだから、八万マルクは十二万フラン以上になると考えていた。

「ハンブルクのビジネスマンでね——多少力になってやったことがあるんですよ。ヒルデスハイムはなんのマークもされていないし、この金は彼の会社の帳簿にも載らない。だから彼にとってはまったく心配がない。送ったのはパーソナル・チェックです。ジョナサン、要するに、これが昨日ハンブルクから送金され、あなた名義で預金されたということです。だから来週には、秘密口座の口座番号が届く。十二万八千フランです」リーヴズは微笑しなかったが、満足そうな様子だった。書き物机の上の箱に手を伸ばした。「オランダの葉巻はどうです？　上等ですよ」

ものも珍しかったから、ジョナサンは微笑して、一本取った。「どうも」リーヴズの差し出したマッチの火に葉巻の先をつけて、吸いこんだ。「それから、金のことも、礼を言います」金額は三分の一にも満たない、とジョナサンは思った。半額でもない。しかし、このことは口には出せなかった。

「そう、のっけからうまくいきました。ハンブルクのカジノの連中がとても満足してね。あたりを流して歩いているほかのマフィアのメンバー、ジェノッティ・ファミリーのふたりは、サルヴァトーレ・ビアンカの殺害については何も関知していないと言っている。連中はそう主張するに決まってます。次にこっちが打つべき手は、ビアンカの報復に見せかけて、ジェノッティのひとりを殺すことだ。大物をやりたい、カポを――ほら、ボスのすぐ下の幹部ですよ。ほぼ毎週のように週末にミュンヘンからパリへ来ているヴィトー・マルカンジェロという奴がいるんです。パリに愛人がいてね。ミュンヘンの麻薬取り引きの元締めです――とにかく、あそこのファミリーの。実は麻薬については、いまやミュンヘンのほうがマルセイユより盛んでしてね……」

ジョナサンは落ち着かない様子で聞いていた。二度目の仕事を引き受ける気はなかったから、断わるチャンスを待っていたのだ。この四十八時間で、ジョナサンは気が変わっていたのだ。しかも、リーヴズを前にすると、不思議なことに大胆不敵さが失われ、たぶん、それがもっと現実的な行動をとらせたのだろう。それから、すでにスイスには十二万八千フランの金が振り込まれているという事実もあった。ジョナサンは肘《ひじ》掛け椅子《いす》の端に腰をおろしていた。

「……昼間、走っているモーツァルト号の列車内で」

ジョナサンは首をふった。「申し訳ない、リーヴズ。とてもおれには無理だと思う」そのの気になれば、リーヴズは小切手の支払いを中止させることだってできるんだ、とジョナサンはふと思った。ヒルデスハイムにすぐ電報を打つかもしれない。ま、それならそれでいい。

リーヴズはがっかりしているようだった。「仕方がないが——じつに残念だ。本当に。ほかに誰か探さねばならないことになります——引き受けてもらえなければ。それに——金の大半もその者に渡すことになると思う」リーヴズは頭をふり、葉巻をしきりに吹かして、しばらく窓外を眺めていた。やがて、身をかがめ、ジョナサンの肩をぎゅっと掴《つか》んだ。「ジョン、第一部はきわめてうまくいった!」

ジョナサンは椅子に深く座り直し、リーヴズは手を放した。ジョナサンは謝罪を強要されてでもいるように、もじもじしている。「それはそうだが、しかし——列車内で射殺するんですか?」逃げ場がなくて、たちまち捕まってしまう自分の姿が想像された。

「射殺じゃありませんよ、もちろん。音は立てられません。絞殺を考えています」

ジョナサンは耳を疑った。

リーヴズは穏やかに言った。「マフィアの手口です。細い紐《ひも》で、音も立てず——首を絞める!　紐をただ強く引っぱる。それだけです」

ジョナサンは温かい首筋に指で触れるところを想像した。ぞっとした。「論外だ。とてもできない」リーヴズはひと息つき、角度を変えて、さらに話を進めた。「こいつはひどく用心深い男でしてね。四六時中、ボディガードをふたり連れてます。だが、列車内では——乗客は座っているのに飽きて、ちょっと通路を歩いたり、一、二回はトイレか食堂車へ行ったりするものです、それもたぶん、ひとりで。うまくいかないかもしれないし、チャンスもないかもしれないが、ジョナサン、やるだけはやれますよ。——あと、突き落とす手もある。列車のドアから突き落とすんです。走っているときでも、ドアは開けられますからね。しかし、叫び声をあげられるかもしれない——うまく死なないこともありうる」

馬鹿げてる、とジョナサンは思った。だが、笑う気にはなれなかった。リーヴズは天井を見あげたまま、黙って夢想にふけっていた。自分が殺人か殺人未遂で逮捕されたら、シモーヌは金をまったく手にできないだろう、とジョナサンは考えていた。彼女は驚き、恥ずかしい思いをするにちがいない。「協力することはまず無理だ」とジョナサンは言った。そして、立ち上がった。

「しかし——とにかく汽車に乗ることはできる。チャンスがなかったら、またこっちで何かほかのことを考えるだけですよ。狙いを別のカポに変えるかもしれないし、別の手口もある。だが、われわれとしては、ぜひこの男を始末したい！　このカポは麻薬からハンブルクのカジノに乗り換えるつもりだ——その準備をしている——とにかく、そういう噂《うわさ》なんです」リーヴズは口調を変えて言った。「拳銃でやってみませんか、ジョン？」

ジョナサンは首をふった。「そんな度胸はありませんよ、勘弁してください。列車内で？　無理だ」

「こいつを見てほしい！」リーヴズは左手をすばやくズボンのポケットから引っぱりだした。

ぺらぺらの白っぽい紐のようなものを持っていた。先端を輪のなかに通し、紐の端に小さなこぶを作って、抜けないようにしてある。リーヴズはそれを投げて、ベッドの支柱に引っかけ、ぐいと引っぱった。

「どうです？　ナイロンですよ。針金にも負けないくらい丈夫です。うめき声すらあげられる者はいない――」リーヴズは急に話をやめた。

ジョナサンはぞっとした。ともかく、片手は相手に触れねばならない。時間は三分とかからないだろうか？

リーヴズは諦《あきら》めた様子だった。窓のほうへゆっくり歩いていき、振り返った。「考えてほしい。あなたから電話をかけてくれてもいいし、二日後に、私から電話をかけてもいい。マルカンジェロはいつも、金曜日の正午にミュンヘンを出発します。今度の週末に実行できれば、理想的なんだがね」

ジョナサンはドアへ向かってゆっくり歩いた。ベッドテーブルの上の灰皿で葉巻の火を消した。

リーヴズはその様子を抜け目なく窺《うかが》っていた。だが、ジョナサンを飛びこえ、その背後の遠くを見つめて、仕事を引き受けてくれるほかの誰かを早くも考えていたかもしれない。頬《ほお》の大きな傷痕が厚みを増したように感じられた。光の加減で、そう見えるのだ。傷痕はたぶん、女性に対する劣等感を植えつけただろう、とジョナサンは思った。けれども傷を受けたのは、いつごろだろうか？　はっきりしないが、たぶん二年前だ。

「階下で一杯やりますか？」

「いや、結構」ジョナサンが言った。

「そうだ、見せたい本があった！」リーヴズはまたスーツケースへと行き、奥の隅からカバーが鮮紅色の本を引っぱりだした。「これなんだが。手元に置いておくといい。ジャーナリストの書いたすばらしい作品です。ドキュメンタリーでね。われわれが始末している相手がどんな連中かわかります。ただし連中だって、みんなと同じように生きた人間だ。つまり、弱点はある」

『死神――アメリカ組織犯罪の分析』というタイトルだった。

「水曜日に電話をかけます」とリーヴズが言った。「あなたは木曜日にミュンヘンへやってきて、一泊してください。私はまたどこかのホテルにいます。金曜日の夜に、あなたは汽車でパリへ戻るわけです」

ジョナサンの手はすでにノブを摑んでいた。それを回す。「申し訳ない、リーヴズ、うまくいかないと思う。じゃあ」

ホテルを出ると通りを横ぎり、地下鉄へ行った。ホームで電車を待ちながら、本のカバーの宣伝文句を読んだ。裏表紙には、警察で撮られた人相の悪い六人か八人の男たちの正面と横からの顔写真があった。口をへの字に曲げて、だらしがないと同時に凄味のある顔をしている。全員、目つきが凶悪で鋭かった。顔は肉づきがよかろうと悪かろうと、奇妙なことに、どれも表情が似ていた。なかに、写真のページが五、六ページあった。各章のタイトルはアメリカの都市名がつけられている。デトロイト、ニューヨーク、ニューオーリンズ、シカゴ。後ろには、索引のほか、系図のようなマフィアのファミリーの組織図が載っていた。ただ、メンバーは全員現在の構成員たちだった。ボス、サブ・ボス、補佐、平のメンバー。ジョナサンが聞いたことのあるジェノヴェーゼ・ファミリーの場合、平のメンバーの人数は五、六十人もいた。名前は実名で、住所はほぼニューヨークかニュージャージーだった。フォンテーヌブローへ向かう列車のなかで、ジョナサンは拾い読みした。ハンブルクでリーヴズがしゃべっていた「アイスピックのウィリー」オルダーマンがいた。この男は話しかけるように肩の上に身をかがめて、鼓膜にアイスピックを突き刺し、相手を殺害した。歯を見せて笑いながら、本名の記されたラスベガスのギャンブル仲間六人、それに枢機卿、司教、モンシニョール（彼らの名前もまた明らかにされていた）と一緒に写真におさまっている。聖職者たちは撮影前に、「五年にわたって支払われる七千五百ドルの寄付の約束を」取りつけていた。いささか憂鬱な気分になって本を閉じ、しばらく外を眺めていたが、ふたたび開いた。本に書かれていることは結局事実だったし、事実はまことに面白かった。

ジョナサンはフォンテーヌブロー・アヴォン駅から宮殿近くの広場までバスに乗り、フランス通りを自分の店まで歩いた。店の鍵は持っていた。店内に入り、金を隠してある滅多に使わない引き出しにマフィアの本をしまいこみ、サン・メリー通りを歩いて自宅へ帰った。

9

トム・リプリーは四月のある火曜日、ジョナサン・トレヴァニーの店に行ってみると、ショーウィンドーに「都合により臨時休業いたします《フェルムチュール・プロヴィゾワール・プール・レゾン・ド・ファミーユ》」という看板が出ていたので、ジョナサンはハンブルクへ行ったのだろう、と思った。本当にハンブルクに行ったのか知りたかったが、リーヴズに電話で確かめるほどの興味はなかった。木曜日の朝十時ごろハンブルクのリーヴズから電話があり、喜びを抑えた張りつめた声で言った。

「やあ、トム、やったよ！　何もかも――すべて申し分ない。礼を言うよ！」

トムはしばらく無言だった。トレヴァニーは本当にやりとげたのか？　そこはリビングルームで、エロイーズもいたから、「よかった。それが聞けて嬉《うれ》しいよ」とだけしか言えなかった。

「偽の検査報告など必要なかった。何もかもうまくいったよ！　昨夜」

「それで――彼はいまこっちへ帰ってくるところかい？」

「そう。今夜には着く」

トムは話を手短にすませた。彼はトレヴァニーの病気の検査報告を実際よりも悪いのとすり替えることを思いつき、冗談で仄《ほの》めかしたのだ。もっとも、リーヴズがいかがわしいユーモアのない手で相手をだますタイプの人間だとは思っていたが。だが、その必要もなかったわけだ。トムは意外な気がして微笑した。リーヴズの喜びようからして、狙った相手は間違いなく死んでいる。トレヴァニーが殺したのだ。本当に意外だった。見事成功をおさめたリーヴズが称賛の言葉を求めているのはわかっていたが、トムは何も言ってやれなかった。ほんのわずかだがエロイーズは英語がわかる。危険なこととは何もしたくなかった。マダム・アネットが毎朝買ってくる「ル・パリジャン・リベレ」紙で確認することを突然思いついたが、まだ買い物から戻っていなかった。

「誰からだったの？」とエロイーズが訊《き》いた。コーヒーテーブルの上の雑誌に目を通し、古い号を処分するために選りわけていた。

「リーヴズだよ」とトムは言った。「たいした用事じゃない」

エロイーズはリーヴズにはうんざりしていた。世間話が下手だし、人生を楽しんでいないように見えた。

自宅前の砂利を元気よく踏みしめる足音がしたので、トムはマダム・アネットに会いにキッチンへ行った。彼女は勝手口から入ってくると、にっこり微笑《ほほえ》みかけた。

「コーヒーのおかわりですか、ムッシュー・トム？」彼女はそう尋ねながら、木のテーブルに籠《かご》を置いた。アーティチョークがひとつ転がり落ちた。

「いや、そうじゃない、マダム・アネット。悪いが、『ル・パリジャン』をちょっと見せてもらいたくてね。競馬を――」

二面に記事が載っていた。写真は掲載されていない。サルヴァトーレ・ビアンカという四十八歳のイタリア人がハンブルクの地下鉄駅で射殺された。犯人は不明。現場に残された拳銃はイタリア製だった。被害者はミラノのマフィア、ディ・ステファノ・ファミリーの者であることが確認されている。記事は縦七センチもなかった。しかし、面白いことになりそうだ、とトムは思った。もっと大事へと発展するだろう。悪いことなどしそうもない顔をした、真正直なジョナサン・トレヴァニーが、金の誘惑に負けて（金以外に何があるだろう？）、みごとに殺人をやってのけたのだ！　トム自身もかつて誘惑に負けたことがある。ディッキー・グリーンリーフの件だ。もしかしてトレヴァニーはわれわれの仲間なのか？　しかし、トムにとってわれわれとは、トム・リプリーひとりにすぎない。彼は微笑した。

先週の日曜日、リーヴズが落胆した様子でオルリー空港から電話をしてきて、いまのところトレヴァニーは仕事を引き受けようとしない、ほかに誰かいないかと言ってきた。誰もいない、とトムは答えた。リーヴズの話では、病気の検査に来るようトレヴァニーをハンブルクへ招待する手紙を書き、それが月曜日の朝届くはずだという。トムがこう言ったのはそのときだ。「彼が来れば、もしかしたらわずかながら悪くなっている検査結果が出てくるんじゃないかな」

金曜日か土曜日には（トレヴァニーが体力回復のため、週末に休みをとっていなければ）、好奇心の赴くままに、額縁に入れてもらうデッサンでも持って、ちょっとトレヴァニーの様子を見に、フォンテーヌブローの店へ訪ねていってもよかったのだ。事実、フォンテーヌブローのゴーティエの店へ木枠を買いにいくつもりでいたが、エロイーズの両親が週末に来ることになっていて――金曜日と土曜日のふた晩泊まった――、金曜日は、家族中が彼らを迎える準備に大わらわだった。マダム・アネットは献立のことや金曜日の夜に出す新鮮なムール貝の品質のことで余計な心配をしていた。客間もきちんと整えたが、あとで、エロイーズにシーツとバスタオルを取りかえさせられた。両方とも、ついているモノグラム（人名の頭文字を図案化したもの）がトムのＴＰＲで、プリッソン家のものではなかったからだ。プリッソン夫妻はリプリー夫婦に結婚祝いのプレゼントに上等で厚手のリネンのシーツを二ダース、買い置きのなかからくれたのだった。プリッソン夫妻が泊まりにきたときには、それを使うことこそ思いやりのあるもてなし、また如才ないもてなしだ、とエロイーズは思っていた。マダム・アネットはうっかりしていて、このことを忘れていた。もちろん、そのことでは、エロイーズからもトムからも叱責はされなかった。エロイーズがシーツをかえさせたのは、両親がベッドに入ったとき、娘が結婚したことをモノグラムによって思い出させたくないからで、それはトムにもわかっていた。プリッソン夫妻は口うるさくて、保守的だった。すらりとした、まだ魅力的な五十代の女性アルレーヌ・プリッソンは、若者たちやそのほか諸々のことに対して形式ばらないで、寛容であろうと本気で努力していたが、なぜかかえってよけい口うるさく、保守的になった。彼女には、もともとそういう素質がなかったのだ。トムにとって、週末はまさにきびしい試練のときで、大変だった。ベロンブルが和気藹々《わきあいあい》の家族でなければ、どれほどの価値があるだろう？　銀の茶器一式（これもプリッソン夫妻の結婚祝いのプレゼントだ）は、マダム・アネットがいまもピカピカに磨いていた。庭の巣箱でさえ、屋敷内のミニチュアの簡易ホテルであるかのように、毎日糞の掃除がされていた。屋内の木の部分はどこもかしこもかすかに光っていたし、トムがイギリスから持ってきたラヴェンダーの香りのするワックスのいい匂いがしていた。それでも、アルレーヌはモーブ色のパンツスーツ姿で暖炉の前の熊の皮の上に寝そべり、裸足《はだし》の足を温めながら言ったのだ。「こういう床は、ワックスなんかじゃ駄目よ、エロイーズ。ときどき、亜麻仁油と揮発油で手入れをしないとね。それも温めたもので。いいこと、そうすると、木によくしみ込むわ」

日曜日に、午後のお茶のあと、プリッソン夫妻が帰ると、エロイーズはいきなりミディーブラウスを脱ぎ、フランス窓に投げつけた。重いブローチがついていたから、ひどい音が立ったが、ガラスは割れなかった。

「シャンパンを！」とエロイーズが叫んだ。トムがワイン貯蔵室へ取りに駆け下りていった。

茶道具が片づけられていなかったが（マダム・アネットはようやく足を高いところにの

せて、身体《からだ》を休めていた)、彼らはシャンパンを飲んだ。そのとき、電話がかかってきた。リーヴズ・マイノットからで、元気のない声だった。「いま、オルリー空港にいる。ハンブルクへ帰るところなんだ。今日、パリでわれわれの共通の友人に会った。今度は断わると言われた、今度はね。もうひと仕事やらねばならないんだよ、どうしても。彼にそう説明したんだが」

「何がしかの金を渡したんだろう?」トムはエロイーズがシャンパングラスを手にしてワルツを踊っているのを眺めていた。『バラの騎士』のグランド・ワルツをハミングで歌っている。

「三分の一ほど渡した。悪くない額だと思うがね。彼の名義でスイスに預けたんだ」

たしか約束の金額は五十万フランに近かった、とトムは思った。三分の一では気前はよくないが、妥当なところだという気がした。「もう一発撃ってほしいというわけだ」とトムが言った。

エロイーズは歌をうたいながら、くるくるまわっている。「ラ・ダ・ダ、ラ・ディ・ディ……」

「いや」リーヴズの声がかすれた。そして、静かに言った。「絞殺しなければならない。列車内でね。それが障害だと思う」

トムは呆《あき》れていた。当然、トレヴァニーはやらないだろう。「列車内でなければならないのか?」

「そういう計画だ……」

リーヴズはいつも計画を立てているのだ。トムは礼儀正しく聞いていた。リーヴズの着想は危険で、心もとない感じだった。トムは話をさえぎった。「たぶん、今度の舞台は彼には荷が重かったのさ」

「いや、興味は示したと思う。だが、ミュンヘンへ来ることには同意しなかった。こっちとしては、来週の週末までにやらねばならないんだ」

「また『ゴッドファーザー』でも読んだんだろう、リーヴズ。拳銃を使うよう計画を多少変更したほうがいい」

「拳銃は音がする」リーヴズはユーモアの欠片《かけら》もなしに言った。「ほかの者を見つけるか――ジョナサンを説得しなければならないだろう」

説得するのは無理だ、とトムは思い、むしろもどかしげに言った。「金以上に効き目のあるものはないよ。それが駄目なら、どうしようもない」トムはプリッソン夫妻の訪問を不愉快な気分で思い出した。ジャック・プリッソンからエロイーズが小遣いとしてもらっている年二万五千フランの金など必要なければ、彼もエロイーズもほぼ三日間普段と打って変わって、せいいっぱい尽くしただろうか？

「彼にはもう金は支払われないと思う」とリーヴズが言った。「彼は実際に、手を引くだろう。さっきも言ったが、たぶん、もうひと仕事しないと、残金は手に入らない」

トレヴァニーのようなタイプの人間のことが、リーヴズにはすこしもわかっていない、とトムは考えていた。トレヴァニーに全額渡していれば、仕事をするか、さもなければ半分は返すだろう。

「彼のことで何か思いついたら」リーヴズはあきらかに困った様子で言った。「あるいは、やってくれる者がほかにいたら、電話をしてくれないか？……明日かあさってにでも？」

電話を切ると、トムはほっとした。すばやく首をふり、まばたきをする。リーヴズ・マイノットの思いつきはしばしば、多くの夢が持っている現実感さえもない何か重苦しい夢でも見たように、トムを暗い気持ちにさせた。

エロイーズは片手を黄色いソファの背にかるく触れ、もう一方の手でシャンパンを持ちながら、ソファを飛びこえ、静かに着地して、腰をおろした。そして、優雅に彼のほうへグラスをあげた。「あなたのおかげで、この週末はとっても楽しかったわ《グラース・ア・トワ・ス・ウィークエンド・エテ・トレ・レユシ》、ねえ《モン》、あなた《トレソール》！」

「ありがとう！」

たしかに、気楽な生活が戻り、いまは夫婦水いらずで、その気があれば、今夜は裸足で夕食を食べることだってできた。自由だ！

トムはトレヴァニーのことを考えていた。リーヴズのことはまったく心配していなかった。危険な状況になってもきわどいところで、かならず切り抜けるか、手を引く男だ。だがトレヴァニーは――ちょっとわからないところがある。もっと懇意になろうといろんな手を考えた。が、うまくいきそうもなかった。好感を持たれていないことがわかっていたからだ。しかし簡単な手がひとつある。トレヴァニーに額装をお願いしに絵を持っていけばいい。

火曜日に、フォンテーヌブローへと車を駆り、まずゴーティエの画材店に寄って木枠を買った。ゴーティエのほうからトレヴァニーの近況や、ハンブルクへ行った件を何か聞かせてくれるかもしれない、とトムは思っていた。トレヴァニーは表向きは医者に診《み》てもらいに行ったのだから。ゴーティエの店で買い物をしたが、トレヴァニーの話は出なかった。帰りしなに、トムが言った。

「われわれの友人――ムッシュー・トレヴァニーは元気かい？」

「ああ、元気《ウイ》ですよ。先週、専門医に診てもらいにハンブルクへ行ったみたいで」ゴーティエの義眼はトムを睨《にら》みつけていたが、本物の目のほうはきらきらと輝き、いささか悲しげだった。「あまりよくないらしい。ここの医者から言われてるよりも、どうやら、多少悪化してるでしょう。だが彼は度胸がある。なにしろイギリス人だからね。胸中をけっして明かしません」

「悪化しているとは気の毒だね」とトムが言った。

「そう――彼から聞いたんですよ。しかし仕事はしている」

トムは木枠を車内に置き、後部座席から紙ばさみを取った。トレヴァニーに額装してもらうため、水彩画を一点持ってきたのだ。今日トレヴァニーとうまく話ができなくても、近いうちに絵を取りにこなければならないから、トレヴァニーと会うチャンスはもう一度ある。トムはサブロン通りを歩いていき、小さな店へ入った。トレヴァニーは女性客と額縁のことで話し合っていた。細長い木をエッチングの上部に押しつけている。彼はトムのほうをちらっと見た。間違いなくトムのことを覚えている表情だ。

「いまは、重苦しい感じがするかもしれません。でも、マットが白ですからね――」トレヴァニーがしゃべっていた。発音は完璧だった。

トムはトレヴァニーの態度に何か変化はないかと探した。ひょっとすると、不安そうな様子でも。が、これまでのところは、何もなかった。ようやくトムの番になった。「ボンジュール。こんにちは、トム・リプリーです」トムはにっこりして言った。「二月にお宅にうかがったことがありますね。奥さんの誕生日に」

「ああ、そうでした」

二月のあの夜、「ああ、はい、お噂《うわさ》はかねがね」と言ったときから、彼の態度は変わっていなかった。トレヴァニーの顔を見て、それを確かめることができた。トムは紙ばさみを開いた。「水彩画があってね。女房が描いたものです。細いダークブラウンの額縁でどうかと考えてるんだが。マットは――そう、幅はせいぜい、下で六センチだろうね」トレヴァニーはカウンターに置かれた水彩画に目を向けた。ふたりの間には、刻み目のついている使い古して光沢の出たカウンターがあった。

緑と紫が基調の絵で、冬の松林を背景に、エロイーズがベロンブルの片隅を自由に描いていた。なかなかいい、とトムは思った。エロイーズは程をわきまえているのだ。この絵を取っておいたことは、当人は知らなかった。額縁におさめられたのを目にすれば、思いがけないことで、喜んでくれるだろう。そう期待していた。

「こういう感じのものでしょうかね」とトレヴァニーは言って、ひどくごたごたしている棚から長い木を引っぱり下ろした。それを絵の上のほうにすこし離して置く。離したのは、マットの部分だろう。

「たしかに、いいね」

「マットはオフホワイトかホワイトではどうですか？　こんな感じの？」

トムはそれに決めた。トレヴァニーはメモ用紙にトムの名前と住所を活字風にきちんと書いた。トムは電話番号も言った。

さて、どう切りだせばいい？　たしかに、トレヴァニーは落ち着きはらっていると言えた。衰弱していくことは間違いないが、彼には失うものが何もないのだと感じた。トムは言った。「そのうち、奥さんと一緒に家へ来ていただきたい。一杯やりましょう。ヴィルペルスは遠くない。どうぞ、お子さん連れで」

「ありがとう。でも、車がないので」トレヴァニーは儀礼的に微笑して言った。「あまり外出しないんですよ」

「車なんかなくても平気です。迎えにきてもいい。もちろん、夕食もご一緒に」トムの口からはどんどん言葉が飛びだしてきた。トレヴァニーはコート・セーターのポケットに手をつっこみ、その気になったかのように立ち上がって移動した。相手が興味をいだいたことはまちがいなかった。

「女房ははにかみ屋なんですよ」トレヴァニーがはじめてにっこりしながら言った。「英語があまり話せないので」

「うちの女房だって、そうですよ。やはりフランス人でしてね。しかし、わが家があまり遠いんなら、いまアニス酒を一杯どうです？　もう店はおしまいでしょう？」

トレヴァニーは店を閉めかけていたのだ。正午をすこし過ぎたところだった。

ふたりはフランス通りとサン・メリー通りの角にあるバー・レストランへ行った。トレヴァニーは途中でパン屋に立ち寄り、パンを買った。彼は生ビールを頼み、トムも同じものを飲んだ。彼は十フラン札をカウンターに置いた。

「どういう経緯でフランスへ来ることになったんですか？」とトムが訊いた。

トレヴァニーはイギリス人の親友とフランスでアンティークショップをはじめた話をした。「で、あなたのほうは？」とトレヴァニーが訊いた。

「妻がここを気に入ってるんですよ。私もですがね。実際、こんなに快適に暮らせるところは考えられない。旅行だって思いのままだ。自由な時間はいっぱいある——いわゆる暇がね。庭仕事をしたり、絵を描いたり。日曜画家のように絵を描いてますが、楽しいですよ。——気が向けば、ロンドンに二週間ほど出かけます」こっちの手の内を見せたわけだが、ある意味では、素朴で、害のないものだった。そうでもしなければ、金の出所について疑いを持たれるかもしれない。トレヴァニーはディッキー・グリーンリーフの噂を耳にしたことがあるだろう、とトムは思った。ほとんどの人と同様、あらかた忘れてしまっているだろうが、たとえばディッキー・グリーンリーフの「謎の失踪」のように記憶に残っているものがあるはずだ。もっとも、あとでディッキーは自殺したものと認められたが。ことによると、ディッキーの遺言書（トムが偽造した遺言書）によってトムが相当な額の金を受けとったことは知っているかもしれない。新聞ダネになったからだ。それから、去年はダーワット事件があった。フランスの新聞には、「ダーワット」よりむしろ、トムの家を訪れたアメリカ人トーマス・マーチソンの不可思議な失踪のほうが大きく扱われた。「生活を楽しんでおられるようですね」トレヴァニーは冷淡に言って、上唇のビールの泡を拭《ぬぐ》った。

何か訊きたいことがあるのだ、とトムは感じた。なんだろう？　トレヴァニーはイギリス人らしく冷静であるにもかかわらず、良心の呵責《かしやく》を感じることがあるのか、また、女房にしゃべったり、警察に自首することがあるのか？　女房には自分の行為を絶対にしゃべっていないと考えていいし、この先もしゃべることはないだろう。五日前に、彼は拳銃の引き金をひき、男を殺した。もちろん、リーヴズに唆《そそのか》され、マフィアの極悪さについて、また彼か誰かが奴らを殺害することの現実の善について頭に叩きこまれていた。さらに、トムは絞殺のことを考えた。いや、トレヴァニーが絞殺という手を使うなんて想像できなかった。彼は自分が犯した殺人について、どう感じているだろうか？　つまり、これまでに何か感じる暇などあっただろうか？　たぶん、ないだろう。トレヴァニーはジタンに火をつけた。手が大きかった。流行おくれの服を着、折り目のついていないズボンをはきながら、それでも紳士らしさを失わない男だった。本人はまったく自覚していないようだったが、武骨ないい顔をしていた。

「ひょっとしたら知ってますか」トレヴァニーは穏やかな青い目でトムを見つめて言った。「リーヴズ・マイノットというアメリカ人を？」

「いや」とトムは言った。「このフォンテーヌブローに住んでるんですか？」

「いいえ。しかし、よく旅行してます」

「知らないな」トムはビールを飲んだ。

「そろそろ帰らないと。女房が待ってるので」

ふたりは外に出た。帰る方向は別々だった。

「ビールをありがとう」とトレヴァニーが言った。

「楽しかったね！」

トムはレーグル・ノワール・ホテルの前の駐車場に停めてある車へと歩いていき、ヴィルペルスに向かって車をスタートさせた。トレヴァニーのことを考えていた。彼はどちらかと言うと、失意の人間であり、現在の自分の境遇に失望していた。きっと若いころは、大望をいだいていたにちがいない。トレヴァニーの妻のことが思い出された。堅実な、夫に尽くす魅力的な女性で、夫の尻《しり》を叩いて出世させようとしたり、稼ぎが悪いと文句ばかり言う女ではなかった。彼女は彼女なりに、たぶん、トレヴァニーと同様、正直で礼儀正しいのだろう。それなのに、トレヴァニーはリーヴズの誘いに乗ったのだ。ということは、理詰めで攻めれば、どっちの側へも押されもすれば、引っぱられもする男だった。

マダム・アネットがトムに挨拶《あいさつ》した。エロイーズがすこし遅くなるという伝言を持ってきたのだ。シャイイ・アン・ビエールのアンティークショップでイギリス製のコモード・ド・バトー（船舶用タンス）を見つけ、小切手にサインをしたが、店員と銀行へ行かねばならなかったからだ。「間もなくタンスを持ってお帰りです！」マダム・アネットは青い目を輝かせて言った。「昼食は待っていただきたいそうです、ムッシュー・トム」

「そりゃ、もちろん！」トムはひどく上機嫌で言った。銀行口座がそろそろ借り越しになるのだと思った。だから、エロイーズは銀行へ出向いて、交渉しなければならなかったのだ。銀行が閉まる昼食時なのに、どうしたのだろう？　マダム・アネットは嬉しそうだった。またひとつ家具が増え、せっせと根気よくワックスで磨くことができるからだ。エロイーズは何カ月も前から、真鍮《しんちゅう》で補強した船舶用の整理ダンスをトムのために探していた。彼の部屋にコモード・ド・バトーを置くのは、彼女の気まぐれだった。

ちょうどいい機会だ、リーヴズに当たってみようと決心し、自室へ上がっていった。時間は午後一時二十二分。三カ月ほど前から、ベロンブルには新しいダイヤル式電話が二台設置されていたから、長距離電話はもう交換手をとおす必要がなかった。

リーヴズの家政婦が出た。トムはドイツ語でヘア・マイノットがいるかどうか訊いた。家にいた。

「やあ、リーヴズ！　トムだ。長話はできないんだが。われわれの友人に会ったんだよ。それを伝えたくてね。一緒に一杯飲んだんだ……フォンテーヌブローのバーで。たぶん——」トムは緊張した様子で腰をあげ、道路の向こう側の林、何もない青空を窓越しにじっと眺めた。自分でも何が言いたいかはっきりしなかった。ただ、リーヴズには諦《あきら》めてもらいたくなかった。「わからないが、彼なら、うまくいくかもしれないと思う。勘にすぎないがね。だが、もう一度掛け合ってみるといい」

「それで？」とリーヴズは言った。絶対に過ちを犯さない賢人のように、返事をじっと待っている。

「彼とはいつ会いたいんだい？」

「木曜日にミュンヘンに来てもらいたいんだ。あさってに。ミュンヘンでもうひとりの医者に診てもらうよう勧めているんだが。そのあと——金曜日にミュンヘン発パリ行きの列車が二時十分ごろ発車する」

トムは以前、モーツァルト号に乗ったことがある。乗車したのはザルツブルクだった。

「拳銃にするか——ほかのものにするか、選択は彼に任せる。だが拳銃は使用しないよう忠告しておくってことだろうね」

「それはもう言ってみたんだ！」とリーヴズが言った。「だが、それでも引き受けるかもしれない——とあんたは思うわけだな？」

トムは車が二台、自宅前の砂利のところを進んでくる音を耳にした。エロイーズが店員を連れてきたにちがいない。「もう話は終わりだ、リーヴズ。じゃあ」

その日、あとでひとりきりになると、トムは正面の窓と窓の間に置かれたみごとなタンスをじっくり眺めた。オーク材で作られた背の低い頑丈なタンスで、角の真鍮とさら穴に埋められた真鍮の引き出しの把手《とって》がピカピカだった。木は艶《つや》があり、生きているように見えた。職人の手か、あるいはそれを使っていた船長かオフィサーたちの手によって生気を吹きこまれでもしたようだ。てかてかの黒ずんだふたつのへこみは、すべての生きものが生きていく途中でこうむる奇妙な傷痕みたいだった。いちばん上には、楕円形《だえんけい》の銀の飾り板がはめこまれ、船長アーチボルド・L・パートリッジ、プリマス、一七三四年という渦巻き文字と、それよりずっと小さい文字で指物師の名前が彫られていた。誇りのみごとな表現だという気がした。

10

約束どおり水曜日に、リーヴズはジョナサンの店に電話をかけた。いつになく忙しそうで、正午すぎにもう一度かけてほしいと頼まれた。

リーヴズは電話をかけ直した。いつもの丁重な挨拶《あいさつ》のあと、明日ミュンヘンに来られるかどうか訊《き》いた。

「ミュンヘンにも大変な名医がいる。ひとり心当たりがあってね。マックス・シュレーダーという先生だが。金曜日の朝早く、八時ごろ診《み》てもらえるそうだ。あとは、そっちの返事をもらうだけなんだよ。もしあなたが――」

「承知した」とジョナサンは言った。話はかならずこういう結果になる、と彼は予想していた。「ありがとう、リーヴズ。航空券をなんとかしよう――」

「片道でいい、ジョナサン――ああ、あなた次第だが」

ジョナサンはわかっていた。「飛行機の時間がはっきりしたら、電話をかけるよ」

「時間はわかってる。午後一時十五分にオルリー空港発ミュンヘン行きの便がある、間に合えばだが」

「大丈夫。それに乗るよ」

「連絡がなければ、乗れたということにして。この間のようにシティ・ターミナルで会おう」

頭がぼうっとしていた。洗面台へ行って、両手で髪を撫でつけ、それから、手を伸ばしてレインコートをとった。小雨が降っていて、むしろ肌寒かった。決断したのは、昨日だった。また同じ行動をとるのだ。今度はミュンヘンの医師を訪ねて、列車に乗りこむことになるだろう。ジョナサンにとって、心もとないのは自分自身の勇気だった。どこまで役に立てるだろうか？　店を出て、ドアの鍵を閉めた。

ジョナサンは舗道のゴミ箱にぶつかり、いつもとちがって、足どりが重いことに気づいた。頭をすこしあげた。紐《ひも》はもちろんのこと、拳銃の携行も要求するつもりだった。勇気がなくて（ジョナサンには十分考えられることだった）紐を使うのをためらいでもしたら、拳銃を使用し、それで一巻の終わりだ。リーヴズとは、次のような取り決めを結ぶことになるにちがいない。もし拳銃を使用して、逮捕されることがあきらかになれば、そのときは、次の一発か二発は自分のために使う。そうすれば、けっしてリーヴズやリーヴズと関わりのあるほかの人々を裏切ることはできない。その代わり、シモーヌには残りの金が支払われる。死体がイタリア人のものと見なされないという気がしたが、ディ・ステファノ・ファミリーがイタリア人以外の殺し屋を雇うことはありうることだった。

ジョナサンはシモーヌに言った。「今朝《けさ》、ハンブルクの医者から電話があった。明日、ミュンヘンに来てほしいそうだ」

「ええ？　そんなに急に？」

医者がもう一度診たいと言ってくるのは二週間あとだと、たしか、シモーヌに話してあった。薬をいくらか渡されていたから、その結果を調べられることになるだろうと話しておいたのだ。実を言うと、ヴェンツェル先生とは薬のことで話し合ったが、しかし、なにひとつ薬はもらっていない。実際、薬で病気の進行を抑える以外、白血病の治療法はなかった。あれが二度目の診察であれば、きっと薬をくれただろう。「ミュンヘンに別の先生がいる。シュレーダーとかいう医者なんだ。ヴェンツェル先生がその医者に診せたがっているんだよ」

「ミュンヘンって、どこ？」とジョルジュが訊いた。

「ドイツだよ」とジョナサンが言った。

「どれくらい行ってるの?」とシモーヌが訊いた。

「たぶん——土曜日の朝までだ」とジョナサンは言った。列車の到着が金曜日の深夜になるから、パリからフォンテーヌブローへ行く列車がないことを考えたのだ。

「お店はどうなるの? 明日の朝は、わたしがお店に? 金曜日の朝も? 明日は何時に出発しなければならないの?」

「一時十五分に飛行機の便がある。そう、明日と金曜日の朝、一時間でもいい、ちょっと寄ってくれると助かるんだが。絵を取りにくるお客さんがふたりいる」ジョナサンはそっとカマンベールチーズのひと切れにナイフを刺した。さっき手をつけて、食べる気がしなくなったやつだ。

「心配なの、ジョン?」

「心配だなんて、とんでもない。それどころか、知らされる結果は、多少ともよくなってるに決まってるさ」空元気《から》だ、とジョナサンは思った。実際、馬鹿げていた。医者には、いまのところ手の施しようがないのだ。彼は息子のほうに視線をやった。何かおかしいと思いながら、質問をするほどではない様子だった。言葉がわかるようになってから、息子はこういう会話をずっと聞かされてきたのだと思った。「お父さんの身体《からだ》には、病原菌がいるのよ。風邪《かぜ》の病原菌のような。そのせいで、ときどき疲れてしまうの。でも、あなたはかからないわ。みんながかかる病気じゃないの。だから、あなたは大丈夫よ」ジョルジユは、そう言われてきた。

「病院で寝るの？」とシモーヌが訊いた。

最初はなんのことかわからなかった。「いや、ヴェンツェル先生——彼の秘書が言うには、病院側でホテルを予約してくれたそうだ」

翌朝、九時四十二分発の列車に乗るため、九時すぎに家を出た。次の列車だと、オルリー空港にとても間に合わない。航空券は前日の午後、片道だけ買っておいた。また、ソシエテ・ジェネラル銀行の口座にもさらに千フラン預け入れた。財布には、五百フランある。店の引き出しに二千五百フラン残してきたわけだ。そのとき、引き出しから『死神』の本を取りだし、リーヴズに返すため、スーツケースにしまいこんだ。

午後五時すこし前に、ジョナサンはミュンヘンのシティ・ターミナルまで乗ってきたバスを降りた。陽射《ひざ》しが明るく、暖かい日だった。革の半ズボンに緑のジャケットを着たたくましい中年男が何人かいた。舗道では、小型の手回しオルガンが演奏されている。リーヴズがこっちへ小走りにやってくるのが目に入った。

「ちょっと遅れてしまって、申し訳ない」とリーヴズが言った。「元気かい、ジョナサン？」

「元気そのものだよ」ジョナサンは微笑しながら言った。

「ホテルの部屋をとっておいたよ。さあ、タクシーへ。私は別のホテルに泊まっているが、あなたの部屋へ行こう。話がある」

タクシーに乗りこんだ。リーヴズはミュンヘンのことを話してくれた。この街が好きで、街に精通しているらしい口ぶりだった。落ち着かないからしゃべっているのではないようだった。リーヴズは地図を手にしながら、「イギリス庭園」を指して教えてくれた。タクシーはそっちとは別の方角に走っている。イーザール川に近い地区だった。そのあたりで、リーヴズは病院の予約が明朝八時であることを告げた。ふたりのホテルは都心部にあるとも言った。タクシーはホテルで停まり、暗赤色の制服姿のボーイがドアを開けてくれた。

ジョナサンは宿泊簿に記載した。ロビーには、ドイツの騎士と吟遊詩人を描いた現代のステンドグラスがたくさんあった。いつになく体調がよく、だから、気分がいいんだと気づいて、ほっとした。が、これは明日の何か恐ろしい知らせ、何か恐ろしい破局のプレリュードではないか？　気分がいいなんてどうかしていると思った。彼は深酒しそうになったときのように自らを戒めた。

リーヴズは一緒に部屋に上がってきた。ボーイはジョナサンのスーツケースを置くと、戻っていった。ジョナサンは自宅でやっているように、入口の洋服かけにスプリングコートをかけた。

「明日の朝、いや、今日の午後にも、スプリングコートを買おう」リーヴズはいくぶん不機嫌そうに、ジョナサンの顔を見つめて言った。

「ええ？」かなりみすぼらしいコートであることは認めざるをえなかった。ジョナサンは腹を立てずに、わずかに微笑した。すくなくとも、上等なスーツと新品と言ってもいい黒靴は持ってきていた。青いスーツを吊るした。

「とにかく、あなたは一等車に乗るんだ」とリーヴズは言った。そして、ドアのほうへ歩いていき、掛け金をかけて、誰も外から入ってこられないようにした。「拳銃を持ってきたんだよ。別のイタリア製の拳銃で、多少はちがったところがある。サイレンサーは入手できなかったが、実を言うと、サイレンサーを装着しても、それほど変わらないと思う」

たしかに、そうだった。ジョナサンはリーヴズがポケットから取りだした小型拳銃を眺めて、一瞬、空しさを感じ、頭がぼうっとなった。この拳銃を撃てば、すぐそのあとで自分を撃たねばならないことになるのだ。彼にとって、拳銃が持っている意味はそれしかなかった。

「それから、もちろん、これも持ってきた」リーヴズはそう言って、首を絞める紐をポケットから取りだした。

ミュンヘンの明るい陽射しのなかで、紐は青白い肌のような色をしていた。

「椅子《いす》の背で試してみるといい」とリーヴズが言った。

ジョナサンは紐を受けとり、椅子の背の出っ張りに輪をかけた。そして、紐がぴんと張るまでいい加減に引っぱった。もはやうんざりする気もなくて、ただ空しいだけだった。普通の人はポケットかどこかに紐があるのを見つけても、それがなんであるか即座にわかるだろうか？　たぶん、わからないだろうと思った。

「もちろん、ぐいと引っぱらないと」リーヴズは真面目くさって言った。「ゆるめては駄目だ」

ジョナサンは不意に苛立《いらだ》ちをおぼえ、不機嫌に何か口走りかけて、自制した。椅子から紐をはずし、ベッドに放ろうとすると、リーヴズが言った。

「ポケットに入れておいてもらいたい。明日着るつもりのスーツにでも」

ジョナサンはズボンのポケットにしまいかけてから、青いスーツのほうへ行き、そっちのズボンのポケットに突っこんだ。

「この写真を見てほしい」リーヴズはジャケットの内ポケットから封筒を出した。切手の貼《は》ってない白い封筒に、写真が二枚入っていて、一枚は葉書サイズの光沢印画紙の写真、もう一枚はきちんと切り抜かれてふたつ折りにされた新聞の写真だった。「ヴィトー・マルカンジェロだよ」

ジョナサンは光沢のある写真を眺めた。折り目が二本ついている。写っている男は、頭も顔も丸く、唇が厚く肉感的で、黒髪にはウェーブがかかっていた。一方のこめかみには白いものが混じり、頭から湯気を噴き出しているかのようだ。

「身長は百六十七センチ」とリーヴズが言った。「髪はやはりそこだけ白い。染めてないんだよ。これはパーティへ行ったときの写真でね」

新聞の写真は、三人の男とふたりの女が食卓を前にして立っていた。こめかみに白髪がある小柄な笑っている男にインクで矢印がつけられている。キャプションはドイツ語だった。

リーヴズは写真を返されると、「さあ、スプリングコートを買いにいこう。どこか店があいてるだろう。ところで、その拳銃の安全装置、操作は前のと同じだ。装弾数は六発。拳銃はここに入れておくが、いいかな?」ベッドの足のところから拳銃をとって、ジョナサンのスーツケースの隅にしまった。「買い物なら、ブリエナー通りがいい」エレベーターで下りていきながら、リーヴズが言った。

ふたりは歩いた。ジョナサンはスプリングコートをホテルの部屋に置いてきていた。ジョナサンが選んだのはダークグリーンのツイードのコートだった。支払いは誰がするのか?　誰が払おうと、たいしたことじゃないと思った。同時に、それを着られるのもわずか二十四時間だという気がした。コートの代金はリーヴズがどうしても払うと言ってきかなかったが、ジョナサンはフランをマルクに替えたら返すと言った。

「いや、いや、かまわないよ」リーヴズは軽く頭をふった。微笑の代わりに彼がときどきする仕草だ。

店を出ると、ジョナサンはコートを着た。歩きながら、リーヴズがいろいろと教えてくれた。オデオン広場はルートヴィヒ通りの起点で、リーヴズの話では、それはシュヴァービングまで続き、その地区にはトーマス・マンの住んだ家がある。イギリス庭園まで歩き、それからタクシーでビアホールへ行った。ジョナサンとしては紅茶のほうがよかったが、リーヴズは彼をリラックスさせようとしていたのだ。が、もう十分リラックスしていて、明朝、マックス・シュレーダー医師から下される診断に関してもまったく心配していなかった。何を言われようと、平気だった。

シュヴァービングの賑《にぎ》やかなレストランで食事をした。リーヴズの話では、店の客のほとんどが「芸術家か作家」だという。彼はジョナサンを楽しい気分にさせてくれた。ビールのせいで頭がすこしくらくらした。いまはふたりでグンポルツディンガーを飲んでいた。

午前〇時前に、ジョナサンはパジャマ姿でホテルの部屋に立っていた。シャワーを浴びたところだった。翌朝は七時半に電話がかかってきて、すぐに軽い朝食をとることになっていた。ジョナサンは書き物机に腰をおろし、引き出しから便箋《びんせん》を取りだすと、封筒にシモーヌの宛名を書いた。そのとき、あさってか、あるいは明日の夜遅くには、帰国しているのだと思った。封筒をくしゃくしゃに丸め、ゴミ箱に投げいれた。今夜、食事をしているときだったが、彼はリーヴズに言った。「トム・リプリーという男を知ってるかい?」リーヴズは無表情に言った。「いや。なぜだい?」ジョナサンはベッドに入り、ボタンを押した。便利なことに、それで明かりが全部消えるのだ。バスルームの明かりも。今夜は薬を呑《の》んだか? 呑んでいる。シャワーを浴びる前に。薬壜《くすりびん》はジャケットのポケットにしまってあった。だから、明日、シュレーダー先生に訊かれたら、それを見せることができる。

リーヴズからはこんなことを訊かれた。「スイス銀行からはもう手紙が来たかい?」手紙は来ていなかったが、今朝、店に届いたのかもしれないとジョナサンは思った。シモーヌは封を開けるだろうか? 可能性は五分五分だ、店の忙しさ次第だろうとジョナサンは思った。スイス銀行の手紙は八万マルクが預金された通知なのだろう。たぶんサインのサンプルを書くカードが同封されているにちがいない。封筒には返信用の宛名など銀行からの手紙とわかるものは何もかかれていないように思う。彼の帰宅は土曜日だから、シモーヌは手紙を一通も開封しないのではないか。五分五分だな、と彼はまた思い、静かに眠りについた。

翌朝、病院では、完全にいつもどおりの流れに感じられながら奇妙にくだけた雰囲気だった。リーヴズがずっと付き添っていて、会話はすべてドイツ語だったが、リーヴズはハンブルクで行なった前回の検査結果についてシュレーダー先生に話していないことがジョナサンにはわかった。ハンブルクの報告書はいまフォンテーヌブローのペリエ先生に預けてあり、今ごろは約束どおりエベルル・ヴァラン研究所へ送られているにちがいない。

今回もまた、看護師がみごとな英語をしゃべった。マックス・シュレーダー先生は、年は五十がらみ、流行のヘアスタイルの黒い髪はワイシャツの襟《えり》まであった。「これは典型的な症例で」とリーヴズがジョナサンに言った。「この先のことはあまり楽観的な見方はできないそうだ。先生の話はだいたいそんなところだね」

ジョナサンにとって、真新しいものは何もなかった。検査結果についても同じで、わかるのは明朝だった。

ジョナサンとリーヴズが病院を出たのは、午前十一時近かった。イーザール川の岸辺を歩いた。乳母車に乗せられた子どもたち、石造りのアパートメント、薬局、食料品店、何もかもが、今朝のジョナサンにはまったく無縁に思える生活の付属物だった。彼は息をすることさえ忘れそうになった。今日はうまく行きそうもないという気がした。川に飛びこんで溺死するか、魚にでもなりたかった。リーヴズが一緒にいることも、ときどきしゃべりかけられることも、うんざりだった。最後は、話も聞いていなかった。今日はとても人を殺せそうもないという気がした。ポケットにある紐では無理だ、拳銃も無駄だろう。

「スーツケースを取りにいかないとまずいかな？」ジョナサンが話をさえぎった。「列車が二時何分かだとしたら」

タクシーを拾った。

ホテルのすぐ近くにショーウィンドーがあり、きらきら光っているもの、ドイツのクリスマス・ツリーのように金色や銀色に輝いているものが飾られていた。ジョナサンはショーウィンドーのほうへふらふらと歩いていった。ほとんどが観光客向けの安っぽい装身具だとわかって失望したが、真四角の箱に斜めに立てかけられているジャイロスコープが目にとまった。

「息子に土産《みやげ》を買ってやりたい」とジョナサンは言って、店内に入っていった。指でさし示し、「お願《ビ》いしま《ッ》す《テ》」と言って、値段を確かめもせずにジャイロスコープを買った。朝、ホテルで二百フラン両替しておいたのだ。

荷造りはすでにすませてあった。あとはただスーツケースを閉め、それを自分で下へ運んだ。リーヴズがジョナサンの手に百マルク紙幣を握らせ、ホテル代を支払うようにと言った。リーヴズが払うと、変に思われかねないからだ。ジョナサンには、もう金のことなどどうでもよかった。

早めに駅に着いた。軽食堂では、ジョナサンは何も食べたくなくて、コーヒーだけでよかった。

それでリーヴズはコーヒーを注文した。「チャンスは自分でつくらねばならないだろうと思う、ジョン。うまく行かないかもしれない。われわれが狙っているこの男……きみは食堂車の近くにいるんだ。たとえば、煙草《たばこ》を吸ったり、食堂車の隣の車輛の端に立ったりして……」

ジョナサンは二杯目のコーヒーを飲んだ。リーヴズは「デイリー・テレグラフ」紙とペーパーバックを一冊買ってくれた。

そのとき、列車が優美な音を響かせながら、構内に入ってきた。スマートなグレーとブルーのモーツァルト号だった。リーヴズはマルカンジェロの姿を探していた。ここですくなくともふたりのボディガードと乗るはずだ。プラットホームには、これから乗る客が六十人ほどいたが、下車した乗客も同じぐらいいる。リーヴズはジョナサンの腕を摑《つか》んで、指さした。ジョナサンは切符に指示されている車輛のそばでスーツケースを手にして立っていた。そして、リーヴズが話していた三人の男たちを目にした――間違いないか？　帽子をかぶったやや小柄な三人の男がジョナサンの乗る客車よりも二輛前のステップをのぼっている。

「奴だよ。髪の毛にもたしかに白いものが混じっていた」とリーヴズが言った。「食堂車はどこだろう?」よく見えるように後退りし、小走りに列車の先頭方向へ行って戻ってきた。「マルカンジェロの客車のひとつ前だ」

発車のアナウンスがフランス語でされている。

「ポケットに拳銃は?」とリーヴズが訊いた。

ジョナサンはうなずいた。ホテルの部屋へスーツケースを取りにいくとき、ポケットに入れておくよう注意されていたのだ。「おれの身に何かあったら、女房にはきちんと金を払ってやってください」

「約束する」リーヴズは彼の腕を軽く叩いた。

二度目の汽笛が鳴らされ、ドアがバタンと閉まった。ジョナサンは列車に乗ったが、リーヴズを振りかえらなかった。視線がこっちを追いかけていることはわかっていた。自分の座席が見つかる。八人用のコンパートメントには客はほかにふたりしかいなかった。シートの布地は暗赤色のフラシ天だ。頭上の棚にスーツケースを載せ、その上に、裏返しに折りたたんだ新しいコートを載せた。若い男がコンパートメントに入ってきて、窓から身を乗りだし、誰かとドイツ語でしゃべりだした。ほかの同室者は、書類らしいものを読みふける中年の男と、小説を読んでいる身ぎれいで小柄な女性だ。彼女はかわいい帽子をかぶっている。ジョナサンの席は、進行方向を向いた窓側の席に座っている男の隣だった。

彼は「テレグラフ」紙を開いた。

　午後二時十一分だった。

　ミュンヘンの周辺部、建ち並ぶオフィスビルや玉ねぎ型の塔がすべるように飛びさっていく。向かい側に、フレームに入った三枚の写真があった――どこかの城館、二羽の白鳥が泳ぐ湖、雪をかぶったアルプスの山々。列車は低い音を立てて快調にレールを走り、優しく揺れている。ジョナサンは目を半分閉じていた。指をしっかりと組み、肘《ひじ》を肘掛けについて、うとうとしかけていた。時間はまだまだある。覚悟を決めたり、考え直したり、また決心したりするだろう。マルカンジェロの行く先はパリで、彼と同じだ。今夜の十一時七分まで着かない。午後六時半ごろストラスブールに停車する、とリーヴズが言ったことを思い出した。数分後に目が覚めると、ドアのガラス越しに、数はすくないが、たえず人が行き来しているのが認められた。男がひとりサンドイッチ、ビール、それにワインを載せたワゴンを引いて、コンパートメントのなかに途中まで入ってきた。若者がビールを買った。ずんぐりした男は通路に立って、パイプをくゆらし、ときどき窓に身体を押しつけて、ほかの乗客を通してやっていた。

　ぶらぶらと食堂車にでも行くようなふりをして、マルカンジェロのコンパートメントのところを通ってもべつにかまわないだろう、とジョナサンは思った。ちょっと様子を窺《うかが》うだけだ。決断するのに数分かかった。その間、ジタンを吸っていた。書類に目を通している男の膝《ひざ》に灰を落とさないよう注意して、窓の下に取りつけられている金属の灰皿に入れた。

ようやく立ち上がり、前のほうへ歩いていった。客車の端のドアは開けにくかった。マルカンジェロのところまでにもう一車輌分のドアがあった。ゆっくり歩いた。静かだが、不規則な列車の揺れに負けないよう足を踏んばりながら、コンパートメントをひとつひとつ覗いていった。マルカンジェロは簡単に見わけがついた。真ん中の座席にいて、こっちを向き、腕組みして眠っている。顎《あご》が襟に埋まり、こめかみの白髪が後ろや上になびいていた。ほかのふたりのイタリア人はおたがいに身を乗りだすようにして、ジェスチャーを交えながら、話をしている。ジョナサンはそれをすばやく見てとった。コンパートメントには、ほかに誰もいないようだった。彼は車輌の端へ行き、デッキに出て、そこでもう一本煙草に火をつけ、窓外を眺めた。この客車の端にはトイレがあり、円形の錠にそのとき赤の印が出ていて、使用中であることを示していた。はげ頭の痩せた男がひとり、窓の反対側に立っている。たぶん、トイレがあくのを待っているのだろう。ここで人殺しをするなんて、とても考えられなかった。かならず目撃者がいるにちがいない。殺し屋と被害者しかデッキにいないとしても、まず数秒もすれば、誰か現れないだろうか？　列車もまったく騒々しくはない。首に紐をかけても、相手が叫び声をあげたら、いちばん端のコンパートメントの乗客に聞かれはしないだろうか？

男と女が食堂車から出て、ドアを閉めずに通路に入ってきた。白いジャケット姿のウェイターがただちに閉めたが。

ジョナサンは自分の客車のほうへ引き返していき、もう一度マルカンジェロのコンパートメントのなかをすばやく覗いた。が、時間はほんのわずかだった。マルカンジェロは煙草を吸いながら、満足げに身を乗りだすようにしてしゃべっている。

やるとすれば、ストラスブールに着く前にやるべきだ、とジョナサンは思った。ストラスブール駅では、パリへ行く乗客がどっと乗りこんでくるだろう。これに関しては間違っているかもしれない。約三十分後には、スプリングコートを着、マルカンジェロが乗っている客車の端のデッキへ行って、待つべきだと思った。向こう側のトイレを使用したら、どうだろう？　トイレは両側にある。一度もトイレに行かないとしたら？　ありそうもないことだが、可能性はある。イタリア人たちが実際に食堂車を利用しようとしなかったら？　いや、食堂車にはかならず行くだろうが、やはり全員揃ってだろう。何もできなければ、リーヴズが別の計画を立てるだけだ、もっといい計画を、とジョナサンは思った。しかし、さらに金を集めることができれば、リーヴズが自らの手でマルカンジェロか、それに匹敵する誰かをきっと殺すにちがいない。

まもなく午後四時、ジョナサンは意を決して立ち上がり、コートをそっと下ろした。通路に出てそれを着た。右側のポケットが重い。彼はペーパーバックを持って、マルカンジェロの客車の端のデッキへ行った。

11

イタリア人たちのコンパートメントを通りすぎるとき、今度は覗きこまなかったが、男たちがうごめいているのが横目に見えた。スーツケースを下ろしているのか、ふざけ半分にじゃれあっているのだろう。笑い声が聞こえていた。

一分後、ジョナサンは金属フレームに入った中部ヨーロッパ地図にもたれて立っていた。正面はガラス窓のはまった通路のドアで、ガラス越しに、男がこっちにやってくるのが見えた。ドアが音を立てて開いた。マルカンジェロのボディガードのひとりのようだ。黒髪の三十代、苦虫をかみつぶしたような顔をしている。がっしりした体格で、いずれ間違いなく人相の悪い鼻つまみ者になるだろう。ジョナサンは『死神』のカバー写真を思い出した。男はまっすぐトイレへ行き、なかに入った。ジョナサンはそのまま開いたペーパーバックに視線をやっていた。すぐに男は出てきて、男は通路を戻っていった。

ジョナサンは息を殺していたことに気づいた。あれがマルカンジェロであったら、絶好のチャンスではなかったか？　客車からも食堂車からも、やってくる者は誰もいなかった。もしあれがマルカンジェロであったら、自分はこの絶好の場所に、本を読んでいるふりをして立っていたのだ。ポケットのなかで、右手が小型拳銃の安全装置をかけたり、はずしたりしていた。結局、何が危険なのか？　何を失うのか？　ただ自分の命だけだ。

マルカンジェロがいまにも、ぎごちない足どりでやってきて、ドアを押し開けるかもしれない。その後は——前回のドイツの地下鉄と同じようになるだろう。そうは行かなければ？　そのときは銃を自分に向けることになる。しかしジョナサンは、マルカンジェロを撃ち、すぐにトイレのそばのドアから銃を投げ捨てることを想像してみた。あのドアの窓が開いているように見えるから、窓から投げ捨ててもいい。そしてなにくわぬ顔で食堂車へ入り、腰をおろして、何か注文する。

絶対に不可能だ。

いま何か注文しよう、ジョナサンはそう思って、食堂車に入った。空いているテーブルがたくさんある。片側のテーブルは四人用で、もう一方は二人用だった。ジョナサンは小さいテーブルに席をとった。ウェイターが来て、ビールを注文したが、すぐにワインに変えた。

「白ワインを《ヴァイスヴァイン・ビッテ》」とジョナサンは言った。

冷えたリースリングがボトル四分の一運ばれてきた。ここでは列車のカタンコトンという音がいっそう静かで、贅沢だ。窓も客車より大きい。それでも、なぜかまわりといっそう隔絶された感じがし、森が——黒い森だろうか？——壮大なほど豊かで、青々しているように見えた。高い松の木が果てしなく続いている。ドイツは森林が豊富なので、目的がなんであれ、伐採の必要はないようだ。車内はゴミも紙屑も目につかないし、掃除をしている者も誰ひとりいない。それも驚きだった。いつドイツ人は片づけをするんだ？　彼はワインで勇気を奮いおこそうとした。いつの間にかどこかで気勢が削がれてしまっていた。問題はそれを取りもどすことだ。義務的に乾杯するかのように残りを飲みほし、勘定をすませて、反対側の椅子《いす》に置いておいたコートを着た。マルカンジェロが現れるまでデッキにいて、相手がひとりだろうと、ふたりのボディガードを連れていようと、撃つつもりだった。

ドアをぐいと引っぱり、スライドさせて開けた。デッキに戻り、ふたたび地図にもたれて、くだらないペーパーバックにじっと視線を落とした……「エレーヌは疑っているだろうか、とデイヴィッドは思った。いまや必死になって、いろんな出来事について検討した……」目が文盲のように活字の上を動いている。彼は数日前に考えたことを思い出した。どうやって金を手に入れたかを知ったら、シモーヌは受けとるのを拒否するだろう。列車内で自殺すれば、もちろん、金の入手経緯はわかってしまう。リーヴズか誰かの話を聞いて、シモーヌが納得し、この行為がかならずしも殺人ではないことを信じてくれるだろうか。ジョナサンは笑い声をあげそうになった。信じてもらえる望みはまったくなかった。こんなところに立って何をしてるんだろう？　まっすぐ前に歩いていっても、座席に戻ってもいいのに。

誰かが近づいてきて、ジョナサンは目をあげた。まばたきした。やってきたのはトム・リプリーだった。

リプリーはガラス窓のドアを押し開け、かすかに微笑した。「ジョナサン」と静かに言った。「それを貸してもらえないかい？――紐《ひも》を」横を向く格好で立ち、窓の外を眺めている。

ジョナサンはショックで頭がいきなり空っぽになった感じがした。トム・リプリーは誰の味方なんだ？　マルカンジェロか？　そのとき、通路を三人の男がやってくるのを目にして、ぎくりとした。

トムがすこしジョナサンのほうに寄って、通路をあけた。

男たちはドイツ語で話をしながら、食堂車に入っていく。

トムが肩越しに言った。「紐で。紐でやってみるが、いいかい？」

事情が呑《の》みこめた。それもある程度だったが。リプリーはリーヴズの友人だ。彼はこの計画を知っていたのだ。ジョナサンはズボンの左ポケットのなかで紐を握りしめていた。彼はポケットから手を出し、助っ人に来てくれたトムにそれを渡した。ジョナサンはトムから目をそらすと、ほっとした気分になった。

トムはジャケットの右ポケットに紐を押しこんだ。「ここにいてくれ。助けが必要かもしれない」。トイレの前に行き、使用中でないことを確かめて、なかに入った。ドアに鍵をかける。紐は輪に通してさえもなかった。それを使えるようにし、ジャケットの右ポケットに丁寧にしまいこんだ。彼はかすかに微笑した。ジョナサンときたら顔面蒼白だった！　おとといトムはリーヴズに電話をかけ、ジョナサンはやってきたが、たぶんあくまで拳銃を要求するだろうという話を聞かされていた。ジョナサンはいま拳銃を持っているはずだが、こんな状況で拳銃の使用は不可能だ。

水道のペダルを踏んで、トムは両手を濡らしてから水を払い、その手で顔を撫でた。多少緊張していた。はじめてマフィアと対決するのだ！

ジョナサンにはこの仕事は無理だ、とトムは感じていた。巻きこんでしまったからには、助けるのが義務だと思った。それで昨日飛行機でザルツブルクへ飛び、今日列車に乗ったのだ。マルカンジェロがどんな男かはリーヴズに訊《き》いたが、かなりさりげない訊き方だったから、トムが列車に乗るつもりでいたことは感づかれなかったと思う。それどころか、彼の計画は無謀であり、もし成功させたかったら、金を半額渡してジョナサンをお払い箱にし、第二の仕事には別の人間を探したほうがいいという話もした。しかし、リーヴズは言うことを聞かなかった。自ら考え出したゲームに興じている子どもと変わりなかった。それもひどく極端なゲームで、ほかの者に対しては、ルールがきびしかった。トムはトレヴァニーの力になってやりたかった。なんという高邁《こうまい》な動機だろう！　マフィアの大物を始末するのだ！　ことによると、ふたりの部下も！

トムはマフィアを嫌悪していた。高利で金を貸し、恐喝をし、教会を血で汚し、卑劣にもあぶない仕事はつねに下っ端に押しつけている。だから、大物連中は法律で取り締まることもできず、脱税などのつまらぬ罪以外で刑務所にぶちこむこともできないのだ。マフィアのメンバーと比べたら、自分などほとんど高潔の士だという気がした。そう考えると、トムは声を出して笑った。彼が立っている金属とタイルの狭いトイレのなかに、笑い声が響いた（外でマルカンジェロがじっと待っている可能性にも気づいていたが）。たしかに、彼よりも腹黒くて、不道徳で、あきらかに冷酷な連中がいる、それがマフィア――あの魅力的な、抗争にあけくれるファミリー・グループだ。イタリア系アメリカ人マフィアは、そんなものは存在しない、作家の空想の産物だと主張している。なんだって、聖ヤヌアリウス（ナポリの守護聖人）の祭りで、司祭たちが血の液化を行なったり、少女たちが聖母マリアの幻を見たりする教会、そうした教会のほうがマフィアよりもリアルだというのか！　そう、それは確かにそうだ！　トムは口をすすぎ、唾を吐いて、洗面ボールに水を出して、流した。それから外に出た。

　デッキにはジョナサン・トレヴァニーのほか誰もいなかった。ジョナサンは煙草《たばこ》を吸っていたが、上官の前ではいいところを見せようとする兵隊のように、とっさに捨てた。トムは頼もしげな笑みを浮かべ、ジョナサンの傍らにある横の窓のほうを向いた。

「ひょっとしたら、もう通ってしまったのかな？」ふたつあるドアの窓越しに食堂車の様子を見る気はなかった。

「まだだ」

「ストラスブールを過ぎるまで待たねばならないかもしれない。そうでなければいいが」

　女がひとり食堂車から出ようとし、ドアを開けるのにもたもたしている。トムは二番目のドアに跳びついて開けてやった。

「すみません《ダンケ・シェーン》」と彼女は言った。

「どうい《ビ》たしまし《ッ》て《テ》」とトムは応えた。

トムはデッキの反対側へ移り、ジャケットのポケットから「ヘラルド・トリビューン」紙を引っぱりだした。いま午後五時十一分。ストラスブールには六時三十三分に到着する。イタリア人たちはたっぷり昼食をとったので、まだ食堂車には行かないだろう、とトムは推測した。

ひとりの男がトイレに入った。

ジョナサンは下を向いて本を眺めていたが、トムが一瞥《いちべつ》すると、見返してきた。トムはふたたび微笑した。男が出てきたので、トムはジョナサンのほうに寄った。数メートル離れた通路に、男がふたり立っている。ひとりが葉巻をくゆらし、ふたりとも窓の外を眺めていて、こっちには目もくれない。

「トイレに連れこもう」トムが言った。「そのあと、列車の外へ放り出さなければならない」頭をぐいとあげて、トイレの側のドアを指した。「奴と一緒にトイレにいるとき、まわりに人がいなければ、ドアを二回ノックしてくれ。できるだけ早く奴を始末しよう」ごくさりげない様子で、トムはゴロワーズに火をつけ、それから、ゆっくりと故意にあくびをした。

トムがトイレにいるとき、頂点に達したジョナサンの恐怖はいくらか治まっていた。トムはやる気でいるのだ。その理由が、ジョナサンにはとても想像できなかった。同時に、トムはわざと事をし損じて、こっちに責任を押しつけるつもりでいるのかもしれないという気がした。けれども、なんのために？　たぶん、金の分け前がほしいのだろう。残りの金全部を。が、いっこうに気にならなかった。どうでもよかった。トムの様子は多少心配そうだ、とジョナサンは思った。新聞を手にして、トイレのドアの反対側の壁にもたれていたが、読んではいなかった。

そのとき、ふたりの男が近づいてくるのが見えた。後ろの男はマルカンジェロだ。前の男はイタリア人の仲間ではない。トムに目をやると、すばやくこっちを見かえした。ジョナサンは一回うなずいた。

前の男はデッキで周囲を見まわし、トイレを確認して、そっちへ行った。マルカンジェロはジョナサンの前を通り、トイレが使用中なので、向きを変えて通路に戻った。トムが歯を見せて笑い、まるで「ちくしょう、奴は行っちまうぞ！」と言うかのように右腕をさっと横へ振った。

ジョナサンのところからは、マルカンジェロがまる見えだった。わずか一メートルほど離れた通路で、窓外を眺めながら待っている。客車にいるボディガードは、マルカンジェロが待たされていることを知らないので、なかなか戻ってこないと、すぐに不安にかられるだろう。ふとそんな考えが浮かんだ。ジョナサンはトムを見て、かすかにうなずいた。マルカンジェロがすぐそばで待っていることを伝えたかったのだ。

トイレに入っていた男が出てきて、客車に戻った。

マルカンジェロが近づいた。ジョナサンはトムに視線をやったが、トムは新聞にじっと目を落としたままだ。

デッキにやってきたずんぐりした男がマルカンジェロであることはトムも気づいていたが、新聞からは顔をあげなかった。トムの目の前で、マルカンジェロはトイレのドアを開けた。トムは先に入ろうとするかのようにとっさに前に出て、同時に相手の首に紐をさっとかけた。叫び声をあげさせまいとして、ボクサーの右クロスのように紐をぐいと引っぱり、トイレに引きずりこんで、ドアを閉めた。はげしく引っぱっているので——この武器はマルカンジェロ自身、若いころに使っていたのだろうとトムは思った——ナイロンの紐が首の肉にくいこんでいる。トムは男の首にもうひと巻きして、さらに強く引っぱった。左手でレバーをはじき、ドアに鍵をかける。呻き声がやみ、べたべたに濡れた口から舌が突きだされた。苦しげに目を閉じ、それから恐ろしげに目を開くと、虚ろな、こっちから見ると瀕死の凝視に変わっている。下の義歯がタイルの床に落ちて音を立てた。紐に力を加えているせいで親指と人差し指が切れそうだったが、これは耐えるべき痛みだ。マルカンジェロは床にぐったりとくずれ落ちていたが、紐に支えられ、と言うより、トムが支えているので、座った格好に近い。もう意識はないなと思った。息は絶対にできない。義歯を拾って便器に落とし、なんとかペダルを踏んで、便器を流した。彼は嫌悪感にかられながら、マルカンジェロの盛りあがった肩で手を拭《ふ》いた。

ジョナサンは掛け金がかかって表示が緑から赤に変わったのを見ていた。だが、静かなので、心配になっていた。いつまで続くのだろう？　どうなっているのか？　どれくらい経ったのか？　ジョナサンはドアのガラス越しに客車のなかをずっと窺《うかが》っていた。

食堂車から男がひとりやってきて、トイレに入ろうとしたが、使用中の表示を見て、そのまま客車へ入っていった。

マルカンジェロがコンパートメントにこれ以上戻らないでいると、仲間がすぐにも現れるだろう、とジョナサンは考えていた。まわりに人影はない。ノックすべきか？　マルカンジェロはもう死んでいるにちがいない。ジョナサンはドアの前に行き、二回ノックした。

トムは落ち着きはらって外へ出てドアを閉めると、あたりの様子を窺った。ちょうどそのとき、赤っぽいツイードのスーツを着た女性がデッキにやってきた――やや小柄な中年の女性で、あきらかにトイレに向かっている。ドアの表示は緑だ。

「申し訳ない」とトムが言った。「使用中なんですよ。友だちが具合が悪くて」

「えっ？《ビッテ》」

「友だちがひどく具合が悪いんです《マイン・フロイント・イスト・ダー・ドリネン・ツイームリヒ・クランク》」トムはすまなそうな微笑を浮かべて言った。

「申し訳ない、《エントシュルデイゲン・ズイー》奥様《グネーデイヒ・フラウ》。すぐに出てきますので《エーア・コムト・ゾフォルト・ヘラウス》」

彼女はうなずいて、にっこり微笑《ほほえ》み、客車に戻っていった。

「大丈夫だ。手を貸してくれ！」とトムはジョナサンに小声で言い、トイレに戻りかけた。

「もうひとりやってくる」とジョナサンが言った。「イタリア人だ」

「ちくしょう」トムがトイレに入って鍵をかけても、男はデッキでいつまでも待っているかもしれない。

三十ぐらいの、顔色の悪いイタリア人はジョナサンとトムに目を向け、トイレの空き《リーブル》の表示を確かめると、食堂車へ入っていった。たぶんマルカンジェロを探しにいったのだろう。

トムはジョナサンに言った。「おれが奴を殴ったら、拳銃でいやというほど強打してくれないか?」

ジョナサンはうなずいた。拳銃は小型だったが、身体《からだ》のなかでアドレナリンがようやく活動をはじめていた。

「命がけで」とトムは付けくわえた。「そうすれば、うまくいく」

ボディガードが食堂車から戻ってきた。足早になっている。食堂車からドアのガラス越しに見えないようトムは男の左側に位置し、いきなり胸ぐらを摑《つか》むと、顎《あご》に一発くらわした。続いて左の拳を男の腹部に叩きこむ。ジョナサンは拳銃の握りでイタリア人の後頭部をはげしく強打した。

「ドアを!」頭をぐいとあげてトムが言い、前に倒れかけているイタリア人を捕まえようとした。

男は気を失っていなかった。両腕を弱々しく動かしていたが、ジョナサンはすでに横のドアを開けていた。あと一撃をくわえている暇はない、奴を外へ放りだすのだ、とトムはとっさに思った。車輪の騒音が思いがけない轟音《ごうおん》とともに車内に入ってきた。ふたりはボディガードを押したり、蹴《け》ったりして、外に出した。トムはバランスをくずし、ジョナサンにジャケットの裾を摑まれなければ、転落していただろう。バタンと、ふたたびドアが閉められた。

ジョナサンは乱れた髪を指で梳《す》いた。

トムはジョナサンにデッキの反対側へ行くよう身ぶりで指図した。向こう側からは通路が見えるのだ。ジョナサンは移動し、つとめて落ち着いた態度をとって、普通の乗客らしく見せようとしていた。

トムは問いかけるように眉をあげた。ジョナサンがうなずく。トムはすばやくトイレに入り、掛け金をかけた。安全であれば、ジョナサンがきっと機転をきかせて二回ノックしてくれるだろうと確信していた。マルカンジェロの身体はねじれて床に横たわっている。頭は洗面台の真下にあり、血の気のない顔は青みを帯びている。トムは顔をそむけた。外でドアの開く音がした――食堂車のドアだ。そのあと、待っていた二回のノック。今度はドアをすこしだけ開けた。

「大丈夫のようだ」とジョナサンが言った。

トムがドアを足で開けると、ドアがマルカンジェロの靴にあたり、にぶい音を立てた、ジョナサンに横のドアを開けるよう合図した。だが、実際は、ふたり一緒に行動していて、ジョナサンは重いマルカンジェロを運ぶのを手伝い、そのあとで、横のドアをいっぱいに開けた。列車の進行方向のせいで、ドアは自然に閉まろうとする。彼らはマルカンジェロを頭から先に逆さまの格好で放り出した。トムは最後にひと蹴りしたが、かすりもしなかった。相手の身体はすでに石炭殻の道床にはっきり落ちていた。道床は間近にあり、ひとつひとつの石炭殻や草の葉が目に入った。トムはジョナサンの右腕を捉まえ、ジョナサンは手を伸ばしてドアのレバーを摑んだ。

トムはトイレのドアを閉めた。息を切らし、落ち着きを取りもどそうとしている。「席に戻り、ストラスブールで降りるんだ」と彼は言った。「連中は車内の乗客をひとりひとり調べるだろう」ジョナサンの腕を心配げに軽く叩いた。「幸運を祈るよ」トムはジョナサンが客車の通路へのドアを開けるのを眺めていた。

そのあと、トムは食堂車に入りかけたが、四人の集団が出てきたので、脇《わき》に寄った。彼らは連れだって歩きながら、雑談し、笑い声をあげて、ドアをふたつ通り抜けていく。トムはようやくなかに入り、とっつきの空いているテーブルに席をとった。いま通ったドアのほうを向いて、椅子に腰かけた。すぐにもうひとりのボディガードがやってきそうな気がした。メニューを手にとり、ざっと眺めた。コールスロー。タンサラダ。グーラシュズッペ……メニューはフランス語、英語、ドイツ語で書かれている。

ジョナサンがマルカンジェロの客車の通路を歩いていくと、もうひとりのイタリア人ボディガードとばったり会った。すれちがいざま、男は乱暴にぶつかってきた。頭がいくらかぼうっとしていたのは幸いだった。さもなければ、身体が触れたことに驚き、手を出していただろう。列車が汽笛を一回、それから短く二回鳴らした。何かの合図か？　ジョナサンは席に戻ると、コートを脱がずに腰をおろし、コンパートメント内の四人には、視線を向けないように気をつけた。腕時計を見ると、午後五時三十一分。さっき見たときから一時間以上は経っているように思えたが、あのときは五時二分すぎだった。ジョナサンは目を閉じ、咳払《せきばら》いをして、ボディガードとマルカンジェロのことを想像して、身もだえした。車輪に轢《ひ》かれ、ばらばらになっている様子を想像した。あるいは、轢かれていないだろうか？　ボディガードは本当に死んだだろうか？　ひょっとすると、助かって、彼とトムのことを事細かにしゃべるかもしれない。なぜトム・リプリーは手を貸したのか？　それとも、あれは手を貸したと言えるのか？　何が狙いで、あんなことをしたのか？　いまや、彼の言いなりだと感じた。けれども、たぶん、リプリーは金が目的だろう。あるいは、もっと悪いことでも企んでいるのだろうか？　恐喝まがいのことでもするつもりなのか？　恐喝にもいろいろあった。

今夜は、ストラスブール発パリ行きの飛行機に乗るべきだろうか、それとも、ストラスブールのホテルに泊まるべきか？　どっちが安全だろう？　何に対して安全なのか、マフィアか、警察か？　窓の外を見ていた乗客のなかに、列車からひとり、ことによるとふたり転落するのを目撃した者はいないだろうか？　ふたりとも列車のすぐそばに落ちたから、見えなかったのか？　誰かが何か目撃していれば、停車はしなくても、無線連絡はされている可能性がある、とジョナサンは推測した。通路に乗務員はいないか、騒ぎの兆候はないか、様子を窺っていたが、なにごともなかった。

トムのほうはそのとき、グーラシュズッペとカールスバーグを一本注文し、固いロールパンをすこしずつ齧《かじ》りながら、辛子《からし》入れに新聞を立てかけて読んでいた。愉快だったのは、使用中のトイレの外で心配そうに待っていたイタリア人で、結局、なかから出てきたのは意外にも女性だった。そのボディガードがまた、ふたつのドアの向こうからガラス越しに食堂車をじっと覗きこんでいる。そして、こっちにやってきた。あいかわらず冷静さを装い、「カポ」か、仲間のよた者か、あるいはそのふたりを探しながら、まるでマルカンジエロがテーブルの下に寝そべっているか、はずれにいるコック長としゃべってでもいるかのように車内の端まで歩いていった。

イタリア人が通ったとき、トムは目をあげなかったが、相手の視線を感じた。彼は腹をすかせた男のように、思いきって肩越しにちらっと振りかえった。チョークストライプのスーツに幅広の紫色のネクタイをしめたブロンドの縮れ毛の男で、車輛の奥でウェイターとしゃべっていた。忙しいウェイターは首をふって、トレイを手にし、相手を押しのけてとおった。ボディガードはふたたびテーブルの間の通路をせかせかと戻ってくると、出ていった。

赤パプリカ色のスープがビールとともに運ばれてきた。腹がへっていた。ザルツブルクのホテルで軽い朝食をとっただけなのだ。従業員に顔を知られていたから、今度はゴルデナー・ヒルシュではなかった。鉄道の駅でリーヴズやジョナサン・トレヴァニーとばったり会いたくなかったので、ミュンヘンではなく、ザルツブルクへ飛行機で飛んだのだ。ザルツブルクでは、エロイーズに緑のフェルトの飾りがついた緑の革のジャケットを買う暇があった。十月の誕生日まで隠しておくつもりだ。エロイーズには、絵の展覧会を観に、ひと晩かふた晩、パリへ行ってくると話してあった。そういうことはよくあり、インターコンチネンタルとかリッツとかポン・ロワイヤルに泊まっていたから、意外に思われることはなかった。パリへ行くと言って、パリにいないとき、彼女が電話をかけてきて、たとえばインターコンチネンタルに泊まっていないことがわかっても、心配しないように、実際、ホテルはいろいろと変えていた。今回トムは、顔を知られているフォンテーヌブローとかモレの旅行案内社ではなく、オルリー空港で航空券を買い、リーヴズに去年つくってもらった偽造パスポートを使っていた。ロバート・フィドラー・マッケー、アメリカ人、エンジニア、ソルトレイクシティ生まれ、独身。マフィアがちょっとその気になれば、モーツァルト号の乗客リストぐらい入手できるかもしれないと思ったからだ。自分はマフィアが関心を持つ人物のリストに載っているだろうか？　そんな名誉が自分にあたえられているとは思いたくなかったが、マルカンジェロ・ファミリーのなかには、新聞に載ったトムの名前に注目した者がいたかもしれない。お仲間になりそうな人材でも強請《ゆす》りのカモでもなく、それでも法律すれすれの線上にいる男として。

だが、このマフィアのボディガード、下っ端は、トムと通路をはさんで隣の席にいる革のジャケットを着たしゃがれ声の若者のほうを気にしていて、トムにはあまり視線を向けなかった。たぶん、すべてうまくいったのだ。

ジョナサン・トレヴァニーを安心させてやるべきだろう。きっとトムのことを金が目当てで、恐喝を目論《もくろ》んでいる男と思っているだろう。デッキに入っていったときのトレヴァニーの顔を思い浮かべ、つい思い出し笑いをした（しかし、あいかわらず新聞を読んでいたから、アート・バックウォルド（アメリカのユーモア・コラム作家）のコラムでも読んでいたのかもしれない）。あのときは奇妙な瞬間で、トムが本気で助力しようとしていることを、トレヴァニーはわかってくれたのだ。そうすればジョナサンは約束の金をとにかく手に入れられるだろう。実際トムはヴィルペルスで考えをめぐらせて、卑劣な絞殺に手を貸すことに決めたのだ。トムはジョナサンを巻きこんだことで、なんとなく気が咎《とが》めていたから、この助力は罪の意識を多少やわらげてくれた。しかも、すべてがうまくいけば、トレヴァニーは運のいいひどく幸せな男になるだろう。トムは現実的な考えをよしとしていた。運に頼らず、最善を考えれば、物事はうまくいく、トムはそう思っていた。もう一度トレヴァニーと会って、いくつか説明しなければならない。なんといっても、リーヴズに残金を払わせるためには、トレヴァニーはマルカンジェロ暗殺をすべて自分の手柄にしておかなくてはならない。トムとトレヴァニーが親しいと見られてはまずかった。これはきわめて重要な点だ。けっして親しくしてはならなかった（あのボディガードが列車中を歩きまわっていたとすれば、トレヴァニーがどうなっているか案じられた）。マフィアである以上、殺し屋を突きとめようとするだろう。何年がかりになろうと、マフィアはけっして諦《あきら》めない。追っている相手が南米に逃走しても、かならず復讐する。トムにはわかっていた。いまのところは彼やトレヴァニーよりも、リーヴズ・マイノットのほうが危険なように思えた。

トレヴァニーには、明朝、店に電話することにした。今晩、パリに辿り着けないかもしれないので、あるいは午後にでも。トムはゴロワーズに火をつけ、赤っぽいツイードのスーツの女をちらっと見た。トレヴァニーとデッキにいるとき見かけた女で、美味《おい》しそうなレタスとキュウリのサラダをぼんやり食べている。トムは幸福感に満たされるのを感じた。

ジョナサンがストラスブールで下車したとき、いつもより警官の数が多いような気がした。普段は二、三人なのに、ことによると六人はいる。ひとりの警官が男の身分証明書を調べている様子だった。それとも、ただ男が道を訊き、警官がガイドブックに当たっているだけなのか？　ジョナサンはスーツケースを持って、まっすぐ駅を出た。今夜はストラスブールで泊まることに決めていた。なんとなくパリよりも安全だと思ったのだ。残ったボディガードはたぶん、あのままパリへ行き仲間と落ち合うだろう——ただ、あのボディガードがこの瞬間にも自分の背後にいて、背中から弾丸を撃ちこもうとしている可能性だってゼロではない。ジョナサンはわずかに汗が噴きだしてくるのを感じ、急に疲れをおぼえた。交差点の縁石にスーツケースを下ろし、もの珍しい周囲の建物を見まわした。あたりは歩行者と車の往来がはげしかった。午後六時四十分。きっとストラスブールのラッシュアワーなのだろう。ホテルには偽名で泊まるつもりだった。偽名と、さらに偽の身分証明書の番号を書いたとしても、本物の身分証明書を見せろとはまず言われないだろう。それから、偽名を使うほうがかえって気分的に落ち着かない気がしてきた。自分の犯した行為が意識されはじめていた。軽い吐き気に襲われる。やがて、スーツケースを手にして、とぼとぼ歩きだした。コートのポケットのなかの拳銃がひどく重い。勇気がなくて、下水溝やゴミ箱には捨てられなかった。小型拳銃をポケットに入れたままパリへ戻り、帰宅することになりそうだ。

12

トムは緑のルノーのステーションワゴンをパリのポルト・ディタリーの近くに置いたまま、土曜日の午前一時前にベロンブルに帰りついた。自宅の表側は真っ暗だったが、スーツケースを手にして階段をのぼっていくと、裏の左角にあるエロイーズの部屋に明かりが灯っていたので、ほっとした。彼女の部屋に入った。

「やっとご帰還ね！　パリはどうだった？　何をしていたの？」エロイーズは緑のパジャマ姿で、ピンクのサテンの羽根布団をウエストまでかけている。

「いや、今夜はひどい映画を見たよ」彼女が読んでいる本は、トムが最近買ったフランスの社会主義運動に関するものだった。こんな本を読んでいれば、父親との関係は好転しないだろうと思われた。エロイーズはしばしば極左的な意見を口にするが、そういった主義を実践する気は彼女にはまったくなかった。しかし、彼女をすこしずつ左翼のほうへ押しやったのは自分だという気がした。片手で押しながら、もう一方の手で引きとめているのだ、とトムは思った。

「ノエルと会った？」とエロイーズが訊《き》いた。

「いいや、なぜ？」

「彼女、ディナーパーティを開いたの。たしか、今晩よ。あとひとり男性が足りなくてね。もちろん、わたしも招待されていたんだけど、でも、あなたはたぶんリッツにいるから、電話をかけてみてって言っておいたの」

「今回は、クリヨンに泊まったんだ」とトムは言った。エロイーズはスキンクリームとオーデコロンの香りが混じりあったいい匂いをさせている。が、自分のほうは汽車に乗っていたから、身体《からだ》が汚れていて、気持ちが悪かった。「なにごともなかったかい？」

「もちろんよ」とエロイーズは言ったが、気を引くような口調だった。もっとも、実際はそんなつもりでないことはわかっていたが。楽しいいつも通りの一日で、楽しくすごしていたという意味だ。

「シャワーを浴びたい。十分したら戻ってくるよ」トムは自室へ行った。バスタブに昔ながらのシャワーがついていた。エロイーズのバスルームにあるような受話器タイプではなかった。

数分後に――エロイーズに買ってきたオーストリア製のジャケットは引き出しの底、セーターの下にしまいこんでおいた――トムはエロイーズと並んでベッドのなかでうつらうつらしていた。疲れがひどく、「エクスプレス」誌ももう見ていられなかった。来週号には、線路脇《わき》に転落したマフィアのメンバーの、ひとりないしふたりの写真が載るだろうか、それが気になっていた。あのボディガードは死んだだろうか？　とにかく落ちて轢《ひ》かれていればいいがと心の底から思った。外へ放りだしたとき、死んでいなかったかもしれないのだ。自分も転落しかけて、ジョナサンに引きもどされたことを思い出した。目をつぶって、そのことを思いかえすと、気持ちがひるんだ。トレヴァニーに命を救われたのだ。すくなくとも、彼のおかげで、転落というおそろしい目にもあわず、場合によっては列車の車輪に足を切断されることもなくてすんだわけだ。

ぐっすり眠って、午前八時半ごろ起床した。エロイーズはまだ寝ていた。階下のリビングルームでコーヒーを飲んだ。九時のニュースを聞きたかったが、ラジオのスイッチは入れなかった。庭を散歩して、最近間引きをし、除草したばかりのイチゴ畑を多少誇らしげに眺め、冬の間保存されているダリアの植え込み用球根が入っている三つのバーラップの袋をじっと見ていた。トレヴァニーには、今日の午後、電話をかけよう、とトムは考えていた。会うのが早ければ早いほど、相手はよけいに安心するだろう。ひどく慌てふためいていたブロンドのボディガードに、ジョナサンも気づいていただろうか。食堂車から三輛後ろの自分の客車へ戻るとき、トムは通路であの男とすれちがったのだ。ボディガードは苛立《いらだ》ちのあまり、いまにも暴れだしそうだった。ひどく下品なイタリア語で、本当はこう言ってやりたかった。「今度こんなへまをしたら、首だ。いいな？」

マダム・アネットが午前十一時前に、朝の買い物から戻ってきた。キッチンの横の入口でドアの閉まる音がしたので、「ル・パリジャン・リベレ」を見せてもらいにいった。

「競馬なんだがね」トムは新聞を手にとり、微笑しながら言った。

「まあ、そうでしたの！　賭《か》けごとをおやりになるんですか、ムッシュー・トム？」

賭事はしないことを、マダム・アネットは知っていた。「いや、友だちが当てたかどうか確かめたくてね」

一面の下のほうに探していたものが見つかった。縦七センチほどの短い記事だった。イタリア人、絞殺される。重傷者も一名。絞殺された男はヴィトー・マルカンジェロ、五十二歳、ミラノ出身。トムが知りたかったのは、重傷のフィリッポ・チュロリ、三十一歳のほうだ。やはり列車から突き落とされ、全身を強打、肋骨も複数本折れ、怪我《けが》をした腕はストラスブールの病院で切断となる可能性もある。チュロリは昏睡状態におちいっていて危篤だとある。記事によれば、乗客のひとりが線路の道床に人の姿を認めて、乗務員に通報したが、豪華列車モーツァルト号はストラスブールに向けて全速力で走行中で、通報は何キロも走ってからのことだった。その後に二名の転落者が救助チームによって発見された。二者の転落の間には四分の時間差があったと推定され、警察は目下、事情捜査中である。

明らかに、この件に関しては、あとの版でもっと大きく扱われ、たぶん、写真も掲載されるだろうと思った。四分というのは神経の細かいフランス人らしい捜査のやり方で、子どもの算数の問題のようだ。時速１００キロメートルで走行中の列車から第一のマフィアが外へ放り出され、その地点から６ 2/3キロメートル離れた地点で第二のマフィアが放り出されているのが発見されました。第一が放り出されてから第二が放り出されるまでに過ぎた時間は何分間でしょうか？　答えは4分です。もうひとりのボディガードについては、ひとことも触れられていない。モーツァルト号のサービスに文句をつけることなく沈黙をたもったのだろう。

だが、ボディガードのチュロリは死んでいなかった。顎《あご》に一発見舞おうとしたとき、たぶん、ちらっと見られていたから、多少は心当たりがあるかもしれない、とトムは思った。人相風体を説明することもできるし、万一トムをもう一度見る機会があれば、この男だとわかってしまうかもしれない。しかし、ジョナサンは背後から殴っていたから、ジョナサンの顔を見られた心配はまずないだろう。

午後三時半ごろ、エロイーズがヴィルペルスの反対側に住んでいるアニエス・グレのところへ出かけた。トムはフォンテーヌブローにあるトレヴァニーの店の電話番号を調べ、記憶に間違いないことを確認した。

トレヴァニーが電話に出た。

「もしもし。トム・リプリーです。あの――絵のことなんだが――いまひとり？」

「ええ」

「会いたい。重要な話だと思う。会えるかな、そう――今日、店を閉めたあとで？　七時ごろでは？　こっちは――」

「結構だが」トレヴァニーの声は猫のように緊張していた。

「サラマンドル・バーのあたりに車を停めて待っているが、どうだろう？　知ってるかい、グランド通りにあるバーだ」

「知っている」

「じゃあ、どこかへ車で行って、話をしよう。七時十五分前では？」

「わかった」とトレヴァニーは言った。口を開けずにしゃべっているかのようだ。トレヴァニーにとっては思いがけない嬉《うれ》しい話になるだろう、トムは電話を切りながらそう思った。

しばらくして、エロイーズから電話がかかってきた。トムはアトリエにいた。

「もしもし、トム！　家に帰れないの。アニエスと美味《おい》しいものを作ることにしたから。あなたもこっちへ来てもらいたいの。アントワーヌもいるわ。土曜日でしょ！　だから、七時半ごろ来てね、いいでしょ？」

「八時ではどう？　ちょっとやることがあるんだ」

「仕事《チユ・トラヴァイユ》をしてるの？」

トムは微笑した。「スケッチをね。八時に行くよ」

アントワーヌ・グレは建築家で、妻とふたりの子どもがいた。隣人との愉快なくつろぎの夕べは、トムには楽しみだった。フォンテーヌブローへは早めに出ることにした。グレ夫妻へのプレゼントに花を買っておくためであり——ツバキを選んだ——多少時間に遅れたときの言い訳のためだった。

フォンテーヌブローでは、チュロリの最新のニュースを知りたくて、「フランス・ソワール」紙も買った。容態に変化はなかったが、ふたりのイタリア人はマフィアのジェノッティ・ファミリーの者と見なされ、抗争相手にやられたらしいと書かれていた。とにかくリーヴズは満足だろう、とトムは思った。リーヴズの目論《もくろ》みどおりになったのだから。サラマンドルから数メートル先の道路脇に空いた場所があった。リア・ウィンドーから眺めていると、トレヴァニーがかなりゆっくりした足どりでこっちに歩いてくる。やがて、車に気づいた。トレヴァニーは人目につくほどよれよれのレインコートを着ていた。

「やあ!」トムはドアを開けながら言った。「さあ、乗って。アヴォンか、どこかへ行こう」

どうもとだけぼそぼそ言って、トレヴァニーは乗りこんだ。

アヴォンは、規模は小さいが、フォンテーヌブローの姉妹都市だった。車は鉄道のフォンテーヌブロー・アヴォン駅に向かって坂道をくだっていき、アヴォンへ通じるカーブを右折した。

「何も変わりはないかい?」トムは明るく訊いた。

「ええ」とトレヴァニーは言った。

「新聞を見たと思うが」

「ええ」

「あのボディガードは死んでいない」

「知っている」チュロリはいずれ昏睡状態を脱して、デッキにいたふたり、彼とトム・リプリーがどんな男か詳しくしゃべるだろう。ジョナサンは朝八時にストラスブールで新聞を読んでからずっとそのことを考えていた。

「昨夜、パリに戻ったのかい?」

「いや——ストラスブールに泊まって、今朝《けさ》、飛行機に乗った」

「ストラスブールではとくに何も? もうひとりのボディガードも?」

「何も」とジョナサンが言った。

トムは静かな場所を探しながら、ゆっくり車を走らせていた。二階建ての建物が並ぶ小さな通りの歩道に車を寄せて停め、ライトを消した。「どうやら」言いながらトムは煙草《たばこ》を抜きだした。「新聞には手がかりについて何も書かれていない——とにかくまともな手がかりはない——ことから考えて、かなりうまくいったようだ。あの昏睡状態のボディガードだけが問題だ」煙草をすすめたが、ジョナサンは自分のを出した。「リーヴズから連絡は?」とトムが訊いた。

「あった。今日の午後。あんたの電話の前に」リーヴズからは今朝かかってきて、シモーヌが出たのだった。「ハンブルクの人からよ。アメリカ人だわ」とシモーヌは言った。リーヴズは名前を明かさず、シモーヌはただ彼としゃべっただけなのだが、そのこともジョナサンを苛立たせていた。

「彼が金を気前よく払ってくれるといいが」とトムが言った。「彼にはそう言ったんだが。

すぐに全額を用意すべきだよ」

あんたはいくら欲しいんだ、とジョナサンは訊きたかったが、リプリーの口から言わせることにした。

トムは笑みを浮かべ、運転席に身を沈めた。「たぶんぼくが分け前を狙ってると思ってるだろうが——四万ポンドだったかな？　でもそんな気はない」

「率直に言うと、分け前を狙っていると思っていた。たしかに」

「だから、今日会いたいと思ったんだ。が、理由はそれだけじゃない。心配しているかどうか、訊きたくてね——」ジョナサンが緊張しているので、トムも落ち着かず、うまく言葉が出てこなかった。彼は声をあげて笑った。「もちろん、心配してるだろう！　だけど、心配事にもいろいろある。ぼくが力になれるかもしれない——きみが話してくれたらだが」

何が狙いなんだ、とジョナサンは思った。狙いがないわけがない。「なぜ列車に乗っていたか、それが不明だということもあると思う」

「道楽なんだ！　昨日のああいう連中を始末したり、それに手を貸したりするのが道楽なんだよ。ただそれだけのことさ！　きみの懐《ふところ》が多少でもうるおうように協力する、それもまた、道楽なんだ——心配というのは、とにかく、われわれのやったことに対してという意味なんだよ。なんと言っていいか、難しいが。たぶん、ぼくが何も心配していないせいだろう。いずれにしても、いまのところはまだ」

ジョナサンは平静さが失われるのを感じた。トム・リプリーはなぜかごまかしている――さもなければ、自分はからかわれている。やはり彼には敵意と警戒心をいだいた。が、いまとなっては、それももう遅かった。昨日、列車内でリプリーが彼に取って代わろうとしたとき、「わかった、すべて任せる」と言って、その場を離れ、座席に戻ってもよかったのだ。ただ、そんなことをしても、ハンブルクの出来事が消えるわけではない。リプリーはあのことを知っているのだ。だが――昨日は、金が目当てではなかった。ジョナサンはリプリーが来る前から狼狽《うろた》えていたのだ。いまや、これと言って身を守る術《すべ》もないような気がした。「あんただろう」とジョナサンは言った。「おれの命がそろそろおしまいだって噂《うわさ》を流したのは。あんたがリーヴズにおれの名前を教えたんだ」

「そうだ」トムはいくらか悔いているように、だが、きっぱり言った。「しかし、自分で選んだことだろう？　リーヴズの計画を拒否することだってできたんだ」トムは返事を待ったが、ジョナサンは黙っていた。「それにしても、事態はかなりよくなっていると思うが。そうじゃないか？　もう先が短いなんてとても思えない。金もまあまあ入った」

トムの顔がぱっと明るくなり、アメリカ人らしい邪気のない微笑が浮かんだ。殺人を犯したり、首を絞めたりできるなどと、この顔から誰も想像できないだろう。しかも、二十四時間ほど前に手を下したばかりだ。「悪ふざけをする癖があるのか？」ジョナサンは微笑しながら訊いた。

「いや。もちろん、ない。今回がはじめてかもしれない」

「あんたの狙いは――何もないわけだ」

「きみから何かをもらおうなんて考えられない。友情もいらない。親しくすれば、危険だ」

ジョナサンは考えこんだ。指でマッチ箱を叩くのはやめた。

トムには、相手が何を考えているか想像できた。下心のあるなしに関係なく、ある意味で、首根っこを押さえられていると思っているのだ。彼は言った。「おたがい相手には束縛されない。こっちだって人を絞め殺してるだろう？　おたがい弱みを握ってるんだ。そう考えればいい」

「なるほど」とジョナサンは言った。

「あとひとつやりたいことがあるとすれば、あんたの身を守ることだよ」

ジョナサンは笑ったが、リプリーは笑わなかった。

「もちろん、その必要はないかもしれない。ないことを祈ろう。問題なのはやはりほかの人間だ。やれやれ！」トムは一瞬、フロントガラスの向こうを凝視した。「たとえば、奥さんだ。金が入ることを奥さんにはなんて話してあるんだい？」

それは現実の、重要な、未解決の問題だった。「ドイツ人の医者からいくらかもらっていると話してある。臨床試験の実験台になっていると言って」

「それでもいいが」トムは考えこんだ様子で言った。「だが、もっといい考えがある。それでは、これだけの金額をきちんと説明することはとてもできない。金は夫婦ふたりで楽しく使ったほうがいいんだ。身内のなかに死にかけている者でもいることにしては？　イギリスにいる親戚の誰かを？　たとえば、俗世間と没交渉で暮らしてる従兄《いとこ》でも」

ジョナサンは微笑して、トムをちらっと見た。「考えたことはあるが、はっきり言って、誰もいない」

ジョナサンが性格的に物事を捏造《ねつぞう》できる人間でないことは、トムにはわかっていた。たとえば、自分だったら、突然大金がころがりこんだとしても、エロイーズに対して何か話をでっちあげるだろう。この何年かサンタフェかサウサリートで隠遁《いんとん》生活を送っていた変わり者の、母方のまたまた従兄か誰かをその役に仕立て、幼かったころ、これは実際の話だが、つまり孤児のころ、ボストンでちょっと会ったときの思い出をもとにその人物を潤色するのだ。このまたまた従兄が親切だったかどうかなど、彼は何も知らなかった。「はるか遠いイギリスの親戚のことだから、心配ないよ。ふたりででっちあげよう」言下に拒否されそうだったので、トムはそう言いそえた。腕時計に目をやった。「そろそろ夕食の時間のようだ。そっちもだろう。それから、もうひとつ。拳銃のことだ。たいした問題じゃないが、処分したかい？」

拳銃は着ているレインコートのポケットのなかにあった。「ここに持っている。なんとか処分したいんだが」

トムは手を伸ばした。「そうしよう。それだけはまずい」トレヴァニーは拳銃を渡した。トムがそれをグローブボックスに突っこむ。「一度も使用していないんだ。だから、どうってことはないが、イタリア製だから、処分しておくよ」トムはちょっと間を置いて、考えこんだ。まだ何かあったはずだ。もうこれっきり会うつもりはなかったから、この際思い出しておかねばならない。やがて、それがふっと浮かんだ。「ところで、リーヴズには、当然この仕事は自分ひとりでやったと話すだろうね。ぼくが列車に乗っていたことは知らないんだ。そう話したほうがいい」

ジョナサンはむしろ逆のことを考えていたので、簡単にこう言った。「あんたはリーヴズのかなり親しい友人だ」

「親しいことは親しい。が、親友ってわけじゃない。おたがい距離を置いている」ある意味で、トムは考えていることをそのまま口にしていたのだ。また、トレヴァニーを怯えさせないよう、自信を持たせるよう、正直に話そうとしていた。それは簡単なことではなかった。「ぼくが列車に乗っていたことは、ほかに誰も知らないんだ。切符は偽名で買った。それどころか、偽造パスポートも使っている。きみが絞殺計画に困惑しているだろうと思ってね。電話でリーヴズから聞いたんだよ」トムはエンジンをかけ、ライトをつけた。

「リーヴズはすこしどうかしてる」

「どこが?」

強烈なヘッドライトに、騒々しいエンジン音をさせて、オートバイが一台、角を曲がってき、一瞬車の音をかき消して通りすぎた。

「彼はゲームをやってるんだ」トムが言った。「知っているかもしれないが、彼の本業は故買で、盗品を手に入れては、捌《さば》いている。スパイ・ゲームと同じで馬鹿げたことだが、とにかくリーヴズはまだ捕まったことがないんだ――警察沙汰《ざた》は何もない。ハンブルクでは、よほどうまくやってるんだろう。ただ、向こうの彼の家は見たことがないけどね。――彼はこういったことに手を出すべきじゃない。不得手なことなんだ」

トム・リプリーはハンブルクのリーヴズ・マイノットの家の常連客だと、ジョナサンは思っていた。例の夜にフリッツがリーヴズのところへ小さな包みを持って現れたことを思い出した。あれは宝石？　麻薬？　ジョナサンは見なれた高架橋を眺めた。それから、駅の近くにある暗緑色の木々が視界に入ってくる。街灯の明かりで、木々のてっぺんが輝いていた。馴染みがないのは、隣にいるトム・リプリーだけだった。恐怖がふたたび頭をもたげた。「失礼だが――どうしておれを選んだのか？」

そのとき坂をのぼりきり、フランクラン・ローズヴェルト通りへ左折するむずかしいカーブにさしかかっていたが、対向車が来たので一時停止しなければならなかった。「残念ながら、たいした理由じゃない。二月のパーティの晩――きみに嫌なことを言われたんだよ」対向車がなくなった。「かなり意地悪い口調でこう言われたんだ。『はい、お噂はかねがね』って」

ジョナサンは覚えていた。たしかに、あの夜はとくに疲れていて、虫の居所が悪かった。つまり、ちょっと無作法な態度をとったために、リプリーはこうした面倒に自分を巻きこんだのか。いやむしろ、自分で蒔《ま》いた種だったのだ、とジョナサンは自覚した。

「これっきりもう会うことはないだろう」とトムが言った。「仕事はうまくいった。あのボディガードが何もしゃべらなければ、たぶん」ジョナサンに「すまない」と言うべきだろうか？　とんでもない、とトムは思った。「道徳的には、自責の念にかられてはいないだろうね。あの連中だって、人を殺してる。罪もない人間を何人も。だから、われわれが制裁をくわえてやったんだ。制裁をくわえられて当然だと思うのは、まずマフィアだろう。それを奴らに思い知らせてやるのだ」トムは右折して、フランス通りに入った。「家まで送ってはいけない」

「どこでもいい。ありがとう」

「絵は友だちに取りにいかせよう」トムは車を停めた。

ジョナサンは車から降りた。「それでよければ」

「困ったことがあったら、電話をくれるといい」トムは微笑しながら言った。とにかく、ジョナサンも微笑《ほほえ》みかえした。まるで楽しかったかのように。

ジョナサンはサン・メリー通りのほうへ歩いていった。すぐに元気が出てきた——ほっとしたのだ。とにかくほっとしたのは、リプリーに心配している様子がなかったからだ——ボディガードがまだ生きていることも、ふたりでかなり長い間列車のデッキにいたことも、リプリーは気にしていなかった。それに、金に対するあの態度。どれもこれも信じがたいことだが。

いつもより帰りが遅いことはわかっていたが、シャーロック・ホームズ・ハウスに近づくにつれて、ゆっくりした足どりになった。スイス銀行からのサイン・カードは昨日、店に届いていた。手紙は開封されていなくて、ジョナサンはカードにサインをし、午後、さっそく投函《とうかん》した。たしか、銀行口座には四桁《けた》の金額が振り込まれているはずだったが、もう忘れていた。二度目のドイツ行きは専門医に診《み》てもらうためだ、とシモーヌは信じていた。だが、それももう行くことはない。たとえば、注射や薬の話をして、金の説明をしなければならないだろう。全額ではなく、かなりの額については。あと一、二回ドイツへ行って、医者の臨床試験が続いているという話を実証しなければならない。それは無理だった。自分の生き方に反する。もっと何かいい考えがあれば、とジョナサンは思った。が、頭を絞ってひねり出さねば、いい考えなど浮かぶわけがなかった。

「遅かったわね」リビングルームに入っていくと、シモーヌが言った。ジョルジュもいて、ソファに絵本がいっぱい散らばっている。

「客がいてね」ジョナサンはそう言うと、レインコートを洋服かけに引っかけた。拳銃の重みがなくなったので、せいせいした。息子に微笑みかけた。「元気かい？　何をしてるんだい？」とジョナサンは英語で言った。

ジョルジュがブロンドの小さなカボチャみたいに歯を見せて笑った。ミュンヘンへ行っている間に、前歯が一本抜けていた。「草抜き《ウイーディング》してるんだ」とジョルジュが言った。

「読書《リーディング》だろう。草抜きは庭でするんだよ。もちろん、言語障害《スピーチ・デイフエクト》なら仕方ないが」

「桃の弱点《ピーチ・デイフエクト》って、なあに？」

たとえば、虫だよ。しかし、この調子だとどこまでも行きそうだ。虫《worms》って、なあに？ドイツの都市のヴォルムス《Worms》だよ。「言語障害だよ――たとえば、つ、つ、つまるとか、ど、ど、どもるとか言ってしまうことで――」

「ねえ、ジョン、これを見て」シモーヌが新聞をとろうと手を伸ばしながら言った。「昼食のときは気づかなかったんだけど。ほら。昨日、ドイツから来たパリ行きの列車内で、乗客がふたり、いいえ、ひとり殺されてるわ。殺されたうえに、列車から落とされてるのよ！　あなたが乗った列車でしょう？」

　ジョナサンは斜面で死んでいる男の写真を眺め、はじめて目にするように記事を読んだ……絞殺されていた……もうひとりの被害者は腕を切断しなければならないかもしれない……「そうだ。モーツァルト号だったよ。車内では何も気づかなかったが。車輛が三十輛くらいあるからな」昨夜は到着が遅くて、フォンテーヌブロー行きの最終列車に乗れず、パリの小さなホテルに泊まった、とシモーヌには話してあったのだ。

「マフィアよ」シモーヌは首をふりながら言った。「コンパートメントのブラインドを閉めて、絞殺したのよ。やだわ！」立ち上がって、キッチンへ行った。

　ジョナサンはジョルジュに目をやると、『アステリックス』に夢中になっていた。絞殺って、なあに？と訊かれたくなかったのだ。

　トムはその日の夕方、グレ夫妻宅でいささか緊張していたが、上機嫌だった。グレ夫妻つまりアントワーヌとアニエスは小塔のある円形の石造りの家に住んでいた。家のまわりには、バラが這《は》わせてある。アントワーヌは三十代後半、きちんとした、むしろ厳格な、一家の主人であり、たいへんな野心家だった。ウイークデーは、ずっとパリのあまり広くない仕事場で働き、週末には、田舎の家族のもとに帰ってきて、さらに休むことなく庭仕事に精を出した。トムはアントワーヌから怠け者と見られていることを知っていた。トムの庭が同じように手入れが行き届いていたとしても、彼の場合は、一日じゅうほかにすることがなかったから、不思議でもなんでもなかった。アニエスとアントワーヌが作ってくれた豪華な料理は、豊富な魚介類と米の入ったロブスター・キャセロール、そして、それにつける二種類のソースだった。

「山火事を起こす名案を思いついたよ」みんなでコーヒーを飲んでいるとき、トムが物思いにふけりながら言った。「とくに南仏は絶好の場所だ。夏には、からからに乾いた樹木がいっぱいあるからね。虫眼鏡を松の木に固定するんだ。冬に仕掛けておいてもいい。それで夏になると、太陽の光をレンズが集めて、松葉に小さな火がつくんだ。いやな奴の家の近くにでも、虫眼鏡を固定しておけば――ジューッ、パチパチ、ボワッ！　何もかも炎で燃えてしまうのさ！　警察も保険調査員も、黒焦げの木々のなかから虫眼鏡を見つけられやしないだろう。まあ見つかってもべつにね――完全犯罪、じゃないか」

アントワーヌは苦笑していたが、女性たちは本気で恐ろしそうに悲鳴をあげた。

「南仏の私のところで火事が発生したら、誰の仕業かわかるわけだ！」アントワーヌが太く低いバリトンで言った。

グレ夫妻はカンヌの近くにすこし土地を持っていて、夏には、賃貸料がいちばん高い七月と八月は他人に貸し、あとは自分たちが利用していた。

しかし、トムはジョナサン・トレヴァニーのことがずっと気になっていた。頑固で、内向的な男だが、根はきちんとしている。もうすこし力を貸してやらねばならないだろう――ただ、それが精神的な助力だけですめばいいがと思っていた。

13

ヴィンセント・チュロリの容態がはっきりしないので、トムは日曜日に、フォンテーヌブローへロンドンの新聞「オブザーバー」と「サンデー・タイムズ」を買いにいった。普段は、月曜日の朝、ヴィルペルスの新聞・煙草《たばこ》の売店で買いもとめるのだ。売店はレーグル・ノワール・ホテルの前にあった。トムはトレヴァニーはいないだろうかと周囲をすばやく見まわした。やはりいつもロンドンの日曜新聞を買っているはずだが、姿は見えなかった。午前十一時だから、たぶん、もう買ったのだろう。トムは車に乗りこみ、まず「オブザーバー」に目を通した。列車内の事件については、何も書かれていない。イギリスの新聞がわざわざ記事にするかどうか、確信はなかったが、「サンデー・タイムズ」を覗《のぞ》きこむと、三面に載っていた。短い署名記事で、トムはむさぼるように読んだ。記者は興味本位の書き方をしていた。「……恐ろしく手際のいいマフィアの仕業だったにちがいない……ジェノッティ・ファミリーのヴィンセント・チュロリは片腕を失い、片目を損傷したが、土曜日の早朝、意識を回復した。容態は急速に快方に向かっており、まもなくミラノの病院へ飛行機で移送されるだろう。しかし、いまだ事態の経緯については沈黙を保っている」新しい情報は何もなかった。しゃべってはいないが、あきらかに命は助かるのだ。ついていなかった。たぶん、すでに仲間にはトムの人相風体を話しているにちがいない。ストラスブールのチュロリのところには、ファミリーの者たちが駆けつけているだろう。マフィアの大物は入院中、昼も夜もボディガードに守られていた。チュロリを消そうという思いが頭をよぎったとたん、奴も同じ扱いを受けているかもしれないという気がした。たしか、ニューヨークでは、プロファチ・ファミリーのボス、ジョー・コロンボがボディガードに守られて、入院していたことがあった。いくらでも反証があげられるにもかかわらず、コロンボは自分がマフィアのメンバーであること、マフィアが存在することさえ否定した。入院しているとき、看護師たちは廊下で眠っているボディガードの脚をまたいでいかねばならなかった。チュロリを始末するなんて考えないほうがいいのだ。奴はとっくにしゃべっているだろう。茶色い髪の、普通よりやや背の高い、三十代の男に顎《あご》と腹を殴られたことも、また、後頭部を一撃されたから、背後にもうひとりいたにちがいないことも。問題はチュロリが彼をはっきり覚えているかどうかだった。はっきり覚えている可能性は大いにあると思った。妙な話だが、ジョナサンのほうを見たのであれば、もうすこし記憶は鮮明だったかもしれない。目立つ男で、背も抜きんでていたし、ブロンドも人一倍色が濃かった。もちろん、チュロリは無傷で生きのこったボディガードと情報を交換するだろう。

「ねえ」トムがリビングルームへ入っていくと、エロイーズが言った。「ナイル川のクルージングに行ってみたくない？」

うわの空で聞いていたので、それがなんのことで、どこにあるのか、一瞬、わからなくなった。エロイーズは裸足《はだし》でソファに座り、旅行のパンフレットに目を通している。定期的に、モレの旅行会社から大量に郵送されてくるのだ。会社が勝手に送ってきた。エロイーズは大切な客だった。「さあね。エジプトは――」

「これ、すばらしいと思わない？」見せられたのはイシス号という小型船の写真で、どちらかと言うと、岸辺に葦《あし》の生い茂ったところを航行しているミシシッピー川の蒸汽船に似ていた。

「うん、いいね」

「それとも、どこかほかがいいかしら。どこへも行かなければ、父になんて思われるか」

そう言って、彼女はまたパンフレットに見入った。

春になったので、エロイーズの血が騒ぎはじめたのだ。外へ出かけたくてうずうずしていた。クリスマスにヨットでマルセイユとポルトフィーノの間を往復し、大いに楽しんで以来、ふたりはどこにも行っていなかった。ノエルの親友でかなり年配のヨットのオーナーが、ポルトフィーノに家を持っていたのだ。いま、トムはどこにも出かける気がしなかったが、それをエロイーズには言えなかった。

静かで気持ちいい日曜日だった。トムはアイロン台のところにいるマダム・アネットをモデルにみごとなデッサンを二枚描いた。日曜日の午後には、キッチンでテレビを観ながら、彼女はアイロンをかけるのだ。テレビは食器棚を背にした場所に移動してあった。日曜日の午後に、下を向いてアイロンをかけているがっしりした小柄なマダム・アネットほど家庭的で、フランス的なものはほかにない、とトムは思った。この感じをキャンバスにとらえたかった。陽射《ひざ》しがあたっているキッチンの壁のごく薄いオレンジ色と、マダム・アネットの服のやわらかいブルー・ラヴェンダー色。それが彼女の美しいブルーの目をみごとに引き立てていた。

午後十時すぎに、電話がかかってきた。トムとエロイーズは暖炉の前に寝そべって、日曜新聞を読んでいた。トムが出た。

リーヴズからで、ひどく狼狽《うろた》えているようだった。電話が遠かった。

「切らずに待っててくれないか？　二階の電話で話そう」とトムが言った。

リーヴズが同意したので、エロイーズに「リーヴズからだ！　電話が遠いんだよ！」と言って、階段を駆け上がった。二階の電話のほうがかならずしもいいわけではないが、話を聞かれたくなかった。

リーヴズが言った。「いいかい、おれのフラットなんだ。ハンブルクの。それが今日、爆破された」

「なんだって？　まさか！」

「アムステルダムから電話をしてるんだ」

「怪我《けが》は？」とトムが訊《き》いた。

「ない！」大声で言い、声がかすれた。「本当に運がよかったよ。たまたま午後五時ごろ外出していてね。ガービーもだ。日曜日は仕事がないから。奴ら、窓から爆発物を投げこんだにちがいない。とんでもないことをやるよ。車が猛スピードでやってきて一分後に走り去った音を、階下の人たちが聞いてるんだ。その二分後に、すごい爆発が起こった——下の階でも、壁の絵がその衝撃で全部落ちたそうだ」

「おい——連中はどの程度感づいてるんだい？」

「身の安全のためにどこかに逃げたほうがいいと思ってね。一時間もしないうちに街を出たよ」

「どうしてわかったんだろう？」トムは大声で言った。

「わからない。本当にわからないんだ。フリッツから何か聞いたのかもしれない。フリッツとは今日会うことになっていたが、約束をすっぽかされたんだ。だが、フリッツは信用できる、とおれは思ってる。彼はあの——われわれの友人の名前は知らない。フリッツがいるときは、かならずポールと呼んでいたからね。イギリス人だと言ってあったから、イギリスに住んでいると思ってるよ。連中は確信があって、こんなことをしたんじゃない。それは間違いないと思う。われわれの計画は完璧さ」

気のいい楽天的なリーヴズ。フラットを爆破され、財産を失っても、計画は成功だったのだ。「もしもし、リーヴズ、どうなってるんだい――ハンブルクに置いてあったものはどうしたんだ？　たとえば、書類なんかは？」

「銀行の貸し金庫だ」リーヴズはすかさず言った。「取り寄せることはできる。なんの書類のことだい？　心配なのが――あの小型の住所録なら、ここにある。いつも持ち歩いているからね。あそこにあった大量のレコードや絵画を失うのはまことに残念だが、警察はできるだけすべてを保全すると言ってくれた。当然こっちも事情聴取をされたがね――もちろん扱いは丁重で、時間も短かった。ショックを受けた自分の気持ちを話したよ。悔しいが、それに近い状態でね、それでしばらく雲隠れせざるをえなかったわけだ。警察に居場所は知らせてある」

「警察はマフィアの仕業と見てるのか？」

「そう見ていても、口には出さない。トム、明日またたぶん電話をするよ。番号を教えておこうか？」

なんとなく必要だという気がしたが、半分どうでもいいような気持ちで、リーヴズの滞在しているホテルのゾイデル・ゼーという名前と電話番号をメモした。

「われわれ共通の友人は立派に仕事をやりとげた。ふたり目の男はまだ生きてるが。あの貧血の彼にとっては――」リーヴズは急に笑いだした。ほとんどヒステリックな笑いだった。

「もう全額払ってやったのかい？」

「昨日払った」とリーヴズが言った。

「じゃあ、もう彼の仕事はないんだね」

「ない。ようやく警察の目を引くことができたんだ。ハンブルク警察のね。望みどおりの展開だ。やってくるマフィアの数が増えているらしい。だから――」

突然、電話が切れた。トムは急に腹が立ち、馬鹿馬鹿しい気持ちになって、ブーと鳴っている受話器を手にして立っていた。受話器を置き、しばらく部屋で佇《たたず》んでいた。またかかってくるような気もしたが、たぶん、かけてはこないだろうと思い、いまの話から情報を得ようとした。マフィアに関するトムの知識から判断して、連中はリーヴズのフラットを爆破し、そこで切りあげるにちがいないと思った。命までは奪わないだろう。だが、あきらかに殺しとなんらかの関係があることは知っている。だから、抗争相手のマフィアの仕業と思わせようとする計画は失敗だったのだ。その一方で、ハンブルク警察はマフィアを街から追放し、またカジノのあるクラブからも締めだそうとして全力をあげるだろう。リーヴズがやったこと、道楽半分に手を出したことは、ことごとくそうだったが、今回も事態は中途半端なままだ、とトムは思った。結論は決まっていた。つまり、完全には成功ではなかった。

ただひとつ幸いだったのは、トレヴァニーに金が支払われたことだ。火曜日か水曜日には知らせが届くだろう。スイスからの朗報が！

その後、数日はなにごともなく過ぎた。リーヴズ・マイノットからはそれっきり電話もなければ、手紙も来なかった。ストラスブールかミラノで入院中のヴィンセント・チュロリについては、新聞に何も書かれていなかった。トムはやはり、フォンテーヌブローでパリの「ヘラルド・トリビューン」やロンドンの「デイリー・テレグラフ」を買っていたのだ。ある日の午後、三時間かかって、ダリアを植えた。それらはバーラップの袋のなかで小分けにされ、その包みには色のラベルが貼《は》られていた。彼はキャンバスを思い描いているかのように、綿密に配色のプランを立てようとした。エロイーズは三晩泊まりで、実家のあるシャンティイへ出かけていた。母親が腫瘍《しゅよう》の手術を受けたからだ。幸い良性のもので、たいした手術ではなかった。マダム・アネットはトムが淋《さび》しい思いをしているだろうと察して、彼に喜んでもらおうと習いおぼえたアメリカ料理を作って慰めた。スペアリブ、クラムチャウダー、それにフライド・チキンだった。トムはときどき、自分の身も安全だろうかと不安にかられていた。この眠ったような美しい小さな村ヴィルペルスの穏やかな佇まいのなかを、ベロンブルの高い鉄の門を通って、殺し屋がやってくるかもしれないという気がしていたのだ。門は大邸宅を守っているように見えるが、実際はその逆で、誰にでもよじ登ることができた。殺し屋はマフィアの下っ端で、ドアをノックするか、呼び鈴を鳴らし、マダム・アネットを押しのけて、階段を駆け上がり、トムに弾丸を撃ちこむだろう。モレから警察が駆けつけるのに、たっぷり十五分はかかる。マダム・アネットがただちに電話で通報したとしてもだ。近所の人たちは一、二発銃声を聞いても、ハンターがフクロウを試し撃ちしたと思いこんで、たぶん、調べようともしないだろう。

エロイーズがシャンティイに出かけている間に、トムはハープシコードを買うことに決めた。ベロンブルのためでもあり、もちろん自分自身のため、あるいはエロイーズのためでもあった。以前、どこかで、彼女が何か簡単な曲をピアノで弾いたことがあった。どこでだったか？　いつだったか？　彼女は子どものころのレッスンにはいやな思い出しかないのではないか。あの両親のことだから、彼女が努力をしても褒め言葉ひとつかけなかったはずだ。いずれにしても、ハープシコードの値段はかなりするだろう（もちろん、ロンドンで買ったほうが安いだろうが、フランスでは輸入品に百パーセントの関税がかけられるので、かえって高くついた）。しかし、ハープシコードの購入はもちろん、教養を身につけるようなものだ。だから、自責の念にかられることはなかった。ハープシコードはプールとはちがう。トムはかなり懇意なパリのアンティークショップに電話をかけた。家具専門だったが、ハープシコードを売っていそうな信頼できる店を紹介してくれた。

トムはパリに行き、一日かけて、業者からハープシコードについて話を聞いたり、楽器を見たり、試しにおずおずと和音を弾いたりして決めた。選んだ逸品は、あちこちに金箔の装飾がほどこされているベージュの木製のハープシコードで、値段は一万フラン以上、届けられるのは四月二十六日の水曜日だった。楽器は移動すると、音が狂うので、調律師が一緒に来て、その場で調律してくれるという。

この買い物で、トムは心が浮き立ち、ルノーに戻るときなど、自分が無敵の男にでもなったようで、周囲の目も気にならず、たぶん、マフィアの銃弾にもやられることはないとさえ思っていただろう。

ベロンブルはまだ爆破されていなかった。道路脇《わき》に樹木が植えられている舗装されていないヴィルペルスの通りはあいかわらず静かだった。怪しげな奴はぶらついていなかった。エロイーズは金曜日に上機嫌で帰宅した。水曜日に届く厳重に梱包されたハープシコードの大きな箱をトムが楽しみに待っていることは、彼女には内緒だった。クリスマスよりは面白いことになりそうだった。

マダム・アネットにもハープシコードのことは話してなかった。しかし、月曜日に、彼はこう言った。「マダム・アネット、頼みがある。水曜日に、特別なお客さんが昼食に来る。たぶん、夕食も必要だ。美味《おい》しいものを食べよう」

マダム・アネットの青い瞳が輝いた。とにかく手間のかかること、面倒なことが大好きだった。料理に関しても、そうだ。「本当に舌の肥えた方《アン・ヴレ・グルメ》ですか?」彼女は期待している様子で訊いた。

「そうだろうと思うが」とトムは答えた。「任せるよ。何を出すか、口出しはしないつもりだ。エロイーズにも、内緒だよ」

マダム・アネットはいたずらっぽく笑った。プレゼントでも贈られたようだった。

14

ジョナサンがミュンヘンで買いもとめたジャイロスコープは、これまでジョルジュに買いあたえた玩具《おもちゃ》のなかでいちばん喜ばれた。いまだに飽きずにいて、ジョナサンにしまっておくようにと言われている真四角の箱からそれを引っぱりだしていた。「落とさないように！」ジョナサンはリビングルームの床に腹ばいになって言った。「壊れやすいものだから」

ジャイロスコープのおかげで、ジョルジュは英語の単語をいくつか覚えた。ジョナサンは夢中になると、面倒なフランス語を使わないからだ。不思議なホイールがジョルジュの指の先端で回転し、あるいはプラスチックの城の小塔のてっぺんで横に傾いた。城は玩具箱から復活したもので、ジャイロスコープの説明書のピンク色のページに載っているエッフェル塔の代わりとして使われていた。

「海上にいる船はね」とジョナサンが言った。「もっと大きなジャイロスコープで揺れを防いでいるんだ」かなりうまい説明だった。波の立っているバスタブに浮かべた玩具の船にジャイロスコープを取りつけたら、その説明を具体的にわからせることができるんだが、とジョナサンは思った。「たとえば、大きな船には、三つもジャイロスコープが回っている」

「ジョン、ソファなんだけど」シモーヌがリビングルームの入口に立っていた。「何がいいか聞いてなかったわ。ダークグリーン？」

ジョナサンは床で寝がえりをうち、肘《ひじ》をついた。美しいジャイロスコープが回りつづけて不思議なバランスをたもっているのを見ていた。シモーヌはソファのカバーのことを言ったのだ。「新しいソファを買おうと思ってる」ジョナサンが立ち上がって言った。「今日の広告で見たんだが、黒のチェスターフィールドが五千フランだったよ。見てまわれば、きっと同じのが三千五百フランで買えるだろう」

「三千五百フラン？」

彼女が呆《あき》れているのはわかっていた。「投資と考えればいい。買えるよ」町から五キロほど離れたところに、きれいにリフォームした大型家具ばかりを扱っているアンティークショップがあった。これまではそこで買い物をするなんて考えられなかった。

「チェスターフィールドは素敵だけど――でも、あんまり贅沢をしないで、ジョン。はしゃぎすぎよ！」

さっきテレビを買おうと言ったばかりだったのだ。「はしゃいでなんかいないよ」彼は穏やかに言った。「そんな馬鹿じゃない」

ジョルジュに聞かれたくない様子で、シモーヌが廊下へ来るよう手招きした。ジョナサンは彼女を抱きしめた。掛かっているコートに押しつけられて、彼女の髪が乱れた。彼女は耳元で囁《ささや》いた。

「いいわ。でも、今度は、いつドイツへいくの?」

旅行に出かけられるのが嫌なのだ。彼女には、いま新薬を試していると話してあった。薬はペリエ先生から渡されていて、病状は変わらないかもしれないが、よくなる可能性はある。もちろん、悪くなることはないと言っておいたのだ。金のためにやっていることだから、金をもらっていることも話した。きっと何か危ないことにでも手を出していると思われているのだろう。たとえそうでも、チューリッヒのスイス銀行に現在どれだけの預金があるか、その金額は教えてなかった。シモーヌはただ、フォンテーヌブローのソシエテ・ジェネラル銀行に六千フランほど貯金があることを知っているだけだった。普段はそれも四百フランか六百フランで、住宅ローンの支払いでもすれば、ときには二百フランにまで減ってしまうことがあった。

「わたしだって、新しいソファのほうがいいわ。でもね、いま、それがいちばん必要なものだと思う? そんな高いものが? ローンだってあるのよ」

「わかってるさ。いまいましいローンだ!」彼は声をあげて笑った。住宅ローンはこの際、皆済ましたかった。「よしよし、気をつけるよ。約束する」

もっとうまい嘘を考えねばならないことはわかっていた。これまでついてきた嘘を練り直す必要があった。しかし、さしあたっては、のんびりしたかったし、今度手に入る大金のことだけを考えて、悦に入っていたかった——すこし使うのも容易ではなかった。それに、やはり一カ月以内に死ぬ可能性があった。ミュンヘンのシュレーダー先生から薬を三ダースもらって、いま一日に二錠ずつ呑《の》んでいるが、命は助かりそうもないし、奇跡的に回復することもなさそうだった。自分は大丈夫だという意識は、いい加減な幻想かもしれないが、命ある限り、その意識もほかのすべてのものと同様、現実ではないだろうか？　ほかに何があるのか？　精神的なもの以外に、どんな幸福があるだろう？

　ほかにもまだ不確定な要素があった。いまだに生きているチュロリというボディガードのことだ。

　四月二十九日の日曜日の夕方、ジョナサンとシモーヌはフォンテーヌブロー劇場で開かれたモーツァルトとシューベルトの弦楽四重奏の演奏会に出かけた。ジョナサンはいちばん高いチケットを買った。しっかり言い聞かせておけば、行儀よくしているだろうから、ジョルジュを連れていきたかったが、シモーヌが反対した。ジョルジュがじっとしていなければ、困るのはジョナサンではなく、彼女なのだ。「来年になったら、いいわ」シモーヌはそう言った。

　休憩時間に、ふたりは喫煙のできるロビーへ行った。顔見知りでいっぱいだった。そのなかに、画材商のピエール・ゴーティエがいて、驚いたことに、ウイングカラーに黒のネクタイをこれ見よがしにしている。

「今夜は、あなたのおかげで、音楽が引き立ちますよ、マダム！」彼はシモーヌの緋色の服をうっとり眺めながら言った。

　誉められたので、シモーヌは上品に礼を言った。ひどく上機嫌で、幸せそうだ、とジョナサンは思った。ゴーティエには連れがいなかった。忘れていたが、そう言えば、数年前に奥さんを亡くしたのだ。彼と知り合ったのは、実際そのあとだった。

「今夜は、フォンテーヌブローの住民全員がここに来ている！」まわりの話し声に負けないように、ゴーティエが言った。義眼でないほうの目で、丸天井のロビーにいる大勢の人々をきょろきょろと見まわしている。白髪混じりの髪をとかし、苦心して隠している禿げた部分が髪を透かして光っていた。「あとでコーヒーでも飲もうか？　通りの向こう側のカフェで？」とゴーティエが訊《き》いた。「楽しみにしてるよ」

　シモーヌとジョナサンが同意しかけたときだった。ゴーティエの様子がなんとなくおかしくなった。彼の視線を目で追うと、ほんの三メートルほど離れたところに、四、五人が固まっていて、そこにトム・リプリーがいたのだ。リプリーと目が合い、ジョナサンは会釈した。やあと言いながら、こっちへやってきそうな感じだった。ゴーティエが左のほうへこそこそと離れた。ジョナサンとゴーティエが誰を気にしているのか、シモーヌはまわりを見まわした。

「もうそろそろだ《トゥーター・ルール・プテートル》！」とゴーティエが言った。

　シモーヌはジョナサンを見て、ちょっと眉毛をあげた。

　リプリーは目立つ存在だった。かなりの長身だからというよりも、茶色の髪がシャンデリアの光の下で金色を帯び、フランス人には見えなかったからだ。濃い紫色のサテンのジャケットを着ていた。人目を引くブロンドの女性が彼の奥さんにちがいない。まったく化粧をしていないようだった。

「それで？　あの方はどなたなの？」

リプリーのことを訊かれているのはわかっていた。心臓の鼓動が速くなった。「さあね。以前に会ったことがあるが、名前は知らないんだ」

「家に来たことがあるわね――あの方」とシモーヌが言った。「覚えてるわ。ゴーティエと仲が悪いの？」

席に戻るよう促すベルが鳴った。

「さあね。なぜだい？」

「顔を合わせたくないようだったわ！」間違いのない事実であるかのように、シモーヌは言った。

ジョナサンとしては、音楽を楽しむどころではなかった。トム・リプリーはどこに座っているのだろう？　特別席か？　顔をあげて、特別席のほうを見ることはしなかった。ひょっとすると、通路を隔てた席にいるかもしれない。今夜を台なしにしたのは、リプリーの存在ではなく、シモーヌの態度だという気がした。ただ、それも自分のせいであることはわかっていた。リプリーに気づいたとき、不自然な態度をとったからだ。席についたジョナサンはことさらリラックスしているところを見せようとして、頬《ほお》づえをついた。そんなことをしても、シモーヌを騙《だま》せないことはわかっている。みんなと同じように、彼女も、トム・リプリーの噂《うわさ》は耳にしていた（たとえそのときは、名前を忘れていたとしても）。

彼女はたぶん、トム・リプリーと結びつけて考えるだろう――何を？　いまのところは、なんとも言えなかった。だが、この先が心配だった。あんなにあからさまに、あんなに馬鹿正直に落ち着かない態度を見せてしまったのだ。後悔していた。彼にとっては窮地であり、きわめて危険な状況だった。なるべく冷静に振舞わなければならないと思った。俳優になるのだ。ただ、若いころに舞台で成功しようとして頑張ったときのようなわけにはいかない。これはまさしく現実の出来事だった。つまり、完全なペテン師になることだとも言えるだろう。ジョナサンはこれまでシモーヌを騙したことはなかった。

「ゴーティエを探そう」通路を歩きながら、ジョナサンが言った。まわりでは、依然としてぱらぱらと拍手が起こっていたが、それがだんだん揃ってきて、手拍子になった。もう一曲聞きたがっているのだ。

なぜかゴーティエの姿は見あたらなかった。ジョナサンはシモーヌの返事を聞きそこねた。だが、乗り気ではないようだった。家では、ベビー・シッターにジョルジュの面倒をみてもらっていた。同じ街に住んでいる女性だった。そろそろ十一時になる。トム・リプリーのほうは探しもしなかったし、姿も見かけなかった。

日曜日、ジョナサンとシモーヌはヌムールで彼女の両親と兄のジェラール夫妻と昼食を共にした。いつものように、食後はテレビだったが、ジョナサンとジェラールは観ていなかった。

「実験台になって、ドイツ人から報酬をもらっているなんて、たいしたものだ！」ジェラールが珍しく笑い声をあげて言った。「つまり、身体《からだ》に害がなければだが」早口でそう言った。ジョナサンははじめて相手の話に耳を傾けた。

ふたりとも葉巻を吹かしていた。ジョナサンがヌムールの煙草屋《たばこや》でひと箱買ったのだ。

「そう、たくさんの薬だからね。一度に八錠か十錠呑んで、やっつけようという計画なんだよ。敵を混乱させるんだ。また、敵の細胞に抵抗力がつきにくくする」ジョナサンはこの調子でうまくしゃべりつづけた。半分はたしかに、しゃべりながら捏造《ねつぞう》していたが、あとの半分は、数カ月前に読んだ白血病の治療法を思い出していた。「もちろん、なんの保証もない。副作用があるかもしれない。だから、そのために、多少の報酬を払ってくれるんだろうね」

「どんな副作用が？」

「たぶん、血液の凝固レベルが低下する」ジョナサンは当たり障りのない言い方がますます巧みになった。真剣に聞いてくれるので、張り切っていた。「それと、吐き気。これはまだ感じたことはないが。もちろん、副作用についてははっきりわかっていない。医者も危ない橋を渡っているわけだよ。こっちだって同じだが」

「もし成功したら？　成功だということになったら？」

「あと二年は寿命が延びる」ジョナサンは嬉《うれ》しそうに言った。

月曜日の朝、ジョナサンとシモーヌは、近所に住んでいるイレーヌ・プリッセの車に乗せてもらい、フォンテーヌブロー郊外のアンティークショップへ行った。その店ならばよいソファがあるだろう。イレーヌは、毎日ジョルジュを放課後、シモーヌが迎えにいくまで預かってくれる女性だ。物事にあくせくすることなく、骨太で、かなり男まさりな印象をジョナサンはいだいているのだが、たぶんそんなことはないのだろう。小さな子どもがふたりいて、フォンテーヌブローの自宅はフリルつきのレースの敷物やオーガンジーのカーテンで飾りたてられていた。とにかく、時間を惜しげもなく割いてくれるし、車にもよく乗せてくれた。トレヴァニー家が日曜日にヌムールへ出かけるときも、車を出しますよとよく言ってくれたが、節度をわきまえたいシモーヌは、ヌムール行きは日常の家族行事だからと、その申し出を受け入れようとしなかった。今回のソファ探し後ろめたさを感じることなく、喜んでイレーヌ・プリッセの世話になった。は自分の家のソファを買いにいくかのように張り切っていた。

チェスターフィールドは二脚あり、どちらも古い枠に最近新しく黒い革を張り替えたものだ。ジョナサンとシモーヌは大きいほうが気に入った。ジョナサンは五百フラン値切り、三千フランまでまけさせた。格安だった。写真入り広告で見た同じサイズのソファは五千フランだったのだ。ふたりのほぼ一カ月分の稼ぎに相当する三千フランというこの大金がいまや、まったく取るに足らぬ金額に感じられた。驚くべきことだ、とジョナサンは思った。多少金が懐《ふところ》に入ると、たちまちそれが当たり前だという気になるのだ。

トレヴァニーの家庭と比べれば、贅沢な暮らしをしているように見えるイレーヌでさえ、ソファに目を瞠《みは》っていた。シモーヌはとっさになんと言ってやりすごしたらいいかとまどっているようだった。

「ジョンのイギリスの親戚からすこし遺産が入ってね。わずかばかりだけど——それで何か良いものを買いたいと思ったの」

イレーヌはうなずいた。

何もかもうまくいってる、とジョナサンは思った。

翌日夕食の前に、シモーヌが言った。「今日、ゴーティエの店に挨拶《あいさつ》してきたわ」シモーヌの声の調子で、ジョナサンはとっさに警戒した。彼はスコッチの水割りを飲みながら、夕刊に目を通していた。「それで？」

「ジョン、ゴーティエに——あなたがもう先が長くないって言ったのは、あのムッシュー・リプリーなの？」ジョルジュが二階の、たぶん自室にいるにもかかわらず、シモーヌは声を低くした。

シモーヌに面と向かって訊かれ、ゴーティエはそうだと認めたのだろうか？　直接質問をぶつけられて、彼がどんな態度をとったか、見当がつかなかった。シモーヌは返事を聞かせてもらえるまで、穏やかにしつこく繰りかえしたのだろう。「ゴーティエからはね」とジョナサンが口を開いた。「あれは、そう、前にも話したように、誰がしゃべったか教えてもらえなかったんだよ。だから、知らないんだ」

シモーヌは彼をまじまじと見つめた。座っているのは立派な黒いチェスターフィールドだ。このソファが来て、リビングルームは昨日から様子が一変した。きみがそこに座っていられるのは、リプリーのおかげなんだよ、と思った。それでジョナサンの気持ちが楽になるわけではなかったが。

「ゴーティエがリプリーだって言ってたの?」ジョナサンは驚いたふりをして訊いた。

「彼は話してくれなかったわ。でも、わたしはただ――あの人はムッシュー・リプリーだったのって訊いたの。あの演奏会で見た男のことをお話ししてね。私が誰のことを話しているのか、ゴーティエはわかっていたわ。あなたも知ってたんでしょ――あの男の名前を」シモーヌはチンザノをひと口飲んだ。

　彼女の手はかすかに震えているようだ。「そうかもな、とはね」ジョナサンは肩をすくめて言った。「前にも話したじゃないか、ゴーティエはこう言ってたんだ、しゃべったのが誰であろうと――」ジョナサンは声をあげて笑った。「あの噂好きが！　とにかくゴーティエは言ったんだ、誰であろうと――その男は、この話は間違ってるかもしれないが、と言ってたって。そういうのは話が膨《ふく》らむものだが――。いいかい、放っておくのがいちばんだよ。誰かわからない相手を咎《とが》めたって、無駄だ。根掘り葉掘りほじくりだしたって、なんにもならない」

「そうだけど、でも――」シモーヌは頭をかしげた。唇がひどくゆがんでいる。こんなことはいままでに一度か二度しか見たことがなかった。「奇妙だわ、リプリーだったなんて。間違いないわ。ゴーティエがそう言ったからじゃない、そうじゃないの。彼は話してくれなかった。でも、わかるの……ジョン?」

「なんだい」

「だって——リプリーって、犯罪者も同然の人でしょう。本物の犯罪者かもしれない。犯罪者だって逮捕されてないのはたくさんいるでしょ。だから、わたしは訊いてるの。どうなの——あのお金、ジョン——あなた、ひょっとして、ムッシュー・リプリーからもらっているの?」

ジョナサンはまっすぐシモーヌを見つめた。すでにしゃべってしまったことは変えるわけにいかない。そう思った。金については、リプリーはあまり関係なかったから、否定しても、嘘にはならないだろう。「とんでもない。なんのために?」

「犯罪者だからよ! なんのために? そんなこと知らないわ。彼はドイツ人のお医者さんとどんな関係があるの? あなたが言ってた人たち、本当にお医者さんなの?」声がヒステリックになっていた。頬が紅潮している。

ジョナサンは眉をひそめた。「いいかい、ペリエ先生はおれの検査報告書を二通持っているんだよ?」

「その検査だって、なんだかとっても危険だわ、ジョン。さもなければ、こんな大金を払ったりしないわよ、そうでしょ?——あなたが全部本当のことを話してくれてるとは思えないの」

ジョナサンはかすかに笑い声をあげた。「トム・リプリーに何ができるんだい、あの怠惰な男に——いずれにしても、彼はアメリカ人だ。ドイツ人の医者と関係があるわけがないさ」

「あなたは自分でももう先が長くないと思って、ドイツ人のお医者さんのところへ行ったんでしょ。もう先が長くないという噂を流した張本人は、リプリーよ——そうに決まってる」

ジョルジュがバタンバタンと音をさせて、階段を下りてきた。何か玩具を引っぱりながら、それに話しかけている。ジョルジュは遊びに夢中になっているが、しかし、すぐ近く、数メートルのところまで来ていた。ジョルジュはどぎまぎしていた。シモーヌにこんなにいろいろ知られているのだ。信じられなかった。なんとしてでも、すべて否定しなければならないという衝動にかられた。

シモーヌはこっちが何か言うのを待っていた。

ジョナサンは口を開いた。「誰がゴーティエにそう言ったかは知らない」

ジョルジュが戸口に立っていた。子どもがやってきて、ジョナサンはほっとした。会話は完全に中断された。ジョルジュが窓の外にある木のことで質問をしてきた。ジョナサンは聞いていなかったので、答えはシモーヌに任せた。

ジョナサンは夕食のとき、シモーヌがまだ彼を信じきっていないこと、信じようとはしているが、信じきれないでいることを感じた。しかし、シモーヌは（たぶん、ジョルジュのせいだろう）ほとんど普段と変わりなかった。むっつりしているわけでも、冷淡な態度をとっているわけでもなかった。だが、気づまりな雰囲気だった。ドイツの病院から特別に金をもらっている件で、もっと何か具体的な理由を示さなければ、この状態はいつまでも続くだろう、とジョナサンは思った。金の説明をするのに身体への危険性を誇張するような嘘はつきたくなかった。

シモーヌはトム・リプリー本人に確かめるかもしれない。そんなことまで考えた。トムに電話をかけていないだろうか？　会う約束をしただろうか？　が、ジョナサンはこの考えを払いのけた。シモーヌはトム・リプリーを嫌っていた。そばに近づくのもいやだろう。

その週に、トム・リプリーがジョナサンの店にやってきた。彼の絵は数日前に仕上がっていた。リプリーが来たとき、店には、客がひとりいた。リプリーは壁に立てかけてある
でき合いの額縁を見にいった。もちろん、ほかの客の用事がすむまでじっと待つつもりだった。やっと客がいなくなった。

「おはよう」トムは愛想よく言った。「結局、人に取りにこさせるのは大変でね。自分で来ることにしたよ」

「それは、どうも。できている」そう言って、ジョナサンは店の奥へ取りにいった。茶色い紙で包装されていたが、紐《ひも》で縛ってはなかった。「リプリー」の札がつけられ、セロテープでしっかりとめられている。ジョナサンはそれをカウンターに持っていった。「見るかい？」

トムは出来栄えに満足した。彼はそれを持って、腕をせいいっぱい伸ばした。「すばらしい。とてもいいよ。代金は？」

「九十フランだが」

トムは財布を出した。「万事うまくいってる?」

返事をする前に、ジョナサンは大きく二度息をした。「あれから──」彼は丁重にうなずいて、百フラン札を受けとり、現金の入った引き出しを開けて、つり銭を出した。「女房が──」ドアのほうに視線をやり、やってくる客がいないのを確かめて、ほっとした。「女房がゴーティエと話をしたんだ。が、彼はしゃべってはいない。しかし、女房はおれの命が長くないという噂を立てたのがあんただと疑っているようだ。どうしてなのかはわからない。女の勘だろう」

トムはこうなることを見越していた。自分の評判はわかっている。多くの人が疑いをいだき、彼を避けていた。自尊心などとうの昔に打ち砕かれてもおかしくないと思えるときが何度もあった──並みの男だったらそうなっていただろう──ただ、いったん知り合いになり、ベロンブルに来て、ひと晩でもすごせば、彼も、エロイーズも、結構気に入られて、今度は相手から招待された。「奥さんにはなんと?」

あまり時間がなさそうなので、ジョナサンは急いでしゃべろうとした。「最初に話したことを繰りかえした。誰が流した噂か、ゴーティエは絶対に教えてくれなかったんだとね。これは本当なんだ」

トムは知っていた。ゴーティエは断固として彼の名前を洩らすのを拒否していたのだ。

「ま、あわてることはない。おたがい会わないほうがいい──先日の夜の演奏会では、失礼したが」トムは微笑しながら言いそえた。

「しかし――まずいことになってる。なんと言っても、まずいのは、女房がわが家にある金とあんたを結びつけることだし、結びつけようとしていることだ。ただ、金額はしゃべっていない」

トムも同じことを考えていた。そして、苛立《いらだ》っていた。「もう額縁に入れてもらう絵は持ってこないつもりだ」

ストレッチャーに大きなキャンバスを乗せた男が店のなかに入ってこようとして手こずっていた。

「わかりました！《ボン・ムッシュー》」トムは空いているほうの手をふって言った。「どうも《メルシー・ボンソワール》」

トムは店を出た。もしトレヴァニーが本気で心配しているのなら、電話をしてくるだろうと思った。とにかく、そう言っておいたのだ。トムが卑劣な噂を流したと、彼の女房が疑っているのであれば、ジョナサンにとってはまずいことだし、厄介《やっかい》だった。その反面、これをハンブルクやミュンヘンの病院からもらっている金と結びつけることはもちろん、ふたりのマフィアが殺された事件と結びつけることも、そう容易ではない。

日曜日の朝、シモーヌが物干し綱に洗濯物を干し、ジョナサンとジョルジュが石で庭の縁取りをしていると、呼び鈴が鳴った。

六十年配の近所の女性だった。ジョナサンははっきり名前を覚えていなかった。ドゥラトルだったか？　ドゥランブルだったか？　彼女は神妙な様子だった。

「あのー、ムッシュー・トレヴァニー」

「どうぞなかへ」とジョナサンは言った。

「ムッシュー・ゴーティエのことなんですけど。ニュースを聞きました？」

「いいえ」

「昨夜、交通事故にあって。亡くなられたんですよ」

「亡くなった？――このフォンテーヌブローで？」

「お友だちのパーティから深夜に帰宅する途中だったんですって。お友だちはパロワス通りの方です。ほら、ムッシュー・ゴーティエはフランクラン・ローズヴェルト通りを横に入ったレピュブリック通りにお住まいでしょ。現場は三角形の狭い芝生のところに信号機がある交差点なんです。目撃した人がいるんですよ。車には、男のひとがふたり乗ってたらしいですわ。それが停止しなかったんです。赤信号なのに突っこんできて、ムッシュー・ゴーティエをはねて、そのまま行ってしまったんですって」

「さあ！――おかけください、マダム――」

シモーヌが玄関にやってきた。「まあ《アア》、こんにちは《ボンジュール》、マダム・ドゥラトル！」と彼女は言った。

「シモーヌ、ゴーティエが亡くなったそうだ」ジョナサンは言った。「轢《ひ》き逃げされてね」

「ふたり組の男ですよ」マダム・ドゥラトルが言った。「停止もしないで！」

シモーヌは息を呑んだ。「いつです？」

「昨夜です。病院へ運んだんですけど、間に合わなくて。真夜中ごろでした」

「なかへ入って、おかけになりませんか、マダム・ドゥラトル？」シモーヌが言った。

「いえ、ありがとう。もうひとり知らせねばならないお友だちがいるので、失礼しないと。マダム・モッケルですわ。まだ知らずにいるかもしれないので。わたしたち、彼のことはみんなよく知っていたでしょ？」泣きだしそうになり、買い物籠《かご》をちょっと置いて、目を拭《ふ》いた。

シモーヌが彼女の手を握った。「知らせていただいて、ありがとう、マダム・ドゥラトル。どうもご親切に」

「お葬式は月曜日です」マダム・ドゥラトルが言った。「サン・ルイで」そして、出ていった。

なぜか、ジョナサンには本当のこととは思えなかった。「彼女、なんという名前だったか？」

「マダム・ドゥラトルよ。ご主人は水道屋さんなの」当然ジョナサンも知っているかのように、シモーヌは言った。

いつも頼んでいる水道業者ではなかった。ゴーティエが死んだのだ。店はどうなるのだろう、とジョナサンは思った。いつの間にかシモーヌをじっと凝視していた。ふたりとも、狭い玄関に立っていた。

「亡くなったのね」とシモーヌが言った。彼女は手を伸ばし、ジョナサンの手首をぎゅっと握ったが、彼を見てはいなかった。「月曜日には、お葬式に行くべきでしょうね」

「もちろんさ」カトリックの葬儀だろう。いまやそれはラテン語ではなくすべてフランス語で執り行なわれていた。彼は蠟燭《ろうそく》がいっぱい灯されている肌寒い教会にやってくる近所の人々、そのなじみの顔や見なれない顔を想像した。

「轢き逃げなんて」とシモーヌが言った。彼女は身体をこわばらせて、廊下を歩いていき、肩越しに振りかえって、ジョナサンのほうを見た。「本当にひどいわ」

ジョナサンは彼女のあとについて、キッチンへ行き、さらに庭に出た。陽射《ひざ》しのなかに戻ると、ほっとした。

洗濯物は干し終わっていた。シモーヌは綱に干してある洗濯物の皺を伸ばし、空《から》の籠を持った。「轢き逃げらしいけど。本当だと思う、ジョン？」

「彼女がそう言ったんだ」ふたりは穏やかに話していた。ジョナサンはまだすこしぼうっとしていたが、シモーヌが考えていることはわかっていた。

彼女が籠を手にして、こっちへ来ようとしかけた。が、すぐに小さなベランダへ通じている階段のほうへ来るよう手招きした。隣家の人に話を聞かれるのを警戒しているようだった。「殺された可能性があると思う？　殺し屋にでも？」

「なぜ？」

「たぶん、何か知っていたからよ。きっとそうだわ。可能性はないかしら？　なぜ無実の人が巻きぞえになって、こんな目にあわなければならないのかしら？」

「だけど、よくあることだよ」とジョナサンが言った。

シモーヌは首をふった。「あなた、ムッシュー・リプリーがこれと何か関わりがあるとは思えない？」

彼女は一方的に憤慨していた。「まったく関わりはないね。もちろん、おれはそう思ってる」命を賭《か》けてもいい、トム・リプリーはなんの関わりもない。そう言いかけたが、いささか大げさな気がした。見方を変えれば、これはかなり滑稽《こっけい》な賭けだった。

シモーヌは彼のそばを通って、家のなかへ入りかけたが、近くで足を止めた。「たしかに、ゴーティエは何もはっきり言わなかったわ、ジョン、でも、何か知っているにちがいない。わたしはそう思ってるの。きっと殺されたのよ」

シモーヌはただショックを受けているのだ、とジョナサンは思った。それは彼も同じだった。彼女はじっくり考えたうえでしゃべっているのではなかった。彼はあとに付いて、キッチンへ入っていった。「何かって、何を知ってるんだい？」

シモーヌはキッチンの隅にある食器棚に籠をしまった。「ただそう思っただけよ。わからないわ」

15

ピエール・ゴーティエの葬儀は月曜日の午前十時に、フォンテーヌブローでいちばん大きな教会、サン・ルイ教会でとり行なわれた。教会の内部は参列者でいっぱいで、舗道に立っている人さえもいた。外では、陰気な黒塗りの車が二台待機している――一台はピカピカの霊柩車、もう一台は自家用車のない親族や友人たちが乗る箱型のバスだった。ゴーティエは男やもめで、子どももいなかった。だが、兄妹はいるかもしれないし、兄妹がいれば、甥《おい》や姪《めい》も何人かいるだろう。そうであればいいが、とジョナサンは思った。参列者は多かったにもかかわらず、さびしい葬儀だった。

「義眼が現場の路上でなくなっているんですよ、ご存じですか?」教会のなかで、ジョナサンの隣にいた男が囁《ささや》いた。「ぶつけられた拍子に飛び出してね」

「義眼が?」ジョナサンは気の毒そうに首をふった。話しかけてきたのは、商店の主人だった。顔は見知っていたが、店と顔が結びつかなかった。黒いアスファルト道路に落ちている義眼がはっきり目に浮かんだ。たぶん、もう車に轢《ひ》かれて、押しつぶされているだろう。側溝のなかにあるのを好奇心旺盛な子どもたちにでも見つかっているかもしれない。

義眼の裏側はどうなっているのか?

蠟燭《ろうそく》の黄色っぽい明かりが揺らめいていたが、教会のもの淋《さび》しい壁にはほとんど光は届いていなかった。曇り日だった。司祭はフランス語で決まり文句を唱えていた。ゴーティエのずんぐりした棺が祭壇の前に置かれている。とにかく、親族の列席者はごくわずかだったが、友人は大勢いた。女性が何人か、涙を拭《ぬぐ》っている。男のなかにもいた。司祭が機械的に唱えている文句よりもおしゃべりのほうが気がまぎれるかのように、ほかの人々は小声でぼそぼそ話し合っていた。

チャイムを思わせるやわらかい鐘の音が何回か鳴った。

ジョナサンが右を向いて、通路をへだてた席に目をやると、トム・リプリーの横顔が目に入った。リプリーはまっすぐ前方の司祭を見ていた。司祭はまたしゃべっている。トムは葬儀に神経を集中している様子だった。フランス人のなかに混じると、その顔がひときわ目立った。本当にそうだろうか？　ただ単にこっちが知っているからではないか？　なぜわざわざ来たのだろう？　やってきたのは芝居だろうか、とそのときふと思った。シモーヌが疑っているように、実際、ゴーティエの死となんらかの関わりがあり、これを仕組んだのも、金を払ったのも、彼なのだろうか？

参列者が全員立ち上がり、列を作って教会の外に出たとき、ジョナサンはトム・リプリーを避けようとした。顔を合わせずにすむ最善の方法は相手を避けようとするのではなく、とにかく絶対に視線を向けないことだ。ところが、教会前の階段の上にいると、トム・リプリーが駆け上がってきて、ジョナサンとシモーヌの横に並び、挨拶《あいさつ》した。

「おはよう！」リプリーはフランス語で言った。首に黒いマフラーを巻き、ダークブルーのレインコートを着ている。「ボンジュール、マダム。会えてよかった。ムッシュー・ゴーティエとは友だちだったようですね」

大勢の人だったので、三人はゆっくり階段を下りた。ゆっくりすぎて、身体《からだ》のバランスがとりにくかった。

「ええ《ウイ》」とジョナサンは答えた。「近所の店のご主人でね。とても良い人だったんですよ」

トムはうなずいた。「今朝《けさ》は新聞を読んでいなくてね。モレの友人から電話がかかってきて――知ったんですよ。警察は犯人の目星がついているんだろうか？」

「聞いていないが」とジョナサンが言った。「『ふたりの男』というだけで。ほかに何か聞いてるかい、シモーヌ？」

シモーヌは頭をふった。黒いスカーフをかぶっている。「いいえ。何も」

トムはうなずいた。「何か聞いていると思ったんだが――ぼくよりも家が近いので」

トム・リプリーは本気で心配しているようだ、単なる芝居ではない、とジョナサンは思った。

「新聞を買わなければ――墓地まで行くんですか？」とトムが訊《き》いた。

「いや、われわれは」とジョナサンが言った。

トムはうなずいた。三人は舗道に下りてきていた。「ぼくもです。ゴーティエがいなくなって、淋しくなるだろうな。じつに残念だ――おふたりと会えてよかったですよ」すばやく微笑すると、リプリーは立ち去った。

ジョナサンとシモーヌはそのまま歩きつづけ、教会の角を曲がって、パロワス通りへ入っていった。自宅の方角だった。近所の人たちが挨拶をし、かすかに微笑《ほほえ》みかけてくる。なかには、いつもの朝とちがい、「おはようございます、マダム・ムッシュー」と声をかけてくる者もいた。車のエンジンがかけられている。これから、霊柩車のあとについて、墓地まで行くのだ。墓地はたしか、フォンテーヌブロー病院の裏手にあった。輸血をしによく通った病院だった。

「こんにちは《ボンジュール》、ムッシュー・トレヴァニー！　エ・マダム！」ペリエ先生だった。あいかわらず元気で、いつもとほとんど変わりなくにこやかな顔をしている。先生はジョナサンの手を握ってポンプのように動かし、同時にシモーヌにも軽く会釈した。「なんとも恐ろしいことだ……それだけじゃない、犯人も捕まっていない。しかし、どうやらパリ・ナンバーの車のようだね。シトロエンの黒のＤＳ。わかっているのは、それだけなんだよ……ところで、身体の具合はどうかね、ムッシュー・トレヴァニー？」ペリエ先生の微笑は自信に満ちていた。

「あいかわらずです」とジョナサンが言った。「べつに悪いところはありません」ペリエ先生がすぐに立ち去ってくれたから、ほっとした。シモーヌには、ペリエ先生のところへ頻繁に薬をもらいに行ったり、注射を打ってもらいに行ったりしていることになっていたからだ。すくなくとも二週間前、店に郵送されてきたシュレーダー先生の検査報告書を届けにいき、それ以来、ペリエ先生とは会っていなかった。

「新聞を買わなければ」とシモーヌが言った。

「この先の角にある」とジョナサンが言った。

　新聞を買い、ジョナサンは舗道に立ったまま、先週の土曜日の夕方、フォンテーヌブローの路上で起きた「無軌道な若者の恥ずべき無謀な行動」について読んだ。舗道はゴーティエの葬儀から帰ってくる人々がまだ多少いた。シモーヌが肩越しに覗《のぞ》きこんでいる。印刷に間に合わなくて、週末の新聞には載らなかったから、記事を読むのははじめてだった。黒塗りの大型車と、すくなくともそれに乗っていたふたりの若者のことは書かれていたが、パリ・ナンバーの車であることは触れられていなかった。車はパリ方面へ走り去り、警察が追跡しようとしたときには、影も形もなかったのだ。

「ひどいわ」とシモーヌが言った。「フランスには、轢き逃げをする運転手など、そんなにいないのに……」

盲目的な愛国主義の考え方だと、ジョナサンは思った。

「だから、わたしはおかしいと思ってるの——」彼女は肩をすくめた。「もちろん、まったくの見当ちがいかもしれない。でもね、ムッシュー・ゴーティエのお葬式に、リプリーが来たのよ。いかにもあの人らしいわ！」

「彼は——」ジョナサンは言葉を呑《の》みこんだ。朝、トム・リプリーはたしかに心を痛めている様子だったし、また、彼はゴーティエの店で画材を買っていたのだと言おうとしたのだった。しかし、何も知らないことになっていることに気づいたのだ。「『いかにもあの人らしい』って、どういう意味だい？」

シモーヌはまた肩をすくめた。そのことはもうこれ以上話したくないようだった。「わたしがムッシュー・ゴーティエと話をして、あなたの噂《うわさ》を誰が流したか訊いたでしょ。それを、リプリーがムッシュー・ゴーティエから嗅ぎとった可能性はあると思うわ。ムッシユー・ゴーティエは話してくれなかったけど、リプリーが噂を流したような気がするって、わたし、言ったでしょ。そしてまた、こうしてムッシュー・ゴーティエが変な死に方をしたのよ」

ジョナサンは黙りこんでいる。間もなくサン・メリー通りだった。「しかし、そんなことで、人を殺したりはしないよ。いい加減なことは言わないほうがいい」

シモーヌは昼食に何も食べるものがないことをふと思い出した。彼女は豚肉店に入っていき、ジョナサンは舗道で待っていた。そのとき、はっきりわかったのだ、ひとりを射殺し、もうひとりを殺す際に手を貸したことで、自分がいったい何をしたのかが。それも、まるでシモーヌの目を通して見ているかのように、これまでとはちがった形で。相手はふたりとも殺し屋だったし、実際に人を殺してもいた。彼はそう自分に言い聞かせて、合理化していたのだ。シモーヌはもちろん、そんな見方はしないだろう。彼らだって、結局は人間だった。シモーヌはかなり精神的に動揺していた。トム・リプリーが殺し屋を雇い、ゴーティエを殺害したかもしれないからだ――ただ、断定はできなかった。自分の夫が拳銃の引き金を引いたことを知ったら？――いまは、葬儀に参列してきたばかりなので、こんな気持ちになるのだろうか？　来世はもっとすばらしいところだと言いながら、葬儀は結局、人間の生命の尊厳に対して行なわれるものだ。ジョナサンは皮肉っぽく微笑した。「尊厳」というのは言葉でしかなかった――

シモーヌが豚肉店から出てきた。買い物用のネットを持っていなかったので、危なっかしく小さな包みをいくつか抱えている。ジョナサンはそれをふたつ持ってやった。そして、また歩きだした。

尊厳。マフィアの本はリーヴズに返してあった。自分のやったことで良心の呵責《かしやく》を感じても、本で読んだ何人かの殺人者を思い出すだけでよかった。

それでも、シモーヌの後ろから自宅の階段をのぼっていきながら、不安をおぼえた。彼女がリプリーに対しはげしい敵意をいだいていたからだ。彼女がピエール・ゴーティエのことをこれほど親身になって考えたことはなかった。彼の死が大きな影響をあたえていた。直感とありきたりの道徳と夫を守ろうとする気持ちが、そういう態度をとらせているのだ。夫の死が間近いという噂を流したのはリプリーだと信じこんでいた。この先その信念を揺るがすものが何もないことは、ジョナサンにはわかっていた。噂を立てたと思われる者が簡単には見つかりそうもないからだ。とくに、ゴーティエが死んでしまったいま、別の人間をでっちあげようとしても、彼からの裏づけが得られなかった。

トムは車のなかで黒のマフラーをはずし、南へ車を走らせた。モレの方角、自宅のある方角だった。シモーヌに敵意を持たれているのは残念だった。彼がゴーティエの死を仕組んだと疑っているのだ。トムはダッシュボードのライターで煙草《たばこ》に火をつけた。乗っている車は真っ赤なアルファロメオだった。もっとスピードをあげて突っ走りたい誘惑にかられたが、慎重に抑えていた。

ゴーティエの死は事故死だ、とトムは確信していた。不愉快なこと、残念なことだが、こっちの知らない事件にでも巻きこまれていない限り、やはり事故死だった。

大きなカササギがサーッと舞い下りてきて、道路を横切るように飛んだ。淡い緑のしだれ柳を背景にして美しかった。陽《ひ》が射しはじめている。トムはモレで車を停め、何か買い物でもしようかと考えた。マダム・アネットが必要としているもの、あるいは彼女の好物がいつもありそうな気がするのだ。しかし、今日は、彼女のほしがっているものが思い浮かばなかった。それに、実際、気が進まなかった。昨日、ゴーティエのことを知らせてくれたのは、モレの例の額縁屋だった。何かのとき、フォンテーヌブローのゴーティエの店で絵の具を買っていることを彼に話したにちがいない。トムはアクセルを踏みこみ、トラックを一台、それからスピード違反のシトロエンを二台追いこした。ヴィルペルスのランプはすぐだった。

「ああ、トム、長距離電話がかかってきたわよ」リビングルームへ入っていくと、エロイーズが言った。

「どこから？」だが、トムにはわかっていた。たぶん、リーヴズからだろう。

「ドイツからだと思うけど」エロイーズはハープシコードのほうに戻っていった。それはフランス窓のそばに大切に置かれていた。

彼女はバッハの『シャコンヌ』のソプラノ声部を譜読みしていた。「向こうからまたかかってくるのかい？」と彼は訊いた。

エロイーズが振りかえり、長いブロンドが揺れひろがった。「さあ、どうかしら。交換手と話しただけだから。指名通話だったの。つまり、そういうことなの！」と彼女は言ったが、言い終わったとたん、電話が鳴った。

トムは二階の自室に駆け上がった。

交換手は彼がムッシュー・リプリーであることを確認した。やがて、リーヴズの声がした。

「もしもし、トム。この電話、かまわないか？」リーヴズの声はこの前よりも落ち着いていた。

「かまわないよ。アムステルダムからかい？」

「そうだ。ちょっとしたニュースがあるんだ。新聞には出ないようなものだが、知りたいだろうと思ってね。あのボディガードは死んだよ。ほら、ミラノへ運ばれた奴だ」

「誰から聞いたんだい？」

「ハンブルクの友だちからさ。信頼していい男だ」

マフィアが流しそうな一種のデマだ、トムは思った。死体を見なければ、信用できなかった。「ほかに何か？」

「あの男が死んだことは、共通の友人にとっても、いいニュースだと思ったんでね」

「たしかに、そうだ。わかったよ、リーヴズ。ところで、元気かい？」

「ああ、まだ命は無事だ」リーヴズは無理に笑い声をあげた。「それから、身の回りの品をアムステルダムに送ってもらうよう手配したよ。ここが気に入ったんだ。たしかに、ハンブルクよりはずっと安全な気がする。ああ、それからもうひとつ。フリッツのことなんだが。ガービーから番号を聞いて、電話をかけてきたよ。ハンブルク近くの小さな村に住んでいる従兄《いとこ》のところに厄介《やっかい》になっているそうだ。だが、さんざんな目にあわされて、気の毒に、歯を二本折られた。しゃべらせようとして、ひどく殴りやがったんだ……」

他人事とは思えなかった。リーヴズの運転手で、運び屋の、この会ったこともないフリッツに、トムは心の底から同情をおぼえた。

「フリッツは、共通の友人について、『ポール』という以外何も知らない」リーヴズはさらに続けた。「また、彼の人相風体に関しても、髪は黒く、小柄で太っている、と正反対のことをしゃべっている。ただ、奴ら、それを鵜呑《うの》みにしてはいないだろうと思う。フリッツはひどい目にあわされたわりには、そうとう頑張ったよ。人相風体に関しては、嘘をつきとおしたらしいんだ。共通の友人のことで彼が知っているのは、そのことだけだからね。どうやらこのおれもやばいことになってきたようだ」

たしかに、その通りだ、トムは思った。イタリア人たちはリーヴズがどんな男かはっきり知っているのだ。「たいへん面白い話だったよ。だが、一日じゅうしゃべってるわけにはいかない。何を心配してるんだ？」

リーヴズのため息が聞こえてきた。「身の回りの品をここへ運ぶことでね。しかし、ガービーには、すこしばかり送金した。船便で身の回りの品を送ってくれるだろう。銀行関係には手紙で知らせたよ。それに、おれは顎ひげを生やしたんだ。もちろん、偽名を使ってる」

偽名と偽造パスポートを使っているだろうとは思っていた。「どういう偽名を使ってるんだ？」

「アンドリュー・ルーカスというんだ。ヴァージニア出身のね」リーヴズはそう言って、「ハッハ」と付けくわえた。笑っているつもりなのだろう。「ところで、共通の友人と会ったかい？」

「いや。なんでぼくが？——そうそう、アンディ、どういう事態になってるか教えてくれ」まずいことでもあれば、しかも、それがまだ電話をかけられる程度のものであれば、きっとリーヴズは電話をかけてくるだろう。どんな窮地におちいっても、トムなら、救いだしてくれると思っているからだ。しかし、まずいことになっているかどうか訊いたのは、むしろトレヴァニーのことを考えてのことだった。

「その前に、トム、もうひとつ！　ディ・ステファノ・ファミリーの男がハンブルクで射殺された！　土曜日の夜だ。新聞で読んだかどうか知らないが。ジェノッティ・ファミリーが殺《や》ったにちがいない。こっちの狙いどおりだ……」

ようやく話をやめた。

マフィアはアムステルダムのリーヴズの居所を突きとめれば、事実を聞き出すために拷問にかけるだろう。リーヴズがフリッツのように耐えられるとは思えない。フリッツを捕まえたのはディ・ステファノとジェノッティ、どちらのファミリーだろう。フリッツはたぶん、最初の計画、ハンブルクでの発砲のことしか知らない。あのとき殺されたのは、ただの下っ端だった。ジェノッティ・ファミリーのほうが、怒りははるかに大きいだろう。カポと、それにもうひとり、下っ端あるいはボディガードらしいが、そのふたりを失ったのだ。どちらのファミリーも、殺しはリーヴズとハンブルクのカジノ仲間がはじめたことで、おたがいの抗争とは無関係なことにまだ気づいていないのだろうか？　カジノの仲間は、リーヴズと手を切ったのか？　リーヴズを守ってやらねばならないとしても、まったく不可能だという気がした。相手がひとりなら、訳はないだろう！　しかし、マフィアのメンバーはいくらでもいる。

リーヴズは最後に、郵便局から電話をかけていると言った。ホテルからかけるよりは、すくなくとも安全だ。トムは最初にリーヴズからかかってきた電話のことを考えていた。あれはゾイデル・ゼーとかいうホテルからではなかったか？　たしか、そうだった。

ハープシコードの澄んだ音が階下から聞こえてきた。別の世紀からのメッセージだった。トムは階下へ下りていった。エロイーズは内心葬儀のことを話してほしいのだろう。一緒に行くかどうか訊いたときは、行くと気が滅入ると言ったのに、何か話してほしいのだ。

ジョナサンはリビングルームにいて、立ったまま正面の窓から外を眺めていた。午後十二時すぎだった。ポータブル・ラジオをつけ、正午のニュースを聞いていた。いまは、ポピュラー音楽が流れている。シモーヌはジョルジュと一緒に庭に出ていた。ジョルジュは両親が葬儀に出かけている間、ひとりで家にいた。ラジオでは、男性歌手が「どんどん走りつづける……どんどん走りつづける……」と歌っていた。通りの向こう側の舗道を、シェパードらしい子犬がふたりの少年のあとについて小走りにいく。ジョナサンには、ありとあらゆる命、犬とふたりの少年だけでなく、その向こう側にある家も、何もかもがはかないものに感じられた。すべては滅んでいき、最後には無となるのだ。形あるものは壊れて、忘れさられる。そろそろゴーティエの棺が地中に下ろされているころだろうと思った。ゴーティエのことを思ったのはそのときだけで、あとはまた自分のことを考えた。彼には、駆けていった犬の元気もなかった。若い盛りのときもあったが、それはもう過去のことだという気がした。残りの命を楽しむ気力もないのだ。いまは多少金に恵まれ、人生を楽しめるはずなのに、すでに遅すぎた。店はたたんだほうがいいだろう。売却しようと、人にくれてやろうと、どうでもよかった。しかし、すぐに考え直し、シモーヌとふたりで金を浪費してしまうわけにはいかないと思った。自分が死ねば、彼女とジョルジュには、何が残るのか？　四万ポンドは大金ではなかった。耳鳴りがしていた。静かに、ジョナサンはゆっくり深呼吸をした。窓を開けようとしたが、なかなか開けられず、力の衰えを思い知らされた。彼は部屋のほうへ向きを変えた。脚が重く、思うように動かない。耳鳴りがひどく、音楽は完全にかき消されていた。

気がつくと、汗をかき、ひんやりした身体でリビングルームの床に横たわっていた。シモーヌがそばにひざまずき、濡れたタオルで額から顔をそっと拭《ふ》いてくれている。「いま見つけたのよ！　気分はどう？　ジョルジュ、大丈夫。パパは大丈夫よ！」だが、シモーヌの声はおびえていた。

ジョナサンはまた絨毯《じゅうたん》に頭を下ろした。

「水をくれないか？」

グラスを彼女に持ってもらい、なんとか水を飲んだ。そして、また仰向けに寝た。「午後はずっとこのまま寝ていたほうがいいようだ！」彼は耳鳴りに負けまいとして声を出していた。

「これをきちんと伸ばさせて」身体の下でたくしあがっているジャケットを、シモーヌが引っぱった。

ポケットから何かがすべり出てきた。シモーヌがそれを拾いあげ、気づかわしげに彼を振りかえった。ジョナサンは目を開けたまま、じっと天井を見あげていた。目をつぶれば、かえってまずいことになる。数分が過ぎた。沈黙の数分が。ジョナサンは深刻に受けとっていなかった。病気が治らないことはわかっていた。これは死ではなくて、ただの卒倒だった。死に似ているだろうが、本物の死が訪れるときは、こんなものではないだろう。たぶん、死には、もっと心地よくて、魅惑的な、人を引きよせる力があるにちがいない。海岸からさっと引いていき、すでに無謀にも沖合へ泳ぎだしてしまった者の脚を強い力で引っぱり、不思議なことに、抗う意志を失わせてしまう波のように。シモーヌはジョルジュを促して、一緒に部屋から出ていき、熱い紅茶をいれて戻ってきた。

「お砂糖がたっぷり入ってるわ。元気が出るわよ。ペリエ先生に電話をかける？」

「いや、いいよ。ありがとう」紅茶を何口かすすって、ジョナサンはソファへ行き、腰をかけた。

「ジョン、これはなんなの？」と言って、シモーヌは青い冊子を上にかかげた。スイス銀行の預金通帳だ。

「ああ、それは――」ジョナサンは頭をふり、警戒心を強めた。

「預金通帳だよ。ちがうかい？」

「ま、そうだけど」金額は六桁《けた》で、四十万フラン以上ある。フランであることは、後ろにある「f」で表示されていた。シモーヌは何も知らずに通帳を覗きこみ、家計簿か、何かふたりの記録だと思いこんでいたのだ。

「フランと書いてあるわ。フランス・フランなの？――どこからこんなお金が？　これはいったいなんなの、ジョン？」

金額はフランス・フランだった。「ドイツの医者がくれた前金のようなものさ」

「でも――」シモーヌはなんと言っていいか困っている様子だった。「フランス・フランでしょ？　大金よ！」彼女は不安そうにちょっと笑った。

ジョナサンの顔に急に赤みがさしてきた。「金の出所については、そういうことなんだ、シモーヌ。もちろん、かなりの大金であることはわかってる。すぐには話せなかったんだよ。おれとしては——」

シモーヌはソファの前にある低いテーブルに載せてある彼の財布の上に、小さな青い冊子をそっと置いた。それから、書き物机の椅子《いす》を引っぱりだし、片手で背もたれを摑《つか》んで斜《はす》かいに座った。「ジョン——」

ジョルジュが不意に、廊下から戸口に現れた。シモーヌは勢いよく立ち上がり、肩を摑んで後ろを向かせた。「坊や、パパとお話ししてるの。もうすこし向こうに行ってなさい」戻ってくると、彼女は静かに言った。「ジョン、わたし、あなたが信じられないわ」

声が震えていた。たしかに、びっくりするような額だったが、ただその金額のことばかりではなかった。最近では、ドイツへ何度も出かけたり、態度も何か隠しごとでもしているようだった。「信じてほしい」とジョナサンは言った。いくぶん体力が回復していた。お立ち上がった。「前金なんだよ。先生たちはおれがそれを使えるとは考えちゃいない。おれにはもう時間がないだろう。だが、きみは使うことができる」

彼の笑い声にも、シモーヌは笑顔で応えなかった。「あなた名義のお金よ。ジョン、あなたがいったい何をしているか、真実を話してくれてないわ」彼女は待っていた。だが、それもほんの短い間だった。本当のことをしゃべってもよかったが、彼は黙りこんでいた。

シモーヌは部屋から出ていった。

昼食は義務みたいなものだった。ふたりはほとんど言葉を交わさなかった。あきらかに、ジョルジュはとまどっていた。ジョナサンには、これから先の数日が思いやられた。シモーヌはもう二度と詰問してくることはないだろう。ただ、彼が真実をしゃべるか説明するまで、とにかく冷ややかに待つのだ。家のなかは長い沈黙が続き、愛の行為も、温かみもなくなり、笑い声も起こらないだろう。何か別の方策が必要だった。妙案を何かひねり出さねばならない。たとえドイツ人医師の危険な実験台になっていたと言っても、そんなことで普通こんな大金が支払われるものだろうか？　筋が通らなかった。自分の命などマフィアのふたりの命ほどの値打ちもないのだ、とジョナサンは思った。

16

金曜日の朝は、ほぼ三十分ごとに小雨が降ったり、陽《ひ》が照ったりで、庭のためにはもってこいの、すばらしい日だった。トムはそう思った。フォブール・サントノレ通りのブティックで洋服のセールをやっていたから、エロイーズはパリへ車で出かけていた。きっとまたエルメスからスカーフか何かもっと大きなものを買ってくるだろう。トムはハープシコードの前に座って、ゴルトベルク変奏曲のバスの声部を弾きながら、指使いを指と頭に叩きこもうとしていた。ハープシコードを手に入れた日に、何冊か楽譜を買っておいたのだ。変奏曲がどんな曲であるかは知っていた。ランドフスカのレコードを持っていたからだ。三回か四回繰りかえして、上達したような気がしたとき、電話がけたたましく鳴った。

「もしもし？」とトムが言った。

「もしもし、ええと、そちらはどなたですか？」男の声がフランス語で訊《き》いた。いつもよりはゆっくりだったが、トムは不安をおぼえた。「どちらにおかけですか？」彼はやはり丁重に訊いた。

「ムッシュー・アンクタンですか？」

「いえ、ちがいます」と言って、トムは受話器を受け台にもどした。

男のアクセントは完璧だった。そうではなかったか？　とは言っても、イタリア人がフランス人に電話をかけさせたのかもしれないし、フランス語の達者なイタリア人なのかもしれない。それとも、考えすぎだろうか？　眉をひそめて、トムはハープシコードと窓のほうを向き、尻《しり》ポケットに両手を突っこんだ。ジェノッティ・ファミリーはリーヴズのいるホテルを突きとめただろうか？　リーヴズがかけた電話番号をすべてチェックしているだろうか？　だとしたら、いま電話をかけてきた相手は、あの返事に満足してはいないだろう。普通の人なら、こう言ったはずだ。「間違いです。こちらは誰それです」陽光がゆっくりと窓から射しこんできていた。赤いカーテンの隙間から敷物に注がれている液体のようだ。アルペッジオを彷彿させる陽の光で、いまにも音が聞こえてきそうだった。今度はたぶん、ショパンの曲だろう。アムステルダムに電話をかけ、どうなっているか、リーヴズに様子を訊きたかったが、気がすすまなかった。かかってきたのは長距離電話ではないようだった。が、いつもはっきりわかるわけではない。パリからかもしれない。あるいは、アムステルダムかも。ミラノの可能性もある。トムは番号を電話帳に載せていなかった。交換手は名前も住所も教えないだろうが、電話番号がわかっている者には、その気になれば、電話交換局から、局番が四二四の地区を聞きだすのは簡単だ。その番号に該当するのは、フォンテーヌブローの一部地域だった。トム・リプリーがこの地区に住んでいること、それも、ヴィルペルスであることを突きとめるのは、マフィアにとって不可能ではない。それはわかっていた。ダーワット事件が新聞ダネになったからだ。トムの写真もまた、ちょうど半年前に掲載されていた。もちろん、問題の鍵を握っているのは、無傷で残り、列車内をカポや仲間を探し歩いていたもうひとりのボディガードだ。食堂車からトムの顔を思い出すかもしれないのだ。

　トムがまたゴルトベルク変奏曲のバス声部を弾きはじめると、ふたたび電話が鳴った。最初かかってきてから、十分は経っているような気がした。今度は、ロバート・ウィルソンの家だと名乗るつもりだった。英語訛りはごまかしきれなかった。

「もしもし《ウィ》」トムはうんざりした調子で言った。

「もしもし《ハロー》――」

「はい、もしもし《ハロー》」とトムが言った。ジョナサン・トレヴァニーの声だった。

「会いたいのですが」とジョナサンが言った。「時間があれば」

「もちろん、ある――今日かい？」

「できれば。昼食時は都合が悪くて。よろしければ、その時間は避けたい。今日、遅くはどうだろう？」

「七時ごろでは？」

「六時半でもかまわない。フォンテーヌブローへ来てもらえるだろうか？」

トムはサラマンドル・バーで会うことに同意した。なんの話かは見当がついた。ジョナサンは女房にきちんと説明できないのだ。心配そうな声だったが、せっぱ詰まった感じはなかった。

午後六時、トムはルノーに乗りこんだ。エロイーズがアルファロメオに乗っていったまま帰ってきていなかった。彼女からは電話連絡があった。これからノエルとカクテルを飲むことになり、一緒に夕食を食べるかもしれないとのことだった。エルメスの店では、スーツケースがセールだったので、彼女はすばらしいのを買っていた。セールのときにたくさん買い物をすれば、倹約しているつもりになっていた。まったく正しいことをしていると。

ジョナサンはすでにサラマンドルに来て、カウンターで立って、黒ビールを飲んでいた。たぶん、上等なホイットブレッズ・エールだろう、とトムは思った。いつもの夕方と変わりなく、店内は込みあっていて、騒々しかった。カウンターで話し合っても、大丈夫だろうと思った。トムはかるく頭を下げ、笑みを浮かべて、挨拶《あいさつ》し、同じ黒ビールを頼んだ。

ジョナサンは事情を話した。シモーヌにスイス銀行の通帳を見つかってしまったのだ。ドイツ人医師から支払われた前金で、薬の実験台になっていること、そして、これは彼の命に対する一種の報酬であることを彼女には話していた。

「だが、ぜんぜん信じてもらえなくてね」ジョナサンは微笑した。「女房はこう言いたいらしい。おれがドイツで詐欺師のグループに加わり、何者かになりすまして、遺産か何かを騙《だま》しとった。これはその分け前だ。あるいは、何かの偽証をしたんだとね」ジョナサンは声をあげて笑った。実際、大きな声を出さなければ相手に聞こえなかったが、まわりにはたしかに、聞き耳を立てている者は誰もいなかった。聞いていたとしても、なんの話かわからなかっただろう。カウンターのなかでは、三人のバーテンがあわただしく立ち働いていて、ペルノーや赤ワインを注いだり、樽《たる》の栓《せん》からラガーを何杯もグラスに注いだりしていた。

「そうだろうな」と言って、トムはまわりで騒いでいる客のほうへ視線をやった。今朝《けさ》かかってきた電話のことがいまも気になっていた。午後はかかってこなかった。六時に車で家を出てからも、通りにあやしい奴はいないかと、ベロンブル周辺やヴィルペルスを見てまわった。不思議なことに、村人は遠くからでも背格好で見当がつくから、よそ者はひと目でわかった。ルノーのエンジンをかけるとき、トムはいくらか不安をおぼえた。点火装置にダイナマイトを仕掛けるのは、マフィアがよく使う手だ。「なんとかしなければいけないな！」トムは真剣に大声で言った。

ジョナサンはうなずいて、ビールをごくごく飲んだ。「奇妙なことに、女房はおれがやりそうなことをあれこれ仄《ほの》めかしたが、殺人だけは口にしなかった！」

トムは横木に足をのせ、喧騒《けんそう》のなかで考えこんだ。ジョナサンのくたびれたコーデュロイのジャケットのポケットが目にとまった。ほころびがあり、きちんと繕われている。たぶん、シモーヌが縫ったのだろう。トムは急に投げやりな口調になって言った。「真実をしゃべっても、どうってことはないと思うが？　結局、このマフィアの連中、このケジラミ《モルピオン》は――」

ジョナサンは首をふった。「それはおれも考えた。シモーヌは――彼女はカトリック教徒なんだ。それは――」きちんと薬を服用しているのは、シモーヌに対する一種の譲歩だった。ジョナサンには、カトリック教徒が時代にとり残されているように見えた。彼らはたとえあちこちで敗北していても、完敗しているとは認めたがらなかった。この国では当然のことだが、ジョルジュはカトリック教徒として育てられていた。だが、ジョナサンはカトリックだけが世界で唯一の宗教ではないし、もうすこし大きくなったら、宗教を自分で自由に選べるんだと教えこんでいた。これまでのところ、それをシモーヌに反対されたことはない。「女房にとっては、あまりにも思いがけない話だ」とジョナサンは大声で言った。いまでは喧騒にも慣れて、その防護壁が気に入りかけていた。「たいへんなショックを受けるだろう――女房には許しがたいことだからね。人間の命の問題だ」

「人間のね！　ハハ！」

「大事なことは」ジョナサンはふたたび真剣になって言った。「これはおれたち夫婦の問題でもあるってことだ。つまり、まるで夫婦関係そのものが問われている感じなんだ」彼はトムを見つめた。話が聞きとりにくそうだった。「真面目な話をするには最悪の場所だよ！」ジョナサンは意を決して、また話しはじめた。「もっと穏やかな言い方をすれば、ふたりは考え方がちがうんだよ。どうすれば、おたがいの間がすこしでもうまくいくか、わからなくてね。何をすべきか、何を言うべきか、あんただったら妙案があるかもしれないと思ったんだ。逆に、なぜあんたが妙案を考えなければならないか、自分でもわからないが。おれ自身の問題だからね」

トムはもっと静かな場所を探すか、自分の車に戻ろうと考えていた。だが、静かな場所に行けば、妙案が浮かぶだろうか？　「じゃあ、考えてみよう！」トムは大声で言った。なぜ彼が妙案を見つけてくれると、みんな思うのか？　ジョナサンでさえ、そうなのだ。トムは心を鬼にして、人のお節介は焼かないようにしようと何度考えたことか。自分の身の安全のために、妙案が必要なときもたびたびあった。インスピレーションは、シャワーを浴びているときとか、庭仕事をしているときに、よく閃く。その神の贈り物は真剣な熟慮の末に、はじめてあたえられるのだ。人間はたしかに、他人の問題をわが事として全力を出しきる気持ちになれるものではない。が、よくよく考えれば、結局彼自身の身の安全はジョナサンのそれと結びついていた。もしジョナサンが精神的にまいってしまえば――しかし、トムが同じ列車に乗りこみ、彼に手を貸したことを人にしゃべっているとは思えなかった。それは言うまでもないだろう。そんなことをする男ではなかった。どんな場合に人は約九万二千ドルもの金を思いがけず手に入れるものだろうか？　それが問題だ。その疑問をシモーヌはジョナサンに突きつけていた。

「ふたつ分ということにさえできれば」トムがようやく言った。

「ふたつ分って？」

「医者の払ってくれた金額だけじゃないってことにするのさ。賭《か》けはどうだろう？　ドイツで、医者のひとりが別の医者と賭けをした。そして、きみに金を預けた。一種の信託資金だよ。つまり、きみはその金を預かっているわけだ。それで説明がつく。そうだな、そのうちの五万ドル、半分以上は。それとも、フランのほうがいいかな？　ううん、ま、二十五万フラン以上の金は、それで説明がつくだろう」

ジョナサンはにっこりした。おもしろいが、かなり突飛なアイディアだった。「もう一杯飲むかい？」

「もちろん」トムはそう言って、ゴロワーズに火をつけた。「いいかい。シモーヌにはこう言うんだよ。あまりに馬鹿げた賭け、無慈悲な賭けか何かのように思われたから、話したくなかったが、しかし、この命に対して金が賭けられているんだとね。ひとりの医者は、きみが助かるほうに、たとえば、天寿をまっとうするほうに賭けている。そういうことにすれば、残りの分は、きみたちの金二十万フランとすこしだろう。ところで、その金、もう使っているだろうね！」

とくとくと注いで、てんてこまいのバーテンはトムの作りたてのグラスとボトルを下に置いた。ジョナサンはすでに二杯目を飲んでいる。

「ソファを買ったよ。どうしても必要だったんでね」とジョナサンが言った。「テレビも奮発するかもしれない。あんたのアイディアだが、何もないよりはましだ。礼を言うよ」

六十がらみのずんぐりした男がかるく握手して、ジョナサンに挨拶をし、トムには目もくれずにバーの奥のほうへ歩いていった。トムはそばのテーブルにいるベルボトムのズボンの若者三人に声をかけられたふたりのブロンド娘をじっと眺めた。かわいそうに、そのトムを、肢が骨と皮ばかりのずんぐりした犬が見あげている。革紐《かわひも》につながれて、主人が安ものの赤ワインを飲み終わるまで待っているのだ。

「最近、リーヴズから連絡は？」とトムが訊いた。

「たしか、ここ一カ月ぐらい連絡がない」

すると、リーヴズのフラットが爆破されたことは知らないわけだ。話すこともないな、とトムは思った。話せば、動揺させるだけだろう。

「あんたには連絡は？　彼は元気かい？」

トムはさりげなく言った。「知らないんだ」まるでリーヴズが筆無精か電話嫌いででもあるかのような言い方だった。トムはまわりの視線を感じて、急に落ち着かない気分になった。「出ないか？」バーテンに合図し、二十フラン札を渡した。ジョナサンも金を出してはいたが。「車は外の右側にある」

舗道で、ジョナサンはぎこちなく切りだした。「自分は大丈夫だと思っているのかい？　なんにも心配なことはないと」

ふたりは車のところへ来ていた。「取り越し苦労をするタイプさ。そうは見えないだろう？　物事を悪いほうへ悪いほうへと考える。厭世的というほどじゃないが」トムは微笑した。「家に帰る？　送っていくよ」

　ジョナサンは車に乗った。

　トムも乗りこみ、ドアを閉めた。とたんに、自宅にでもいるような、周囲から隔絶された気持ちになった。わが家はいつまで安全だろうか？　トムはいたるところにいるマフィアに対して不快なイメージをいだいていた。どこでも走りまわり、どこからでも出てくる黒いゴキブリのようなイメージを。エロイーズとマダム・アネットを先に逃がすか、一緒に連れて逃げだせば、マフィアはきっとベロンブルに火をつけるだろう。ハープシコードは燃えあがるか、爆発物でこなごなにされるにちがいない。わが家にいるのは女性ばかりで、男を置く気はなかった。

「あのボディガードに顔をおぼえられていたら、ぼくのほうが危険だ。ぼくは何度か新聞に写真が載ったことがあるんでね。それが心配だよ」とトムが言った。

　ジョナサンはそのことを知っていた。「今日はわざわざ来てもらって、申し訳ない。女房のことがひどく心配なんだ。とにかく、なんとかうまくやっていかないと。女房を騙すなんて、はじめてのことでね。いや、むしろ騙しおおせてはいないが。だから、あわててしまって。だが、助かったよ。ありがとう」

「今回は、都合がついたんでね」とトムは愛想よく言った。今日の夕方、ふたりで会ったことを言っているのだ。「ああ、そうだ——」トムはグローブボックスを開けて、イタリア製の拳銃を取りだした。「こいつを持っていたほうがいい。便利だよ。店にいるときにでも」

「それを？　正直言って、撃ち合えば、勝ち目はないと思う」

「持っていないよりはましさ。あやしい奴でも店に入ってきたら――カウンターの後ろに引き出しはなかったかい？」

背筋に冷たいものが走った。ジョナサンは数日前の夜、それとそっくりの夢を見たのだ。マフィアの殺し屋が店に入ってきて、彼の顔面めがけて発砲したのだった。「どうして必要だと思うんだい？　理由があるんだろう？」

ジョナサンに話して、なぜ悪いのか、とトムは不意に思った。話せば、もっと警戒心を持つかもしれない。が、同時に、警戒心がたいして役に立たないこともわかっていた。ジョナサンは妻子を連れて、しばらく旅行にでも出たほうが安全だろう。そんなことも頭に浮かんだ。「そうそう、今日、気になる電話がかかってきた。フランス人らしい男でね、べつにどうってことはないんだが。なんとかいうフランス人かと訊かれたんだ。これもなんでもないかもしれない。まだ、自分でもはっきりしないんだ。こっちがしゃべれば、アメリカ人であることはすぐにわかるから、様子を窺《うかが》っていたのかもしれない――」トムの声はしだいに小さくなっていった。「ついでにもうひとつ話しておくが、リーヴズのハンブルクの家が爆破されたんだ。四月の中頃だと思う」

「彼のフラットが。まさか！　彼は怪我《けが》を？」

「そのときは、家に誰もいなかった。しかし、リーヴズはすぐさまアムステルダムへ住居を移したよ。ぼくの知る限りでは、偽名を使って、まだそこにいる」

ジョナサンはリーヴズのフラットが家捜しされ、何人もの名前や住所が知られただろうと想像した。彼の名前と住所、たぶん、トム・リプリーのものも見つかったにちがいない。

「奴ら、どこまで突きとめてるんだろう？」

「リーヴズの話だと、重要な文書類はすべて保管してあるそうだ。きみもフリッツのことは知っていると思うが、奴らに捕まって、ちょいと手荒い扱いを受けた。だが、リーヴズから聞いたところによると、フリッツは立派に振舞ったそうだ。きみのことは正反対の人相風体をしゃべってるよ。きみはリーヴズか誰かに雇われた男になっている」トムはため息をついた。「奴らが疑っているのは、間違いなくリーヴズと数人のカジノ・クラブのオーナーだけだ」彼は目を丸くしているジョナサンをちらっと見た。怯えているというよりむしろショックを受けている様子だった。

「ちくしょう！」ジョナサンは小声で言った。「奴ら、おれの住所も、あんたの住所も手に入れただろうか？」

「いや」トムは微笑しながら言った。「さもなければ、とっくにここに来てるだろう。間違いない」トムは家に帰ろうと思った。イグニッションキーをまわし、グランド通りの車の流れに巧みに入っていく。

「じゃあ、電話をかけてきた男が奴らの仲間だとしたら、どうして電話番号がわかったんだろう？」

「これは当て推量になるが」車をやっと流れの隙間に入れると、トムが言った。あいかわらず微笑を浮かべている。たしかに、危険な状況だった。しかも、今回は一銭の金にもなっていないのだ。自分の金を守る手立ても講じていない。ダーワット事件で進退きわまったとき、すくなくともそれだけの手立ては講じたのだ。「たぶん、リーヴズがうっかりアムステルダムから電話をかけてきたからだろう。マフィアの手下に居所を突きとめられたかもしれないと思っている。ひとつの理由としては、家政婦に向こうにある身の回りの品を送らせようとしていることだ。あわてて目立った動きをするのは軽率だ」トムはついでのようにそう言った。「たとえリーヴズがアムステルダムのホテルから逃げだしたとしても、マフィアが彼のかけた電話をチェックしないことはないと思う。だとすれば、わが家の電話番号は知られているかもしれない。ところで、きみのところにはアムステルダムからかかってこなかったと思うが。そうだろうね？」

「最後にかかってきたのは、たしかハンブルクからだった」金が全額ただちにスイス銀行に振り込まれると伝えてきたリーヴズの朗らかな声を、ジョナサンはおぼえている。ポケットのなかで拳銃がかさばり、気になった。「申し訳ないが、まず店へこいつを置きにいったほうがいいだろう。この辺で降ろしてもらいたい」

トムは道路脇《わき》に車を停めた。「心配することはない。身の危険を感じたら、すぐに電話をくれ。本当に」

ジョナサンはぎごちなく笑った。怯えていたのだ。「おれで役に立つことがあれば、電話をしてもらいたい」

トムの車は走り去った。

ジョナサンは片手をポケットに突っこみ、重い拳銃を手でささえて、店のほうへ歩いていった。彼は幅広のカウンターの下の、現金が入っている引き出しを開けて、拳銃をしまいこんだ。トムの言うとおりだった。拳銃はないよりあったほうがいい。それに、彼にはもうひとつ強みがあった。命への執着があまりなかったのだ。健康体でありながら、撃たれるか何かして、命を落とすトム・リプリーとはちがうだろう。それは文字どおり無駄死にだという気がした。

射殺しようと男が店に入ってきて、運よくこっちが相手を倒すことができたとしても、とにかく、ゲームは終わる。それを、トム・リプリーに教えてもらう必要はなかった。銃声を耳にして、野次馬や警官が駆けつけてくるだろう。殺された男の身元が割れ、取り調べが行なわれる。「なぜマフィアがジョナサン・トレヴァニーを狙ったのか?」ついで、列車で旅行したことがばれるだろう。警察はここ数週間の彼の行動について尋問し、パスポートを調べるにちがいない。万事休すだ。

ジョナサンは店に鍵をかけ、サン・メリー通りのほうへ歩いていった。爆破されたリーヴズのフラット、あの本やレコードや絵画のことが思いかえされた。それから、サルヴァトーレ・ビアンカというマフィアの下っ端を教えてくれた案内役のフリッツ、さんざん殴られながらも、裏切らなかったフリッツのことが思いかえされた。

間もなく午後七時半だった。シモーヌはキッチンにいた。「ただいま《ボンソワール》！」ジョナサンは笑顔で言った。

「お帰りなさい《ボンソワール》」とシモーヌが言った。オーブンの火を小さくし、それから上体を起こして、エプロンをはずした。「今日は、ムッシュー・リプリーと何をしてたの？」

ジョナサンの顔がわずかに引きつった。どこで見かけたのだろう？　トムの車から降りたときか？「ちょっと額縁のことで話があって来たんだ」ジョナサンが言った。「それで、ビールを飲んだ。そろそろ店を閉めようとしていたところでね」

「そうなの？」彼女は身じろぎしないで、ジョナサンを見つめた。「わかったわ」

ジャケットを廊下のところにかける。ジョルジュが階段を下りてきて、挨拶した。ホバークラフトのことで何かしゃべっている。買ってもらったばかりのプラモデルを組み立てていたが、いささか手が込みすぎていたのだ。ジョナサンは子どもをさっと肩車した。

「食事のあとで、見てあげよう、いいかい？」

家の雰囲気は変わっていなかった。彼らは美味《おい》しい野菜のピューレスープを飲んだ。ジョナサンがこの間買った六百フランのミキサーで作ったものだ。フルーツジュースも作ったし、ほとんどなんでも、鶏《にわとり》の骨だって、こなごなに砕いた。ジョナサンは何か話をしようとしたが、うまく行かなかった。どんな話題にも、シモーヌはまったく乗ってこないのだ。たしかに、トム・リプリーが絵の額縁をおれに頼むなんてありえないという気がした。

が、とにかく、トムは絵を描いているという話をしていた。ジョナサンが言った。

「リプリーが何点か絵を額縁に入れたがってるんだ。彼の家へそれを見にいかねばならないかもしれない」

「そうなの？」同じ口調だった。そして、ジョルジュに愛想よく何か言った。

ジョナサンはこういうときのシモーヌを嫌悪しながらも、嫌悪している自分にも憎しみを感じていた。彼はずっとスイス銀行の預金の説明を――賭けの説明を――しようと思いつづけていたのだった。が、その夜は、どうしても切りだせなかった。

17

ジョナサンを降ろしたあと、トムはバー・カフェにでも車を停め、家に電話をかけたいという衝動にかられた。なんの変わりもないか、エロイーズは帰宅したか、それを確かめたかった。彼女が電話口に出たので、ひどくほっとした。

「ええ《ウィ》、あなた《シェリ》、ちょうど帰ってきたところなの。いまどこに？　いいえ、ノエルと一杯飲んだだけよ」

「エロイーズ、今夜はみんなと楽しくやろう。グレ夫妻かベルトラン夫妻は暇だろう……夕食に呼ぶには遅すぎるが、夕食後だったら。クレッグ夫妻も暇かもしれない……そう、何人かと会いたいな」十五分後には帰る、と彼は言った。

トムはスピードをあげたが、運転は慎重だった。今夜のことを思うと、妙に心細い気がした。外出したあと、また電話がかかってきて、マダム・アネットが出たかもしれないと思った。

まだ暗くなってはいなかったが、エロイーズかマダム・アネットがベロンブルの玄関に明かりをつけていた。トムが門に入ろうとカーブしようとしたときだった。大型のシトロエンがゆっくり走りすぎ、彼はその車をじっくり観察した。色はダークブルーで、多少でこぼこした道をがたがた進んでいる。ナンバープレートの末尾は七五、つまりパリ・ナンバーの車だ。すくなくともふたり乗っていた。ベロンブルを下見しているのか？　たぶん考えすぎだろう。

「お帰り、トム！　クレッグたちがちょっとだけだけど、お酒を飲みにくるわ。グレたちも夕食に来るそうよ。今日は、アントワーヌがパリに出かけなかったからなの。それでいいかしら？」エロイーズは頰《ほお》にキスをした。「どこに行ってたの？　ほら、スーツケース！　わたしはそんなに大きくないと思うけど――」

暗紫色のスーツケースで、まわりに赤いキャンバス製のバンドがついていた。留め金と錠は真鍮《しんちゅう》のようだ。紫色の革は子山羊《こやぎ》の革らしい。たぶん、そうだった。「うん。なかなかいいものだ」ハープシコードや二階のコモード・ド・バトーと同様、実際、いいものだった。

「なかを見て」エロイーズはスーツケースを開いた。「本当に丈夫なものなのよ」彼女は英語で言った。

トムは身をかがめて、彼女の髪にキスをした。「すばらしいよ。スーツケースのお祝いをしてもいい、ハープシコードと一緒に。クレッグとグレたちにはまだハープシコードを見せてなかったな、そうだろう？　そうだよ……ノエルは元気だったかい？」

「トム、あなた、なんだかおかしいわ」マダム・アネットに聞かれないよう、エロイーズは小声で言った。

「そんなことはないさ」とトムが言った。「ただ人と会いたくなっただけだ。今日はべつに変わったことは何もないよ。ああ、マダム・アネット、ボンソワール！　今晩、お客さんが来るんだ。ふたり、食事に。なんとかなるだろう？」

マダム・アネットが酒の用意をし、ワゴンを押してやってきたのだ。「ええ、いいですとも《メ・ウイ》、ムッシュー・トム。ありあわせの料理《ア・ラ・フォルチュンヌ・デュ・ポ》になりますけど、シチューでも作りますわ。得意なノルマンディ風のシチューを。おぼえていらっしゃれば……」

材料の話をしていたが、トムは聞いていなかった。牛肉が買ってあった。子牛の肉と牛の腎臓が。今日の夕方は肉屋へ行く暇があったのだ。ありあわせの料理だなんて、とんでもない、とトムは思った。だが、話が終わるまで待っていた。それから、こう言った。

「ところで、マダム・アネット、ぼくが出かけた六時以後に、電話がかかってこなかったかい？」

「いいえ、ムッシュー・トム」慣れた手つきで、マダム・アネットはシャンパンの小壜のコルクを抜いた。

「ぜんぜん？　間違い電話も？」

「ええ、ムッシュー・トム」マダム・アネットはエロイーズの口の広いグラスにシャンパンを丁寧に注いでいる。

　エロイーズがこっちを眺めていた。しかし、トムはキッチンへ行って、話をしようともしないで、しつこく聞く気になっていた。いや、キッチンへ行くべきではないだろうか？　そうだ、行くのは簡単だ。マダム・アネットがキッチンへ戻ったとき、トムはエロイーズに言った。「ビールを取りにいってくるよ」マダム・アネットはトムがよく自分で飲みものを作りたがるので、彼の分は注がずにいた。

　キッチンでは、マダム・アネットが夕食の準備の真っ最中だった。野菜を洗って用意し、ガスレンジですでに何か煮ている。「マダム」トムが言った。「とても重要なことなんだ。今日、本当に誰からも電話はなかったかい？　名前を名乗らない電話とか、間違い電話とか？」

　それで、思い出したようだった。トムはぎくっとした。「ああ《アア》、そう《ゥ》でし《ィ》た、六時半ごろ電話がありましたわ。なんとかさんはいらっしゃいますかって、名前は忘れましたけど。それだけで、切れてしまったんです。間違い電話でした、ムッシュー・トム」

「なんて言ったんだい？」

「その方のお宅じゃないと」

「ここはリプリーの家だとは言わなかったかい？」

「ええ、ムッシュー・トム。番号がちがうと言っただけですわ。落ち度なく対応したつもりですけど」

トムは彼女に微笑《ほほえ》みかけた。その対応でよかったのだ。今日、六時に家を出るとき、電話では絶対にこっちから名前を名乗らないよう、マダム・アネットに頼んでいかなかった自分が悪いのだと思った。彼女は自分の判断できちんと処理をした。「上出来だ。いつもそうしてもらいたい」トムは感心して言った。「だから、電話帳に番号を載せてないんだ。私生活《ビヤン・スユール》をあまり邪魔されたくないんでね、そうだろう？《ネスパ》」

「もちろんですわ」マダム・アネットが言った。わかりきったことですわと言わんばかりの口調だった。

トムはリビングルームに戻った。ビールのことはすっかり忘れていた。彼は自分でスコッチを注いだ。しかしながら、そんなに安心したわけではない。相手が彼を探しているマフィアだとすれば、よけい疑いをいだいたかもしれない。この家のふたりが名前を名乗らなかったからだ。ミラノか、アムステルダムか、ことによるとハンブルクで、いくつかチェックが行なわれているのではないかという気がした。トム・リプリーはヴィルペルスに住んでいるのではないか？　この四二四の局番はヴィルペルスの番号ではないか？　たしかに、そうだった。フォンテーヌブローの番号は四二二ではじまるが、四二四はヴィルペルスを含む南側の地域の局番だった。

「何を心配してるのよ、トム」とエロイーズが訊《き》いた。

「何も心配なんかしていない。――船旅の計画はどうなっている？　気に入ったものが何かあったかい？」

「ええ、あったわ！　うんざりするような《カス・ピエ》派手なものじゃなくて、まさに素敵で簡素なものがね。ヴェネツィアから地中海を巡るの。トルコもよ。十五日間で、夕食にはドレスを着なくてもいいの。どう、トム？　五月と六月なら、二週間おきに出航するの」

「いまは、そんな気分じゃないね。ノエルを誘うといい。きっと楽しいよ」

　トムは二階の自室へ行った。そして、大きいほうの整理ダンスのいちばん下の引き出しを開けた。いちばん上には、ザルツブルクで買ってきたエロイーズの緑のジャケットがある。いちばん下の引き出しの奥には、ルガーがしまってある。奇妙な話だが、三カ月前にリーヴズから入手したものだ。受けとったのはリーヴズから直接ではなくトムがパリで会った男からで、もともとはある物《ぶつ》をこの運び屋から受けとるために会ったのだが、トムはその物を一カ月間手元に置いておいてから、ポストに投函《とうかん》することになっていた。いわばその報酬代わりに、トムはルガーを所望し、それで手に入れたものだ――七・六五ミリ口径と、小さな弾薬箱がふた箱。トムは銃に弾が装填《そうてん》されていることを確かめると、クローゼットへ行き、フランス製の狩猟用ライフルを眺めた。やはり弾が込められていて、安全装置がかけられている。いざというときに必要となるのはルガーだ。今夜か、明日か、明晩か。トムはふたつの方角に面したそれぞれの窓から外を眺めた。ヘッドライトをロービームにして走ってくる車を探したが、何も見えない。すでに暗くなっていた。

車が一台、左手から勢いよくやってきた。信用できる親しいクレッグ夫妻だった。手慣れた感じでカーブし、ベロンブルの門を通った。トムはふたりを迎えに降りていった。

クレッグ夫妻——五十がらみのイギリス人ハワードとイギリス人の妻ローズマリー——が二杯飲んだところで、グレ夫妻もやってきた。クレッグは引退した弁護士で、心臓が悪くて引退したのだが、にもかかわらずほかの誰よりも元気だった。きちんとカットした白髪混じりの髪、着慣れたツイードのジャケットとグレーのフランネルのズボン、これでよけい田舎らしいのんびりした雰囲気がかもしだされた。トムはこういう雰囲気がほしかったのだ。クレッグはスコッチを手にして、カーテンの引かれた正面の窓を背にして立ち、みんなを笑わせていた。今夜は、何が起こり、この田舎のパーティ気分を台なしにするだろうか？　トムは自室の明かりをつけっぱなしにしておいた。エロイーズの部屋のベッド脇《わき》のスタンドもつけてある。二台の車が砂利敷きの前庭に無造作に駐車してあった。トムはパーティが開かれているように見せかけたかったのだ。実際よりも大きなパーティが。とは言え、マフィアの連中が爆発物を投げるつもりでいれば、こんなことで思いとどまるわけがない。それはわかっていた。つまり、ことによると友人たちを危険にさらしているわけだ。しかし、マフィアは人目につかない暗殺を望むのではないかと感じていた。トムがひとりのときを襲うのだ。たぶん銃は使わず、不意を襲って、致命傷をあたえるのだ。マフィアはヴィルペルスの通りでそれを実行し、何が起きたのか人々が気づく前に姿を消すことができるにちがいない。

ローズマリー・クレッグはスリムな女性で、中年の美しさをそなえていた。ハワードと一緒にイギリスで買ってきたばかりの数種の植物をエロイーズにあげる約束をしていた。

「今年の夏には、火事を起こすつもりかい?」とアントワーヌ・グレが訊いた。

「まさか」トムは笑いながら言った。「外に出て、作りかけの温室を見てくれないか」

アントワーヌと一緒にフランス窓から外に出ると階段を下りて裏手の芝生まで来た。トムは懐中電灯を手にしている。コンクリートで基礎がつくられ、芝生によくないことに鉄骨がその横に積まれる。職人たちはここ一週間来ていなかった。トムは村人のひとりからその業者には気をつけたほうがいいと言われていた。この夏は仕事のかかえすぎで、現場から現場へ飛びまわっているという。みんなを満足させようとして、みんなを待たせているわけだ。

「進んでいるようだね」とアントワーヌがようやく言った。

アントワーヌには、どんな温室がいいか相談にのってもらい、いろいろ世話になったから、報酬を払っていた。温室の材料もアントワーヌを通じて卸値《おろしね》で手に入れることができた。とにかく業者が仕入れるよりも安いのだ。トムは思わず、アントワーヌの背後にある森を抜ける小道へと視線をやった。明かりがまったく見えないから、いまは近くに車のライトはない。

食事のあと、四人でコーヒーとベネディクティン(リキュールの一種)を飲んでいた午後十一時ごろ、明日までにエロイーズとマダム・アネットのふたりをどこかへ行かせようと、トムは肚《はら》を決めた。エロイーズのほうは問題ない。数日間ノエルのところに泊めてもらうか――ヌイイにあるノエル夫妻のフラットはかなり広い――実家に行っているように話せばいい。マダム・アネットはリヨンに妹がいて、幸いあの家には電話があるから、話はすぐにつけられるだろう。だが、どう説明すればいい？　「二、三日の間、ひとりになりたいんだ」などと偏屈な態度を装う手もあるが、気が進まない。もし家にいては危険だと打ち明けたら、エロイーズとマダム・アネットは驚いて、警察に通報しようとするだろう。

その夜、寝る支度をしているとき、トムはエロイーズに切り出した。「実はね――」彼は英語で言った。「何か恐ろしいことが起こりそうな気がするんだ。きみにはここにいてほしくない。身の安全に関わることだ。マダム・アネットにも、明日から二、三日は家を離れていてもらいたいんだよ――妹さんのところへ行くよう、ぼくに代わって説得してもらいたいんだ」

空色の枕《まくら》にもたれていたエロイーズはわずかに顔をしかめ、ヨーグルトを食べるのをやめた。「恐ろしいことって、何？――トム、はっきり言って」

「それはできない」トムは頭をふり、声をあげて笑った。「ただ、杞憂かもしれない。取り越し苦労かもしれない。でも、大事をとるに越したことはないんだ」

「くわしい話はいらないから、トム。何があったの？　リーヴズの関係ね！　そうなの？」

「ある意味では」マフィアだと言うよりははるかにましだ。

「いま彼はどこ？」

「アムステルダムにいると思う」

「ドイツに住んでいるんじゃないの？」

「そうなんだが、アムステルダムで何か仕事をしてるんだ」

「でも、ほかに誰が関係しているの？　どうしてあなたが心配しているの？――何をしたの、トム？」

「何もしてないさ！」こういうとき、トムはきまってこういう返事をした。それを恥じてもいなかった。

「じゃあ、リーヴズを守ろうとしているの？」

「彼には多少恩義がある。だが、いまはきみの身を守りたい――ぼくたちを、ベロンブルを守りたいんだ。リーヴズじゃない。どうかぼくの言うとおりにしてほしい」

「ベロンブルを？」

トムは微笑んで穏やかに言った。「ベロンブルで騒ぎは起こしたくない。窓ガラス一枚、壊されたくない。ぼくを信じて。乱暴なこと――危険なことは何もしないから！」

エロイーズはまばたきして、いくらかむっとした口調で言った。「わかったわ、トム」

警察から告発されるか、マフィアを殺した話でもしない限り、もうエロイーズはこれ以上問いつめてくることはない。数分後には、ふたりとも笑顔になっていた。その夜トムは彼女のベッドで眠った。ジョナサン・トレヴァニーのほうはかなり厄介《やっかい》なことになっているにちがいない、とトムは思った――シモーヌが気難しい妻、あるいは詮索《せんさく》好きや神経質な妻に思われるからではまったくなく、ジョナサンが破天荒なことをするような男ではなかったからだ。罪のない嘘でさえつけない男だ。本人が言っていたように、妻に信用されなくなったら精神的に参るだろう。あの金があるからには、夫が自分には言えない犯罪か何か恥ずべきことをしたものとシモーヌが考えても無理はなかった。

朝、エロイーズとトムはふたりでマダム・アネットに話をした。エロイーズは二階で紅茶を飲み終えていて、トムはリビングルームで二杯目のコーヒーを飲んでいた。

「トムがね、二、三日、ひとりきりで考えたり、絵を描いたりしたいって言うのよ」とエロイーズが言った。

結局、これがいちばんいいとふたりで決めたのだ。「ちょっと休んだからって、害にはならないよ、マダム・アネット。八月に長期休暇をとる前の、短い休みだ」とトムは言いそえた。あいかわらず丈夫で元気なマダム・アネットは、身体《からだ》の調子は申し分ないようだった。

「でも、それがお望みならば、喜んで。大切なことなんですね？」彼女はにこやかな顔をしていた。青い瞳は輝いてこそいないが、愛想はよかった。

マダム・アネットはさっそくリヨンの妹マリ＝オディールに電話をかけることにした。

午前九時半に、郵便が来た。スイスの切手が貼《は》られた、活字のような字で宛名の書かれている四角い白い封筒が郵便受けに入っていた。リーヴズの字だ、とトムは思った。差出人の住所は書かれていない。リビングルームで開封したかったが、リヨン行きの列車に乗るマダム・アネットをパリへ車で送っていくと、エロイーズが彼女に話していた。だから、トムは自室に上がっていった。手紙にはこうあった。

五月十一日

拝啓、トム様

いま、アスコナにいます。アムステルダムのホテルにいては危険なので、やむをえずあそこを出ました。だが、身の回りのものはなんとか向こうに預けることができました。彼らが保管しておいてくれるといいんですが！　ラルフ・プラットという名前で、この美しい街の丘の上にあるディ・ドライ・ベーレンという小さなホテルに逗留《とうりゅう》しています――居心地はいいかって？　とにかく、ひどく辺鄙《へんぴ》な場所にある、ファミリー・ペンション風のホテルです。エロイーズともども、くれぐれもお大事に。

いつもあなたの友であるR

トムは片手で手紙を握りつぶし、細かく破って屑籠《くずかご》に捨てた。思ったとおり、まずいことになっている。マフィアはアムステルダムで彼を突きとめ、リーヴズがかけた電話をすべてチェックし、たぶん、トムの電話番号を手に入れたのだろう。ホテルでの危険とは、いったいなんのことだろうと思った。リーヴズ・マイノットと今後関わり合いになるのはもうやめようとあらためて自分に誓った。今回、彼が提供したのはリーヴズへのアイディアだけだった。それはわが身に害が及ぶものではないはずだったし、事実、そうだった。ジョナサン・トレヴァニーに手を貸そうとしたことが間違いだった。もちろん、リーヴズはそのことを知らない。さもなければ、ベロンブルに電話をかけてくるようなへまな真似はしなかっただろう。

今日の夕方、日中でもいいが、ジョナサン・トレヴァニーにベロンブルに来てもらおうと思った。土曜日も仕事をしていることは知っていた。何か起こっても、ふたりがたとえば家の表と裏にいれば、事に処するのはずっと簡単だろう。ひとりではとても手が回らない。ジョナサン以外に頼める相手はいなかった。頼もしい強者ではないが、列車内でのように、いざとなれば、なんとか対処するだろう。あのときは立派な働きをし、列車のドアからトムがあやうく転落しかけたとき、後ろへぐいと引っぱって、命を救ってくれたのだ。今夜はジョナサンに泊まりこんでもらいたかった。バスがないから、迎えにもいかねばならないだろう。今夜起こるかもしれない事態を考えると、タクシーを利用するのはまずかった。フォンテーヌブローからヴィルペルスはかなりの距離があり、客を乗せたことをタクシーの運転手に思い出されたくない。

「今夜、電話をくれる、トム？」とエロイーズが訊いた。彼女は自室で大きなスーツケースに荷物をつめていた。とりあえず実家へ行くつもりなのだ。

「わかった。七時半ごろかい？」エロイーズの両親は午後八時に夕食をとる。「電話をするよ。たぶん、『大丈夫』って伝えることになるだろうが」

「心配なのは今夜だけ？」

今夜だけではなかったが、そうは言いたくなかった。「だと思うが」

午前十一時ごろには、エロイーズもマダム・アネットも出発の支度ができた。トムは荷物を運んでやる前に、なんとか自分が先にガレージに入ることができた。もっとも、マダム・アネットはフランスの昔の教育を受けていたので、使用人である自分が何回かに分けてふたりの荷物を運ぶべきだと考えていた。トムはアルファロメオのボンネットのなかを点検した。エンジンに見慣れない金属やコードはなさそうだ。エンジンをかけた。爆発は起こらなかった。トムは昨夜、食事の前に外に出て、ガレージのドアに南京錠《なんきんじょう》をかけておいたが、マフィアはなんでもやる。錠をこじ開けても、またかけておくだろう。

「連絡をするよ、マダム・アネット」彼女の頬にキスをしながら、トムが言った。「じゃあ、楽しんでくるといい」

「じゃあね、トム！　今晩、電話してね！　気をつけて！」エロイーズが大声で言った。

トムは歯を見せて笑いながら、手をふった。エロイーズはさほど心配していないようだ。本当によかった。

トムはジョナサンに電話をかけに、家のなかへ入っていった。

18

ジョナサンにとっては、今日も不快な朝だった。シモーヌはジョルジュがタートルネックのセーターを着るのを手伝っていたから、かなり明るい口調でこう言った。

「いつまでこういう状態が続くのかしらね、ジョン。どうなの？」

シモーヌとジョルジュはそろそろ学校へ出かけねばならなかった。間もなく午前八時十五分だ。

「さあね。スイス銀行の金のことだが――」ジョナサンは切りだす決心をした。ジョルジュにわからないよう早口でしゃべった。「実を言うとね、彼らが賭《か》けをしてるんだ。ふたりの賭け金を預かってるんだよ。つまり――」

「誰が？」シモーヌはまだ納得がいかなくて、腹を立てているようだった。

「医者だよ」とジョナサンは言った。「彼らは新しい治療を試みているんだ。ひとりが、その治療がうまくいかないほうに賭けているのさ。もうひとりの医者と。きみが縁起でもないと気にするだろうと思ってね、だから、話したくなかったんだ。しかし、だからおれたちの金は二十万フランだけなんだ。すでにすこし使っているけど。それが薬の臨床試験の報酬としてハンブルクの医者からもらった分だよ」

彼女は信じようとしながら、信じられないようだった。「馬鹿げてるわ！」彼女はそう言った。「そのお金全部を、ジョン？　賭けているの？」

ジョルジュが顔をあげて、母親のほうを見た。

ジョナサンは息子を一瞥《いちべつ》し、唇を濡らした。

「わたしがどう考えてるか、わかってるの。ジョルジュに聞かれたってかまわないわ！　あなたはあの腹黒いトム・リプリーから不正なお金を預かって、隠してるんでしょう。もちろん、あなたもすこしはもらってる。頼みを聞いてやっているから、そのなかからすこしくれたのよ！」

ジョナサンは身体《からだ》が震えていた。キッチンのテーブルにカフェオレのカップを置く。ふたりとも立っていた。「リプリーは自分のお金を自分でスイスに隠すことができないの？」彼女のそばへ行き、肩を摑《つか》んで、おれを信用するんだと言いたい衝動にかられた。しかし、押しのけられることはわかりきっていた。だから、ただ背筋を伸ばして、こう言った。「信用してくれなければ、仕方がない。ただ、実際そうなんだ」先週の月曜日の午後、気を失ったあの日、ジョナサンは輸血を受けていた。病院までシモーヌが付き添ってくれ、あとはひとりでペリエ先生のところへ行った。先生にはあらかじめ電話を入れて、輸血の予約をしておいた。ペリエ先生からは定期的に診察を受けるよう言われた。だがシモーヌには、ハンブルクの医師から送られてくる薬を先生からまたもらったと話した。ハンブルクの医師ヴェンツェルから薬など送られてきていないが、彼に勧められた薬はフランスでも手に入れることができるので、ジョナサンは家に常備していた。「効果がある」ほうに賭けているのはハンブルクの医者で、「効果がない」ほうに賭けているのはミュンヘンの医者にしようと決めていたが、まだシモーヌにはそこまで話せなかった。

「でも、信じられないの」とシモーヌが言った。声は穏やかだったが、悪意がこもっていた。「さあ早く、ジョルジュ、行かないと」

ジョナサンはまばたきして、廊下を玄関へと向かうシモーヌとジョルジュを眺めていた。ジョルジュは教科書の入った鞄《かばん》を手にとり、たぶん激しいやり取りにびっくりしたのだろう、ジョナサンに行ってきますを言い忘れていた。ジョナサンも黙っていた。

土曜日だったから、店は忙しかった。電話が何本かかかってきた。午前十一時ごろかかってきた電話の声はトム・リプリーだった。

「今日会いたいんだ。どうしても」とトムは言った。「いま話ができるかい？」

「いや、それは」ジョナサンの前のカウンターに客がいて、ふたりの間に置かれている包装された絵の代金を払おうと待っていたのだ。

「土曜日なのに迷惑をかけて申し訳ない。しかし、できるだけ早く来てもらいたいし、夕方もいてもらいたいんだ」

ジョナサンはちょっとうろたえた。店を閉めること。シモーヌに連絡すること。なんと言って、連絡するのか？「もちろん、大丈夫です。ええ」

「どれだけ早く？　車で迎えにいくよ。正午ごろ？　早すぎるかな？」

「いや、都合をつけますよ」

「店へ迎えにいく。じゃあ、その辺の通りで。それからもうひとつ、拳銃を持ってきてくれ」トムは電話を切った。

ジョナサンは客の応対をした。まだ店内にひとり客が残っていたが、ドアに「閉店」の看板を出した。昨日トム・リプリーの身に何が起こったか、それが気になった。シモーヌは朝、家にいたが、土曜日の午前中は、買い物やら、クリーニング屋へ行ったりする雑用があるので、家にいるより出かけるほうが多かった。シモーヌにはメモを書いて、玄関ドアの郵便受け口に入れておくことにした。午前十一時四十分までにメモをしたため、それを持って店を出ると、いちばん近道のパロワス通りに入った。そこでシモーヌと会う可能性は大いにあったが、出会わなかった。郵便のマークのついた受け口にメモを押しこみ、いま来た道を足早に引き返した。メモにはこう書いておいた。

シモーヌへ

昼食にも、夕食にも、帰れない。店は閉めておいた。かなり遠方だが、大きな仕事がとれるかもしれない。迎えの車でそこへ行ってくる。

J

まったく彼らしくなく、文面は曖昧《あいまい》だった。だが、事態は今朝《けさ》よりこれ以上悪くなりようがなかった。

ジョナサンは店に戻り、よれよれのレインコートを掴み、イタリア製の拳銃をポケットにつっこんだ。ふたたび舗道に出ると、トムの緑のルノーがちょうどやってきた。きちんと停まらないうちにドアが開けられ、ジョナサンは乗りこんだ。

「おはよう！」とトムが言った。「どうだい？」

「家のことかい？」ジョナサンは無意識にあたりを見まわし、シモーヌを探していた。この辺にいそうだった。「あまりうまく行ってないと思う」

トムには想像できた。「しかし、身体のほうは調子がいいんだろう？」

「ああ、おかげさまで」

トムはプリジュニックのところで右折し、グランド通りに入った。「また電話があったんだ」とトムが言った。「家政婦が出たんだが。前回と同じ、間違い電話だった。こっちは名前を名乗らなかったが、心配でね。ところで、家政婦と女房は避難させた。何かが起こりそうな予感がするんだ。だから、一緒にわが家を守ってもらいたくてね。ほかに頼める相手はいない。警察に警備してもらうわけにいかないんだ。わが家のまわりにマフィアがうろついていれば、当然その理由を探られ、不愉快な思いをさせられるだろう」

こんなことだろう、とジョナサンには察しがついていた。

「わが家はまだこの先だ」トムはさらに走りつづけ、記念碑を通りすぎて、ヴィルペルスへ通じている道へ入った。「だから、まだ考え直す時間はある。喜んで引き返すよ。協力を断わっても、謝ることはない。危険かもしれないし、そうじゃないかもしれない。だが、ひとりで警戒するよりは、ふたりのほうが楽にやれる」

「それはそうだ」ジョナサンは奇妙な無力感をおぼえた。

「ただ、ぼくはわが家から逃げだしたくないんだ」トムはかなりスピードを出していた。「リーヴズのように、家を燃やされたくはないし、爆破されたくもない。ところで、リーヴズだが、いまアスコナにいるよ。アムステルダムにいるのを突きとめられて、やむをえず逃げだしたんだ」

「えっ？」ジョナサンはしばらくの間恐怖と吐き気に襲われた。何もかもが崩れさっていくような気がした。「家のまわりで何か不審な動きでもあったのかい？」

「いや、ない」トムの声は落ち着いていた。煙草《たばこ》を気どって斜めにくわえている。

手を引くことができるんだ、とジョナサンは考えていた。いまなら。自分にはとても無理だ、いざとなったら、卒倒するかもしれない。そう言うだけでいいのだ。帰宅できて、危ない目にもあわずにすむ。ジョナサンは深呼吸をし、ウィンドーをもうすこし下げた。家に帰れば、卑劣な男になるだろう。臆病で、見下げ果てた男に。とにかく、やってみてもよかった。トム・リプリーには借りがあった。どうして自分の身をそんなに心配するのか？　いまさら急になぜ？　ジョナサンはいくらか気が楽になり、かすかに笑みを浮かべた。「おれの命が賭けの対象にされているという話をシモーヌにしたよ。よくわかってもらえなかった」

「彼女はなんと言ったんだい？」

「同じことを言った。信じてはくれなかったよ。そればかりか、まずいことに、昨日あんたと一緒にいるところをどこかで見られた。いまでは、あんたの金をおれの名義で預金してると思ってる。不正な金を」

「そうか」トムには、その状況がわかった。だが、これからベロンブルと彼自身の身に起こることや、たぶん、ジョナサンの身にも起こりうることに比べたら、たいしたことではないと思われた。「なにしろこっちは英雄じゃないからね」トムは出しぬけに言った。「マフィアに捕まり、焼きを入れられ、白状させられそうになったら、フリッツみたいに勇敢に振舞えるかどうか」

ジョナサンは黙っていた。ついさっき彼が感じたのと同じ不安に、トムも駆られていたのだ。

すばらしい晴天で、空気は澄み、陽射《ひざ》しは輝いていた。こんな日に働かなければならないのも恥ずかしかったし、今日の午後のシモーヌのように家に引きこもっていなければならないのも恥ずかしかった。もちろん、彼女はもう働かなくてもいいのだ。この数週間、ジョナサンは彼女にそのことを言おうと思っていた。

車はすでにヴィルペルスに入っていた。静かな村で、たぶん、肉屋もパン屋も一軒しかないだろう。

「あれがベロンブルだよ」そう言って、トムはポプラの木の上に頭を出している円屋根の塔を顎《あご》で指し示した。

村に入ってからすでに五百メートルは走っていた。道路沿いの家々は隣との間がかなり離れていてどれも大きかった。ベロンブルは小さな城のようだ。スタイルは伝統的で堅牢だが、四隅の円柱の塔が草の地面まで延び、印象をやわらげている。鉄の門の前で、トムは車を降り、グローブボックスから出した大きな鍵で門を開けた。砂利敷きの前庭に車を入れ、ガレージの前で停めた。

「じつにすばらしい！」とジョナサンが言った。

トムはうなずいて微笑した。「ほとんど、妻の両親からの結婚祝いだけどね。最近は帰宅するたびに、まだ無事なことを喜んでるんだ。さあ、どうぞなかへ！」

トムは玄関のドアの鍵も持っていた。

「鍵はかけないんだがね」とトムが言った。「いつもは家政婦がいるから」

ジョナサンは白い大理石の床の広い玄関へ入り、四角いリビングルームへと通された——敷物がふたつ、大きな暖炉、見るからに座り心地のよさそうな黄色いサテンのソファ。フランス窓のそばには、ハープシコードがある。家具はすべて贅沢なもので、手入れも行きとどいていた。

「レインコートを脱ぐといい」トムが言った。とりあえず彼はほっとしていた——ベロンブルは平穏で、村はなんの変わりもない。玄関のテーブルに行き、引き出しからルガーを取り出した。ジョナサンがそれを眺めていた。トムは微笑した。「そう、こいつを一日じゅう持ちあるくつもりだよ。だからこの古くさいズボンをはいてるんだ。ポケットが大きいからね。ショルダーホルスターのほうがいいと言う連中の気持ちもわかるが」トムはズボンのポケットに拳銃を押しこんだ。「かまわなければ、きみもこうしておくといい」

ジョナサンは言われたとおりにした。

トムは二階のライフルのことを考えた。さっそく仕事に取りかかって申し訳ないという気がしたが、結局は早くすませたほうがいいだろうと思った。「二階へ行こう。見せたいものがある」

ふたりは階段を上がった。トムはジョナサンを自室に連れていった。ジョナサンはすぐにコモード・ド・バトーに注目し、そっちへ行って、しげしげと眺めている。

「妻から最近プレゼントされたものなんだよ。実はね――」トムはライフルを手にしていた。「これがあるんだ。射程距離は長い。かなり正確だ。だが、もちろん、軍隊のライフルとはちがう。この正面の窓から外を見てもらいたい」

ジョナサンは言われたとおりにした。道路の向こう側に十九世紀に建てられた三階建ての家があった。道路からはかなり引っ込んでいて、半分以上、木々で覆い隠されている。道路の両側には無計画に木々が植えられていた。ジョナサンが想像していたのは、門の外の路上に車が停まる事態だ。トムがしゃべっているのもそのことだった。ライフルのほうが拳銃より間違いないだろう。

「もちろん奴らの出方次第だ」とトムは言った。「たとえば、焼夷弾でも投げこむつもりかもしれない。そのときはライフルを使うべきだ。もちろん窓は裏側にもある。それから両脇《わき》にも。さあ、こっちへ」

トムはジョナサンをエロイーズの部屋に案内した。この部屋の窓は裏の芝生に面している。芝生の向こうには森があり、右手には芝生を縁取るようにポプラが植えられていた。

「あの森のなかに小道が通ってる。左にかすかに見えるだろう。それからぼくのアトリエからは――」トムは廊下に出て、左側のドアを開けた。この部屋は窓が裏の芝生に面していてその方角にヴィルペルスの村が広がっていたが、見えるのは糸杉とポプラと小さな家の瓦だけだった。「家の両側を見張ることはできるが、と言って、窓際にへばりついていてはまずい――ほかに大事なことは、ここにはぼくひとりしかいないと敵に思わせることだ。もしきみが――」

電話が鳴っていた。トムはとっさに、出るのはやめようと思ったが、出れば、何かわかるかもしれないという気になった。彼は自室の電話をとった。

「もしもし《ウイ》?」

「ムッシュー・リプリー?」フランス女性の声だった。「わたし、トレヴァニーの家内ですけど。ひょっとして、主人がお邪魔していませんか?」

声がひどく緊張していた。

「ご主人ですか? いいえ《メ・ノン》、マダム!」とトムは驚いたような声を出して言った。

「ありがとう《メルシー》、ムッシュー。すみませんでした《エクスキュゼ・モワ》」電話は切れた。

トムはため息をついた。ジョナサンには実際、迷惑をかけていた。

ジョナサンが戸口に立っていた。「女房だね」

「そうだ」トムが言った。「申し訳ない。いないと言ってしまったんだ。なんなら、速達《プ》郵便《ヌー》を出してもいい。電話でもかまわないよ。たぶん、店にいるだろう」

「いや、いないと思う」しかし、彼女は鍵を持っていたから、店にいる可能性はあった。まだ午後一時十五分すぎだ。店に置いてあるジョナサンのメモからでなければ、ほかにシモーヌはどうやって電話番号を知ったんだろう、とトムは思った。「それとも、なんなら、いまからフォンテーヌブローへ送っていくよ。きみ次第だが、ジョナサン」

「いいや」とジョナサンは言った。「ありがとう」仕方がないと思ったのだ。トムの嘘はシモーヌに見ぬかれていた。

「嘘をついて申し訳ない。悪いのはすべてぼくだ。いずれにしても、奥さんのぼくに対する評価がまたいくらか低くなるだろうな」が、トムはそのとき、まったく気にしていなかった。シモーヌに同情している暇もなければ、そんな気持ちもなかった。ジョナサンは何も言わなかった。「階下へ行って、キッチンに何か食べるものがあるか見てみよう」

トムは自室のカーテンをほとんど閉めたが、カーテンを動かさないで外の様子を窺《うかが》えるようにすこし開けておいた。エロイーズの部屋も、階下のリビングルームも同じようにした。マダム・アネットの部屋はそのままにしておくことにした。そこは、小道と裏の芝生の側に窓があった。

昨夜、マダム・アネットが作ってくれた美味《おい》しいシチューがたくさん残っていた。キッチンの流しの上の窓には、カーテンがなかった。トムはジョナサンの姿が外から見えないよう、ウイスキーの水割りを持たせて、テーブルに座らせた。

「今日の午後は、庭を散歩できなくて、まったく残念だ」トムが流しでレタスを洗いながら言った。車が通るたびに、窓の外へ目をやらずにはいられなかった。が、この十分間で二台通っただけだった。

ジョナサンはガレージのドアが両方とも開けっぱなしになっているのに気づいていた。車は砂利敷きの前庭に停めてある。静まりかえっているから、砂利の上を歩けば足音がかならず聞こえるだろうと思った。

「ほかの音が聞こえなくなるから、音楽はかけられないんだ。じつに退屈だな」とトムが言った。

ふたりとも食は進まなかったが、リビングルームは行かないで、食堂のテーブルに長いこといた。トムがコーヒーをいれてくれた。夕食に食べるものが何もなかったので、ヴィルペルスの肉屋に電話をかけ、上等なステーキをふたり分届けてくれるように頼んだ。

「ああ、マダム・アネットがちょっと休みをとったんだよ」トムは肉屋に訊《き》かれて、そう答えた。リプリー家は上得意だったから、トムはついでに隣の食料品店でレタスと何か美味しい野菜を買ってきてもらいたいと言った。

三十分後、ざくざくとタイヤが砂利を踏みしめる音がはっきり聞こえ、肉屋のバンがやってくるのがわかった。トムはすかさず立ち上がっていた。血が飛び散ったエプロンをかけた愛想のいい肉屋の店員に代金を払い、チップをやった。ジョナサンはそのとき家具の上にある何冊かの本を見ていた。ひどく満足げだ。それでトムは二階へ行き、多少時間をかけて、アトリエを片づけた。マダム・アネットには、一度も片づけさせたことはなかった。

午後五時すこし前だったが、静寂のなかで悲鳴があがるように電話が鳴った。トムには、口を押さえられた悲鳴のように聞こえた。思いきって庭に出て、剪定《せんてい》ばさみで気まぐれに枝を切っていたからだ。ジョナサンが出ないことはわかっていたが、いそいで家のなかに戻った。ジョナサンはあいかわらず本に囲まれて、ソファにもたれていた。

エロイーズからだった。彼女は上機嫌だった。ノエルに電話をすると、ノエルの友だちで室内装飾家のジュール・グリフォーがスイスに別荘を購入したばかりで、一緒に招待されたからだ。彼の車で行き、一週間かそこら滞在して、その間、彼は家のなかを整理するということだった。

「あの辺の田舎はとっても素敵なのよ」とエロイーズが言った。「わたしたち、彼の手伝いもしてやれるし……」

うんざりする話だった。エロイーズの浮かれているのがひどく気にかかった。一般の観光客のように、あのアドリア海のクルーズに出かける気などないのだ。トムにはわかっていた。

「あなた、大丈夫?……何をしてるの?」

「ああ、ちょっと庭仕事をね……まったく平穏だよ」

19

午後七時半ごろ、トムがリビングルームの正面の窓辺に佇《たたず》んでいると、ダークブルーのシトロエンが家の前をゆっくり通りすぎていくのが目に入った――今朝《けさ》見たのと同じ車のような気がした――今度はスピードをあげていたが、目的地が決まっている普通の車ほどには、やはりスピードを出していない。同じ車だろうか？　夕闇のなかで青にも緑にも見え、色がはっきりしなかった。だが今朝の車と同じく、くすんだ白い幌《ほろ》のコンバーチブルだった。トムはベロンブルの門に目をやった。半開きにしておいたのだが、肉屋の店員が閉めていった。そのままにしておくことにしたが、鍵をかけるつもりはなかった。キーキー音がする門だった。

「どうしたんだ？」とジョナサンが訊《き》いた。彼はコーヒーを飲んでいた。紅茶を断わったのだ。トムが不安げな様子だと、こっちも不安になってくる。どう見ても、トムがこんなに心配する必要はなかった。

「今朝見かけたのと同じ車のような気がするんだ。ダークブルーのシトロエンなんだが。今朝のはパリ・ナンバーだった。この辺の車はだいたい知っているが、パリ・ナンバーは二、三台しかない」

「ナンバーは見えたかい?」暗いような気がしたのだ。ジョナサンの傍らには、電気スタンドがあった。

「見えなかった――ライフルを取ってくる」トムは大急ぎで二階へ行き、ライフルを持って、すぐに戻ってきた。二階には明かりをつけておかなかった。彼はジョナサンに言った。「音がするから、できれば、銃は使いたくない。いまは猟期じゃない。銃声がすれば、隣近所の人がやってくる――調べる者がいるかもしれない。ジョナサン――」

ジョナサンが立ち上がった。「なんだい?」

「このライフルをゴルフ・クラブのように振りまわさなければならないかもしれないな」トムはライフルのなかでいちばん重い台尻《だいじり》の、もっとも効果的な使い方を説明した。「撃つときは、こうするんだ。いまは安全装置がかけられている」トムは彼に教えた。

だが、こんなところに奴らはいない、とジョナサンは考えていた。と同時に、ハンブルクやミュンヘンで経験したのと同じ、奇妙な、現実感のない気分を味わっていた。あのときはターゲットがはっきりしていたし、そいつが姿を現すこともわかっていた。

シトロエンが普通のスピードで環状道路を一周し、村へ戻ってくるには、どれくらいの時間がかかるだろうか、トムは計算していた。奴らはもちろん、適当な場所でUターンし、まっすぐ引き返してくる可能性もある。「誰かが玄関にやってきたら」トムが言った。「ぼくはドアを開けたとたんに撃たれることになると思う。それがいちばん手っ取り早いからね。銃で撃った男は待たせてある車に飛び乗って逃げるわけだ」

トムはちょっと神経を張り詰めすぎだな、とジョナサンは思ったが、話に耳を傾けていた。

「別の可能性として、あの窓から爆発物を投げこまれるかもしれない」トムは正面の窓をさしながら言った。「リーヴズがやられたように。だから――よかったら――申し訳ない、でもぼくは自分の計画について話し合ったことがないんだ。いつも臨機応変にやっている。それでもよかったら、玄関の右側にある茂みに隠れていてほしい――右のほうが木が濃いんだ。それで、ドアの前に来て呼び鈴を鳴らす奴がいれば、それが誰であれ殴りつけてくれないか？　呼び鈴を鳴らさずに爆発物を投げこもうとするかもしれないが、それはぼくがルガーを持って見張っている。ともかく誰かがドアの前に来たらすかさず殴ること。でなければ、すかさずやられる。相手はポケットに銃をしのばせているだろう。ぼくの顔をはっきり確かめることが目的だ」トムは暖炉に行った。火を燃やすつもりでいながら忘れていた。三分の一に切った薪《まき》を一本、籠《かご》からとった。それを玄関ドアの右の床に置いた。薪はドアのそばにある木製チェストに置かれた紫水晶の壺《つぼ》よりも軽く、扱いはずっと楽だった。

「おれがドアを開けたら、どうだろう？」とジョナサンが言った。「あんたの言うとおり、連中があんたの顔を知っていれば、おれがあんたでないことは見ればわかるから――」

「いや」勇気ある申し出にトムは驚いていた。「第一に、奴らは相手を確かめようとはしないだろう、いきなり撃つ。それに、もしきみをじっくり見て、きみが、ここはリプリーの家ではないとかリプリーは留守だとか言っても、ともかく奴らはなかを調べに押し入ってきて――」トムは笑い声をあげ、しゃべるのをやめた。マフィアがジョナサンの腹を撃ちぬくと同時に彼を押しのけて家に押し入るさまを想像したのだ。「かまわなければ、きみの持ち場はドアのそばにしてもらいたいと思う。そこにどれぐらいの時間いてもらうことになるかわからないが、軽食や飲みものはいつでも持っていくよ」

「いいとも」ジョナサンはライフルを受けとって、外に出た。家の前の通りは静かだった。ジョナサンは家の影のなかに立ち、ライフルでスイングの練習をした。階段に立っている男の頭に一撃をくわえられる高い位置でのスイングを。

「よし」とトムが言った。「そうだ、スコッチはどうだい？　グラスは茂みのなかに捨ててもかまわんよ。割れたって、どうってことはない」

ジョナサンは微笑した。「いや、結構」彼は植え込みのなかに這《は》いずりこんだ。高さ一メートルあまりのシダレイトスギに似た木の植え込みで、月桂樹もあった。そこはひどく暗く、どこからも見えない気がした。トムはドアを閉めた。

ジョナサンはライフルを右手のそばに置き、両膝《ひざ》を立てて、地面に座った。これが一時間続くのだろうか？　もっと長引くか？　それともトムにからかわれているのだろうか？　冗談とばかり思えなかった。トムは頭がおかしい男ではない。今夜何かが起こると信じているのだ。わずかな可能性でも、用心するに越したことはない。そのとき、車がやってきた。はじめて本物の恐怖に襲われ、家のなかに駆けこみたい衝動にかられた。車は瞬時に通りすぎた。植え込みと門が邪魔で垣間見ることもできなかった。木の細い幹に肩をもたせかけると、眠気を催した。五分後には手足を伸ばして仰向けになっていたが、まだはっきり目覚めていた。地面の冷たさが肩甲骨にしみ込んでくる。また電話がかかってくれば、シモーヌからだろう。彼女は激昂のあまりタクシーでここまでやってくるだろうか？　それとも、ヌムールに住む兄のジェラールに電話をして、車を出して連れていってほしいと頼むだろうか？　こっちのほうがありえそうだ。だがジョナサンはその可能性を考えないようにした。だってひどい話じゃないか。馬鹿げている。とんでもない。ライフルは隠せたとしても、家の外で植え込みに寝そべっていて、どう説明すればいいのか？

玄関のドアが開く音がした。彼はうたた寝していた。

「この毛布を」トムが囁《ささや》いた。通りに人影はない。トムは膝かけ用毛布を持って外に出てきて、ジョナサンに渡した。「下に敷くといい。地面に直《じか》じゃつらいだろう」自分の囁き声で、マフィアの手先は車ではなく徒歩で忍び寄ってくるかもしれない可能性に気がついた。これまで考えてもみなかった。ジョナサンにはそれ以上話しかけずに家のなかに戻った。

トムは階段をのぼり、暗がりのなかで窓から家の表と裏の様子を窺《うかが》った。なにごともないように見えた。村のある左の方角、約百メートル先の路上に街灯がともっていたが、明かりはそれほど遠くまで届いていなかった。ベロンブルの前にはやはりまったく当たっていない。静まりかえっていたが、いつものことだ。窓を閉めていても、通りを歩く者がいたら足音が聞こえていただろう、とトムは思った。できれば、音楽でもかけたかった。窓に背を向けようとしたとき、舗装されていない道を誰かが歩いているざくざくというかすかな音を耳にした。さほど強くない懐中電灯の光が目に入った。右側からベロンブルに向かってくる。だが、ここへは間違いなく入ってこないという感じがした。人影は曲がることなく、どんどん歩いていき、街灯まで行かない前に見えなくなった。男か女かはっきりわからなかった。

ジョナサンは腹を空かせているだろう。それは仕方がない。トムも腹が空いていた。だが、もちろん、どうにかなる。指先で手すりを探りながら、やはり暗い階段を下り、キッチンへ行って——リビングルームとキッチンは明かりがついていた——キャビアのカナッペを作った。キャビアは昨夜の残りもので、冷蔵庫の壜《びん》にあったから、作るのは簡単だった。ジョナサンに持っていこうとした。そのとき車の排気音を耳にした。その音はベロンブルを左から右へ通りすぎて、停まった。そして、ドアのカチリというかすかな音がした。きっちり閉まっていないときの車のドアの音だ。トムはドアのそばの木製チェストの上に皿を置き、拳銃を取りだした。

足音がしっかりした足どりで、一歩一歩、道路を、そして砂利敷きを踏みしめてやってくる。これは爆発物を投げる男ではないと思った。呼び鈴が鳴った。トムはしばらく間を置いてから、フランス語で言った。「どなたですか?」

「すみません、道をお尋ねしたいのですが」と言う男の声がした。完全にフランス人の発音だった。

足音が近づいてきたので、ジョナサンはライフルを持ってうずくまっていた。トムがドアの掛け金をはずす音を耳にすると、茂みから飛び出した。男は階段の二段上にいたが、身長はジョナサンとほとんど変わらない。男の頭めがけて力いっぱいライフルの台尻をふるった――物音に気づいたのだろう、男の頭が振り向きかけた。ジョナサンの一撃は男の左耳の後ろ、帽子のつばの真下をとらえた。男はよろめき、戸口の左側にぶつかり、転倒した。

トムはドアを開け、脚を持って家のなかに引きずりこんだ。ジョナサンも手を貸し、男の肩を持ちあげた。それからジョナサンはライフルを手にして、家のなかに入った。トムはそっとドアを閉めた。彼は薪を手にして、ブロンドの頭を強打した。男の帽子は大理石の床にさかさまに転がっている。トムがライフルに手を伸ばし、ジョナサンから受け取ると、金属の台尻で男のこめかみを殴りつけた。

ジョナサンは目を疑った。血が白い床に流れだした。列車内でひどく狼狽《ろうばい》していた、しゃがれ声の、ブロンドで縮れ毛のボディガードだった。

「ざまあみろ！」トムは満足そうに小声で言った。「こいつはあのボディガードだ。ほら、拳銃を持ってる！」

拳銃がジャケットの右ポケットから半分外に出ていた。

「リビングルームまで運ぼう」とトムが言い、ふたりは床の上を引きずっていった。「気をつけてくれ、敷物に血がつく！」トムは敷物を蹴《け》とばしてどけた。「たぶん、次の奴がすぐにやってくる。あと二、三人か」

トムは男の胸ポケットから薄紫色のモノグラム付きのハンカチを出し、玄関の床に付着している血を拭《ふ》きとった。帽子を蹴ると、死体の上を越えて飛んでいき、キッチンのドアのそばに落ちた。トムは音がしないように左手で覆うようにして、玄関のドアの掛け金をかけた。「次の奴はそう簡単じゃないだろう」彼は囁いた。

砂利敷きを歩く足音がした。呼び鈴が神経質に二度鳴らされた。

トムは声を出さずに笑い、ルガーを手にした。ジョナサンにも拳銃を持つよう身ぶりで合図した。トムは突然、おかしくて堪らない様子で、前かがみに笑いをこらえていたが、やがて背筋を伸ばすと、ジョナサンににやりとして、涙を拭いた。

ジョナサンはにこりともしなかった。

また、呼び鈴が長々とはっきり鳴らされた。

ほんの一瞬、トムの顔色が変わった。どうしていいかわからないかのように、眉をひそめ、顔をゆがめた。

「銃は使うな」トムは小声で言った。「やむをえないとき以外は」左手をドアの把手《とって》に伸ばした。

ドアを開けて、発砲するか、銃を突きつけるつもりのようだ。

やがて、またざくざくという足音がした。外の男はジョナサンの背後の窓のほうへ歩いていた。いまはカーテンが完全に閉められている。ジョナサンは窓からそうっと遠ざかった。「アンジィ？——アンジィ！」男の声が囁いた。

「玄関でなんの用か訊いてくれ」とトムが小声で言った。「英語で話すんだ——執事のふりをして。なかに入れるんだ。ぼくが拳銃を突きつける——できるか？」

できるもできないもなかった。ドアがノックされ、また呼び鈴が鳴った。「どなたですか？」ジョナサンがドアに向かって呼びかけた。

「道を訊きたいんですが《ジュ・ヴードレ・ドゥマンデ・モン・シュマン》、お願いします《シル・ヴ・プレ》」発音があまりよくない。

トムがにやにや笑っていた。

「どなたにご用ですか？」とジョナサンが訊いた。

「道がわからなくて《ユンヌ・ディレクスイヨン》！——お願いします《シル・ヴ・プレ》！」大声で言った。必死になっている。

たがいに目配せをし、トムはジョナサンにドアを開けるよう合図し、すかさずドアの左側に位置した。ドアが開いても、外に立つ男からは死角だ。

ジョナサンは掛け金をはずし、オートロックのノブをまわして、ドアをすこし開けた。腹に弾丸を撃ちこまれることを覚悟していたが、彼はジャケットのポケットのなかの拳銃を右手に握ったまま身を硬くしてまっすぐ立っていた。

やや小柄なイタリア人が、さっきの男と同じように帽子をかぶり、手をポケットに突っこんでいた。ぱっとしない服を着た長身の男が目の前にいたので、あきらかに驚いている。

「なんですか？」男の左の袖《そで》に腕が通されていないことに、ジョナサンは気づいた。

男が一歩なかに入ったとき、トムはルガーで脇腹《わきばら》をこづいた。

「銃をよこせ！」トムはイタリア語で言った。

ジョナサンも拳銃を男に向けた。男は発砲しようとするかのように、ジャケットのポケットを持ちあげた。トムが左手で男の顔を押した。男は発砲しなかった。いきなりトム・リプリーが目の前に現れたので、身が竦《すく》んでしまったようだ。

「リプリー！」とイタリア人は言ったが、その口調には、恐怖と驚きと、たぶん勝利感が入り交じっていた。

「まあ、そんなことより、銃をよこせ！」とトムは英語で言って、また男の肋骨をこづき、足でドアを蹴り閉めた。

とにかく事態を理解したイタリア人は、トムに身振りで指図され、拳銃を床に落とした。そのとき、相棒が数メートル向こうに横たわっているのを目にして、びくっとし、目を大きく見ひらいた。

「ドアの掛け金をかけるんだ」トムがジョナサンに言った。それから、イタリア語で言った。「ほかに武器は？」

イタリア人ははげしく頭をふった。持っていないのか、とトムは思った。ジャケットのなかで片腕を吊っているのが目に入った。新聞の記事なんてあてにならないものだ。

「調べる間、銃を向けていてくれ」と言って、トムはボディチェックをした。「ジャケットを脱ぐんだ！」男の帽子をとり、アンジィのほうへ投げた。

イタリア人はジャケットをするりと脱ぎ、床に落とした。ショルダーホルスターは空《から》だった。ポケットにも武器はない。

「アンジィ――」とイタリア人が言った。

「アンジィは死んでる《アンジィ・エ・モルト》」とトムが言った。「言うとおりにしないと、おまえもこうなる。死にたいか？　名前は？――名前はなんて言うんだ？」

「リッポ。フィリッポ」

「リッポ。手をあげたまま動くな。そっちの手だ。向こうで立ってろ」死んだ男のそばで立っているよう合図した。リッポは怪我《けが》をしていない右手をあげた。「こいつを頼む、ジョン。奴らの車を見てくる」

ルガーを構えて、外に出、道路を右へ行き、用心深く車に近づいた。エンジン音がする。パーキング・ライトをつけて、道路際に駐車してあった。トムは足を止め、ちょっと目をつぶったが、やがて大きく見ひらき、車の両脇とバック・ウィンドーの後ろに何か動くものはないか様子を窺った。車から銃弾が飛んでくることを予想し、じりじりと前進した。静まりかえっている。奴らが寄こしたのは、ふたりだけか？　トムは緊張していて、懐中電灯を持ってくるのを忘れていた。運転席にうずくまっているかもしれない相手に拳銃を向け、左側のドアを開けた。ルームランプが点灯した。車には誰もいない。ドアを閉めてライトを消し、身をかがめて、耳を澄ました。何も聞こえない。小走りに引き返し、ベロンブルの門を開けて、また車に戻り、砂利敷きの前庭までバックさせた。ちょうどそのとき、車が一台、村のほうからやってきて、通りすぎた。トムはエンジンを切り、パーキングライトを消した。ドアをノックし、ジョナサンにトムだと告げた。

「このふたりだけのようだ」とトムが言った。

ジョナサンはさっきと同じ場所に立って、拳銃をリッポに向けていた。腕はもうあげていなかった。脇腹からすこし離して垂らしている。

トムはジョナサンに微笑《ほほえ》みかけた。リッポにも。「これで、ひとりぼっちだな、リッポ？　嘘をついたら、命《フィニート》はない、わかったな？」

リッポはマフィアの誇りを取りもどしたようだった。トムに対したただ目を細めただけだった。

「返事《リスポンデ》をしろ……！」

「はい《シ》！」とリッポは言った。腹を立てながらも、びくびくしている。

「疲れただろう、ジョナサン？　座るがいい」トムは黄色い布張りの椅子《いす》を彼のほうに引き寄せてやった。「座りたければ、おまえも座ってかまわん」トムはリッポに言った。「相棒の横に」しゃべっているのはイタリア語だった。スラングが出てきていた。

だがリッポは座らなかった。年齢は三十を越しているようだ。身長は約百七十七センチ、猫背だが、肩はたくましく、すでに腹が出ている。どうしようもない間抜けで、カポになれる器ではない。ストレートな黒髪で、薄いオリーヴ色の顔はやや青ざめている。

「ぼくが列車に乗っていたのを覚えているかい？　すこしぐらいは？」トムが微笑しなが

ら訊いた。床に横たわるブロンドの死体へと視線をやる。「行儀よくしていれば、リッポ、アンジィのようにはならなくてすむんだ。いいか？」トムは腰に手をあてて、ジョナサンに笑いかけた。「ジン・トニックでも一杯やって景気をつけるか？　大丈夫かい、ジョナサン？」ジョナサンの顔には生気が戻っていた。

ジョナサンは強《こわ》ばった微笑を浮かべてうなずいた。「ああ」

トムはキッチンへ入っていった。製氷皿を出していると、電話が鳴った。「電話なんか放っておけよ、ジョナサン！」

「わかった！」またシモーヌからだろう、とジョナサンは思った。午後九時四十五分だった。

リッポに何をしゃべらせて、仲間に手がかりを失わせようかと、トムは考えていた。電話は八回鳴って、やんだ。無意識に回数をかぞえていた。彼は二個のグラスと氷、栓を抜いたトニックのボトルをトレイに載せて、リビングルームに戻った。ジンはテーブル横のワゴンの上にあった。

トムはジョナサンにグラスを渡して言った。「乾杯！」リッポのほうを向き、「本部はどこだ、リッポ？　ミラノか？」

リッポは横柄に口をつぐんでいる。まったくうんざりだ。すこし痛い目にあわせるしかない。トムはアンジィの頭の下に乾いた血の染みをさも不愉快そうに一瞥《いちべつ》し、グラスをドアのそばの木製チェストの上に置いて、キッチンに戻った。丈夫な雑巾《ぞうきん》――マダム・アネットはトルションと呼んでいる——を濡らし、彼女がワックスでぴかぴかに磨いている床の血を拭きとった。アンジィの頭を足で脇に押しやり、頭の下に布を押しこんだ。血はもう止まったようだ。急に思いついて、アンジィのズボンとジャケットのポケットのなかを徹底的に調べた。煙草《たばこ》、ライター、小銭があった。胸ポケットに財布が入っていたが、そのままにしておいた。尻ポケットには丸めたハンカチがあり、それを引っぱりだすと、一緒に絞殺用の紐《ひも》が出てきた。「あった！」トムはジョナサンに言った。「これが欲しかったんだ！　このマフィアのロザリオが！」トムはそれを高くあげ、愉快そうに笑った。「おとなしくしてないと、こいつでおまえを、リッポ」トムはイタリア語で言った。「とにかく、拳銃の音はさせたくないからな」

ジョナサンがちょっと床に目を落としていると、トムがリッポのほうへゆっくり歩いてきた。一本の指に紐を巻きつけている。

「有名なジェノッティ・ファミリーの者だな、ちがうか《ノン・エ・ヴエロ》、リッポ？」

ためらいを見せたが、ほんの短い間だった。否定しようという思いが脳裏をかすめたようだった。「そうだ《シ》」やや恥ずかしそう《ヴエルゴーニャ》だったが、はっきり言った。

トムは面白がっていた。マフィアは数も多く、結束力も強かった。だが、この男のようにひとりになると、臆病になるか、顔が青ざめた。トムはリッポの片腕を気の毒に思っていたが、まだ手荒なことはしていなかった。金を差し出すか、情報を提供しなければ、奴らがどんなひどいことをするか、トムは知っていた——足の爪や歯を引き抜いたり、煙草の火で皮膚を焼いたりする。「これまで何人殺した、リッポ?」

「ひとりも《ネスーノ》!」リッポが叫んだ。

「ひとりもいないそうだ」トムはジョナサンに言った。「アハハ」彼は奥の小さなトイレへ手を洗いにいった。それから酒を飲みほし、玄関のそばに置いていた薪を手にして、リッポに近づいた。「リッポ、今夜、ボスに電話をかけるんだ。おまえの新しいカポに、そうだな? 今夜はどこにいるんだ? ミラノか? ミュンヘンか?」本気であることをわからせようとして、頭を薪で殴りつけた。苛立《いらだ》っていたから、かなり強烈な一撃だった。

「やめてくれ!」リッポは叫び声をあげ、倒れそうになったが、惨めったらしく片手で頭を押さえ、よろめきながら体勢を立て直した。「こっちは片手しか使えないんだ」彼は金切り声を発した。しゃべり方がナポリの貧民街の住民のようだ、とトムは思った。ミラノかもしれない。が、トムには知識がなかった。

「そうだ《シシ》! しかも、二対一だ!」トムが応じた。「フェアじゃない、か? そう文句を言いたいのか?」トムは口にするのもはばかられる言葉でののしり、背中を向けて、煙草を取りにいった。「なぜ聖母マリアに祈らないんだ?」トムは肩越しに言った。「もうひとつ」今度は英語で言った。「二度と大声を出すな、さもないと、すぐにこいつで頭をぶん殴る!」ヒュッと音をさせて、薪を振り下ろし、本気であることを示した。「こいつでアンジィを殺《や》ったんだ」

リッポはわずかに口を開け、おどおどしている。荒い息をしていた。

ジョナサンは酒を飲みほしていた。拳銃をリッポに向けている。腕が疲れ、両手で持っていた。撃っても、命中させる自信はまったくなかった。とにかく、トムが頻繁に彼とリッポの間に割りこんできていた。いまはベルトを摑《つか》んでイタリア人を揺すっていた。トムが何をしゃべっているかは、さっぱりわからなかった。イタリア語のスラングも混じっている。あとは、フランス語と英語だった。トムは低い声でぶつぶつ言っていたが、とうとう腹を立てて、語気を荒げた。相手を後ろへ突きとばし、くるっと向きを変えた。イタリア人はほとんど何も言わなかった。

トムはラジオのところへ行き、ボタンをふたつ押した。チェロ協奏曲が流れだす。ボリュームは中くらいにした。それから、カーテンがきちんと閉まっていることを確認した。

「退屈じゃないか」とすまなそうにジョナサンに言った。「卑劣な奴だ。ボスの居所をしゃべろうとしない。だから、ちょいと痛めつけてやるしかない。もちろん、ボスを恐れてるんだ」ジョナサンににっと笑いかけ、音楽を変えにいった。ポピュラー音楽に変えた。

それから、意を決して薪を手にした。

リッポは最初の一撃を払いのけたが、トムはバックハンドストロークでこめかみを殴りつけた。さっきは悲鳴をあげたが、今度は「ノー！　やめてくれ《ラチャーメ》！」と叫んだ。

「ボスの電話番号は？」トムが怒鳴り声をあげた。

バシッ！　リッポの腹をねらった殴打だったが、身を守ろうとして出した手に当たった。ガラスの破片が床に落ちた。右手首にしていた腕時計が割れたにちがいない。腹が助かった代わりに、手を痛めたが、自分を恨むしかなかった。リッポは床に落ちた破片をじっと見ていた。息が苦しそうだった。

トムは待っていた。薪が振りあげられる。

「ミラノ！」とリッポが言った。

「よし、じゃあ、これから――」

あとはははっきり聞きとれなかった。

トムが電話を指さしていた。それから、正面の窓近くの、電話が置かれているテーブルに行き、紙と鉛筆をとった。イタリア人にミラノの電話番号を訊いている。

リッポが番号を言い、トムが書きとめた。

彼はさらにまだしゃべっていた。そのあと、ジョナサンのほうを向いて言った。「ボスに電話をして、こっちが教えたとおりにしゃべらないと、首を絞めると言ったんだ」トムは紐を使えるように調整し、リッポのほうを向いた。そのとき、道路から車が入ってきて、門の前で停まる音がした。

ジョナサンは立ち上がった。イタリア人の助っ人だろうか、それともジェラールの車でやってきたシモーヌだろうかと思った。どっちのほうがまずいことになるか、それはわからなかった。いずれにしても、ろくなことにはなりそうもなかった。

トムはカーテンをちょっと開けて外を見ようともしなかった。エンジンが低い音を立てている。リッポの表情は変わらなかった。ほっとした様子はなかった。

やがて、それは右のほうへ走りだした。トムはカーテンの隙間から覗いた。車はどんどん遠くへ走り去っていく。何人か降ろして、茂みにひそませ、窓から発砲してこない限り、もう大丈夫だった。トムはしばらく耳を澄ませていた。グレ夫妻だったかもしれないと思った。数分前に電話をかけてきたのは、グレだったかもしれないのだ。たぶん、門内の砂利敷きに見かけない車があったので、先客がいると思って、帰ってしまったのだろう。

「さあ、リッポ」トムが穏やかに言った。「ボスのところに電話をかけるんだ。ぼくはこいつで話を聞いている」トムは電話の後ろにつながっている丸いイヤホーンを手にとった。電話が遠いとき、フランス人はもう一方の耳にそれをつけるのだ。「もしこっちにはっきり聞こえないことがあったら」トムはフランス語で続けた。フランス語で通じることがわかったのだ。「ただちにこいつを思いきり引っぱる、いいな?」トムは自分の手首に紐をかけて説明し、それからリッポのほうへ歩いていって、すばやく相手の首に紐をかけた。

リッポは驚いて、すこし頭をのけぞらせた。トムは鎖につないだ犬のように電話のほうへ彼を連れていった。椅子にリッポを腰かけさせる。これならトムの場所から紐に力をくわえられる。

「まずぼくがかける、悪いが、コレクトコールでな。こう話すんだ、自分はいまフランスにいるが、どうも誰かに追われているらしい、トム・リプリーは見つけたが、トムは目的の男じゃないとアンジィが言っている、と。いいな? わかったか? 妙な言葉、暗号めいた言葉でもしゃべってみろ——こいつで——」トムは紐を締めたが、首に食いこまない程度に手加減した。

「わかった《シ シ》！」と言って、リッポはおびえた様子でトムから目をそらし、電話を見つめた。

トムは交換局のダイヤルをまわし、長距離電話の交換手を呼びだして、イタリアのミラノへの通話を申し込んだ。いつものようにフランス人交換手から自分の電話番号を尋ねられたので、番号を言った。

「お名前は？」と交換手が訊いた。

「リッポ。リッポです」トムが答えた。それから、相手の番号を言った。交換手は受話器を置いて待つようにと指示した。彼はリッポに言った。「この番号が街角の食料品店か、ガールフレンドのだったりしたら、やはり息の根をとめてやる！　わかったか《カピッシュ》？」

リッポはもじもじしていた。必死に逃げようとしているが、逃げる手がまだ見つからないかのようだ。

電話が鳴った。

トムは受話器をとるよう合図した。自分はイヤホーンをかけて聞いている。交換手は相手が出たことを告げた。

「もしもし《プロント》？」男の声が言った。

リッポは右手で受話器を持ち左の耳にあてた。「もしもし《プロント》。こちら、リッポです。リュイージ！」

「そうだ《シ》」男が言った。

「あのう、実は――」リッポのワイシャツが汗で背中に貼《は》りついている。「見つけたんですけど――」

早く話せとばかりに、トムは紐をすこし引っぱった。

「おまえたち、いまフランスなんだろう、えっ？　アンジィと？」男はいくらか苛立たしげに言った。「どうしたんだ――《アローラ》どうしたんだ？」

「なんでもありません。あの男と会いました。アンジィが言うには、奴じゃないそうです……ちがうと……」

「追われているようだと伝えるんだ」トムが小声で言った。通話状態が悪かったから、ミラノの男には聞こえる恐れはまったくなかった。

「それから、どうも――追われているようなんです」

「追われているって、誰に？」ミラノの男は鋭く尋ねた。

「わかりません。ですから――どうしましょうか？」とリッポが訊いた。流暢なスラングで、トムにもわからない言葉があった。リッポは本気でおびえていた。

トムは吹きだしそうになるのを堪えた。ジョナサンに目をやると、じっとリッポに拳銃を向けている。リッポの話していることがトムにはすべてわかっているわけではなかったが、汚い手は使っていないようだった。

「戻るんですか？」とリッポが言った。

「そうだ《シ》！」とリュイージが言った。「車は乗り捨てろ！　タクシーを拾って近くの空港まで行くんだ！　いま、どこにいるんだ？」

「もう切らなければならないと伝えるんだ」トムは身ぶりを交えて、小声で言った。

「もう切らないと。じゃあ、リュイージ」と言って、リッポは受話器を置いた。哀れな犬のような目つきでトムを見あげた。

リッポはもう終わりだ。奴にも、それはわかっている、とトムは思った。今度ばかりは自分の評判に誇らしさを感じた。リッポの命を助ける気はなかった。リッポのファミリーだって、こんなとき誰の命も助けはしないだろう。

「立て、リッポ」トムは微笑しながら言った。「ポケットにまだほかに何が入ってるか見せるんだ」

調べはじめると、リッポは一撃をくらわそうとするかのように怪我をしていない腕をぐいと後ろに引いたが、トムは身をかわすまでもなかった。ただ苛立っているにすぎない、とトムは思った。ポケットから硬貨が数枚とくしゃくしゃの紙が一枚出てきた。何かと見たら、使い古しのイタリアの電車の切符だ。尻ポケットには絞殺用の紐があった。今度のは派手な赤と白のストライプの紐で、まるで床屋のポールだ。テニスラケットのガットのように細かった。ガットにちがいない。

「ほら、これだ！　もう一本あった！」トムはジョナサンにそう言って、浜辺で見つけた美しい小石のように紐を高くあげた。

ジョナサンはぶらぶら揺れているそれにかろうじて目を向けた。最初のはまだリッポの首にかかっている。ジョナサンは死体をまともには見られなかったが、二メートルと離れていないぴかぴかの床の上で片方の靴を不自然に内側に向け、うつ伏せに横たわる身体がたえず視界の片隅にあった。

「これはこれは！」腕時計に目をやり、トムが言った。午後十時をすぎている。もうこんな時間になっていたのだ。これからやらねばならないことがある。ジョナサンと車で何時間もかかるような遠い場所へ行き、できれば、夜明け前に帰ってこなければならない。ヴィルペルスからかなり離れたところでふたつの死体を処理するのだ。方角は南、もちろん、イタリアのほうだ。南東がいいか。どっちでもよかったが、トムは南東が気に入っていた。行動を起こそうとして深呼吸をしたが、ジョナサンがいるので、気持ちがひるんだ。しかし、ジョナサンも死体の処理はすでに見ている。ぐずぐずしてはいられなかった。トムは床から薪を拾いあげた。

　リッポはとっさに身をかわしたものの、床にどっと倒れた。つまずいて転倒したのだ。トムは頭を殴りつけ、続いて今度は薪で殴りつけた。殴りながら、力を手加減した——マダム・アネットが磨いている床をこれ以上血を流したくないという思いが頭をよぎったのだ。

「気絶しただけだ」とトムはジョナサンに言った。「生かしてはおけない。見たくなければ——キッチンに行ってるがいい」

　ジョナサンは立ち上がっていた。絶対に見たくはなかった。

「運転はできるかい？」とトムが訊いた。

「ぼくの車を。ルノーだ」

「できる」とジョナサンが言った。フランスに来たばかりのころ、イギリス人の相棒ロイと一緒に免許をとっていた。だが、免許証は家に置いてあった。

「今夜、車を運転しなければならないんだ。キッチンへ行ってるがいい」トムはジョナサンに向こうへ行くよう身ぶりで促した。やがて、身をかがめて、紐を締める作業にとりかかった。いやな作業。また、そんな文句が頭のなかをよぎった。しかし、苦痛をやわらげる麻酔薬もなく、意識も失っていなかったら、相手はどうなるだろう？ トムは紐をぐいっと引っぱっていた。紐が肉に食いこんでいる。モーツァルト号内でヴィトー・マルカンジェロをこうして始末したんだと思いながら、自らを励ました。あの仕事を見事にやってのけたのだ。これは二度目だった。

車の音がした。ためらっている様子だったが、やがてなかに入ってきて、停止し、ハンドブレーキを引いた。

トムはそのまま紐を引っぱりつづけていた。何秒ぐらい経っただろうか？ 四十五秒か？ あいにく、一分以上は経っていなかった。

「なんだろう？」ジョナサンがキッチンからやってきて、小声で言った。

車のエンジン音はまだ続いている。

トムは頭をふった。

砂利の上をせかせかと歩いてくる軽い足音がし、それから、ドアがノックされた。ジョナサンは急に力が抜けていくのを感じた。膝ががくがくしていた。

「シモーヌらしい」とジョナサンが言った。

くたばれ、とトムは必死で思った。リッポの顔は黒ずんでいるが、赤みは残っていた。

ちくしょう！

またノックされた。「ムッシュー・リプリー？――ジョン！」

「一緒に誰かいるか訊くんだ」とトムが言った。「誰かついてきていたら、ドアを開けるわけにはいかない。忙しいと言うんだ」

「誰かと一緒なのか、シモーヌ？」ジョナサンはドアを閉めたまま訊いた。

「誰もいないわ！　タクシーを待たせてあるの。何かあったの、ジョン？」

トムにも、その声は聞こえたはずだった。

「タクシーを帰させるんだ」とトムが言った。

「タクシーに料金を払うんだ、シモーヌ」ジョナサンが大きな声で言った。

「もう払ったわ！」

「タクシーを帰すんだ」

シモーヌは通りのほうへ行き、タクシーを帰した。車の去っていく音がした。シモーヌが戻ってきて、階段を上がり、今度はノックをしないで、待っている。

トムは紐をそのままにしてリッポから離れ、背筋を伸ばした。ジョナサンが出ていき、なかに入れるわけにはいかないと説得できるだろうか。ほかに客がいるから、別のタクシーを呼んでやると納得させることができるだろうか。トムには疑問だった。タクシー・ドライバーに変なふうに取られたくなかった。明かりがついていて、すくなくとも人がいるはずなのに、シモーヌがなかに入れてもらえなかったことを気取られるよりは、タクシーは帰してよかったのだ。

「ジョン！」と彼女は叫んだ。「ドアを開けてくれない？　話がしたいの」

トムが小声で言った。「電話でタクシーを呼ぶから、その間、外で彼女と待っていてくれないか？　ほかに客がふたりいて、ビジネスの話をしているところだと言って」

ジョナサンはうなずき、一瞬ためらったが、掛け金をはずした。そっとすり抜けるつもりで、ドアはあまり広く開けなかった。が、いきなり彼のほうにドアがぐいと押された。シモーヌは玄関に入っていた。

「ジョン！　ごめんなさい――」彼女は息もつかずに、この家の主人トム・リプリーを探そうとするかのようにすばやく周囲を見まわした。やがて彼の姿を認めたが、同時に床に倒れているふたりにも気づいた。彼女は短い叫び声をあげた。ハンドバッグが指からするりと抜けて、大理石の床に落ち、軽い音を立てた。「まあ！《モンデユー》　これはどういうことなの？」

ジョナサンは彼女の片手を強く握った。「見るんじゃない。あれは――」

シモーヌは硬直して立っている。

トムは彼女のほうへ歩いていった。「こんばんは、マダム。恐がることはありません。

この男たちは家に押し入ってきたんです。気絶してるんですよ。ちょっとトラブルがありましてね！　ジョナサン、シモーヌをキッチンへ連れていくといい」

シモーヌは歩かなかった。よろめいて、しばらくジョナサンに寄りかかっていたが、頭をあげ、ヒステリックな目つきでトムを見あげた。「死んでるように見えるわ！　殺したのね！　恐ろしいことだわ《セ・エプヴァンターブル》！　ジョナサン！　あなたがこんなことをする人だなんて信じられない！」

トムはワゴンのほうへ行った。「シモーヌはブランディを飲むかな？」彼はジョナサンに言った。

「飲むよ。キッチンへ行こう、シモーヌ」ジョナサンは彼女と死体の間を歩いていこうとしたが、彼女は動こうとしなかった。

ブランディの栓をあけるのが面倒なので、トムはカートの上のグラスにウイスキーをついだ。それをストレートのままシモーヌに渡した。「マダム、たしかに、恐ろしいことです。こいつらはマフィアの連中でしてね。イタリア人です。とにかく、わが家にやってきて、襲いかかってきたんですよ」彼女が苦い薬でも飲むように、わずかに顔をしかめながら、ウイスキーをちびちび飲んでいるので、トムはひどくほっとした。「ジョナサンが加勢してくれたんで、本当にありがたく思ってます。彼がいなければ――」トムは話をやめた。シモーヌのなかで、怒りがまた込みあげてきた。

「彼がいなければ？　主人はここで何をしてたんです？」

トムはさらに背筋をぴんと伸ばした。そして、ひとりでキッチンへ入っていった。彼女をリビングルームから遠ざけるしか手はないと考えたのだ。彼女とジョナサンがあとから付いてきた。「今夜はお話しすることができないんです、マダム・トレヴァニー。いますぐには。ふたりで出かけなければならないんですよ。この男たちを連れて。あなたは――」彼女をフォンテーヌブローまでルノーで送っていき、ジョナサンとふたりで死体を運びにくるだけの余裕はあるだろうか、とトムは考えていた。いや、無理だ。ゆうに四十分はかかる。そんな長時間を無駄にはできない。「マダム、電話でタクシーを呼びますので、フォンテーヌブローへ帰ってもらえますか？」

「主人を連れていきます。わたしは訊いてるんです、主人がここで何をしているのか、あなたみたいな下品な方と！」

彼女の怒りはすべてトムに向けられていた。できることなら、思いきって何もかもしゃべってしまいたかった。腹を立てた女はまったく始末に負えないのだ。女の経験は豊富ではなかったが。支離滅裂なことをくどくどとしゃべり、あっちこっちでボヤを起こすのだ。一カ所をなんとか消すと、女心は別のところへ飛び火する。トムはジョナサンに言った。

「シモーヌがタクシーでフォンテーヌブローへ帰ってくれさえしたら――」

「わかってる、わかってる。シモーヌ、家に戻るのがいちばんいいんだ」

「あなたも一緒に？」と彼女が訊いた。

「おれは――おれは駄目だよ」ジョナサンは必死で言った。

「じゃあ、帰りたくないのね。彼の側につくわけね」

「あとで話をさせてくれたら――」

ジョナサンの様子は変わっていなかったが、トムのほうは、ジョナサンはやりたくないか、気が変わったのだろうと思っていた。それに、シモーヌを説得できないでいた。トムが口をはさんだ。

「ジョナサン」トムが手招きした。「ちょっと失礼しますよ、マダム」トムはリビングルームでジョナサンと小声で話し合った。「これから六時間はかかる。このふたりを運んで、処分しないと――夜明け前までには戻ってきたい。本当に手伝ってくれる気はあるのか?」説得の途中で無理だと思い、ジョナサンは諦《あきら》めていた。シモーヌに関しては大勢《たいせい》が決していた。彼女を説得することはできなかった。彼女とフォンテーヌブローへ帰っても、得るものは何もないだろう。すでにシモーヌを失っていた。ほかに失うものがあるだろうか? これしかないというように、それらの思いがジョナサンの頭のなかで閃いた。「ええ、喜んで」

「わかった――ありがとう」トムは強ばった表情で微笑した。「シモーヌはきっとこんなところにいたくないだろう。もちろん妻の部屋にいてもらってもかまわないが。鎮静剤があるかもしれない。だが、絶対に一緒に連れていくわけにはいかない」

「もちろん」シモーヌはジョナサンの責任だった。が、説得も命令もできそうになかった。

「言うことを聞くような女房じゃないので――」

「危険もある」トムがさえぎったが、すぐに黙った。話し合いをしている暇などなかった。リビングルームへ戻った。ついリッポへと目が行く。その顔は血の気を失っていた。トムにはそう思えた。とにかく、その不様《ぶざま》な死体は死者のあの虚ろな表情をしていた――夢を見ているのとも眠っているのともちがう、意識が永久に帰らぬ旅に出たかのような、ただ空虚な表情だ。シモーヌがキッチンからやってきた。トムはずっとそっちを向いていて、彼女のグラスが空であることに気づいていた。彼はワゴンのところへボトルを取りにいった。そして、シモーヌがもう結構ですと断わっているのに、彼女が手にしているグラスにさらに注いだ。「飲まなくともいいんですよ、マダム」とトムが言った。「われわれは出かけねばなりません。申しあげておきますが、この家にひとりでいるのは危険です。この連中の仲間がやってこないとも限らない」

「じゃあ、わたしも行きます。主人と一緒に行きます！」

「それはできません、マダム」トムは断固としていた。

「これから何をするんです？」

「それはわかりませんが、これの始末をしないと――この死体の！」トムはジェスチャーを交えて話していた。「死骸《シヤローニユ》を！」彼は繰りかえした。

「シモーヌ、タクシーでフォンテーヌブローへ帰るんだ」とジョナサンが言った。

「いや《ノ》です《ン》！」

ジョナサンは彼女の手首を摑み、酒をこぼさないようにグラスをもう一方の手で持った。

「言うとおりにするんだ。それがきみのためだし、おれのためだ。ここで議論してるわけには行かない！」

トムが階段を駆け上がった。一分間ほど探して、エロイーズのフェノバルビタル（催眠剤）の小壜を見つけた。めったに服用しなかったから、救急箱のいちばん奥にしまわれていたのだ。二錠持って階下に下り、ジョナサンからシモーヌのグラスを受け取るとそっとなかに入れて、ソーダ水を注ぎたしてグラスいっぱいに満たした。

シモーヌはそれを飲んだ。彼女は黄色いソファに腰をおろしていた。薬が効くには早すぎたが、いくらか落ち着いた様子だった。ジョナサンが電話をかけていた。タクシーを呼んでいるのだろう。セーヌ・エ・マルヌ県の薄い電話帳が電話台の上に開かれている。トムは頭がすこしぼうっとしていた。シモーヌもそんな感じだった。だが彼女のほうはショックを受けて呆然《ぼうぜん》としていたのだ。

「ヴィルペルスのベロンブルだけでわかるよ」ジョナサンがこっちを見たので、トムが言った。

20

ジョナサンとシモーヌが玄関のそばでじっと黙りこんだままタクシーを待っている間、トムはフランス窓から庭に出て、道具小屋へ予備のガソリンの入った燃料缶《ジェリカン》を取りにいった。あいにく満杯ではなかったが、四分の三は残っている。トムは懐中電灯を手にしていた。建物の正面の角をまわっていくと、車がゆっくり近づいてくる音が聞こえた。タクシーのようだ。ジェリカンをルノーには積まないで、月桂樹の茂みに隠した。玄関のドアをノックし、ジョナサンに入れてもらった。

「タクシーが来たようだ」とトムが言った。

トムはシモーヌに別れを告げ、ジョナサンは門の外に待つタクシーまで送っていった。車は走り去り、ジョナサンが戻ってきた。

トムはフランス窓に鍵をかけた。「やれやれ」と言った。ほかに言葉がなかったのだ。またジョナサンとふたりきりになって、ひどくほっとした。「シモーヌがあまり腹を立てていなければいいが。でもぼくが彼女を責めるわけにはいかない」

ジョナサンは当惑したように肩をすくめた。しゃべろうとしたが、言葉が出てこなかった。

トムは相手の気持ちを察して、動揺している船員に指図する船長のように言った。「ジョナサン、彼女はわかってくれるさ」警察に通報することはないだろう。そんなことをすれば、夫も共犯になるからだ。トムの不屈の精神、目的に対する勘が蘇っていた。ジョナサンのそばを通りすぎるとき、腕をぽんと叩いた。「すぐに戻る」

トムは茂みからジェリカンを出し、ルノーのトランクにしまった。それから、イタリア人のシトロエンのドアを開け、ルームライトが点灯し、燃料計を見ると半分よりやや上を指している。なんとかなりそうだ。二時間以上は走るつもりだった。ルノーにはガソリンが半分ちょっとしか残っていない。死体はルノーに乗せるつもりだ。彼もジョナサンも、何も食べていなかった。このままではまずい。トムは家に戻って言った。

「出発する前に、腹ごしらえをしておかないと」

ジョナサンはあとに付いて、キッチンに入っていった。リビングルームの死体からしばらく離れていられるので、ほっとした。キッチンの流しで手と顔を洗った。トムが微笑《ほほえ》みかける。とりあえずは、食べものを作ることだ。彼は冷蔵庫からステーキを出して、電気ヒーターの真っ赤な熱棒の下に置いた。それから、皿と、ふた組のナイフとフォークを用意した。ふたりはやっと腰をおろし、ひと皿に盛ったステーキをひと切れずつ塩の皿と別のHPの皿につけては食べた。上等なステーキだ。キッチンのカウンターには半分残っているクラレット（赤ワイン）があった。トムだって、ひどい夕食を食べた経験はこれまでにも何度かあった。

「これで元気がでる」トムはそう言って、ナイフとフォークを皿にぽいと置いた。

リビングルームの時計がボーンと鳴った。十一時半だった。

「コーヒーは？」とトムが訊《き》いた。「ネスカフェがある」

「いや、結構」ステーキを食べている間、ふたりはひとこともしゃべらなかった。やっとジョナサンが口を開いた。「どうやって始末する？」

「どこかで焼く。奴らの車と一緒に」とトムが言った。「焼く必要はないが、それがマフィア流なんだ」

ジョナサンはトムが流しで魔法壜を洗っているのを眺めていた。不用心にも、あいている窓の前に立っている。それから、お湯を注いだ。ポットを傾け、湯気の出ているコーヒーを魔法壜にたっぷり入れた。

「砂糖は好きかい？」トムが訊いた。「飲みたくなるだろうと思うんだ」

そのあと、ジョナサンはトムに協力して、ブロンドの男を運びだした。すでに硬直がはじまっている。トムがジョークを言っている。そのあと、トムの気が変わり、ふたりの死体はシトロエンに乗せることになった。

「……ルノーのほうが大きいが」息をはずませながら、トムが言った。

家の前は暗かった。街灯の明かりが遠すぎて、ここまでは届かない。コンバーチブルのシトロエンの後部座席に乗せた死体の上に、ふたり目を転がした。リッポの顔がアンジィの首に突っこんでいるように見え、トムは笑みを浮かべた。揶揄するのは我慢した。床に新聞が二部あったので、死体の上にかぶせ、できるだけうまく隠した。ルノーの運転をジョナサンに確実に知ってもらうために、トムはターン・シグナルやヘッドライトを教えた。

「よし、出かけよう。戸締りをしてくる」トムは家に戻り、リビングルームの明かりだけをつけっぱなしにして、外に出てくると、玄関のドアを閉めて、二重に鍵をかけた。

最初の目的地はサンス、ついでトロワと、ジョナサンに話してあった。トロワからさらに東へ進む。車のなかに地図がある。ふたりはまずサンスの駅で落ち合うことにした。魔法壜はジョナサンの車に乗せた。

「身体《からだ》は大丈夫かい？」とトムが訊いた。「コーヒーを飲みたくなったら、いつでも車を停めて、飲むがいい」トムは元気よく手をふって別れの挨拶《あいさつ》をした。「先に行ってくれ。門を閉める。あとで追いこすよ」

ジョナサンは先に出発した。トムは門を閉め、南京錠《なんきんじょう》をかけた。そのあと、間もなくサンスへの途中で、ジョナサンの車を追いこした。サンスまであとわずか三十分ほどだ。ジョナサンの運転ぶりは堂に入っていた。サンスでは短い言葉を交わした。トロワでは、また駅へ行くことにした。トムはトロワの町をよく知らなかったし、二台が連なって走るのは危険だが、駅《ラ・ガール》への道ならばどこの町でもはっきりとわかる。

トムがトロワに着いたのは、午前一時ごろだった。後ろにジョナサンの車が見えなくなってから三十分以上たっている。駅のカフェにコーヒーを飲みにいき、駅前の駐車場に入ってくるルノーはないか、ガラスドア越しに眺めていた。二杯目を飲み終えると、トムは代金を払って外に出て、車のほうへ歩いていくと、ルノーが坂をくだって駐車場に入ってきた。トムが手をふると、ジョナサンがこっちを見た。

「大丈夫か？」とトムが訊いた。大丈夫そうだった。「ここでコーヒーを飲むかトイレに行くかしたかったら、ひとりで行ったほうがいい」

ジョナサンはこのまま出ようと言った。トムは魔法壜のコーヒーを飲むよう勧めた。誰ひとりこっちに目を向ける者はいなかった。列車が到着し、十人から十五人ぐらいが駐車している車や迎えの車のほうへやってきた。

「ここからは国道十九号線を行く」とトムが言った。「行く先はバール、バール・スュル・オーブだ。また駅で会おう。いいかい？」

トムは出発した。ハイウェーは前よりも空《す》いていて、走っている車は大型トラックが二、三台だけだ。その長方形の後部が白や赤のライトのなかに浮かびあがる。動いているものからは見えないにちがいない、とトムは思った。すくなくとも、シトロエンの後部座席で新聞をかぶせられているふたりの死体は。トラックの積み荷と比べればひどく小さなものだ。いまトムはあまりスピードを出していなかった。時速九十キロ以下だ。バールの駅では、ふたりは車の窓から身を乗りだして話をした。

「ガソリンが少なくなってきた」とトムが言った。「ショーモンのもっと先へ行きたい。だから、今度ガソリンスタンドがあったらそこに寄るが、いいか？　きみもそうするんだ」

「わかった」とジョナサンが言った。

午前二時十五分だった。「十九号線をずっと行くんだ。ショーモンの駅で会おう」

バールを出て、トムはトタル・ガソリンスタンドに立ち寄った。店員に代金を払っていると、ジョナサンの車がやってきた。トムは煙草《たばこ》に火をつけ、ジョナサンには目もくれなかった。歩きまわって、脚の筋肉をほぐした。それから車をすこし脇《わき》へ移動して、トイレに行った。ショーモンまであとわずか四十二キロだ。

ショーモンにトムは二時五十五分に到着した。駅には客待ちしているタクシーさえもなく、無人の車が数台停められているだけだった。もう終電がすぎたのだ。駅のカフェは閉まっている。ジョナサンの車が着くと、トムはルノーに歩み寄って、こう言った。

「後ろから付いてきてくれ。人気《ひとけ》のない場所を探す」

ジョナサンは疲れていたが、その疲れが別のギアへと切りかわった。まだ何時間も運転できそうな気がした。ルノーは反応が確実で、シャープだったから、運転は楽だった。ジョナサンはこの地方をまったく知らなかった。が、べつにかまわなかった。ただ、シトロエンの赤いテールランプを見失わないようにしていればいいのだ。トムはさらにスピードを落とし、ためらうように道路際に停止したが、また走りだした。真っ暗闇だった。とにかくダッシュボードの明かりで、星も見えない。二台の車とすれちがい、一台のトラックが追いこしていった。やがて右の方向指示器が点滅し、トムの車が右へ姿を消した。ジョナサンもあとにしたがって右に入ると、そこが真っ暗な山間の細道であることがかろうじてわかった。未舗装の道で、たちまち森のなかへと入っていく。狭くて車二台がすれちがえるだけの幅はない。農民や薪拾《まきひろ》いが利用するような、フランスの地方によくみられる道だ。灌木《かんぼく》がフロント・フェンダーをかすかに擦る。窪みがあちこちにあった。

トムの車が停止した。本街道から大きくカーブをしている道を二百メートルほど入ったところだった。ヘッドライトを消したが、ドアを開けると、ルームランプが点灯した。トムはドアを開けたまま、元気よく腕をふって、ジョナサンのほうへ歩いてきた。ジョナサンはそのとき、エンジンを切り、ヘッドライトを消した。だぶだぶのズボンに緑のスウェードのジャケットを着たトムの姿が光でできているかのように、ジョナサンの目のなかでその残像がしばらく消えずにいた。ジョナサンはまばたきした。

トムはジョナサンの車の窓のところまでやってきた。「ほんの二、三分で終わる。車を五メートルほどバックさせてくれ。バックの仕方はわかるかい？」

彼はバックさせた。車にはバックライトがついていた。停まると、トムがルノーの後部ドアを開けて、ジェリカンを出した。懐中電灯を手にしている。

ガソリンをふたりの死体にかぶせてある新聞紙と、それから衣服にかけた。ルーフにもいくらか振りかけ、フロントシートの内装――布ではなくて、あいにくビニール製だったが――にもかけた。トムは真上を見あげた。木の枝が頭上をほとんどふさいでいる。青葉で、まだ夏のようには繁っていなかった。多少は焦げるだろうが、やむをえない。トムはジェリカンを振って、残りを床に全部撒いた。床には、サンドイッチの残りや古い道路マップなどが散らかっていた。

ジョナサンがゆっくり歩いてきた。

「さあ、はじめるぞ」トムは穏やかに言って、マッチを擦った。フロントドアは開けたままにしておいた。車の後部にマッチを投げこんだ。新聞紙がぱっと燃えあがり、黄色い炎があがった。

トムは後退りして、道路端の窪みで足をすべらせ、ジョナサンの手を摑《つか》んだ。「車に乗るんだ！」トムが小声で言い、ルノーへ急いだ。運転席に乗りこんで、にっこりした。シトロエンは勢いよく燃えていた。ルーフにも火が移り、キャンドルのように、中心部で細く黄色い炎があがっている。

ジョナサンは反対側から乗りこんだ。

トムがエンジンをかけた。息づかいがやや荒かったが、すぐに笑い声になった。「これで大丈夫だと思う。そうじゃないか？　上出来だ！」

ルノーのヘッドライトが前方にぱっと当たり、燃えひろがっている死体焼却の炎が、一瞬小さく見えた。トムは身体をねじり、バックウィンドー越しに背後を見ながら、かなりのスピードでバックした。

ジョナサンは炎上している車をじっと眺めていた。バックしていく道がカーブしているので、完全に見えなくなる。

トムが正面を向いた。本街道に出ていた。

「ここから見えるかい？」トムが勢いよく車をスタートさせて訊いた。

ジョナサンは木の間隠れにツチボタルのような光を認めたが、すぐに見えなくなった。あるいは、そんな気がしただけなのか？「いまは見えない。何も」瞬間、何かへまでもして、火が消えてしまったかのように、ぎょっとした。が、消えていないことはわかっていた。ただ、木々が炎をすっぽり包みこんで、完全に隠してしまったのだ。それでも、発見されるだろう。それはいつか？　燃えのこるのは、どの程度だろうか？

トムは声をあげて笑った。「燃えている。奴らは黒焦げになるだろう！　これでもう心配ない！」

トムがスピードメーターに視線をやった。時速百三十キロまで出ている。やがて百キロに落とした。

トムはナポリの曲を口笛で吹いていた。気分爽快で、疲れはまったく感じない。煙草を吸いたいとも思わなかった。マフィアのメンバーを片づけたのだ。人生でこれほど愉快なことは滅多にあるものではない。けれども――

「けれども――」トムが元気よく言った。

「けれども？」

「ふたり始末したって、知れたものだ。家じゅうゴキブリだらけなのに、二匹踏んづけたようなものさ。しかし、努力するのはいいことだ。なにより、一般の人間にだってマフィアを消せるってことをたまには連中に教えてやったほうがいい。あいにく今回は、リッポもアンジィもほかのファミリーに殺《や》られたと考えるだろうが。とにかく、そう考えてもらわないと」

ジョナサンは眠気を催していた。上体をなんとか起こし、手のひらに爪を立てて、眠気と闘っている。こいつは困ったと思った。トムの家であれ、自宅であれ、家に帰りつくまでにはまだ数時間かかるのだ。トムは元気溌剌としていて、さっき口笛で吹いていた曲を歌っていた。

……ママも駄目《マンマ・ネンメーノ》、
どうやって愛を交わそうか《コメ・ファレーモ・ア・ファール・ラモール》……

トムはおしゃべりを続けている。今度は女房の話で、友人たちとスイスの別荘へ出かける予定だという。そのあと、ジョナサンはこう言われて、すこし眠気がさめた。

「頭を後ろにやるがいい、ジョナサン。起きている必要はない——身体の調子はいいだろうと思うが？」

身体の具合がどうなのかは自分でもわからなかった。すこしだるいが、これはよくあることだ。これまでのことも、いま現に起こっていることも考えたくはなかった。肉と骨が焼かれているのだ。これから何時間もくすぶりつづけるだろう。光が消えていくように、いきなり悲しみが襲ってきた。できることなら、最後の数時間を消したかったし、記憶から削除したかった。まだ、記憶が生々しかった。自分が行動し、手を貸したのだ。ジョナサンは頭を後ろにもたせかけて、うとうととした。トムは元気よく勝手にしゃべっている。ときどき返事をする相手と話でもしているようだ。事実、こんなに上機嫌なトムは見たことがなかった。シモーヌにどう話そうか、それが気になっていた。それを考えるだけで、どっと疲れが出た。

「英語で歌われているミサ曲があるね」トムがしゃべっている。「まったくおかしいと思うんだ。どういうわけか、英語国民の言うことは信用できるとされている。だから、ミサ曲が英語で歌われるんだ……聖歌隊は本来の精神を忘れているか、嘘つきの集団か、そのどっちかだよ。そうは思わないか？　サー・ジョン・ステイナーが……」

車が停まり、ジョナサンは目が覚めた。車が道路際に寄せられている。トムが微笑しながら、魔法壜のコップでコーヒーをすすっていた。飲まないか、とジョナサンにも差し出した。すこし飲んだ。やがてまた車はスタートした。

夜明けが訪れた。ジョナサンの見たことのない村だった。陽《ひ》の光で目が覚めたのだ。

「家まであと二十分だ！」とトムが明るい声で言った。

ジョナサンがなにごとか呟《つぶや》き、また目を半分閉じた。トムがハープシコードの話をしていた。自分のハープシコードの話だった。

「バッハの良さはたちまち人を啓発することだ。ひとつのフレーズを聞くだけで……」

21

ハープシコードの曲が聞こえたような気がして、ジョナサンは目を開けた。夢ではなかった。実際、眠ってはいなかったのだ。階下で、音がしていた。つかえて、また弾きはじめる。たぶん、あれはサラバンドだろう。ジョナサンはだるそうに腕をあげ、腕時計に目をやった。八時三十八分だった。いまごろ、シモーヌは何をしているだろうか？　何を考えているだろう？

疲れきっていて、気力が湧かない。だらけた気分に戻り、枕《まくら》に深く頭を沈めた。トムに言われて、すでに温かいシャワーを浴びて、パジャマも着ていた。新しい歯ブラシを渡されて、こう言われたのだ。「とにかく、二、三時間眠るといい。まだひどく早い」あれは午前七時ごろだった。もう起きなければならない。シモーヌを放っておくわけにはいかなかった。連絡しなければ。だが、ハープシコードの音を聞きながら、ジョナサンはぐったり横たわっていた。

トムがどこかバスの声部をさらっている。きちんと弾けているようだった。ハープシコードがかき鳴らすことのできるもっとも深みのある音色だ。トムが言うように、「たちまち人を啓発する」音だった。ジョナサンは我慢して起き上がり、薄い青のシーツと濃い青の毛布から抜けだした。足がふらふらしていたが、なんとかまっすぐ立って、ドアの方へ歩いていく。裸足《はだし》で階段を下りた。

トムが楽譜を前に立てかけて、譜読みをしていた。いまはソプラノの声部をさらっていた。フランス窓のカーテンのわずかな隙間から、陽《ひ》が射しこみ、トムの左肩に当たっている。黒いガウンに金色の模様ができていた。

「トム？」

トムがすかさず振りかえり、立ち上がった。「なんだい？」

急に気分が悪くなった。トムがびっくりした顔をしていた。気づいたときには、黄色いソファに寝ていた。トムが濡れた布、布巾で顔を拭《ふ》いてくれていた。

「紅茶がいいかい？　それとも、ブランディ？……何か薬は持ってるのかい？」

最悪の気分だった。が、はじめての経験ではない。こういうときは、輸血するしかなかった。輸血を受けたのは、そんなに前のことではなかった。心配なのは普段よりも気分がすぐれないことだ。ただの寝不足のせいだろうか？

「どうなんだい？」トムが言った。

「病院へ行ったほうがいいかもしれない」

「そうしよう」とトムが言った。その場を離れ、脚つきのグラスを持って引き返してきた。

「ブランディと水だ。よかったら、飲むといい。ここにいてくれ。すぐ戻ってくる」

ジョナサンは目をつぶった。濡れた布巾が額に置かれていて、頬《ほお》にずり落ちている。冷たかったが、直すのも面倒だった。トムが服を着替えて戻ってくるまでに一分程度しかかからなかったような気がした。ジョナサンの服も持ってきてくれた。

「本当に、きみの靴をはいて、ぼくのスプリングコートを着れば、服なんかどうでもいいよ」とトムが言った。

その助言にしたがった。彼らはふたたびルノーに乗り、フォンテーヌブローへ向かっていた。ジョナサンの服は丁寧に折りたたまれて、ふたりの間にあった。病院に着いたら、どこへ行けば、すぐに輸血を受けられるのか、とトムが訊《き》いた。

「シモーヌに連絡しなければ」とジョナサンが言った。

「連絡しよう――きみがしてもいいが。いまはそんなことをくよくよ考えないことだ」

「女房を連れてきてもらっても?」とジョナサンが訊いた。

「いいとも」トムはきっぱり言った。ジョナサンのことはこれまで心配していなかったのだ。トムが行けば、シモーヌは嫌がるだろう。しかし、一緒に来るか、ひとりで来るか、夫のところへはきっと会いにくる。「自宅にまだ電話はないのかい?」

「ないんだ」

トムは病院の受付係に声をかけた。ジョナサンを覚えている様子で、会釈した。トムはジョナサンの腕を摑《つか》んだ。ジョナサンが担当医にまわされるとき、トムが言った。「シモーヌに来てもらうよ、ジョナサン。心配しないでいい」そして、看護師の白衣を着た受付係に、こう言った。「輸血すれば、よくなりますか?」

彼女は愛想よくうなずいた。話の内容がわかっているかどうか怪しかったが、トムはその辺で切りあげた。本当は医者に訊きたかったのだが。車に乗ってサン・メリー通りへ向かった。家から数メートルのところに駐車することができた。車を降り、黒い手すりのある石段のほうへ歩いた。ぜんぜん眠っていなかったし、ひげもすこし伸びていた。だが、とにかく、マダム・トレヴァニーにとって重要なメッセージを持ってきたのだ。呼び鈴を鳴らした。

応答がない。ふたたび呼び鈴を鳴らし、シモーヌはいないだろうかと舗道のほうに目をやった。今日は日曜日だった。フォンテーヌブローでは市は立たないが、午前九時五十分だったから、何かを買いに出かけたか、ジョルジュと教会に行ったかもしれない。

階段をゆっくり下りた。舗道のところまで来ると、ジョルジュと並んでシモーヌがこっちにやってくるのが目に入った。腕に買い物籠《かご》をさげている。

「ボンジュール、マダム」彼女のあらわな敵意をものともせず、トムは丁重に言った。そして、言葉を続けた。「ご主人のことで話がありましてね。ボンジュール、ジョルジュ」

「あなたの話など聞きたくありません」とシモーヌが言った。「わたしが知りたいのは主人の居所だけです」

ジョルジュは警戒するように、あいまいな表情でトムを見つめていた。目と眉が父親そっくりだった。「ご主人は大丈夫だと思います、マダム。しかし、いまは——」こんな話を路上でしたくなかった。「病院にいます。輸血を受けているはずです」

シモーヌは苛立《いらだ》ちと憤激を感じているようだった。まるで悪いのはトムだと言わんばかりだった。

「お宅で話をさせてもらえませんか、マダム。そのほうが話が早いし」

シモーヌは一瞬ためらったが、承知した。知りたいのだ、とトムは思った。彼女はコートのポケットから鍵を取りだし、ドアを開けた。新しいコートではなかった。「主人がどうしたんですか?」狭い玄関に入ると、彼女が言った。

トムはひと息いれて、穏やかに言った。「ほとんどひと晩じゅう、車で走らなければならなかったんです。ただの疲れでしょう。しかし、もちろん、あなたには知らせなければと思いましてね。いま、病院へ送ってきたところです。歩くことはできます。命に別状はないと思います」

「パパ！　パパに会いたい！」昨夜も父親を恋しがったかのように、ジョルジュがいくぶん拗ねたように言った。

シモーヌは買い物籠を置いた。「主人に何をしたんです？　すっかり人が変わってしまったんですよ、あなたと知り合ってから、ムッシュー！　今度主人と会ったら、わたし、わたしは――」

あなたを殺すという言葉が喉まで出かかったのをぐっと堪えたのは、ただ息子がいたからだろう、とトムは思った。

彼女は必死で自制して言った。「なぜ主人はあなたの言いなりになってるんです？」

「いまも、これまでも、言いなりになどなっていませんよ。もう仕事は片づいたはずです」とトムが言った。「くわしく話すわけにはいきませんが」

「なんの仕事ですか？」とシモーヌが訊いた。「ムッシュー、あなたは犯罪者です。人を堕落させる方です！　何をタネに主人を強請《ゆす》ってるんです？　なぜですか？」

強請り――フランス語でシャンタージュ――なんて、とんでもない。トムは答えようとして口ごもった。「マダム、ジョナサンは誰からも金を強請られてなどいません。何も。その逆です。それに、彼は人に弱みを握られるようなことはなにひとつしていない」トムはきっぱり言った。もちろん、そうせざるをえなかったのだ。シモーヌが妻の鑑《かがみ》、正直そのものの女性に見えたからだ。美しい目をきらりと光らせ、彼を睨《にら》みつけて、サモトラケ島の翼のある勝利の女神像のように逞《たくま》しかった。「われわれはひと晩かかって、仕事を片づけたんです」トムはそう言いながら、卑劣さを感じた。流暢《りゅうちょう》にしゃべっていたフランス語が突然、しどろもどろになった。彼の話は目の前に立っている貞淑な妻にふさわしいものではなかった。

「何を片づけたんです？」彼女は身をかがめて、買い物籠を手にした。「ムッシュー、どうかお引きとりください。主人の居所を知らせてくださって、どうもありがとう」

トムはうなずいた。「よろしかったら、病院へ一緒に行っていただけると嬉《うれ》しいんですが。ジョルジュも一緒に。外に車が停めてあります」

「いいえ、結構です《メルシー・ノン》」彼女は廊下の途中に立っていた。こっちを振りかえり、出ていくのを待っている。「さあ、ジョルジュ」

トムは外に出た。車に乗りこみ、ジョナサンの様子を訊きに病院へ行こうと思った。シモーヌがタクシーか歩いて病院に行くには、すくなくとも十分はかかるだろう。だが、自宅から電話をすることにした。彼は車で自宅に帰った。帰宅したとたん、電話をする気がなくなった。いまごろ、シモーヌは病院に着いているだろう。輸血は何時間もかかる、とジョナサンは言わなかったか？　命にかかわるような状態でないこと、最初の悪い兆しでないことを、トムは願った。

気慰みにラジオをつけると、シャンソンをやっていた。カーテンを広く開け、陽射しを入れて、キッチンを片づけた。コップに牛乳を注ぎ、二階へ上がって、またパジャマ姿になり、ベッドに入った。ひげは、起きたときに、剃《そ》ればいい。

ジョナサンがシモーヌとの間をうまく修復できればいいが、とトムは思った。しかし、これまでの問題はそのままにされていた。どうして彼がマフィアと関わりあっているのか、マフィアはふたりのドイツ人医師と繋がりがあるのか？

これはじつに厄介《やっかい》な問題で、彼に眠気を催させた。さらに、リーヴズの問題もある。アスコナのリーヴズの身に何が起こったのだろう？　向こうみずなリーヴズ。いまでも彼にはひそかに親愛の情をいだいていた。リーヴズはときどき不手際をやるが、すばらしい心根はまったく変わっていなかった。

シモーヌは薄っぺらなベッドの端に腰をかけた。ベッドというより轆轤《ろくろ》台だった。そこにジョナサンが横たわり、管を通して腕に輸血が行なわれていた。ジョナサンはいつものように血液の入った罎《びん》から視線をそらしている。シモーヌの態度は素っ気なかった。彼の聞こえないところで、彼女はさっき看護師と話をしていた。ジョナサンはたいしたことはないと思っていた（シモーヌが何もかも聞いているはずだ）。さもなければ、もっと心配してくれて、もっとやさしくしてくれるだろう。ジョナサンは枕にもたれ、腰まで白い毛布を引っぱりあげて、身体《からだ》を温かくしていた。

「着ているのは、あの人のパジャマね」とシモーヌが言った。

「寝るときには、何か着なければならないさ。帰宅したのが、たしか朝の六時だった――」空しさと疲れを感じて、ジョナサンはしゃべるのをやめた。彼女はトムがジョナサンの居所を知らせにきたという話をした。そのことに腹を立てていた。こんなに素っ気ない彼女を見たことはなかった。殺人犯のランドリュか催眠術師のスヴェンガーリのように、トムを嫌悪していた。「ジョルジュはどこだい？」とジョナサンが訊いた。

「ジェラールに電話したの。イヴォンヌと十時半に家に来てくれるわ。家のなかにはジョルジュが入れるでしょう」

みんなシモーヌを待っているのだろう、とジョナサンは思った。日曜日なので、全員でヌムールへ行き、昼食を共にするのだ。「ここは、すくなくとも三時まではかかるそうだ」とジョナサンが言った。「検査があるんでね」たぶん、また骨髄のサンプルをとられるだろう。そのことは彼女も知っている。それは十分か十五分程度しかかからなかった。しかし、かならず別の検査があるのだ。尿検査と脾臓《ひぞう》の触診が。まだ身体の調子はよくなかった。よくなるものやら、自分ではわからなかった。シモーヌの素っ気ない態度も、よけいに具合を悪くさせていた。

「わたしには理解できない。わたしには」と彼女は言った。「ジョン、どうしてあんな悪い人と会うの？」

トムは実際、それほどの悪党ではなかった。しかし、どう説明すればいいのか？　ジョナサンは再度それを試みた。「昨夜、気がついたかい？　あの男たちは殺し屋なんだ。拳銃も所持していたし、絞殺用の紐《ひも》も用意していた。絞殺用の紐《チユ・コンプラン・ギヤロツト》をだよ。奴らはトムの家にやってきたんだ」

「あなたがどうしてそこに？」

絵を額縁に入れる注文を受けたという言い訳は通用しなかった。絵を額縁に入れにいった者が、殺人の幇助《ほうじよ》をし、死体の処理を手伝うわけがないのだ。トム・リプリーからどのような恩義を受けて、そんな協力をさせられたのだろう？　ジョナサンは目を閉じ、脳漿《のうしよう》をしぼって、あれこれ考えた。

「マダム――」看護師の声だった。

ご主人を疲れさせないほうがいいですよ、と看護師が言っていた。「約束するよ、いずれくわしく話す、シモーヌ」

彼女は立ち上がっていた。「くわしくなんか話せないと思うわ。話すのがいやなんでしょう。あなたは騙《だま》されてるのよ。なぜなの？　お金のため？　お金をもらってるのね。でも、なぜなの？　あなたも犯罪を犯しているってことなの？　あの悪党みたいに？」

看護師はすでに立ち去り、話を聞かれてはいなかった。ジョナサンはシモーヌを見ていたが、もう諦《あきら》めて、目を半分閉じている。やりこめられて、ぐうの音《ね》も出なかった。彼女が考えているほど白黒がはっきりしているものではないことを、いずれわからせてやることができないだろうか？　だが、ジョナサンは背筋が寒くなるほどの恐怖を覚え、失敗の予感、たとえば死を招くような失敗の予感を感じていた。

シモーヌは去っていった。彼女の言葉も、態度も、もうおしまいねとでも言っているようだった。入口で投げキスを送ってよこしたが、教会で何かの像のそばを通りすぎるとき、無意識にちょっと片膝《ひざ》を曲げる人と同じで、おざなりだった。すでに姿はなかった。今日はこれから先、ろくなことはなさそうだった。今夜は、病院から帰してもらえないかもしれない。ジョナサンは目を閉じて、頭を左右に動かした。

検査は午後一時にほぼ終了した。

「過労が続いてますね、ちがいますか、ムッシュー?」と若い医者が訊いた。「何か無理をされたんですか?」不意に、笑い声をあげた。「引っ越しとか? 庭仕事をしすぎたとか?」

ジョナサンは上品に微笑した。いくらか気分がよくなっていた。そして、急に声をあげて、笑いだしたが、医者の話がおもしろかったわけではない。今朝《けさ》倒れたのが死の前触れだとしたら、どうか? 気おくれすることなく、それを乗りきったわけで、満足だった。

彼は廊下を歩いて、最後の検査、脾臓の触診へと向かった。

「ムッシュー・トレヴァニー? お電話です」と看護師が言った。「すぐ近くだから――」

彼女は電話のあるデスクのほうへ来るよう身ぶりで促した。受話器がはずされていた。

きっとトムからだ。「もしもし?」

「ジョナサン、もしもし。トムだ。どうだい?……立っていられるんなら、まずまずだよ……それは結構だ」本当に嬉しそうな声だった。

「シモーヌが来てくれた。ありがとう」とジョナサンが言った。「だが、女房は――」英語でしゃべっていても、言葉が出てこなかった。

「ひどい態度をとったわけだ。わかるよ」陳腐な言い草だった。ジョナサンの声からは不安そうな様子が伝わってきた。「今朝もできるだけのことはしたが、もう一度彼女に話をしてみようか、どうだい？」

ジョナサンは唇を濡らした。「さあね。もちろん、女房は――」「脅迫するようなことは何もしていない」と言おうとしたのだ。たとえばジョルジュを連れて、家を出ていくというような脅迫は。「あんたに何ができるだろうか。女房はひどく――」

トムにはわかった。「やってみたらどうだろう？　任せてくれ。元気を出せよ、ジョナサン！　今日は家に帰るんだろう！」

「さあ、どうかな。帰れるとは思うが。ところで、シモーヌは今日、ヌムールの実家へ食事に行ってるよ」

会うのは午後五時以降にするよ、とトムは言った。それまでに、ジョナサンが帰宅していれば、それでいいのだ。

シモーヌのところに電話がないのは、いささか不便だった。しかし、電話があっても、訪ねていっていいかどうかを訊けば、たぶん、きっぱり断わられただろう。トムはフォンテーヌブローの宮殿近くの行商人から花を買った。ハウスものの黄色いダリアだった。自宅の庭には、まだ贈り物にできるような花はなかった。午後五時二十分にトレヴァニー宅の呼び鈴を鳴らした。

足音がし、シモーヌの声がした。「どなた？《キ・エス》」

「トム・リプリーです」

間があった。

やがて、ドアが開けられた。石のように冷たい表情だった。

「こんにちは――またお邪魔します《ボンジュール・アンコール》」トムが言った。「ちょっと話があるんですが、よろしいですか、マダム？　ジョナサンはお帰りですか？」

「七時に帰ってきます。また輸血してるんです」とシモーヌが答えた。

「ええ？」シモーヌが急に怒りだすかもしれなかったが、トムはずうずうしく家のなかに入った。「これをどうぞ、マダム」にっこりして、花をプレゼントする。「それから、ジョルジュ。ボンジュール、ジョルジュ」トムは手を差し出した。子どもがにこにこしながら彼を見あげ、手を握った。ジョルジュにキャンディを持ってこようと思ったが、大げさなことはしたくなかった。

「あなたの魂胆はなんですの？」とシモーヌが訊いた。花のプレゼントに対しては、冷たく「ありがとう《メルシー》」と言った。

「はっきり説明しておかないと。昨夜のことを。それでお邪魔したわけです、マダム」

「つまり、説明できるってことですか？」

彼女の皮肉な微笑に対し、トムは爽やかな屈託のない微笑で応えた。「マフィアのことは、誰だって説明できますよ。もちろん！　そうなんです！　よく考えれば、たぶん、金でも握らせて、奴らを追いかえすことはできた。金以外に、奴らの目的はないんです。しかし、今回のケースは、そうとばかりは思えなかった。ぼくに対して特別な恨みを抱いていたからです」

シモーヌが興味を示していた。しかし、だからと言って、トムを毛嫌いする気持ちが薄れたわけではない。彼女は一歩後ろにさがっていた。

「よろしければ――リビングに上がらせていただいても？」

シモーヌが先に立って歩いた。ジョルジュもふたりのあとに付いてきて、トムをじっと見つめている。シモーヌはソファに座るよう無言でうながした。トムはチェスターフィールドに腰をおろし、黒い革を軽くぽんと叩いて、ソファを誉めようとしたが、思い直した。

「そう、特別な恨みを」トムは話を続けた。「これは偶然なんですがね、ご主人が最近、ミュンヘンに出かけられて、帰国されるとき、たまたま同じ列車に乗りあわせたんですよ。覚えていますね」

「ええ」

「ミュンヘン！」とジョルジュが言った。話を見越したように、顔を輝かせている。

トムは子どもににっこり微笑《ほほえ》みかけた。「そう、ミュンヘン――そのとき、個人的な用事《アロール》で、その列車に乗っていたんです――この際はっきり言いますが、マダム、ぼくはときどき、マフィアがやっているように、私的制裁をくわえることがあるんです。ただ、奴らとちがって、真面目に生きる人々を恐喝することもなければ、いざとなったら守ってやるからとみかじめ料を取ることもないんです」ひどく抽象的な話だったから、間違いなくジョルジュには、なんのことかわからないだろう。だが、ジョルジュはトムを懸命に見つめていた。

「何が言いたいんですか?」とシモーヌが訊いた。

「つまり、ぼくが列車に乗っていた獣の一匹を殺し、もう一匹を突き落として、瀕死の重傷を負わせたということです。ジョナサンはその場にいて、それを見ていた。いいですか——」トムはほんのちょっと怯《ひる》んだ。シモーヌの顔色が変わり、じっと話に聞き入っているジョルジュのほうを恐い目つきでちらっと睨んだのだ。ジョルジュは「獣」を実際に動物と考えていたかもしれないし、あるいは、トムがしゃべりながら作り話でもしていると思っていたかもしれない。「時間があったので、ジョナサンに事情を説明したんです。走っている汽車のデッキで。ジョナサンはぼくをずっと見守っていてくれた。彼がやったことは、それだけです。だが、ありがたいと思っている。彼に助けてもらいました。わかっていただきたい、マダム・トレヴァニー、しかるべき理由があって、やったことなんです。フランス警察がマルセイユで麻薬取り引きをしているマフィアと闘っているのを考えてほしい。みんなマフィアと闘っている! 頑張ってるんですよ。しかし、危険な報復は覚悟しなければならない。わかるでしょう。まさに昨夜の出来事がそれなんです。ぼくは——」

ジョナサンに加勢を頼んだことをあえて話すか？　もちろん。「ジョナサンがわが家にいたのは、まったくぼくのせいです。また加勢してもらえないかと頼んだんですよ」

シモーヌは当惑しながらも、ほとんど信じていない様子だった。「もちろん、お金のためでしょ」

予期していた言葉で、トムは落ち着きはらっている。「いえ。ちがいますよ、マダム」名誉のためですと言いかけたが、自分でもまったく筋が通らないという気がした。友情のため。だがそれはシモーヌに嫌がられるだろう。「ジョナサンとしては、親切心でやってくれたことです。親切と勇気です。彼を非難すべきではない」

シモーヌは疑わしそうに、ゆっくりと頭をふった。「主人は警察官じゃありませんわ、ムッシュー。なぜ真実を話してくれないんです？」

「しかし、ぼくは」トムは手を広げて、そう言っただけだった。

シモーヌは緊張して肘掛《ひじか》け椅子《いす》に座り、指をはげしく動かしている。「つい最近」彼女が言った。「主人の懐《ふところ》にかなりの額のお金が入りました。それはあなたとぜんぜん関係がないと言われるんですか？」

トムはソファにもたれ、足首を交差させていた。いちばん古いすり切れかけた編みあげ靴をはいている。「ええ、関係ありません。その話はちょっと聞きましたが」トムは微笑して言った。「ドイツの医者が賭《か》けをしていて、その賭け金をジョナサンは預かっている。そうじゃないんですか？　あなたにも話していると思っていたが」

シモーヌは聞いていているだけで、その続きを待っている。

「それに、ジョナサンの話だと、彼らからボーナス——賞金をもらったとか。結局、実験台に利用されてるんですよ」

「こうも言ってました、薬はまったく危険性がないと。それで、なぜお金がいただけるんですか?」彼女は首をふり、すこし笑い声をあげた。「ありえない、ムッシュー」

トムは黙りこんだ。その顔に失望の色を浮かべている。本当は、こう言いたかったのだ。「もっとおかしなことだってありますよ、マダム。ぼくはただ、ジョナサンから聞いたことを話しただけです。それが嘘だと考える理由はありません」が、それは口には出されなかった。シモーヌは椅子に座って、そわそわと落ち着かない様子だったが、やがて立ち上がった。整った顔立ちをしていた。澄んだ魅力的な目と眉、聡明な口元。それは柔和にも、険しくもなった。いまは険しい表情を見せていた。彼女は上品ににっこり微笑んだ。「ムッシュー・ゴーティエの死については、何をご存じなんですか? 何も? 彼の店でよく買い物をされていたんでしょ」

トムは立ち上がっていた。すくなくとも、この問題に関しては、心にやましいところはなかった。「彼は轢《ひ》き逃げされたんですよね、マダム」

「ご存じなのは、それだけ?」シモーヌの声がいくらか高くなった。震えてもいた。

「あれは事故です」トムはフランス語でしゃべりたくなかった。自分の態度が素っ気なくなっているのを感じた。「あの事故に意味はありません。ぼくと何か関係があると思うんなら、目的がなんであったか、わかってるわけですね。まさか、マダム――」トムはジョルジュを見た。床にある玩具《おもちゃ》に手を伸ばしている。ゴーティエの死はギリシャ悲劇にも出てきそうなものだ。いや、そうではない。ギリシャ悲劇はすべてに動機がある。

彼女の唇が苦々しげに、すこしばかり引きつった。「本当にもうジョナサンは必要ないんですね？」

「必要になっても、うかがうつもりはありません」トムは愛想よく言った。「どんなに――」

「たぶん」彼女が話をさえぎった。「訪ねてくるのは警察でしょ。ちがいますか？　それとも、あなたがすでにその秘密警察の人なんですか？　もしかして、アメリカの？」

その皮肉はきわめて根深いものであることに、トムは気づいた。シモーヌとは絶対にうまが合いそうもなかった。多少気分を害していたが、トムはかすかに微笑した。もっとひどいことを言われたことはこれまでにもあったが、今回はシモーヌをなんとかして説得したかったから、残念な気がした。「とんでもない、そんなんじゃありませんよ。ご存じのように、ときどき厄介事を起こしてはいますがね」

「ええ。知ってます」

「厄介事、厄介事って、なあに？」ジョルジュはブロンドの頭をトムから母親のほうへ向けて、不意に言った。ふたりのすぐそばにいて、立ち上がっている。

トムは「ペトラン」というフランス語を使っていた。あれこれ考えたあげくに見つけた言葉だった。

「静かにして、ジョルジュ」と母親が言った。

「だが、今回は、ぜひわかってほしい、マフィアに立ち向かうのは悪いことではないんです」あなたはどっちの味方なんだと訊きたかったが、それは嫌味になるだろう。

「ムッシュー・リプリー、あなたはとても悪い人です。わたしが知っているのはそれだけです。とにかく、わたしたち夫婦に要らぬお節介をしないでいただきたいわ」

トムの花が水につけられもせず、玄関のテーブルに置かれていた。

「ジョナサンの具合は、どうですかね？」トムは玄関で訊いた。「よくなっていれば、いいが」またジョナサンを利用するつもりだと思われるといけないので、今晩帰宅できればいいですねとも言えなかった。

「大丈夫でしょう。よくなってますわ。それでは、ムッシュー・リプリー」

「じゃあ、どうも」トムが言った。「さようなら《オー・ルヴォワール》、ジョルジュ」トムは子どもの頭を軽く叩いた。ジョルジュがにっこりした。

トムは外に出て、車のほうへ向かった。ゴーティエ！　よく知っている顔、隣人の顔だったが、彼はもうこの世にいないのだ。その死に関わりがあると思われていること、つまりそれを仕組んだと思われていることが、トムを憤慨させた。もっとも、シモーヌがそう思っていることは、数日前にジョナサンから聞いて知ってはいたが。まったくの汚名だった！　そう、たしかに、彼は汚名を着せられていた。そればかりか、人を殺していた。実際に。ディッキー・グリーンリーフを。それは汚名であり、正真正銘の犯罪だった。若気の至り。馬鹿なことをしたものだ！　あれはディッキーに対する貪欲《どんよく》であり、嫉妬《しっと》であり、憤りだった。もちろん、ディッキーが死んだために――というより殺したために――さらにフレディ・マイルズという間抜けなアメリカ人をも殺すはめになった。もう遠い過去のことにすぎない。だが、人を殺したのだ、たしかに。警察には疑いをかけられた。しかし警察は立証できなかった。吸い取り紙にしみ込むインクのように、噂《うわさ》が人々の間、人々の心のなかにいつの間にか浸透していた。トムは後ろめたい気持ちをいだいていた。若いころの、たまらなく嫌な失敗。取り返しのつかない失敗とも言えた。そのあとが驚くほどついていただけのことだ。物理的に言えば、窮地を切り抜けたわけだった。たしかに、それ以後の殺人は、たとえばマーチソンの場合のように、自分自身と同時にほかの人間を守るためにだけ行なわれた。

昨夜、シモーヌはベロンブルに足を踏み入れて、床に横たわっているふたりの死体を目にし、ショックを受けていた。平気でいられる女性など誰もいないだろう。だが、トムはわが身を守ったばかりでなく、彼女の夫の身も守らなかっただろうか？　マフィアに捕まって、焼きを入れられたら、ジョナサンの名前と住所をしゃべってしまったのではないか？

このことがトムにリーヴズ・マイノットを思い出させた。彼はどうしているだろうか？　電話をかけてきてしかるべきだと思った。気がつくと、彼は車のドアハンドルを凝視し、顔をしかめていた。ドアはロックもされず、キーはいつものようにダッシュボードのなかに吊るされていた。

22

日曜日の午後に医者が採取した骨髄の検査結果は思わしくなかった。ひと晩入院して、ヴィンカインエスティネという治療を受けるようにと言われた。つまり、交換輸血で、以前にもやったことがある。

シモーヌが午後七時すぎにやってきた。その前に彼女から電話があったことは、ジョナサンも聞いていた。だが、電話に出た者が、今夜は帰れないことを伝えていなかったから、シモーヌは驚いていた。

「すると、明日ね」と彼女は言った。それ以上言葉が出てこないようだった。

ジョナサンは枕《まくら》でいくらか頭を高くして寝ていた。トムのパジャマを脱いで、だぶだぶの服に着替えている。両腕に管をつけていた。ジョナサンはシモーヌと自分との間に恐ろしい距離があるのを感じた。あるいは、ただの想像にすぎないのか？「帰るのは、たぶん明日の朝だろう。わざわざ来ることはない。タクシーで帰るよ。午後はどうだった？みんな元気かい？」

シモーヌはそれを無視した。「お友だちのムッシュー・リプリーが今日の午後、訪ねてきたわ」

「ほお？」

「あの人の話は――嘘ばかりね。嘘ばかり言ってるの。信じられることがすこしでもあるのか、それさえわからないわ。何もないかもしれない」シモーヌが背後に視線を投げたが、誰もいなかった。ジョナサンがいるのは大部屋だった。ベッドは全部ふさがってはいなかったが、両側のベッドはふさがっていた。片方に見舞い客が来ていた。

気楽に話ができなかった。

「今夜帰ってこないと、ジョルジュががっかりするわ」とシモーヌが言った。

翌日の朝、月曜日の午前十時ごろ、ジョナサンは帰宅した。シモーヌは家にいて、ジョルジュの服にアイロンをかけていた。

「具合はいいの？……朝食は出たわけ？……コーヒーを飲む？　それとも、紅茶？」

身体《からだ》の調子はずっとよくなっていた。この治療を受けた直後は、いつもこうなのだ。ただ、いずれ病状はふたたび悪化し、血液は破壊されるだろうと思っていた。とにかく風呂に入りたかった。風呂に入り、着替えをした。古いコーデュロイのズボンに、セーターを二枚着た。寒かったのだ。いつもより寒さが身にしみた。シモーヌは袖《そで》の短いウールの服にアイロンをかけていた。「フィガロ」の朝刊がいつものように一面を外側にして折りたたまれ、キッチンのテーブルに置かれている。きちんと折りたたまれていなかったから、シモーヌが読んだのだろう。

ジョナサンは新聞を手にとった。シモーヌが下を向いたまま、アイロンがけをしているので、リビングルームへ行った。二面のいちばん下の隅に二段組の記事があった。

車内で焼かれた二体の遺体

日付は五月十四日、場所はショーモンだった。日曜日の早朝、農民のルネ・ゴー、五十五歳がまだくすぶっているシトロエンを発見し、ただちに警察に通報した。死体の札入れのなかの身分証明書が燃え残っていて、身元が判明した。ミラノ出身の、土建業者アンジェロ・リッパリー、三十三歳と、セールスマンのフィリッポ・チュロリ、三十三歳。リッパリーの死因は頭蓋骨《ずがいこつ》骨折、チュロリの死因は不明だが、車に火が放たれたときには、意識不明か、死んでいたことは間違いない。いまのところ手がかりはなく、警察は捜査中である。

絞殺用の紐《ひも》は跡形もなく燃えてしまったのだろう、とジョナサンは思った。どうやらリッポはひどく焼け焦げて絞殺された跡も残らなかったようだ。

シモーヌがたたんだ服を持って、入口から入ってきた。「その通りなの？　わたしも読んだわ。ふたりのイタリア人の記事」

「うん」

「ムッシュー・リプリーがそれをするのを手伝ったわけね。これがあなたの言う『片づける』ってことなの」

ジョナサンは黙っていた。ため息をついて、チェスターフィールドに腰をおろした。軋む音も豪華だ。身体の衰えを口実に逃げたと思われないよう、しっかり背筋を伸ばした。

「彼らとはなんの関係もないよ」

「でも、実際に手伝わされたんでしょ」と彼女が言った。「ジョン、ジョルジュはここにいないのよ。このことははっきりさせるべきだと思うけど」彼女はドアの近くにある腰までの高さの本棚の上に服を置き、肘掛《ひじか》け椅子《いす》の端に腰かけた。「あなたは真実を話してないわ。ムッシュー・リプリーも。彼のために、まだほかに何をやらされるの」最後のところで、声がヒステリックに甲高くなった。

「何もないよ」ジョナサンはそう確信していた。何か頼まれても、きっぱり断わるつもりだった。そのときは、きわめて簡単なことだという気がした。なんとしてもシモーヌをしっかり捉まえておかなくてはならない。彼女はトム・リプリーよりも価値があった。トムがあたえてくれるいかなるものよりも価値があった。

「わたしにはとても考えられない。あなたにはわかってるんでしょ、昨夜自分がやったことは。あの人たちを殺すのを手伝ったんでしょう?」声が低くなり、震えていた。

「殺《や》らなければ、殺られていただろう」

「ええ、たしかに、ムッシュー・リプリーはそう言っていたわ。ミュンヘンから帰ってくるとき、たまたま同じ列車に乗りあわせたそうだけど、本当なの？　それで、彼がふたり殺すのを手伝ったってわけね？」

「マフィアなんだ」とジョナサンが言った。トムは何をしゃべったのか？

「あなたが――一般の乗客のあなたが殺人を手伝うの？　そんな話が信じられると思って、ジョン？」

ジョナサンは沈黙して、考えこんでいた。惨めだった。たしかに、信じられないだろう。

「奴らはマフィアなんだよ。きみにはそれがわかっていないようだ」この点は何度でも言いたかった。「奴らはトム・リプリーに攻撃をしかけてきているんだよ」これもまた、嘘だった。すくなくとも列車内の出来事に関しては。ジョナサンは唇をぎゅっと結んで、大きなソファにもたれた。「信じてもらえるとは思っていない。ただ、ふたつのことだけは言える。これでけりがついたこと、殺した連中が犯罪者、殺人犯であるということだ。それは認めてもらわないと」

「暇なときは、あなた、秘密警察の捜査官をしているの？　なぜこんなことでお金がもらえるの、ジョン？　この――人殺し！」彼女は手を握りしめて立ち上がった。「あなたって人がわからないわ。これまでなんにもわかっていなかったんだわ」

「なんてことを、シモーヌ」ジョナサンも立ち上がって言った。

「あなたのことは好きでもないし、愛してもいない」

ジョナサンはおろおろしていた。彼女は英語でそう言ったのだ。

さらに、フランス語で続けた。「何か隠していることはわかってるの。それがなんであるかは知りたくもないわ。わかってるの？　それはムッシュー・リプリーと何か関係があることよ、あのいやらしい人とね。いったい何かしら」彼女は痛烈に皮肉っぽく付けくわえた。「わたしに話せないようなひどいことよ。それだけは明白だわ。べつに驚きはしないけど。あなたは彼の犯した犯罪をほかに何か隠していて、その口止め料をもらい、言いなりになっているわけね。結構よ、わたしは――」

「言いなりになどなってはいない！　いまにわかるよ！」

「もう沢山！」服を持って出ていき、階段を上がっていった。

昼食の時間が来ても、シモーヌはお腹が空いていないと言った。ジョナサンは自分でゆで卵を作った。そのあと、店へ行ったが、ドアの看板は「閉店」のままにしておいた。月曜日は休みだった。土曜日の正午から変わった様子は何もなかった。シモーヌが店に来なかったことは確かだ。不意に、イタリア製の拳銃のことが頭に浮かんだ。普段は引き出しにしまってあったが、いまはトム・リプリーのところにあった。ジョナサンは額縁をひとつ作り、ガラスをカットした。が、釘を打つ段になって、気力をなくした。シモーヌに対しては、どうすべきだったのか？　事実を何もかも話したら、どうなっただろう？　しかし、人の命を奪うことは、カトリック教会の教えに背いていることはわかっていた。もちろん、シモーヌは彼が最初に持ちかけられた計画を「異様な！　胸が悪くなるような！」ものと思うだろう。奇妙なことに、マフィアは百パーセント、カトリック教徒だった。だが、奴らは人間の命に関しては教えに従っていなかった。しかし、彼女の夫であるジョナサンは、そうはいかない。人の命を奪ってはならなかった。自分の「過ち」であり、後悔していると彼女に話しても、無駄だった。第一、彼は過ちだとべつに思っていなかったのだ。だから、このうえさらに嘘を重ねることはなかった。

また意を決して、仕事台に戻り、額縁に接着剤をつけ、釘を打って、裏側に下敷き紙をきちんと敷いた。そして、ワイヤーに注文主の名前をつけた。そのあと、仕上げなければならない注文を調べ、もうひとつ取りかかった。ほかのものとちがって、この絵はマットが必要なかった。午後六時まで働いた。それから、パンとワイン、それに豚肉店でハムをすこし買った。シモーヌが買い物をしていなくても、これで家族三人の夕食は十分間に合うだろう。

シモーヌがこう言った。「警官がドアをノックし、ご主人はいらっしゃいますかって、いまにも言われそうで、恐ろしいわ」

ジョナサンはテーブルの用意をしていたが、しばらく何も言わなかった。「警官なんか来やしないさ。なぜ来るんだい？」

「手がかりのない事件なんてないわ。警察はきっとムッシュー・リプリーを突きとめ、彼はあなたのことを話すわよ」

たしかに、彼女は一日じゅう何も食べていなかった。冷蔵庫に食べ残しのジャガイモ料理——マッシュポテト——がいくらかあった。彼は自分で夕食の支度にとりかかっていた。ジョルジュが自室から下りてきた。

「病院で何をされたの、パパ？」

「血をそっくり新しくしてもらったんだ」ジョナサンは腕を曲げて、にこやかに答えた。

「どうだい。全部新しい血なんだ。すくなくとも、八リットルはある」

「どれくらいの量なの？」ジョルジュも腕を広げた。

「このボトル八本分だよ」とジョナサンが言った。「それで、ひと晩かかったんだ」

ジョナサンはその場の沈んだ空気を引き立てようとしたが、うまく行かなかった。シモーヌは黙りこんでいた。食べものをつついていて、ひとことも口をきいてくれない。ジョルジュには事情が呑《の》みこめなかった。ジョナサンは気分を引き立てようとして失敗したため、ばつの悪い思いをしていた。コーヒーを飲んでいるときも、ずっと黙っていた。ジョルジュとも気楽にしゃべれなかった。

兄のジェラールには話をしたのだろうか。彼はジョルジュをリビングルームへテレビを観に行かせた。数日前に届けられた新しいテレビだった。二チャンネルしかなくて、この時間には子どもが喜びそうな番組はなかったが、しばらくふたりだけになりたかった。

「ジェラールには話したのかい？」とジョナサンが訊《き》いた。訊かずにはいられなかったのだ。

「もちろん、話さなかったわ。こんな話ができると思って？」彼女が珍しく煙草《たばこ》を吸っていた。廊下の入口に視線をやる。もちろん、ジョルジュは戻ってこなかった。「ジョン、別居の準備をすべきだと思うわ」

テレビでは、フランスの政治家が「サンディカ」、つまり労働組合についてしゃべっていた。

ジョナサンはふたたび椅子に腰かけた。「きみにはショックだったことはわかってる。二、三日待ってくれないか？　わかっている、とにかく、理解してもらえるように話すよ。本当に」ジョナサンは自信たっぷりに言った。にもかかわらず、自信はまるでなかった。シモーヌへの執着は命への本能的な執着と変わりないように思えた。

「もちろん、あなたはそのつもりでしょ。でも、わたしには自分がわかってるの。若い娘みたいに感情的になってるんじゃないわ」目がまっすぐ彼を見つめていた。もうあまり怒ってはいない。ただ、態度は毅然としていて、冷ややかだった。「お金のことなどどうでもいいの。一銭も欲しくないわ。わたしはジョルジュと一緒に生きていける」

「ジョルジュとだって。何を言うんだ、シモーヌ、ジョルジュはおれが養育するよ！」ふたりでこんな話をしていることが信じられなかった。彼は立ち上がり、いくらか荒っぽくシモーヌを椅子から立ち上がらせた。カップからコーヒーがすこし受け皿にこぼれた。抱きしめて、キスをしようとしたが、彼女は身をもがいて逃れた。

「いや《ノン》！」煙草の火を消し、彼女はテーブルの上のものを片づけはじめた。

「それから、申し訳ないけど、ひとつベッドに寝るのは遠慮させてもらうわ」

「ああ、そう言うだろうと思ってたよ」明日は教会へ出かけて、きみはおれの汚れた心のために祈りを捧げるだろう、とジョナサンは思った。「シモーヌ、ちょっと時間を置くべきだ。本気じゃないんだから、あれこれしゃべらないほうがいい」

「わたしの気持ちは変わらないわ。ムッシュー・リプリーに訊いてごらんなさい。彼はわかってると思うわ」

ジョルジュが戻ってきた。テレビがつけっぱなしになっている。彼は困惑したようにふたりを見つめていた。

廊下に出るとき、ジョナサンはジョルジュの頭を撫でた。ベッドルームへ行くつもりだったが、そこはもうふたりの部屋ではなかった。いずれにしても、二階へ行って、何をするつもりなのか？　テレビからは物憂げにしゃべる声が聞こえてきた。廊下でくるりと向きを変え、レインコートとマフラーをとって、外に出た。フランス通りまで行き、左へ曲がって、通りのはずれで角のバー・カフェに入った。トム・リプリーに電話をかけようと思ったのだ。電話番号は覚えていた。

「もしもし？」トムが出た。

「ジョナサンだが」

「元気かい？……病院に電話をしたんだ。ひと晩入院したそうだが。退院したのかい？」

「ああ、そうなんだ、今朝《けさ》ね。おれは――」ジョナサンは息を切らして言った。

「どうしたんだ？」

「ちょっと会えるかな？　身の危険がないようであれば。おれはタクシーを捕まえられると思う。大丈夫だよ」

「どこにいるんだい?」

「角《かど》のバーだよ。レーグル・ノワール近くの新しい店だ」

「迎えにいってもいい。必要ないかい?」シモーヌとひと悶着あったにちがいない、とトムは思った。

「記念碑のほうへ歩いていくよ。すこし歩きたい。そこで会おう」

ジョナサンは急に気分がよくなった。たぶん、これは一時的なものだろう。シモーヌとのことは未解決のままだったが、いまはそんなことなどどうでもよかった。拷問にかけられている男がいっとき苦痛から解放されたような気分だった。煙草に火をつけて、ゆっくりと歩いた。トムはやってくるのに十五分近くはかかるだろう。レーグル・ノワール・ホテルのすこし先のバーに入っていき、ビールを注文した。何も考えないようにした。やがて、ある考えがふと浮かんだ。シモーヌは機嫌を直してくれるにちがいない。だが、それを意識したとたん、そうは行かないだろうという気になった。いまや独りぼっちだった。独りぼっちで、ジョルジュからもかなり疎んじられていることはわかっていた。きっとシモーヌはジョルジュを手元に引きとるだろう。しかし、まだ実感が湧かないという気がした。実感が湧くまでには数日かかるだろう。頭ではわかっていても、気持ちのほうがそれについていかないことはあるのだ。ときには。

車の流れはまばらで、トムのダークブルーのルノーが暗い森のなかから記念碑、オベリスクのまわりの明かりのなかに姿を現した。午後八時をすこし回っていた。ジョナサンは通りの左側の角にいた。トムは右側だった。彼の自宅へ向かうとすれば、ぐるっとUターンをしなければならないだろう。ジョナサンはバーよりもトムの家へ行きたかった。トムが車を停め、ドアのロックをはずした。

「やあ！」トムが言った。

「やあ」と応じて、ジョナサンはドアを引っぱって閉めた。すぐに車はスタートした。

「あんたの家に行ってもかまわないか？　込みあっているバーはどうもね」

「かまわないよ」

「夕方は散々だった。昼間もだが」

「そうだろうと思った。シモーヌかい？」

「愛想をつかしたらしい。無理もない」ジョナサンは気まずさを覚え、煙草を取りだそうとしたが、それも無意味に思えてやめた。

「なんとか説得しようとしたんだが」とトムが言った。彼は運転に神経を集中して、ここの森のはずれで待ち伏せている白バイに追いかけられない限度ぎりぎりまでスピードを上げていた。

「問題は金と——死体だ、ちくしょう！　金のことは、ドイツ人の賭《か》け金を預かっていると言ったんだが」ジョナサンには不意に馬鹿馬鹿しく思えた。金も、賭けも。金はある意味で、きわめて具体的で、明確で、有益なものだったが、それでも、シモーヌが見た死んだふたりほどには、明確でも、重要でもなかった。トムはかなりのスピードを出していた。

ジョナサンは立木にぶつかろうと道路から飛び出そうとかまったことはないという気持ちだった。「簡単に言えば」彼は続けた。「まずかったのは死体だ。おれが手伝ったこと、つまり人を殺したことだよ。女房の気持ちは変わらないだろうと思う」そんな頑なな態度をしていて、なんの得になるだろう。ジョナサンは声をあげて笑いたいくらいだった。全世界を手に入れたわけでも、魂を失ったわけでもないのだ。いずれにしても、魂など信じていなかった。自尊心のほうがましだった。それは失っていなかった。シモーヌだけを失ったのだ。しかし、彼女は元気だった。あれは自尊心ではないのか？

ジョナサンに対するシモーヌの気持ちは変わらないだろう、とトムは思ったが、何も言わなかった。たぶん、家に着けば、その話になるだろう。ほかにどんな話があるか？　慰めるのか、励ますのか、和解させるのか？　実際、どう言ったらいいかわからなかった。女というのは不可解だった。ときには、男よりも頑なに道徳的な態度をとるかと思えば、その一方で、とくに政治的な不正に対しては、男よりも柔軟で、矛盾した考えを平気で受けいれられるように見えた。愚劣な政治家と結婚することだってよくある。あいにく、シモーヌは融通のきかない生真面目な女だった。熱心に教会へ行くと、ジョナサンは言わなかったか？　だが、トムはリーヴズ・マイノットのことも考えていた。これといった理由はなさそうだったが、リーヴズはひどく苛立《いらだ》っていた。気がつくと、ヴィルペルスのランプに来ていた。トムは見なれた静かな通りへゆっくり車を進めていった。

高いポプラの木の向こうに、ベロンブルがあった。戸口の上に明かりが煌々《こうこう》とついている。まったく変わりはなかった。

トムはさっきコーヒーをいれていたのだ。ジョナサンも飲みたいと言った。トムはコーヒーをすこし温め、ブランディのボトルと一緒にコーヒーテーブルへ運んでいった。

「実はね」とトムが言った。「リーヴズがフランスへ来たがってるんだ。今日、サンスから彼のところに電話をかけたんだ。アスコナのザ・スリー・ベアーズというホテルに滞在してるんだが」

「覚えてるよ」とジョナサンが言った。

「見張られてると思っているんだ、街の人間に。相手はそんなことで時間を無駄にするような連中じゃないと言ってやったよ。わかってないんだ。パリに来るのを思いとどまらせようとしてね。もちろん、このわが家に来るわけじゃない。ベロンブルなら絶対大丈夫だとはとても言えないだろう？　当然、土曜日の夜のことは仄《ほの》めかすこともできなかった。聞かせてやれば、リーヴズは安心しただろうが。すくなくとも、列車のなかで顔を見られたふたりは片づけたわけだから。いつまで平穏無事な状態が続き、安心していられるか、それはわからないが」トムはぐっと前に身を乗りだし、両膝《ひざ》に肘をついて、静かな窓のほうを見た。「リーヴズは土曜日の夜のことは何も知らない。とにかく、何も話してないんだ。新聞を読んでいるとしても、関係があるとは考えもしないだろう。今日の新聞を読んだと思うが？」

「読んだよ」とジョナサンが言った。

「手がかりは何もない。今夜のラジオのニュースでも、何も言ってなかった。テレビでは、ちょっと報道していたが。手がかりがないんだ」トムはにっこりして、小型の葉巻に手を伸ばした。ジョナサンのほうにも箱を差し出したが、彼は首をふった。「これもやはりいいニュースだが、地元の人間からもまったく疑われていない。今日、パンを買ったり、のんびり歩いて、肉屋にちょっと立ち寄ったりしたんだ。午後七時半ごろには、近所に住むハワード・クレッグがやってきた。ときどき兎《うさぎ》を買っている知り合いの農民からもらった大きなビニール袋入りの廏肥《きゅうひ》を持ってきてくれるんだ」トムは葉巻を吹かし、くつろいだ様子で笑い声をあげた。「土曜日の夜、門の外で車を停めたのはハワードだったんだよ。覚えてるかい？　わが家に客が来ていたので、廏肥を持ってくるのはまずいと思ったそうだ」トムはとりとめのない話をして、時間をつぶしていた。ジョナサンの緊張を多少でもほぐそうとしていたのだ。「エロイーズは二、三日の予定で出かけていて、パリの友人を何人か招待していたと話しておいたよ。だから、パリ・ナンバーの車があったんだとね。それで納得してもらえたと思う」

マントルピースの上の時計が澄んだ音で九時を打った。

「ところで、またリーヴズの話に戻るが」トムが言った。「状況が間違いなく好転したことを知らせてやろうと、彼に手紙を書こうと思ったんだ。しかし、やめたよ。リーヴズはいまにもアスコナを発《た》ちそうだったし、それから、イタリア人にまだ命を狙われているとすれば、彼にとっては、事態は好転していないからだ。いまはラルフ・プラットという偽名を使っているが、奴らは彼の本名も顔も知っている。マフィアがまだ殺す気でいるとすれば、リーヴズはブラジルにでも逃げるしかないな。が、ブラジルだって――」トムは微笑したが、心からの笑いではなかった。

「でも、どっちかと言えば、こういうことには慣れてるんじゃないかい？」とジョナサンが訊いた。

「こういうことに？　いや、マフィアに慣れてる者など、そうはいないと思う。命びろいして、マフィアのことを話す者など。殺されずにすんでも、気は休まらないんだ」

だが、リーヴズの場合は自業自得だ、とジョナサンは思っていた。リーヴズのせいで、彼はこのことに巻きこまれたのだ。いや、そうじゃない。金のためと割り切って、自分から引き受けたのだった。たとえこの殺し合いがそもそもトム・リプリーの発案だとしても、とにかく彼が力を貸してくれたから、あの金が懐《ふところ》に入ったわけだ。ジョナサンの心は、ミュンヘン＝ストラスブール間の列車内でのあの時間にすばやく戻っていた。

「シモーヌのことはすまないと思ってる」とトムが言った。背中を丸め、コーヒーを飲んでいる長身の強《こわ》ばったジョナサンの身体は衰えが目立ち、彫像のようだった。「彼女はどうしたいと言ってるんだい？」

「ああ――」ジョナサンは肩をすくめた。「別居すると言っている。もちろん、ジョルジュを連れて。兄のジェラールがヌムールにいるんだ。兄や実家の家族になんと話しているかわからないが。女房はあのとおりひどくショックを受けている。そして、恥ずかしいと思ってるんだ」

「そうだろう」エロイーズも同じで、恥ずかしさを感じている、とトムは思ったが、彼女のほうは矛盾した考えを平気で受けいれることができた。トムが殺人を犯し、犯罪に手を出していることは、エロイーズも知っていた。しかし、これは犯罪だろうか？　すくなくとも最近のダーワット事件や、今度のいまいましいマフィアの一件は？　この際、道徳的な問題は無視した。そのときふとわれに返ると、膝に落ちている灰を払いのけていた。ジョナサンはどうするつもりだろう？　シモーヌがいなくなれば、がっくりするだろう。もう一度シモーヌを説得すべきだろうか？　だが、昨日の話し合いのことを思うと、とてもそんな気にはなれなかった。二度とごめんだった。

「もうおしまいだ」とジョナサンが言った。

トムがしゃべろうとすると、ジョナサンがさえぎった。

「あのとおりシモーヌとの仲は終わったよ。つまり、女房も同じ意見だ。それに、どうせその点は変わりないんだ。だらだら生きていたってしょうがないよ。おれは先が長くない。だから、トム――」ジョナサンは立ち上がった。「もしおれで役に立てることがあったら、自殺的な行為でもかまわん、なんでも言ってくれ」

トムは微笑した。「ブランディでも？」

「すこしもらおう。ありがとう」

トムはブランディを注いだ。「われわれは危機を脱したと思っている。その理由を最後にちょっと説明しようとしたんだ。が、わかってくれなかった。もちろん、リーヴズが奴らに捕まり、焼きを入れられたら、こっちだってうかうかしてはいられない。彼はわれわれふたりのことをしゃべるかもしれない」

そのことはジョナサンも考えていた。実際、彼にとっては、たいしたことではなかったが、トムには、もちろん、重大問題だ。トムはまだまだこの世に未練があった。「何かおれで役に立つことがあるかい？　あるいは、囮《おとり》になるとか？　犠牲になるとか？」ジョナサンは声をあげて笑った。

「囮など必要ないさ」とトムは言った。

「あんたは以前、マフィアの復讐にはかなりの血が流されると言わなかったかい？」

そう考えていたことは確かだが、言ったかどうかは覚えていなかった。「こっちが手をこまねいていれば、奴らはリーヴズを捕らえて、殺すだろう」とトムは言った。「いわゆる自然の流れに任せるわけだ。ぼくはリーヴズに、マフィアのメンバーを暗殺せよと吹きこんではいない。きみにもだ」

トムの冷静な態度はジョナサンをいささか面くらわせた。彼は腰をおろした。「フリッツはどうなってるんだい？　何か情報は？　たしか、元気なはずだったが」穏やかな日和《ひよ》りが続くあの頃、フリッツが帽子を手にし、人なつっこい微笑を浮かべながら、性能のいい小型拳銃を持って、ハンブルクのリーヴズのフラットへやってきたことでも思い出したかのように、ジョナサンは笑顔を見せていた。

トムには、フリッツというのが誰のことか、とっさにピンとこなかった。ハンブルクでの使い走り、タクシードライバーの雑役係だ。「さあ。リーヴズが言ったように、田舎の家族のところにでも帰ってるんだろう。そのままずっと田舎にいればいいが。たぶん、フリッツはもう狙われていないさ」トムは立ち上がった。「ジョナサン、今夜は家に帰って、きっちり始末をつけるしかないな」

「わかってる」トムのおかげで、しかし、気が楽になっていた。シモーヌのことでも、トムは現実的だ。「妙なものだな、問題はもはやマフィアでなく、シモーヌだなんて――おれにとっては」

トムは心得ていた。「よかったら、送っていくよ。もう一度彼女と話してもいい」

ジョナサンはまた肩をすくめた。落ち着かない様子で立ち上がる。そして、暖炉の上の絵に視線をやった。トムが『椅子の男』と呼んでいるダーワットの絵だ。リーヴズのフラットにも、暖炉の上にダーワットがあった。あの絵もやられてしまっただろう。「どんなことになろうと、今夜はチェスターフィールドで寝るつもりだ」とジョナサンが言った。

トムはラジオのスイッチを入れて、ニュースを聞こうと思った。だが、時間的にちょうど都合が悪くて、どこもやっていなかった。イタリアの放送でさえも。「どうだろう？シモーヌはぼくを家には入れてくれないだろうが。付いていって、かえってひどいことになるのでなければ」

「これ以上ひどくなりようがない。――わかった。来てもらうか。でも何を話すんだい？」

トムは古いグレーのフランネルのズボンのポケットに手をつっこんだ。右のポケットには、ジョナサンが列車に乗っていたとき所持していたイタリア製の小型拳銃がある。土曜日の夜以来、寝るときは枕の下に忍ばせていたのだ。たしかに、何を話したらいいか？　いつもどおりその場の思いつきが頼りだが、すでにシモーヌには精一杯やるだけのことはやったのではないか？　これまでとはちがった形で、問題のどの側面に光をあてて見せたら、彼女の目をくらまし、判断を惑わして、物の見方を変えさせることができるだろうか？「やるべきことは、ただひとつ」トムが考えこんで言った。「もうなんの危険もないと思わせることだよ。たしかに容易ではない。が、危険がないとわかれば、死体など問題ではなくなる。なにしろ彼女の心をいちばん悩ましているのは不安だからだ」

「でも――もう危険はないのか？」とジョナサンが訊いた。「はっきりわからないだろう？――問題はリーヴズだよ」

23

午後十時にフォンテーヌブローに着いた。ジョナサンが先に立って正面の階段を上がり、ノックをしてから鍵を錠に差し込んだ。だがドアは内側から掛け金がかかっていた。

「どなた？」シモーヌの声がした。

「ジョンだ」

掛け金がはずされた。「まあ、ジョン――心配してたのよ！」

見込みはありそうだ、とトムは思った。

次の瞬間、シモーヌはトムに気づき、顔色が変わった。

「そう――トムが一緒なんだ。入っていいかい？」

困るわと言いかけたが、彼女は身を強《こわ》ばらせてやや後ずさりした。ジョナサンとトムはなかに入った。

「こんばんは、マダム」トムが言った。

リビングルームに入るとテレビがつけてあり、黒革のソファには縫いもの――コートの裏地を繕っていたようだ――が置かれ、床ではジョルジュが玩具《おもちゃ》のトラックで遊んでいた。平和な家庭そのものだ、とトムは思った。彼はジョルジュに、やあと声をかけた。

「さあ、どうぞ座って」とジョナサンが言った。

しかし、シモーヌが座ろうとしないので、トムも立っていた。

「なんのご用でいらしたんですか？」と彼女が訊《き》いた。

「マダム、ぼくが――」トムは口ごもった。「何もかもぼくが悪いんです。ご主人にもうすこし思いやりを持ってもらうようにお願いにきました」

「つまり、主人が――」彼女は不意に、ジョルジュに気づき、いらいらと腹立たしげに子どもの手をとった。「ジョルジュ、二階に行ってなさい。聞こえてるの？　さあ」

ジョルジュは戸口のほうへ行き、振りかえってから廊下に出て、しぶしぶ階段を上がっていった。

「ぐずぐずしないで《デペシュ・トワ》！」シモーヌは大声で言い、リビングルームのドアを閉めて、ふたたび話し出した。「あなたは、主人が彼らと出会うまで、こうした出来事は何も知らなかったとおっしゃるわけね。この不正なお金はお医者さんたちが賭《か》けをしているお金だって！」

トムは息を吸いこんだ。「悪いのはぼくなんですよ。ジョンがぼくに加勢したことは間違いかもしれない。しかし、それは許してもらえませんか？　ご主人なんですから――」

「主人は犯罪者になったんです。たぶん、あなたに唆《そそのか》されたんでしょうけど、事実は事実です。そうでしょ？」

ジョナサンは肘《ひじ》掛《か》け椅子《いす》に座った。

シモーヌから出ていけと言われるまで、トムはソファの端に腰かけていることにした。そして、ひるむことなく、また話しはじめた。「ジョンは今夜、ぼくのところへそのことで相談にきたんです、マダム。彼は本当に困ってます。結婚は――神聖なものです。それはよくご存じのはずです。あなたとうまくいかなくなれば、生活はめちゃくちゃになり、ご主人は精神的にすっかり参ってしまうでしょう。あなたにもわかってるはずだ。それに、息子さんのことも考えるべきですよ。彼には父親が必要です」

その言葉に多少心を動かされたが、彼女はこう言った。「たしかに、父親は必要です。尊敬できる父親らしい父親が。それは同感ですわ！」

トムは石段をのぼってくる足音を耳にし、すばやくジョナサンのほうを見た。

「誰か来る予定は？」ジョナサンがシモーヌに訊いた。ジェラールにでも電話をしていたのかと思ったのだ。

彼女は首を振った。「いいえ」

トムとジョナサンはすかさず立ち上がった。

「ドアに掛け金を」トムは英語でジョナサンに囁《ささや》いた。「誰なのか訊くんだ」

近所の人だろうと思って、ジョナサンは玄関へ行った。彼はそっと掛け金をかけた。

「どなたですか？《キ・エス・シル・ヴ・プレ》」

「ムッシュー・トレヴァニー？」

男の声に心あたりがなかった。ジョナサンは廊下にいるトムのほうを振りかえった。

ひとりじゃない、とトムは思った。

「いまごろ、何かしら？」とシモーヌが訊いた。

トムは唇に指をあてた。それから、シモーヌになんと思われようとかまわずに、廊下をキッチンのほうへ行った。明かりがついていた。シモーヌがあとから付いてきた。トムは何か鈍器がないかと周囲を見まわした。まだ尻《しり》ポケットに絞殺用の紐《ひも》が一本あった。もちろん、訪問者が近所の人であれば、紐は必要ない。

「何をしてるんです？」とシモーヌが訊いた。

トムがキッチンの隅にある縦長の黄色いドアを開けていた。道具入れで、必要になるかもしれないものは、そのなかにあった。ハンマー、そのそばには鑿《のみ》、ついでに凶器にならないモップと箒《ほうき》が何本かあった。「ぼくが来たのはよかったかもしれない」トムはハンマーを手にして言った。ドアに肩でぶつかっているのだろう、玄関で物音がしていた。ドア越しに発砲されるかもしれないと思った。やがて、カチッという掛け金をはずすかすかな音が聞こえた。

シモーヌが勇敢にも廊下に飛びだしていった。彼女の驚く声が聞こえた。廊下で取っ組み合っている音がし、それから、バタンとドアが閉められた。

「マダム・トレヴァニーか?」男の声だった。

シモーヌの叫び声は途中でとめられ、悲鳴にならなかった。廊下をキッチンに近づいてくる音がする。

シモーヌの姿が現れた。黒いスーツ姿の太った男に口を手でふさがれ、羽交《はが》い絞《じ》めにされて、靴の踵《かかと》を引きずっている。男がキッチンに入ってくると、トムは男の左側へ一歩踏みだし、ハンマーで帽子のつばの下のうなじを殴りつけた。男は意識を失わなかったが、シモーヌから手を放し、身体《からだ》をいくらか起こした。鼻を殴る絶好のチャンスだ——帽子は脱げ落ちていた——鼻に続いて、額へまっすぐ正確な一撃を浴びせた。畜殺場に入った牛のようだ。男の脚がくずおれた。

シモーヌが立ち上がった。トムは道具入れのある隅のほうへ彼女を引き寄せた。ここならば廊下からは見えない。家のなかにいるのは、どうやらあとひとりのようだ。静かなので、首を絞めているな、とトムは思った。ハンマーを手にし、廊下を玄関のほうへ行った。

音を立てないようにしたが、それでも、リビングルームのイタリア人に気づかれた。ジョナサンが床に倒れていた。やはりまた例の紐だ。トムはハンマーを振りあげ、男に襲いかかった。イタリア人――グレーのスーツにグレーの帽子――は紐を放し、ショルダーホルスターから拳銃を引きぬこうとした。トムは頬骨《ほおぼね》を殴りつけた。ハンマーはテニスラケットよりも正確だ！　立ちかけた男は前にのめった。トムはすばやく左手で帽子をとり、右手でふたたびハンマーを打ち下ろした。

ガン！　太った男は黒い目を閉じ、ピンク色の唇をだらりとさせて、ばったりと床に倒れた。

トムはジョナサンのそばにひざまずいた。ナイロンの紐がすでに固く肉に食いこんでいた。トムは紐をゆるめようとして、ジョナサンの頭をあっちこっちに向けた。歯が剝きだしになっていた。指でゆるめようとしたが、どうにもならない。

シモーヌがいつの間にか傍らに来ていた。ペーパーナイフのようなものを持っている。彼女はその先端を首の横にこじ入れた。紐がゆるんだ。

トムは足がふらついて、床に座りこんだが、また勢いよく立ち上がった。正面の窓のカーテンをぐいと引っぱって閉めた。カーテンとカーテンの間に十五センチの隙間があったのだ。イタリア人たちが侵入してきてから一分半ほど経っていたか。トムは床にあったハンマーを拾い、玄関へ行って、ふたたび掛け金をかけた。舗道を歩いている普通の足音と走りすぎていく車の音以外、なんの物音もしない。

「ジョン」シモーヌが言った。

ジョナサンは咳《せき》をし、首をこすった。身を起こそうとしている。

グレーの服の男はじっと肥満体を横たえていた。男の頭はたまたま肘掛け椅子の脚にもたれている。トムはハンマーの柄を握りしめて、さらに一撃しようとしかけたが、躊躇《ちゅうちょ》した。すでに絨毯《じゅうたん》にいくらか血がついていたからだ。だが、男はまだ生きている、とトムは思った。

「この豚《ぶた》」トムは小声でそう言うと、ワイシャツの胸とけばけばしいネクタイを掴《つか》んで、男をすこし引っぱりあげ、左のこめかみにハンマーを打ちつけた。

ジョルジュが目を見ひらき、戸口に立っていた。

シモーヌがジョナサンにコップで水を持ってきて、彼の横にひざまずいた。「あっちへ行きなさい、ジョルジュ！」彼女は言った。「パパは大丈夫よ！　行ってなさい――二階へ、ジョルジュ！」

しかし、ジョルジュは行こうとしない。その場の様子に目を奪われ、じっと立ちつくしていた。たぶん、テレビなど比べものにならないのだろう。しかも、それをさほど深刻には受けとっていなかった。目を大きく見ひらき、夢中で見ていたが、怯えてはいなかった。

ジョナサンはトムとシモーヌに支えられて、ソファまで行った。彼は上体を起こして座り、シモーヌが顔を拭《ふ》く濡れたタオルを持っていた。「本当に大丈夫だ」ジョナサンが呟《つぶや》いた。

家の表か裏で足音がしないか、トムはあいかわらず耳を澄ましていた。よりによって、こんなときに、と彼は思った。シモーヌを安心させようとしていたところなのに！「マダム、庭の入口は鍵がかけてありますか？」

「ええ」シモーヌが言った。

トムは鉄の扉の上に飾りの忍び返しがあったことを思い出した。彼はジョナサンに英語で話しかけた。「外の車にすくなくとももうひとりはいるはずだ」シモーヌにもわかったはずだが、顔の表情からはなんとも言えなかった。彼女はジョナサンを見ていた。もう完全に大丈夫のようだ。それから、まだ戸口にいるジョルジュのほうへ行った。

「ジョルジュ！　さあ――！」子どもを階段の途中まで連れていき、尻をピシャリと叩いて、ふたたび二階へ追いやった。「部屋に入ったら、ドアを閉めておくのよ！」

たいした女性だ、とトムは思った。ベロンブルのときのように、もうひとりがすぐに玄関にやってくるだろう。車のなかの男が何を考えているか想像しようとした。物音も、悲鳴も、銃声も起こらないから、すべて計画どおりに運んでいると思って、待っているのだろう。ふたりの相棒は仕事を片づけ、トレヴァニー夫妻を絞殺するか撲殺するかして、そろそろ外へ出てくるはずだと思っているにちがいない。きっとリーヴズがしゃべったのだろう、とトムは思った。奴らにジョナサンの住所と名前をしゃべったのだ。トムは無謀なことを考えた。ジョナサンとふたりでイタリア人の帽子をかぶり、玄関から車（もし停まっていれば）に向かって飛びだしていき、小型拳銃で不意を襲う――この一丁の小型拳銃で。だが、それをジョナサンに頼むわけにはいかなかった。

「ジョナサン、手を打たれないうちに、こっちから出ていったほうがいい」とトムが言った。

「手を打たれるって――どういうことだい？」ジョナサンは濡れたタオルで顔を拭いていた。額の上のブロンドの髪がすこし逆立っている。

「向こうからやってくるってことさ。仲間が戻ってこなければ、不審に思う」連中がこの場のありさまを目にすれば、三人を銃で射殺し、車で逃走するだろう、とトムは考えていた。窓辺に行き、身をかがめて、敷居の上の隙間から外の様子を窺《うかが》った。アイドリングしているエンジン音がどこからか聞こえないか耳をそばだて、パーキングライトをつけて駐車している車を探した。今日は、通りの向こう側が駐車できる日だ。十メートルほど離れた斜め左の方角に、車がある。たぶん、あれだ。大型車でパーキングライトがついていたが、通りにはほかにも騒音がしていたから、エンジン音なのかははっきりしなかった。

　ジョナサンが立ち上がって、トムのほうへ歩いてきた。

「きっとあれだろう」とトムが言った。

「どうする？」

　トムはひとりでやるつもりで、家から出ずに、侵入者を射殺しようと考えていたのだ。

「シモーヌとジョルジュがいる。ここで闘うのは避けたい。外に出て、不意打ちをすべきだと思う。さもなければ、奴らが襲ってくる。押し入られたら、撃ち合いになるだろう

——ぼくに任してくれ、ジョン」

ジョナサンは不意に怒りが込みあげてきた。わが家と家庭を守りたい。「よし——一緒に行こう！」

「どうするの、ジョン？」とシモーヌが訊いた。

「まだほかにもいると思う——きっと来る」ジョナサンはフランス語で言った。

トムはキッチンへ行った。死体のそばのリノリウムの床から帽子を拾いあげ、かぶってみた。耳まですっぽり入った。そのとき不意に、イタリア人がいずれもショルダーホルスターに拳銃を持っていたことに気づいた。ホルスターから拳銃を抜きとり、リビングルームへ引き返した。「拳銃だ！」そう言いながら、彼は床に倒れている男の拳銃に手を伸ばし、抜き取るとジャケットの下に忍ばせた。男の帽子をとると、こっちはぴったりなので、キッチンから持ってきた帽子をジョナサンに渡した。「かぶるんだ。通りを横断するまで相手をごまかせれば、多少は有利になる。が、一緒に来ることはない、ジョン。ひとり出ていけば、十分だ。奴らを追っぱらうだけなんだ！」

「じゃあ、おれも行く」とジョナサンが言った。何をするかはわかっていた。脅して、追っぱらうこと、あるいは、撃たれる前に、できれば、先に撃つことだ。

トムは拳銃をシモーヌに渡した。イタリア製の小型拳銃だ。「役に立つかもしれない、マダム」しかし、受けとるのをためらっているようだ。トムはソファに置いた。安全装置ははずしてあった。

ジョナサンは手にしている拳銃の安全装置をはずした。「車に何人乗っているか見えたかい？」

「なかは見えなかった」言い終わらないうちに、何者かが用心深く忍び足で玄関の階段をのぼってくる音がした。トムはジョナサンにうなずきかけた。「われわれが出たら、掛け金をかけるんだ、マダム」彼はシモーヌに小声で言った。

トムとジョナサンは帽子をかぶり、玄関へ向かう。トムが掛け金をはずし、ドアを開けると正面に男が立っていた。同時に、男にどんとぶつかり、片腕を捉まえて、階段をまた引き返させた。ジョナサンが片方の腕を摑んでいる。ほとんど真っ暗闇なので、相手は一瞬、ふたりの仲間と見間違えたかもしれないが、トムには、その錯覚がせいぜい一、二秒しか続かないことはわかっていた。

「左だ！」彼はジョナサンに言った。捕まっている男はもがいていたが、まだ声はあげていなかった。相手は必死に抗い、トムの足が浮きあがりそうになった。

ジョナサンにはパーキングライトをつけている車が目に入っていたが、そのときライトがすべて点灯され、エンジンをふかす音がした。車がすこしバックした。

「放り出せ！」トムが言い、ふたりは示し合わせていたように、イタリア人を前に放り出した。ゆっくりバックしてきた車の横腹に、男の頭がぶつかった。イタリア人の拳銃が路上に落ちて、音を立てた。車が停まり、トムの前でドアが開かれた。どうやら仲間を助けるつもりのようだ。トムはズボンのポケットから拳銃を取りだし、ドライバーに向けて発砲した。ドライバーは後部座席の男とふたりがかりで、頭が朦朧《もうろう》としているイタリア人を助手席に運ぼうとしている。トムは二度目の発砲をためらった。フランス通りのほうから、ふたりの人間がこっちへ走ってきたからだ。窓を開けた家が一軒ある。車の反対側の後部ドアが開かれ、何者かが舗道に押し出されるのを、トムは見た。見た気がした。

車の後部から銃弾が飛んできた。続いて、もう一発。そのときトムのすぐ目の前に、ジョナサンがよろめくように歩み出た。車は走りだしている。

ジョナサンが前のめりにくずれ、トムは身体を支えようとしたが間に合わず、車が停まっていた場所に倒れた。ちくしょう、撃った弾はドライバーに命中していたとしても、腕をかすった程度にちがいない。車は走り去っていた。

若い男と、さらに男と女がひとりずつ小走りにやってくる。

「どうしたんです？」

「撃たれたんですか？」

「警察を！」これは若い女の叫び声だ。

「ジョン！」ジョナサンはつまずいて倒れただけだとトムは思っていたが、ジョナサンは立ち上がりもしなければ、身じろぎもしない。若者のひとりに手伝ってもらい、歩道まで運んだが、彼はぐったりしていた。

胸を撃たれたことはわかっていたがジョナサンにはほぼ全身が麻痺している感じだった。さっき強い衝撃があったのだ。気を失いかけていたが、気を失う程度ではすまないかもしれないな。まわりに何人も駆け寄ってきては叫んでいる。

トムはそのときようやく、舗道に人影を認めた——リーヴズ！　リーヴズは疲れきった様子で、苦しげにはあはあ息をしている。

「……救急車を！」フランス人女性の声が言った。「救急車を呼んで！」

「うちの車で！」男が叫んだ。

トムはジョナサンの家の窓に目をやると、シモーヌの頭の黒いシルエットが見えた。カーテンの隙間から覗《のぞ》いていた。彼女を呼びにいかなければ、とトムは思った。ジョナサンを病院へ運ばなければならないのだ。自分の車のほうが救急車よりは早いだろう。「リーヴズ！　ここを頼む。すぐ戻ってくる。ええ《ウイ》、マダム」トムは女性に言った（いまやまわりには五、六人の人がいた）。「車ですぐ病院へ運びます！」トムは通りを横切り、家のドアをドンドン叩いた。「シモーヌ、トムだ！」

シモーヌがドアを開けると、トムが言った。

「ジョナサンが怪我《けが》をした。すぐ病院へ行かなければならない。コートだけはおって来てくれ。ジョルジュも！」

ジョルジュは廊下にいた。コートを着るのは手間どらなかったが、廊下でコートのポケットのなかをさぐって鍵を探し、それからトムのほうへ急いで戻った。「怪我を？　撃たれたの？」

「そうだろうと思う。車は左のほうにある。緑の車だ」イタリア人の車が停まっていた場所から六メートル後方にあった。シモーヌはジョナサンのところへ行こうとしかけたが、そんなことよりとにかく車のドアを開けてくれ、とトムに言われた。鍵はかかっていなかった。野次馬は増えていたが、警官はまだ到着していない。いったい何様のつもりでこの場を取りしきっているんだ、トムはお節介な小男からそう問い詰められた。

「邪魔しないでくれ！」トムは英語で言った。リーヴズとできるだけ静かにジョナサンを持ちあげた。ふたりがかりでも大変だった。車を近くまで持ってきたほうが利口だったが、持ちあげてしまっていたので、そのまま運んだ。数歩進むと、ふたりが手を貸してくれ、楽になった。彼らは後部座席の隅にジョナサンを倒れないように乗せた。

　トムが車に乗りこんだ。口がからからに乾いている。「こちらはマダム・トレヴァニーだ」トムがリーヴズに言った。「リーヴズ・マイノットです」

「はじめまして」リーヴズが英語訛《なま》りで言った。

シモーヌはジョナサンのいる後部座席に乗った。リーヴズはジョルジュを隣に座らせた。

トムはフォンテーヌブロー病院の方角へと車をスタートさせた。

「パパは気絶してるの？」とジョルジュが訊いた。

「そうよ《ウィ》、ジョルジュ」シモーヌは泣いていた。

　ジョナサンにはみんなの声が聞こえていたが、しゃべることができなかった。身体も動かない。指さえも。灰色の幻影が見えた。イギリスのどこかの海岸で、潮が引き、衰弱し、崩壊していく。彼はシモーヌの胸にもたれていたが、すでに彼女からははるか遠くにいた

——そう思った。だが、トムは生きていた。トムが車を運転している、とジョナサンは思った。彼自身は神のような心境だった。どこかを撃たれていたが、なぜかもうどうでもいい。これが死だ。これまで死を直視しようとして、果たせずにきた。覚悟を決めようとして、決められずにきた。覚悟などできるわけがなかった。結局、ただ身を委ねたらよかったのだ。自分がやったこと、やりそこなったこと、成しとげたこと、努力したこと——すべてが空しく思えた。

サイレンを鳴らしながらやってくる救急車とすれちがった。トムの運転は慎重だった。運転したのはわずか四、五分だった。全員押し黙っているのが不気味に思えてきた。時間が刻一刻と経っていき、それにつれて、彼も、リーヴズも、シモーヌも、ジョルジュも、意識があればジョナサンも、まるで凍りついてしまったようだ。

「亡くなられてます！」インターンが驚いた声で言った。

「しかし——」トムには信じられなかった。あとの言葉が出てこなかった。

シモーヌだけが叫び声をあげた。

立っていたのは病院の入口のコンクリートだ。ジョナサンは担架に乗せられていた。ふたりの助手が担架を支えていたが、どうしていいか戸惑っているようだった。

「シモーヌ、あなたの気持ちは——」しかし、そのあとどう言ったらいいか、トムにはわからなかった。ジョナサンはなかへ運ばれていき、シモーヌがそっちへ走っていった。ジョルジュが付いていく。トムはシモーヌのあとを追いかけた。鍵をもらい、家からふたりの死体を運びだして、なんとか始末しようと考えたのだ。が、急に足をとめた。コンクリートに靴がすべった。トレヴァニーの家は警察のほうが先手を打っているだろう。すでになかに踏みこんでいるかもしれない。灰色の家から騒ぎがはじまったこと、発砲のあと、ひとり（トム）が家に駆け戻ったこと、そして女性と子どもを連れて出てきて、車に乗ったことを、野次馬たちから聞いているにちがいないからだ。

シモーヌの姿が見えなくなった。廊下の角を曲がって、担架のあとを追いかけていったのだ。彼女はすでに葬儀の列のなかにでもいるようだった。トムは後ろを向き、リーヴズのほうへ歩いて戻った。

「引きあげよう」とトムが言った。「いまのうちに」誰かに話を聞かれたり、車のナンバーを控えられたりする前に、退散しようと思った。

リーヴズと車に乗りこんだ。そして、記念碑の方角、自宅の方角へと走り去った。

「ジョナサンは死んだと思うかい？」とリーヴズが訊いた。

「ああ。インターンがそう言ってたろう」

リーヴズはぐったりと身体をもたせかけ、目をこすった。

ふたりともこうしてはいられない、とトムは思った。病院から尾行してくる車はいないか、パトカーはいないか気がかりだった。死体を運んでいったわけではないし、何も訊かれずに車で逃げてきたのだ。シモーヌは何を話すだろう？　今夜は黙秘しても、許してもらえるだろうが、明日は？　「きみは」とトムが言った。声がかすれている。「骨も、歯も、折られなかったのかい？」たしか、リーヴズがそんな話をしていたのだ。あるいは、いま思い出したのかもしれない。

「ただ、煙草《たばこ》で焼きを入れられただけだ」銃弾と比べれば、火傷《やけど》などなんでもないかのように、リーヴズは卑屈な調子で言った。リーヴズはやや赤みを帯びている不精ひげを生やしていた。

「トレヴァニーの家に何があるか知っていると思うが。ふたりの死体だ」

「ああ、よくやったよ。もちろん、知ってる。奴らはしくじったんだ。もう戻ってはこないだろう」

「死体の始末をするために、あの家へ行くつもりだったんだ。なんとかして。が、いまごろは警察が来ているにちがいない」背後でサイレンの音がし、トムは狼狽《うろた》えてハンドルを握りしめた。しかし、青いルーフライトをつけた白い救急車であることがわかった。記念碑のところでこっちを追いぬき、パリの方角である右へ急カーブを切って、急に見えなくなった。ジョナサンがパリの病院へ搬送されていくのであればいいがと思った。向こうの病院のほうがきちんとした処置を受けられるだろう。ジョナサンは車内の男の拳銃とトムの間にわざと入りこんできたにちがいない。それは考えすぎだろうか？　ヴィルペルスまでは追いこす車もなく、停止させようとサイレンを鳴らす車もなかった。リーヴズはドアにもたれて眠りこんでいたが、車が停まると、目を覚ました。

「わが家に帰ってきた」とトムが言った。

　ガレージのなかで車を降り、ガレージに鍵をかけて、それから、玄関のドアの鍵を開けた。家のなかはまったく変わりなかった。むしろ信じられないくらいだった。

「ソファにでも横になっててくれ、紅茶をいれるよ」とトムが言った。「いまは紅茶が必要だ」

　ふたりはウイスキーを入れて紅茶を飲んだ。リーヴズが例の申し訳なさそうな態度で、何か火傷の薬はないかと言った。トムは階下の化粧室にある救急箱から薬を取りだした。リーヴズは化粧室に閉じこもって、火傷の手当てをした。彼の話によると、火傷は腹部に集中しているらしい。トムは葉巻に火をつけた。葉巻を吸いたかったわけではなく、たぶん、思い込みだろうが、吸うと、気持ちが落ち着くからだった。しかし、難問に対処するときの態度で、大切なのは思い込みだった。絶対に自信のある態度をとらなければならなかった。

　リーヴズはリビングルームへ入っていくと、ハープシコードに目をとめた。

「ああ」トムが言った。「新しく買ったんだよ。フォンテーヌブローかどこかでレッスンを受けるつもりだ。たぶんエロイーズも。二匹の猿みたいに、ただ玩具《おもちゃ》にしてばかりもいられないからね」トムは奇妙なことに、怒りをおぼえた。リーヴズに対してではない。具体的な対象はなかった。「アスコナで何があったか、聞かせてほしい」

　リーヴズはまたウイスキー入りの紅茶をすすり、あの世へ行きかけてかろうじて生還した男のようにしばらく黙りこんでいた。「ジョナサンのことを考えてるんだ。死んだジョナサンのことを。——こうなることを、おれは望んじゃいなかった」

トムはまた脚を組んだ。彼もやはりジョナサンのことを考えていたのだ。「アスコナのことだが。何があったんだい？」

「ああ、それは前にも話したとおり、奴らに見つかったと思ったんだ。そのあと——そうそう、ふた晩前だ、路上で連中のひとりが近づいてきた。夏のスポーツウェア姿の若い男で、イタリア人の観光客だと思った。そいつが英語で言ったんだ。『荷物をまとめて、チェックアウトするんだ。待っているから』もちろん、おれには自分のとりうる道がわかっていた——つまり、荷物をまとめて、逃げる決心をすべきかどうか。日曜日の午後七時ごろだった。昨日か？」

「そう、昨日は日曜日だよ」

リーヴズはコーヒーテーブルをじっと見つめていた。しかし、片手をそっと横隔膜の辺にあて、背筋を伸ばして座っている。たぶん、そこを火傷しているのだろう。「そう言えば、スーツケースを置いてきたんだ。まだアスコナのホテルのロビーにある。奴らはおれに入口から出ていくように促し、こう言ったんだ。『そいつは置いていけ』って」

「ホテルに電話をすればいい」トムが言った。「フォンテーヌブローからでも」

「うん。それで——奴らはおれをきびしく問い詰めた。今回の件の首謀者を聞き出そうとしたんだ。そんな者はいないと言ったんだが。おれが首謀者になれるわけはないし！」リーヴズは弱々しく笑った。「あんたのことをしゃべるつもりはなかった、トム。とにかく、マフィアをハンブルクから締めだそうとしたのは、あんたじゃない。それで――煙草の火で焼きを入れられたんだ。奴らは列車に乗っていたのが誰かを知りたがった。残念ながら、おれはフリッツのようには立派に振舞えなかったんだ。たいした奴だよ、フリッツは――」

「死んではいないんだろう?」トムが訊いた。

「そう。死んではいないと思うが。いずれにしても、恥ずかしい話だが、要するに、おれは奴らにジョナサンの名前と居所をしゃべってしまった。そいつを漏らしたんだ。どこかの森のなかで車に閉じこめられ、煙草の火で焼きを入れられた。助けをもとめてどんなに悲鳴をあげようと、誰にも聞こえはしない。そう思ったことを覚えているよ。そのあと、奴らは鼻をつまんで、窒息死させるような真似をしたんだ」リーヴズはソファに腰かけて、もじもじしていた。

トムには、彼の気持ちがよくわかった。「ぼくの名前は出なかったのか?」

「出なかった」

あれはジョナサンを狙ったものだったと信じていいのだろうか、とトムは思った。たぶん、トム・リプリーを追ったのは見当ちがいだったと、ジェノッティ・ファミリーは考えたのだろう。「連中はどうもジェノッティ・ファミリーの者らしいな」

「たぶん、そうだろう」

「知らないのかい?」

「奴らはファミリーのことは口にしないんだ、トム、本当だ!」

嘘ではなかった。「アンジィやリッポのことも？　リュイージというカポのことも？」リーヴズは考えこんだ。「リュイージ――その名前は聞いたかもしれない。こっちはすっかりびくついちまってたんだ、トム――」

トムはため息をついた。「アンジィとリッポというのは、土曜日の夜、ジョナサンとふたりで始末した連中だ」立ち聞きでもされるかのように、トムは低い声で言った。「ジェノッティ・ファミリーの者だ。奴らはこの家にやってきた。ここから遠く離れたところで、車とともに灰になったよ。ジョナサンが来てくれて、すばらしい働きをしてくれた。新聞を読むといい！」トムは微笑しながら付けくわえた。「リッポにはボスのリュイージに電話をかけさせ、ぼくが連中の追ってる男じゃないと報告させた。だから、こうしてジェノッティのことを訊いてるんだ。うまくいったかどうか知りたいんだよ」

リーヴズはまた思い出そうとしていた。「あんたの名前は話に出てこなかったと思う。ここで奴らを殺したわけか。この家で！　まずまずよかった、トム！」リーヴズは穏やかな笑みを浮かべて、ぐったりとソファにもたれた。何日ぶりかでやっと緊張から解放されたようだった。実際、そうだったのだろう。

「しかし、奴らはぼくの名前を知っている」とトムが言った。「今夜、車のなかのふたりが気づいたかどうかはわからないが。あとは――運だ」口をついて出たその言葉が、自分でも意外だった。これは五分五分という意味であり、そのような意味で言ったのだ。「つまり」さらにきっぱりした口調で続けた。「今夜、ジョナサンを殺《や》ったことで、奴らの気持ちがおさまるかどうか」

　トムは立ち上がると、リーヴズから離れた。ジョナサンは死んだ。一緒に外へ出て、車のところへ行く必要などはなかったのだ。ジョナサンは車内から狙っていた拳銃とトムの間にわざと割りこみ、前に立ってくれたのではないか？　しかし、拳銃が向けられていることを彼が気づいていたかどうかはまるで確信がなかった。あっという間の出来事だった。ジョナサンはシモーヌの気持ちを元に戻すことができなかったし、彼女も許すという言葉を一度も口にしなかった――彼が絞殺されかけたあとで、数分間介抱しただけだ。

「リーヴズ、そろそろ寝ないか？　それとも、何か食べたいかい。腹は空いてるか？」

「疲れすぎて、何も要らない。結構だ。本当に眠たいんだ。ありがとう、トム。泊めてもらえるとは思ってなかったよ」

　トムは声をあげて笑った。「ぼくも泊める気はなかった」トムはリーヴズに二階の客間を見せ、ジョナサンが何時間か使ったベッドで申し訳ないがと詫びた。そして、シーツを取り替えると言ったが、リーヴズはこれでかまわないと断わった。

「ベッドが天国のように見えるよ」リーヴズは疲れきった様子でふらふら歩きながら、服を脱ぎはじめた。

　マフィアのメンバーが今夜もう一度襲ってきたら、こっちには大型のイタリア製の拳銃があるし、さらにライフルも、またルガーもあるのだ。ジョナサンの代わりに、疲れきっているが、リーヴズだっている、とトムは考えていた。だが、マフィアは今夜はやってこないだろう。フォンテーヌブローからできるだけ離れようと思うはずだ。すくなくとも、車を運転していた奴に怪我を負わせていればいいがと思った。それも、重傷を。

翌朝、トムはリーヴズを寝かせておいた。ラジオをつけ、一時間ごとにニュースをやるフランスの人気番組にダイヤルを合わせ、リビングルームに座ってコーヒーを飲んだ。あいにく、午前九時を過ぎたばかりだった。シモーヌが警察にどんな話をしているか、昨夜は何をしゃべったか、それを知りたかった。ぼくのことには触れないだろう、とトムは思った。そんなことをすれば、ジョナサンがマフィア殺害の幇助《ほうじょ》をしたことも露見してしまうからだ。いや、本当にそうだろうか？　夫はトム・リプリーに強要されたとは言えないだろうか？――しかし、どのように強要されたのか？　どんな圧力をかけて？　いや、ちがう。シモーヌは、「なぜマフィア（あるいは、イタリア人）がわが家に来たか、訳がわかりません」といった程度のことをむしろしゃべりそうだった。「だが、ご主人と一緒にいたほかの男は、何者ですか？　目撃者の証言だと、ほかにもうひとりいたそうです――英語訛りの男が」野次馬のなかに彼の訛りに気づく者がいなければいいがと思ったが、たぶん、そうはいかないだろう。「知りません」とシモーヌは言うかもしれない。「主人の知り合いでしょう。名前は思い出せませんけど……」

いまのところ、状況はまだよくわからない。

リーヴズが十時前に下りてきた。トムはまたコーヒーを沸かし、スクランブルエッグを作った。

「迷惑になるから、失礼しなければ」とリーヴズが言った。「車で送ってくれるかい――オルリー空港にしようと思っているが。それに、スーツケースのことで電話をかけたいが、ここからはかけない。フォンテーヌブローへ連れてってもらえるかな？」

「フォンテーヌブローとオルリー空港へ送っていくよ。どこへ行くつもりだい？」

「チューリッヒへ行こうと思ってる。スーツケースは、そのあとでアスコナへ取りにいく。だが、ホテルに電話をすれば、アメリカン・エキスプレス気付でチューリッヒに送ってもらえるかもしれない。ただ忘れたとだけ言うことにするよ！」リーヴズは少年のような屈託のない笑い声をあげた――というより、無理して笑っていた。

あとは、金の問題だ。トムの手元に千三百フランほどの現金があった。大丈夫だ、多少は用立ててやることができる、それで航空券を買って、チューリッヒに着いたら、すぐスイス・フランに両替するがいい、と彼は言った。リーヴズのトラベラーズチェックはスーツケースのなかにあった。

「パスポートは？」トムが訊いた。

「ここにある」リーヴズは胸ポケットをぽんぽんと叩いた。「両方とも。ひげを生やしたラルフ・プラットと、ひげのないおれのパスポートが。写真はハンブルクの友だちに撮ってもらった。付けひげをしてね。イタリア人にパスポートを取りあげられなかったんだ、考えられるかい？　ついてたよ、まったく」

たしかに、ついていた。リーヴズは不死身の男だ、とトムは思った。石の上をちょろちょろ走りまわる細長いトカゲのようだ。捕らえられ、煙草の火で焼きを入れられ、どんなやり方かはわからないが、脅迫されて、車から放りだされたのだ。そして、いまここでスクランブルエッグを食べている。目は両方とも無事だし、鼻の骨もへし折られていない。

「これから自分のパスポートを使うことにするよ。だから、今朝《けさ》はひげを剃《そ》って、できたら、風呂に入る。ひどく寝坊したから、いそいで下りてきたんだ」

リーヴズが風呂に入っている間、トムは電話をかけて、チューリッヒ行きの便について問い合わせた。その日は三便あって、最初の便は午後一時二十分の出発だった。オルリー空港の係の女性は、おひとりでしたら、たぶん席はあるでしょうと言った。

24

正午をすこし回ったころ、トムはリーヴズとオルリー空港に着いた。車は駐車場に入れた。リーヴズはスーツケースの件でアスコナのスリー・ベアーズ・ホテルに電話をかけた。スーツケースはチューリッヒに送ってもらうことになった。リーヴズはさほど心配そうではなかった。大事な住所録が入っている鍵のかかっていないスーツケースを置いてきても、トムほどには気にしていなかった。スーツケースはたぶん、翌日にはチューリッヒのリーヴズのもとへ、すべて無事に戻るだろう。トムはリーヴズに着替えのワイシャツ、セーター、パジャマ、靴下、下着、それに、トム自身の歯ブラシと練り歯磨きの入った小型スーツケースをむりやり持たせた。怪しまれないために、それらが必要だと思ったのだ。ジョナサンが一度だけ使った歯ブラシは、なぜかリーヴズに持たせたくなかった。それから、レインコートもやった。

ひげがないので、リーヴズの顔は前よりも青白く見えた。「トム、わざわざ見送ってくれなくともいい。もう大丈夫だ。本当にありがとう。おかげで、命拾いしたよ」

リーヴズが舗道で射殺されかけたのでなければ、その言葉はかならずしも正しくない。その点は疑わしかった。「連絡がなければ」トムは笑顔で言った。「無事だということにするよ」

「わかった、トム！」彼は手をふって、ガラス扉を通り、姿を消した。

トムは車に乗って、家路についた。ひどく気分が悪く、悲しみが募った。今夜は人と会って、気晴らしをしようという気は起こらなかった。グレ夫妻とも、クレッグ夫妻とも会いたくなかった。パリで映画を観る気にもなれなかった。午後七時ごろエロイーズに電話をして、スイス旅行に出かけたかどうか確かめるつもりだった。彼女がいなければ、両親がスイスの別荘の電話番号か、何か連絡方法を知っているだろう。エロイーズはそういうことに気が回る女で、かならず電話番号か自分の行く先を置いていくのだ。

それから、もちろん、警察がやってくるかもしれなかった。そうなれば、気晴らしどころではなくなるだろう。警察にはどう話せばいいのか、昨夜はずっと自宅にいたとでも言うのか？　トムは笑い声をあげた。笑うと、気が楽になった。シモーヌがこれまでに何をしゃべったのか、もちろん、できれば、それを知ることが先決だった。
ところが、警察はやってこなかった。トムはシモーヌに連絡をとろうともしなかった。警察はいま証拠や証言を集めている。そのうち彼の上にそれをどさりと置くのだ。そんなありきたりの不安に苛まれた。トムはすこし夕食の買い物をし、ハープシコードで指の訓練をして、リヨンの妹のところにいるマダム・アネットに手紙をしたためた。

拝啓、アネット様
あなたがいないベロンブルはひどく淋《さび》しいものです。しかし、あなたはのんびりとこの初夏のすばらしい日々を楽しんでおられることと思います。こちらはなにごともなく、平穏無事です。そのうち、夕方にでも電話をして、そちらの様子を聞くつもりです。では、くれぐれもお身体《からだ》を大切に。

親愛なる者より
トム

パリのラジオがフォンテーヌブローの路上で起きた「銃撃事件」を取り上げ、男性三名が殺されたと報じたが、名前は報じられなかった。火曜日の新聞（トムはヴィルペルスで「フランス・ソワール」紙を買った）は縦十二センチの記事を掲載していた。フォンテーヌブローのジョナサン・トレヴァニーが射殺され、トレヴァニーの自宅内でイタリア人二名が射殺されたとある。トムの目はふたりのことを思い出したくないかのように名前を読み流したが、その名はいつまでも記憶から消えないだろう――アルフィオリとポンティ。イタリア人たちが家に侵入してきた理由はわからない、とシモーヌ・トレヴァニーは警察に話していた。ふたりは呼び鈴を鳴らすと、いきなり押し入ってきた。マダム・トレヴァニーは名前を明かしていないが、ある友人が夫に加勢し、さらにそのあと自分たち夫妻と幼い息子を車に乗せて、フォンテーヌブローの病院まで連れていってくれたが、病院に着いたときには夫は亡くなっていた。

加勢し、か。トムは愉快だった。トレヴァニーの自宅でマフィアふたりの頭蓋骨《ずがいこつ》を叩き割ったんだからな。ハンマーの使い方がなかなかうまいじゃないか、そのトレヴァニー夫妻の友人とやらは。トレヴァニー自身もよくやったのだろう。計四人の拳銃を持った男とやりあったのだから。トムはほっとした。笑い声さえ出た――その笑い声のなかに多少ヒステリックな響きがあったとしても、誰が咎《とが》められただろう？　新聞ではこれからもっと詳しい報道がなされるはずだった。新聞で報道されなくても、シモーヌか、ひょっとしたら彼自身に対しじかに警察から詳細が知らされるだろう。しかし、マダム・シモーヌは夫の名誉とスイスの銀行の預金は守ろうとするにちがいない。トムはそう信じていた。さもなければ、すでにもっと警察にしゃべっているはずだった。トム・リプリーの名前を挙げ、彼に対する疑いについて触れていてもいいのだ。新聞だって、マダム・トレヴァニーはあとで詳細を話すと約束した、と書いてもよかったのだ。しかし、明らかに彼女はそんな約束をしていなかった。

ジョナサン・トレヴァニーの葬儀は五月十七日水曜日の午後三時に、サン・ルイ教会で行なわれる。水曜日には、トムも参列したかったが、シモーヌの立場からすれば、まさに迷惑だろうという気がした。結局、葬儀は生者のために行なわれるもので、死者のためにあるのではない。トムはその時間には、ひとことも口をきかずに、庭仕事をして過ごした(温室は、あのいい加減な業者を催促しなければならない)。ジョナサンはわざと彼の前に立ち、身をもって弾丸を防いでくれたのだ。トムはますますそう確信するようになっていた。

警察は間違いなくもまだ今後シモーヌを事情聴取し、夫に手を貸した友人の名前を聞きだそうとするだろう。あのイタリア人たちがマフィアのメンバーであることはもう明らかになっただろうが、ひょっとすると奴らが追っていたのは、ご主人ではなく、その友人だったのではないですか? 警察はシモーヌに数日の猶予をあたえて悲しみから立ち直るのを待ち、ふたたび質問するだろう。だがトムには、シモーヌの意志がいっそう頑なものになることが想像された。友人は名前を明らかにするのを望んでいないし、親しい友人でもない。その行動は夫と同様、自己防衛だった。悪夢をいっさい忘れたいという彼女の最初の気持ちは変わらないだろう。

約一カ月がすぎ、六月、エロイーズがようやくスイスから戻ってきた。トレヴァニー事件に対するトムの予想は的中していた——新聞にはその後マダム・トレヴァニーの発言が載ることはなかった——フォンテーヌブローのフランス通りで、トムはシモーヌを見た。同じ側の歩道をこっちに向かって近づいてくる。トムは庭に置く重い甕《かめ》のようなものを買って、運んでいたときだ。シモーヌの姿を目にして、彼はびっくりした。彼女はトゥールーズに家を買って、息子と一緒にすでに引っ越したと聞いていたからだ。この話を聞いたのは高級デリカテッセンの若くて押しの強い主人からで、そこはゴーティエの画材店が改装されて新たに開店した店だった。花屋の店員に配達してもらおうとしかけてやめたこの重い荷物のせいで両腕が抜けそうで、ゴーティエの店でいつも眺めていたまだ匂いもしない絵の具のチューブや真新しい絵筆やカンバスに取って代わった、根セロリのレムラードあえやニシンのクリームソースの不快な記憶が脳裏を離れず、それればかりか、シモーヌはもう数百キロの彼方にいるものと信じこんでいた——トムは幽霊か幻でも見ているような気分だった。ワイシャツ姿のトムから急に力が抜けていった。もし相手がシモーヌでなかったら、いまごろ甕を下に置いてちょっと休んでいただろう。車が停めてあるのは次の角だ。シモーヌはトムの姿を認めると、とたんに敵でも見るような目つきで睨《にら》みつけた。彼女はすれ違いぎわにちょっと足をとめ、トムもせめて「ボンジュール、マダム」と挨拶《あいさつ》ぐらいはしようと思って立ちどまりかけると、ぺっと唾《つば》を吐きかけられた。それは顔をはずれ、どこにもかからず、彼女はサン・メリー通りのほうへ足早に行ってしまった。

たぶん、これはマフィアの復讐の代わりだったのだ——マフィアであろうと、マダム・シモーヌであろうと、もうこれで最後にしてほしいものだ。実際、唾を吐きかけたということはそれを約束してくれたようなものだ。命中しようがしまいが、たしかに不愉快な目にはあわされたのだ。スイスにある金に執着する気がなければ、シモーヌはわざわざ唾を吐きかけたりはしなかっただろうし、彼自身、刑務所に放りこまれることになるだろう。シモーヌも多少は後ろめたい思いをしているのだ、とトムは思った。つまり、彼女は人並みの道を選んだということだ。事実、夫が生きていれば、彼女は夫よりも良心の呵責《かしやく》を感じないですんだだろう。

訳者あとがき

本書は、Patricia Highsmith 著 *Ripley's Game*, 1974 の全訳である。

パトリシア・ハイスミスの唯一のシリーズものの第一作は、言うまでもなく『太陽がいっぱい』（*The Talented Mr. Ripley*, 1955）である。これは映画化されて、世界的に大ヒットしたこともあり、作者の代表作として広く知られている。二作目が『贋作《がんさく》』（*Ripley Under Ground*, 1970）であり、それに続く三作目が本書ということになる。

ただ、シリーズものと言うには、一作目と二作目の間に十五年といういかにも長い空白の歳月がある。この一点だけからしても、作者が当初からトム・リプリーをシリーズ・キャラクターとして意識していたとはまず考えられない。実際、一作目とその後の作品では、主人公トムからうける印象に明確な違いがあることは誰の目にも明らかだろう。

『太陽がいっぱい』のトムは、警察の厳しい追及をなんとか逃げのびて、船でギリシャへと向かう。しかし、警官の姿を目にするたびにびくびくし、彼を逮捕しようと港々に警官が待ちかまえているのではないかと、不安に苛《さいな》まれ続ける。

ところが、そのトムが二作目の『贋作』では、意外にも、冒頭から別人のように変貌《へんぼう》して登場してくるのである。製薬会社のオーナーで大富豪ジャック・プリッソンの娘エロイーズと結婚し、現在はパリ近郊のヴィルペルスにある邸宅ベロンブルに住んでいる。しかも、これは結婚祝いに彼女の父親からプレゼントされたものだ。ただ、夫婦の間に、子どもはいない。ほかには、マダム・アネットという六十年配の献身的な家政婦がいて、家事いっさいを切り盛りしてくれている。トムにはダーワット商会という画材会社からの収入もあり、殺害した金持ちの息子ディッキー・グリーンリーフの遺産もまんまと手に入れている。それ以外にも、妻のエロイーズがいまだに父親から金銭的な援助をうけていることもあって、どうやら経済的には豊かで気ままな生活を送っているかのように見える。つまり、これがあの『太陽がいっぱい』のトム・リプリーの六年後の姿なのである。そして、本書はそれからさらに半年後のことであり、この日常の暮らしぶりだけを見るかぎり、とくにこれと言った変化はない。

ニューヨークでは、まともな職にもつけず、こせこせとちっぽけな悪事を働きながら、その日その日をみじめに生きていくしかなかった彼が、これまでの暗い無残な過去などまるでなかったかのようにハープシコードを弾き、絵を描き、庭の花々を愛《め》でるという優雅な日々を楽しんでいるのだ。ところが、傍目《はため》には優雅に見えるこの暮らしも、どうやら盤《ばん》石《じゃく》とは言いがたい。というのも、彼はようやく手に入れたこの恵まれた境遇をひたすら守ろうとしているわけではなく、生活を根底から破壊しかねない良からぬ行為に性懲《しょうこ》りもなく次々と荷担していくからである。

『太陽がいっぱい』のトムの場合は、ディッキーやその友人のフレディを殺害したときでも、人間関係に行きづまったり、窮地に追いこまれたりした上でのやむを得ない逆襲という彼へのむしろ温情のこもった見方に、読者は当然のように与《くみ》してしまう。それは物語の筋立ての中で、彼の不幸な生い立ちや貧しさや孤独が犯罪へといたる大きな要因として強調されているために、やむを得ないという方向へ気持ちが自然に流されていき、つい同情して納得してしまうからである。そんなふうに『太陽がいっぱい』のトムの犯行は、読者の目にはあたかも止むにやまれぬ受け身の所業のように映るのだ。

しかし、その後の作品では、トムの姿勢は明らかに違っている。恵まれた境遇にいるはずの彼が、いまではむしろ逆に、たとえ殺人であっても、あえて能動的に関わっていこうとする行動にも打って出るし、避けようと思えば、避けて通れる危険な橋を無謀にも渡ることを厭わない。いまや、彼はそれほど自信に満ちあふれていると言ってもいい。たとえば、本書のエピソードからその一例をあげれば、トム・リプリーが誰に依頼されたわけでもなく、列車内でひとりマフィアを付け狙っているジョナサン・トレヴァニーに対し加勢を買って出て、実際にトム自身が直接手をくだしてみせたりもするのである。これなどはまさにその象徴的とも言えるシーンだろう。トムは自分の犯してきたこれまでの犯罪について、本書の中でこんな風に総括している。「あれはディッキーに対する貪欲《どんよく》であり、嫉《しっ》妬《と》であり、憤りだった。もちろん、ディッキーが死んだために――というより殺したために——さらにフレディ・マイルズというのろまなアメリカ人をも殺すはめになった。…トムは後ろめたい気持ちをいだいていた。若いころの、たまらなく嫌な失敗。取り返しのつかない失敗とも言えた。…それ以後の殺人は…自分自身と同時にほかの人間を守るためにだけ行なわれた」

これは、境遇が変わってもなお、こうした生き方を捨てきれずにいるトム・リプリーの一種の自己正当化であると受けとれなくもない。しかし、結果として、ここでさらなる強さと逞《たくま》しさを身につけることができたという事実は認めざるをえない。いたずらに感情のおもむくままに犯行に及ぶのではなく、まるでプロの殺し屋のように冷静に落ち着きはらって、大胆に事を行なう男になったのだ。本書においても、いざとなれば徹底的に相手をやっつける図太い残忍さを発揮する場面が生々しく描かれている。トム自身の言葉を借りれば、それはたとえば貪欲、嫉妬、憤りといったような自分を惑わす弱さの感情を削ぎおとすことによって獲得されたものだろう。逆説的な言い方になるけれども、むしろ現在のこの恵まれた境遇があってこそ、それが可能になったと考えるべきであり、つまり、作者はトム・リプリーという魅力的なシリーズ・キャラクターをこういう形で作りあげることができたとも言えよう。

ところで、どう見ても善良とは言いがたいこの主人公に、読者もまた不思議なことにいつの間にか自らを重ね合わせていることに気づくだろう。トムの心の中に入りこみ、彼と同じ側に立って物事を見てしまっているのだ。読者を引っぱっていくハイスミスの筆の運びは、そういう意味で実に巧みであり、それが作家としての彼女の真骨頂でもある。冷静に、また丹念に、ごく自然な人間の心理をひとつひとつ積みかさねていくのだが、そこには読者をことさら刺激しようとする大げさな表現もないし、その場かぎりのご都合主義の嘘《うそ》もない。描写が非常にリアルで、的確で、けっして人間の本性から外れることがないのだ。よし殺人が悪だとしても、トムは悪人を演じたりはしない。暴力を売り物にしているマフィアのメンバーが悪を演じているのとは、その点、対照的である。トムはあくまで読者と同じような心を持った、むしろきわめて自己に忠実な人間として描かれている。

ところで、本書を映画化したドイツの映画監督ヴィム・ヴェンダースは、その著書『映像《イメージ》の論理』（河出書房新社）のなかでこんな発言をしている。「『文学の映画化』などと言うものは存在しない。あるのは根本的に異なる二つのもの、つまり書物と映画だ。両者には、事物に対する同一の見方というものはあるかもしれないが、同一の事物は存在しない」この言葉通り、事実、映画『アメリカの友人』は原作とは驚くほど違っている。殺人を依頼されたジョナサン・トレヴァニーは、本書ではパリ近郊に住んでいて、ハンブルクで殺人を実行するのだが、映画ではそもそもこの設定からしてまったく逆になっているのである。テンガロンハットをかぶっているトム・リプリーも、映画『太陽がいっぱい』のトムとはひどく異質な印象を受ける。

そんな映画作りをしながらも、しかし、ヴィム・ヴェンダースは「私はパトリシア・ハイスミスの書く物語には深い信頼を寄せていた」と正直に告白している。それればかりか、

「ちょっとした無邪気な嘘から、あるいは心地良い自己欺瞞から、徐々に邪悪な物語が生じてくるのだ。…こういうことは、誰の身に起こってもおかしくない。だからこそ、彼女の書く物語はあれほどまでに真実味を帯びるのであり、フィクションであるにもかかわらず、まさに真実が語られているのだ」とも絶賛している。映画『アメリカの友人』は前述したように原作に忠実とはとても言えないが、ハイスミスの作品については、こうして正当に評価しているのである。これは見方を変えれば、作家としての彼女の本当の魅力がどの辺りにあるのか、それを示唆《しさ》してはいないだろうか。あえてここにそれを挙げるとすれば、たとえば彼女の肌理《きめ》の細かい精妙な心理描写や日常のリアルな細部への拘《こだわ》りである。それがなければ、トム・リプリーもジョナサン・トレヴァニーも、ただの冷酷な殺人者にすぎないわけで、その意味では、彼らの人間味はたしかに微細なところにまで神経の行き届く柔軟性に富んだ文章による表現でなければ味わえないものだ。ヴィム・ヴェンダース監督がここで言わんとしているのは、そういうことだろう。

佐宗鈴夫

解説　天使を誘惑

町山智浩

屈強な用心棒に守られたマフィアのボスを暗殺するのに、殺しどころか一切の暴力と無縁な「聖人みたいに正直な」男を雇う?

こんなにバカげた企みがあるだろうか?

ジョナサン・トレヴァニーを殺し屋に推薦したトム・リプリーも「この思いつきはただの悪ふざけにすぎない」「悪意のある悪ふざけだ」という。

『アメリカの友人』の原題は「リプリーのゲーム」。リプリーがゲームの「コマ」にジョナサンを選んだ理由は、一度だけ会った時「不愉快なことを言われた」からだという。何を言われたのか。

「お噂《うわさ》はかねがね」

その、たった一言の社交辞令だけで、リプリーは、ジョナサンに自分がしてきた完全犯罪の数々を知られている気がした。おそらくジョナサンの誠実極まりない眼差しに心の奥底まで見抜かれた思いがしたからに違いない。

そして「悪いことなどしそうもない顔をした、真正直なジョナサン・トレヴァニー」に人殺しをさせようとする。

それにしてもなぜ、そんなゲームを？　リプリーの心理は依然として読者には不可解だろう。

その謎《なぞ》を解くには、別の小説に答えがある。ヘンリー・ジェイムズの『鳩の翼』である。

著者パトリシア・ハイスミスがヘンリー・ジェイムズに大きな影響を受けたことはよく知られている。トム・リプリーを主人公にした一作目『太陽がいっぱい』も、ヘンリー・ジェイムズの『使者たち』（別題『大使たち』）をベースにしている。『使者たち』は平凡な中年のアメリカ人が主人公。大富豪から、パリで遊び呆《ほう》けている跡取り息子をアメリカに連れ帰ってほしいと依頼される。ところがパリに着いてみるとバカ息子は立派な紳士に成長していた。ヨーロッパの洗練された文化がそうさせたのだ。主人公は薄っぺらなアメリカ文化しか知らない自分を恥じ、パリに魅了され、フランス女性に恋い焦がれ……。

『太陽がいっぱい』は、『使者たち』の主人公を生きるために手を汚してきた貧しい青年リプリーに置き換え、舞台をイタリアに移したものだ。金持ちのバカ息子ディッキーの優雅な生活を見たリプリーは嫉妬《しっと》に燃え、ディッキーを殺して、彼になりすまし、その財産を奪い取ろうとする。このリプリーのキャラクターと犯罪計画は、やはりヘンリー・ジェイムズの『鳩の翼』をヒントにしたのでは、と筆者は思っている。

『鳩の翼』のヒロイン、ケイトは美しく聡明だったが、貧しい育ちゆえに、人を騙《だま》し、利用して生きてきた。そう、まったくトム・リプリーの女版だ。ケイトは大富豪の令嬢ミリーと出会う。ミリーが哀れにも不治の病で余命いくばくもないと知ったケイトはマートンという自分の恋人をけしかけてミリーを口説かせる。ミリーの心を奪って二人で彼女の遺産を横取りしようという計画だ。

　ただ、ケイトがミリーを騙そうとした動機は金目当てだけでない。ミリーは容貌こそ平凡なものの、豊かな家庭で両親に愛されて何不自由なく育ったので、誰にでも優しく、人を疑うことを知らない純粋無垢で天使のような女性だった。人間の暗黒面ばかり見てきたケイトはミリーの純粋さを踏みにじりたかったのだ。

　この善良で不治の病を抱えたミリーを中年男性にしたのが、『アメリカの友人』のジョナサンなのだろう。

　ケイトもリプリーも、ミリーやジョナサンをただ憎んで滅ぼしたいと思っているだけではない。二人は、自分にない純粋さに嫉妬し、憧れ、魅《ひ》かれている。

「トレヴァニーはわれわれの仲間だろうか？　しかし、トムにとってわれわれとは、トム・リプリーひとりにすぎない」

　リプリーは、ジョナサンが自分の仲間になればいいと願う。似たような願望は『太陽がいっぱい』や『見知らぬ乗客』などにも共通する。『見知らぬ乗客』で主人公を交換殺人に誘い込もうとする犯人は同性愛的に見える。

　それはパトリシア・ハイスミスの願望を投影していると考えられている。一九五二年にハイスミスは偽名でレズビアン小説『キャロル』を執筆しており、一九九八年に彼女が亡くなった後に公開された日記で、同性愛者であった事実が確認された。

ハイスミスはかたつむりの飼育が趣味で、『かたつむり観察者』という短編も書いている。そこでは雌雄同体であるかたつむりが交尾の際に互いを恋矢という刃物で刺しあう習性が描かれている。ハイスミスの作品における殺人はセックスの代替行為だ。一九六〇年に『太陽がいっぱい』を映画化したルネ・クレマン監督はそれに気づいていた。クレマン自身も同性愛者だったと言われている。

一九七七年に『アメリカの友人』を映画化したヴィム・ヴェンダースは原作の同性愛的要素を無視して、リプリーをデニス・ホッパー扮するカウボーイ、つまりアメリカ文化の象徴として描き、ドイツ人ヨナタン（ジョナサン）にアメリカ文化に魂を救われた戦後ドイツ人であるヴェンダース自身を投影した。

「リプリーのゲーム」という原題から、筆者は、ローリング・ストーンズの『悪魔を憐れむ歌』の歌詞を連想した。キリストの処刑、ロシア革命での皇帝一家虐殺、ナチスの電撃作戦、ケネディ大統領の暗殺など人類の暴虐の現場に常にいた「私」つまり悪魔がこう言う。「私のゲームの本質がわからなくてお困りのようですな」

そのゲームとはゲーテの『ファウスト』で悪魔メフィストフェレスが神と遊んでいたゲームだ。二人は、神の子である人間を誘惑して悪の道に引きずり込めるかどうか賭《か》けをする。『アメリカの友人』のリプリーはメフィストフェレスでもある。

だが、この悪魔リプリーは、なぜか命がけでジョナサンを助けてしまう。なぜだと訊《き》かれても「道楽なんだ」としか答えられない。リプリーは見返りを何も求めない。友情も。なぜなら、それは愛だから。

『鳩の翼』のケイトはミリーが病で死んでから彼女を愛していることに気づいたが、リプリーは間に合ったのだ。

(映画評論家)

パトリシア・ハイスミス作品リスト

●長編

1　Strangers on a Train（1950）『見知らぬ乗客』青田勝訳、角川文庫（一九七二）
2　The Price of Salt（1952）／改題 Carol（1990）『キャロル』柿沼瑛子訳、河出文庫（二〇一五）
＊クレア・モーガン Claire Morgan 名義で刊行され、一九九〇年にハイスミス名義で『キャロル』と改題の上、イギリス版が刊行。同年それに先駆けてドイツ語版が刊行
3　The Blunderer（1954）『妻を殺したかった男』佐宗鈴夫訳、河出文庫（一九九一）
4　The Talented Mr. Ripley（1955）『太陽がいっぱい』青田勝訳、角川文庫（一九七一）→改題『リプリー』角川文庫（二〇〇〇）／『太陽がいっぱい』佐宗鈴夫訳、河出文庫（一九九三／二〇一六）→改題『リプリー』河出文庫（二〇〇〇）　＊トム・リプリー・シリーズ1
5　Deep Water（1957）『水の墓碑銘』柿沼瑛子訳、河出文庫（一九九一）
6　A Game for the Living（1958）『生者たちのゲーム』松本剛史訳、扶桑社ミステリー（二〇〇〇）
7　This Sweet Sickness（1960）『愛しすぎた男』岡田葉子訳、扶桑社ミステリー（一九九六）
8　The Cry of the Owl（1962）『ふくろうの叫び』宮脇裕子訳、河出文庫（一九九一）
9　The Two Faces of January（1964）『殺意の迷宮』榊優子訳、創元推理文庫（一九八八）
10　The Glass Cell（1964）『ガラスの独房』瓜生知寿子訳、扶桑社ミステリー（一九九六）

11 A Suspension of Mercy（1965）／アメリカ版 The Story-Teller『慈悲の猶予』深町眞理子訳、ハヤカワ・ノヴェルズ（一九六六）→改題『殺人者の烙印』創元推理文庫（一九八六）

12 Those Who Walk Away（1967）『ヴェネツィアで消えた男』富永和子訳、扶桑社ミステリー（一九九七）

13 The Tremor of Forgery（1969）『変身の恐怖』吉田健一訳、筑摩書房 世界ロマン文庫16（一九七〇）→ちくま文庫（一九九七）

14 Ripley Under Ground（1970）『贋作』上田公子訳、角川文庫（一九七三）→河出文庫（一九九三／二〇一六）＊トム・リプリー・シリーズ2

15 A Dog's Ransom（1972）『プードルの身代金』瀬木章訳、講談社文庫（一九八五）／岡田葉子訳、扶桑社ミステリー（一九九七）

16 Ripley's Game（1974）『アメリカの友人』佐宗鈴夫訳、河出文庫（一九九二／二〇一六）＊トム・リプリー・シリーズ3

17 Edith's Diary（1977）『イーディスの日記』上下、柿沼瑛子訳、河出文庫（一九九二）

18 The Boy Who Followed Ripley（1980）『リプリーをまねた少年』柿沼瑛子訳、河出文庫（一九九六）＊トム・リプリー・シリーズ4

19 People Who Knock on the Door（1983）『扉の向こう側』岡田葉子訳、扶桑社ミステリー（一九九二）

20 Found in the Street（1986）『孤独の街角』榊優子訳、扶桑社ミステリー（一九九二）

21 Ripley Under Water（1991）『死者と踊るリプリー』佐宗鈴夫訳、河出文庫（二〇〇三）＊トム・リプリー・シリーズ5

22 Small g: a Summer Idyll（1995）『スモールｇの夜』加地美知子訳、扶桑社ミステリー（一九九六）

●短編集

1　Eleven（1970）／アメリカ版 The Snail-Watcher and Other Stories『11の物語』小倉多加志訳、ミステリアス・プレス文庫（一九九〇）→ハヤカワ・ミステリ文庫（二〇〇五）

2　The Animal-Lover's Book of Beastly Murder（1975）『動物好きに捧げる殺人読本』大村美根子・榊優子・中村凪子・吉野美恵子訳、創元推理文庫（一九八六）

3　Little Tales of Misogyny（1975）『女嫌いのための小品集』宮脇孝雄訳、河出文庫（一九九三）

＊一九七五年刊行はドイツ語版。英語版は一九七七年刊。アメリカでは一九八六年刊

4　Slowly, Slowly in the Wind（1979）『風に吹かれて』小尾芙佐・大村美根子他訳、扶桑社ミステリー（一九九二）

5　The Black House（1981）『黒い天使の目の前で』米山菖子訳、扶桑社ミステリー（一九九二）

6　Mermaids on the Golf Course（1985）『ゴルフコースの人魚たち』森田義信訳、扶桑社ミステリー（一九九三）

7　Tales of Natural and Unnatural Catastrophes（1987）『世界の終わりの物語』渋谷比佐子訳、扶桑社（二〇〇一）

8　Nothing That Meets The Eye: The Uncollected Stories of Patricia Highsmith（2002）『回転する世界の静止点　初期短篇集 1938-1949』『目には見えない何か　中後期短篇集 1952-1982』宮脇孝雄訳、河出書房新社（二〇〇五）

本書は一九九二年七月、河出文庫より刊行された『アメリカの友人』の改訳・新装新版です。

アメリカの友人《ゆうじん》

二〇一六年一〇月一〇日　初版印刷
二〇一六年一〇月二〇日　初版発行

著　者　P・ハイスミス
訳　者　佐《さ》宗《そう》鈴《すず》夫《お》
発行者　小野寺優
発行所　株式会社河出書房新社
〒一五一―〇〇五一
東京都渋谷区千駄ヶ谷二―三二―二
電話〇三―三四〇四―八六一一（編集）
〇三―三四〇四―一二〇一（営業）
http://www.kawade.co.jp/

ロゴ・表紙デザイン　粟津潔
本文フォーマット　佐々木暁
本文組版　KAWADE DTP WORKS
印刷・製本　凸版印刷株式会社

Printed in Japan　ISBN978-4-309-46433-6

贋作

パトリシア・ハイスミス　上田公子〔訳〕　46428-2

トム・リプリーは天才画家の贋物事業に手を染めていたが、その秘密が発覚しかける。トムは画家に変装して事態を乗り越えようとするが……名作『太陽がいっぱい』に続くリプリー・シリーズ第二弾。

キャロル

パトリシア・ハイスミス　柿沼瑛子〔訳〕　46416-9

クリスマス、デパートのおもちゃ売り場の店員テレーズは、人妻キャロルと出会い、運命が変わる……サスペンスの女王ハイスミスがおくる、二人の女性の恋の物語。映画化原作ベストセラー。

太陽がいっぱい

パトリシア・ハイスミス　佐宗鈴夫〔訳〕　46427-5

息子ディッキーを米国に呼び戻してほしいという富豪の頼みを受け、トム・リプリーはイタリアに旅立つ。ディッキーに羨望と友情を抱くトムの心に、やがて殺意が生まれる……ハイスミスの代表作。

ある島の可能性

ミシェル・ウエルベック　中村佳子〔訳〕　46417-6

辛口コメディアンのダニエルはカルト教団に遺伝子を託す。2000年後ユーモアや性愛の失われた世界で生き続けるネオ・ヒューマンたち。現代と未来が交互に語られるSF的長篇。

プラットフォーム

ミシェル・ウエルベック　中村佳子〔訳〕　46414-5

「なぜ人生に熱くなれないのだろう？」——圧倒的な虚無を抱えた「僕」は父の死をきっかけに参加したツアー旅行でヴァレリーに出会う。高度資本主義下の愛と絶望をスキャンダラスに描く名作が遂に文庫化。

べにはこべ

バロネス・オルツィ　村岡花子〔訳〕　46401-5

フランス革命下のパリ。血に飢えた絞首台に送られる貴族を救うべく、イギリスから謎の秘密結社〈べにはこべ〉がやってくる！　絶世の美女を巻き込んだ冒険とミステリーと愛憎劇。古典ロマンの傑作を名訳で。

マンハッタン少年日記

ジム・キャロル　梅沢葉子〔訳〕　46279-0

伝説の詩人でロックンローラーのジム・キャロルが十三歳から書き始めた日記をまとめた作品。一九六〇年代ＮＹで一人の少年が出会った様々な体験をみずみずしい筆致で綴り、ケルアックやバロウズにも衝撃を与えた。

ロベルトは今夜

ピエール・クロソウスキー　若林真〔訳〕　46268-4

自宅を訪問する男を相手構わず妻ロベルトに近づかせて不倫の関係を結ばせる夫。「歓待の掟」にとらわれ、原罪に対して自己超越を極めようとする行為の果てには何が待っているのか。衝撃の神学小説！

孤独な旅人

ジャック・ケルアック　中上哲夫〔訳〕　46248-6

『路上』によって一躍ベストセラー作家となったケルアックが、サンフランシスコ、メキシコ、ＮＹ、カナダ国境、モロッコ、南仏、パリ、ロンドンに至る体験を、詩的で瞑想的な文体で生き生きと描いた魅惑的な一冊。

オン・ザ・ロード

ジャック・ケルアック　青山南〔訳〕　46334-6

安住に否を突きつけ、自由を夢見て、終わらない旅に向かう若者たち。ビート・ジェネレーションの誕生を告げ、その後のあらゆる文化に決定的な影響を与えつづけた不滅の青春の書が半世紀ぶりの新訳で甦る。

大胯びらき

ジャン・コクトー　澁澤龍彥〔訳〕　46228-8

「大胯びらき」とはバレエの用語で胯が床につくまで両脚を広げること。この小説では、少年期と青年期の間の大きな距離を暗示している。数々の前衛芸術家たちと交友した天才詩人の名作。澁澤訳による傑作集。

悪徳の栄え　上・下

マルキ・ド・サド　澁澤龍彥〔訳〕　46077-2 46078-9

美徳を信じたがゆえに身を滅ぼす妹ジュスティーヌと対をなす姉ジュリエットの物語。悪徳を信じ、さまざまな背徳の行為を実践する悪女の遍歴を通じて、悪の哲学を高らかに宣言するサドの長篇幻想奇譚!!

世界の涯の物語

ロード・ダンセイニ　中野善夫／中村融／安野玲／吉村満美子〔訳〕 46242-4

トールキン、ラヴクラフト、稲垣足穂等に多大な影響を与えた現代ファンタジーの源流。神々の与える残酷な運命を苛烈に美しく描き、世界の涯へと誘う、魔法の作家の幻想短篇集成、第一弾（全四巻）。

神曲 地獄篇

ダンテ　平川祐弘〔訳〕 46311-7

一三〇〇年春、人生の道の半ば、三十五歳のダンテは古代ローマの大詩人ウェルギリウスの導きをえて、地獄・煉獄・天国をめぐる旅に出る……絢爛たるイメージに満ちた、世界文学の最高傑作。全三巻。

神曲 煉獄篇

ダンテ　平川祐弘〔訳〕 46314-8

ダンテとウェルギリウスは煉獄山のそびえ立つ大海の島に出た。亡者たちが罪を浄めている山腹の道を、二人は地上楽園を目指し登って行く。ベアトリーチェとの再会も近い。最高の名訳で贈る『神曲』、第二部。

神曲 天国篇

ダンテ　平川祐弘〔訳〕 46317-9

ダンテはベアトリーチェと共に天国を上昇し、神の前へ。巻末に「詩篇」収録。各巻にカラー口絵、ギュスターヴ・ドレによる挿画、訳者による詳細な解説を付した、平川訳『神曲』全三巻完結。

どんがらがん

アヴラム・デイヴィッドスン　殊能将之〔編〕 46394-0

才気と博覧強記の異色作家デイヴィッドスンを、才気と博覧強記のミステリ作家殊能将之が編んだ奇跡の一冊。ヒューゴー賞、エドガー賞、世界幻想文学大賞、ＥＱＭＭ短編コンテスト最優秀賞受賞！　全十六篇

ロビンソン・クルーソー

デフォー　武田将明〔訳〕 46362-9

二十七歳の時に南米の無人島に漂着した主人公が、自己との対話を重ねながら、工夫をこらして農耕や牧畜を営んでいく。近代的人間の原型として、多様なジャンルに影響を与えた古典的名作を読みやすい新訳で。

類推の山

ルネ・ドーマル　巖谷國士〔訳〕　46156-4

これまで知られたどの山よりもはるかに高く、光の過剰ゆえに不可視のまま世界の中心にそびえている時空の原点――類推の山。真の精神の旅を、新しい希望とともに描き出したシュルレアリスム小説の傑作。

白痴 1・2・3

ドストエフスキー　望月哲男〔訳〕　46337-7　46338-4　46340-7

「しんじつ美しい人」とされる純朴な青年ムィシキン公爵。彼は、はたして聖者なのか、それともバカなのか。ドストエフスキー五大小説のなかでもっとも波瀾に満ちた長篇の新訳決定版。

眼球譚［初稿］

オーシュ卿（G・バタイユ）　生田耕作〔訳〕　46227-1

二十世紀最大の思想家・文学者のひとりであるバタイユの衝撃に満ちた処女小説。一九二八年にオーシュ卿という匿名で地下出版された当時の初版で読む危険なエロティシズムの極北。恐るべきバタイユ思想の根底。

裸のランチ

ウィリアム・バロウズ　鮎川信夫〔訳〕　46231-8

クローネンバーグが映画化したW・バロウズの代表作にして、ケルアックやギンズバーグなどビートニク文学の中でも最高峰作品。麻薬中毒の幻覚や混乱した超現実的イメージが全く前衛的な世界へ誘う。

ジャンキー

ウィリアム・バロウズ　鮎川信夫〔訳〕　46240-0

『裸のランチ』によって驚異的な反響を巻き起こしたバロウズの最初の小説。ジャンキーとは回復不能になった麻薬常用者のことで、著者の自伝的色彩が濃い。肉体と精神の間で生の極限を描いた非合法の世界。

麻薬書簡　再現版

ウィリアム・バロウズ／アレン・ギンズバーグ　山形浩生〔訳〕　46298-1

一九六〇年代ビートニクの代表格バロウズとギンズバーグの往復書簡集で、「ヤーヘ」と呼ばれる麻薬を探しに南米を放浪する二人の謎めいた書簡を纏めた金字塔的作品。オリジナル原稿の校訂、最新の増補改訂版！

西瓜糖の日々

リチャード・ブローティガン　藤本和子〔訳〕　46230-1

コミューン的な場所アイデス〈iDeath〉と〈忘れられた世界〉、そして私たちと同じ言葉を話すことができる虎たち。澄明で静かな西瓜糖世界の人々の平和・愛・暴力・流血を描き、現代社会をあざやかに映した代表作。

長靴をはいた猫

シャルル・ペロー　澁澤龍彥〔訳〕　片山健〔画〕46057-4

シャルル・ペローの有名な作品「赤頭巾ちゃん」「眠れる森の美女」「親指太郎」などを、しなやかな日本語に移しかえた童話集。残酷で異様なメルヘンの世界が、独得の語り口でよみがえる。

南仏プロヴァンスの12か月

ピーター・メイル　池央耿〔訳〕　46149-6

オリーヴが繁り、ラヴェンダーが薫る豊かな自然。多彩な料理、個性的な人々。至福の体験を綴った珠玉のエッセイ。英国紀行文学賞受賞の大ベストセラー。

南仏プロヴァンスの昼さがり

ピーター・メイル　池央耿〔訳〕　46289-9

帰ってきてよかった——プロヴァンスは美しく、人々は季節の移り代わりに順応してのんびり暮している。「12か月」「木陰」に続く安らぎと喜びにあふれたプロヴァンス・エッセイ三部作完結篇。

さかしま

J・K・ユイスマンス　澁澤龍彥〔訳〕　46221-9

三島由紀夫をして“デカダンスの「聖書」”と言わしめた幻の名作。ひとつの部屋に閉じこもり、自らの趣味の小宇宙を築き上げた主人公デ・ゼッサントの数奇な生涯。澁澤龍彥が最も気に入っていた翻訳。

服従の心理

スタンレー・ミルグラム　山形浩生〔訳〕　46369-8

権威が命令すれば、人は殺人さえ行うのか？　人間の隠された本性を科学的に実証し、世界を震撼させた通称〈アイヒマン実験〉——その衝撃の実験報告。心理学史上に輝く名著の新訳決定版。

著訳者名の後の数字はISBNコードです。頭に「978-4-309」を付け、お近くの書店にてご注文下さい。